棠城的晚春

值建党九十周年之际,
谨以此献给川东游击纵队的英烈们!

朱益发 雷平 ○著

重庆出版集团
重庆出版社

图书在版编目(CIP)数据

棠城的晚春 / 朱益发，雷平著. —重庆：重庆出版社，2011.8（2012.5 重印）

ISBN 978-7-229-04440-4

Ⅰ. ①棠… Ⅱ. ①朱…②雷… Ⅲ. ①长篇小说—中国—当代 Ⅳ. ①I247.5

中国版本图书馆 CIP 数据核字(2011)158859 号

棠城的晚春
TANGCHENG DE WANCHUN
朱益发　雷　平　著

出　版　人：罗小卫
责任编辑：周显军　刘向东
责任校对：何建云
装帧设计：重庆出版集团艺术设计有限公司·王芳甜　吴庆渝

重庆出版集团
重庆出版社　出版
重庆长江二路 205 号　邮政编码：400016　http://www.cqph.com
重庆出版集团艺术设计有限公司制版
重庆现代彩色书报印务有限公司印刷
重庆出版集团图书发行有限公司发行
E-MAIL:fxchu@cqph.com　邮购电话：023-68809452
全国新华书店经销

开本：787mm×1 092mm　1/16　印张：19.25　字数：315 千
2011 年 8 月第 1 版　2012 年 5 月第 3 次印刷
印数：18556~23555 册
ISBN 978-7-229-04440-4
定价：28.00 元

如有印装质量问题，请向本集团图书发行有限公司调换：023-68706683

版权所有　侵权必究

目 录

序 / 1

引　子 / 1
第一章 / 4
第二章 / 13
第三章 / 18
第四章 / 24
第五章 / 28
第六章 / 31
第七章 / 39
第八章 / 42
第九章 / 46
第十章 / 52
第十一章 / 55
第十二章 / 58
第十三章 / 65
第十四章 / 70
第十五章 / 74
第十六章 / 77
第十七章 / 81
第十八章 / 86

第十九章 / 91
第二十章 / 95
第二十一章 / 98
第二十二章 / 102
第二十三章 / 108
第二十四章 / 112
第二十五章 / 118
第二十六章 / 125
第二十七章 / 129
第二十八章 / 135
第二十九章 / 142
第三十章 / 150
第三十一章 / 155
第三十二章 / 161
第三十三章 / 168
第三十四章 / 172
第三十五章 / 176
第三十六章 / 183
第三十七章 / 190
第三十八章 / 196
第三十九章 / 201

第四十章 / 205
第四十一章 / 210
第四十二章 / 215
第四十三章 / 218
第四十四章 / 222
第四十五章 / 227
第四十六章 / 233
第四十七章 / 239
第四十八章 / 242

第四十九章 / 248
第五十章 / 253
第五十一章 / 259
第五十二章 / 264
第五十三章 / 267
第五十四章 / 272
第五十五章 / 277
第五十六章 / 282
第五十七章 / 289

序

荣昌,旧称棠城,是"海棠香国"的地方。

相传,每到阳春三月,这里的海棠便枝繁叶茂,花开得分外娇艳。

放眼望去,赤橙黄绿,姹紫嫣红;闭眼轻闻,沁人心脾,香飘四溢……

人们都说,海棠是有灵气的。

每到初秋,硕果累累的一树树海棠,压得枝杈摇曳,常常引得当地土人男欢女歌地背着大筐小篓忙着采集,然后制作成供奉神灵、善待贵客的美味佳肴。

到了唐朝一个大雪纷飞的寒冬,一位皇帝带着后宫佳丽和众梨园弟子临幸昌州府海棠园踏歌取悦,随驾之处"轻风十里昌州路,笙歌雁舞脂粉浓"。

群姬欢愉。

她们或弹琴吹箫,或吟诗作画,一个个兴高采烈。

唯独新近入宫的宠妃"昌君"紧蹙娥眉、凤眼无神。

为博爱妃一笑,皇帝百般捧逗,讲了许多笑话。

底下随从更是煞费苦心,十八般武艺样样试过,最后尽逗得自己捧腹大笑,却见"昌君"依旧铁颜不开。

皇帝愁了,爱妃啊,你怎么就是不笑呢?

此时白雪厚裹海棠枝,青云罩山轻风扫。

忽听有人献计说,如果在这天寒地冻之时能让海棠生出青枝绿叶开满艳丽鲜花,宠妃必然会眉目舒展,凤眼传情,释怀解颜。

为博得"昌州妃"欢心,皇帝连下九道金牌速速召来土地神和林官,问他们怎么才能让海棠在寒冬里生绿吐艳。

1

林官面露难色："我等无能,只有海棠仙姑才能做到。"

皇帝一听："那就叫她马上开花。"

可时节之景哪能逆天时而孤行呢?

海棠仙姑坚辞不从。

皇帝龙颜大怒,下令:"严刑逼就。"

于是烈火煅烧、泼辣椒水、灌碱水汤,各种酷刑悉数使出,非得要海棠开出鲜花不可!

海棠仙姑含屈受侮,宁为玉碎,也不愿顺从暴君,因此,她受尽了人间折磨。

皇帝还放下狠话,如若敬酒不吃吃罚酒的话,将诛灭十门,斩草除根,让海棠永无生还之日。

慑于淫威,为了保护家族,保护孩子,仙姑悄悄扔掉香囊抛去果实之后,方才全力绽开。

顿时,皑皑白雪之中,一抹火红鲜亮刺眼。

昌妃笑了。

龙颜悦了。

但是,海棠废了,从此有艳无香,有花无果。

一方水土养一方人,一方人群有一方情。

荣昌这个"海棠香国"正像传说中的海棠仙姑一样,历尽沧桑磨难却依旧性格倔强,这里孕育了人们世世代代不屈不挠前赴后继的天性。

从上个世纪初期开始,这"海棠香国"里的中共地下党的党员们,从来就没有放弃过为解放全人类的共产主义理想信仰而奋斗。

他们历经风风雨雨,演绎出一幕又一幕悲壮的革命斗争大剧。

据中共荣昌县的党史资料介绍,1923 年,荣昌就有了中国共产党党员。他们到处散发告农民书,号召老百姓打倒帝国主义,打倒军阀,提出反对封建主义的口号。

1927 年,中共在荣昌组建了第一个党支部,号召工人组织工会,号召农民组织农协会共同抗击英帝国主义。

1929 年,中共四川省委书记、省委军委书记罗世文到荣昌举办党员训练班;一些进步青年筹组了屠帮大会;开明绅士变卖家产为农协会提供经费,筹集枪支,购买武器,准备武装斗争。

1930年,中共党员们在"八一"南昌起义纪念之日散发传单,张贴标语,号召"工农兵团结起来加入红军,打倒东家、粮户、长官,推翻国民党政府,建立全国苏维埃政权"。

1938年、1939年,中共在荣昌的党组织创办了宣传抗日救亡的进步书刊,团结进步青年,成立读书会,积极推动抗日救亡运动,输送进步青年到陕北延安学习。

1945年,中国共产党的工作面向农村,发动群众,开展统一战线,大力发展党的组织,准备武装斗争。

1947年以后……中共荣昌党组织开展武装斗争,从人力、物力、后勤各个方面支援和策应华蓥山共产党游击队的武装起义,建立和发展党领导的进步群众组织,在广大农村以抗丁、抗粮、抗税、反饥饿等形式积极开展斗争,迎接人民解放军的到来……

然而,黎明之前的黑暗总是那么难熬。1949年的那个春天似乎来得特别晚,荣昌人民望眼欲穿。

引 子

1945年8月,日本天皇宣布无条件投降,不可一世的日本帝国军队,在中国土地上烧杀抢劫奸淫肆虐了8年,最终彻底失败,退出了历史的舞台。

中华民族抵抗外族侵略、保家卫国的战争打了8年,已是国不像国,国已满目疮痍、千疮百孔;家不像家,许多人已家破人亡、妻离子散。

万众百姓十分珍惜这用生命和鲜血换来的硝烟散尽,战争过后的和平。人心思安,人心思稳,人心思定,他们兴高采烈地期盼着国共两党继续牵手,在废墟上建设起美好的民族家园。

俗话说,共苦容易,同甘困难。在整整8年的抗日战争中,国共两党两军虽然多有摩擦,但总体尚能"团结一心,一致御敌"。

然而,野狗被赶走,棍棒还在手,捡藏入库怕腐烂,扔而弃之觉可惜,总想派些用场。加之在1939年9月1日至1945年8月15日,以德国、意大利、日本法西斯为轴心国(及芬兰、匈牙利、罗马尼亚等国)的一方,以反法西斯同盟和全世界反法西斯力量为另一方进行的第二次全球规模的战争中,大西洋彼岸的美国人生产了过剩的武器,消耗的程度还没有达到理想水平。

国民党蒋介石盯准了这个难得的"机会",要把共产党挤到享受管理中华民国权力的餐桌之下,但却又没有十分的把握,于是耍了个花招。一方面把中共的最高领导人毛泽东接到重庆谈判商讨"治国安邦、建设国家、振兴民族"的大政方针,另一方面却在背地里暗中与美国人联络,讨要美国人的战争贷款,购买美国人的军火装备,抓紧准备,调兵遣将,布置军队打内战。

国民党蒋介石让从大山沟延安接来大都市的中国共产党主席毛泽东在重庆呆了40多天,拉开谈判的架势,反反复复,纠缠不清,结果啥名堂也没弄出来,实质性问题一个都没解决,其实所谓谈判只是老蒋为挑起内战打掩护,麻痹中共,赢取调兵遣将的时间。

然而,毛泽东却抓住机遇,借船出海,运用蒋介石主动给他搭建的政治舞台,或广泛联络民主人士;或宽领域走访知识界、文化界、学术界人士;或频繁出席新闻酒会、记者招待会、各界人士座谈会、讨论会。特别是借柳亚子向他索求文墨的机会,把自己1936年2月在延安填写的一首言志词,抄给了柳先生。

这首词就是著名的《沁园春·雪》:

北国风光,

千里冰封,

万里雪飘。

望长城内外,惟余莽莽;

大河上下,顿失滔滔。

山舞银蛇,原驰蜡象,欲与天公试比高。

须晴日,

看红装素裹,分外妖娆。

江山如此多娇,引无数英雄竞折腰。

惜秦皇汉武,略输文采;

唐宗宋祖,稍逊风骚。

一代天骄,成吉思汗,只识弯弓射大雕。

俱往矣,数风流人物,还看今朝。

这首大气磅礴、文采四溢的词,惊得柳亚子目瞪口呆,震惊之余却不忘回赠诗词。

中共将毛词、柳诗一并发表在重庆的《新华日报》上供全国人民欣赏。相比之下柳诗逊色多了。

蒋介石知道了问题的严重性,急忙组织名人、学士、专家、智者80多人在国民党《中央日报》上回应,或集体和词,或单人发笔,或组合咏赋,结果失之毫厘,差之千里。没有一个人的诗词歌赋能超越毛词。经过这么个回合的折腾,这个过去只有山沟里人知道的"王",通过全国报纸的渲染,转眼之间变成了全国人民眼中的神。蒋介石弄巧成拙,偷鸡不成倒蚀米,无奈之下,只好放虎归山。

1946年6月,蒋介石终于完成了用抗战胜利后日本人缴械投降上交的武器,装备了100万军队;而后,又用美国人的军火装备了几百万军队,并且自以为已经调兵遣将,运筹帷幄,把他的军队布置到了中国每一座城市,似乎胜券在握,便向中共军队驻扎的地方磨皮擦痒搞摩擦。到了这年的年底,小敲小打已经不那么过瘾了,国民党的军队开始全面地向中共解放区大举进攻。

1947年2月,共产党领导的重庆红岩村八路军办事处和公开的中共四川省委遭到了国民党反动派的武力驱逐,被迫撤回延安。同年5月,中共中央决定将上海中央分局改为上海中央局,管辖长江流域和西南各省中共党的组织。

在这样的大背景下,以重庆为中心的川东地下党组织坚持在艰难困苦的条件下作斗争。

公开的四川省委突然被迫撤走,分散于四川省各地的党组织失去了领导,隔绝了信息,处于独立作战的状态。再加之国民党反动派迫于前方战事的需要,为稳定后方,杜绝"后院起火",对国统区实行残酷的白色恐怖,反动派的气焰十分嚣张,大肆捕杀中共党员和进步人士,闹得鸡犬不宁,人心惶惶。

1948年,重庆地区几个身居要职的中共领导人被捕,经不住国民党反动派的酷刑拷打而脱节叛变出卖同志,使川东地下党100多名党员被捕牺牲。在这种极端恶劣的情况下,中共上海局指派共产党员黄湖到重庆,恢复地下党组织,建立川东临委。

以黄湖为书记的中共地下党川东临时委员会的同志们,掩埋了战友的尸体,擦净身上的血迹,吸取失误的血的教训,重新凝聚起来,高举起中国共产党的大旗,采取新的策略,坚持统一战线,委派中共党员打入敌人乡镇政权;到农村去发动群众,组织群众,拿起枪杆,进行武装暴动,与敌人展开英勇顽强的斗争,牵制敌人有生力量,缓解人民解放军正面战场的压力,为迎接重庆解放,谱写了一曲百折不挠、艰苦壮烈、可歌可泣的英雄乐章。

第一章

"大家静一静,静一静。"

渝大金结束板书,转过身来面对同学们说,还习惯性地把两手往讲台上拍了拍,发出轻微的响声。

教室里顿时停止了嗡嗡嗡的读书声。

同学们抬起头来,望着讲台前面的渝大金。

"王惠同学,你把今天学的课文背一遍。"

随着渝大金的喊声,第三排中部的一位女同学站起身来,双手背在背后,两眼平视前方,朗声道:"国将兴,必贵师而重傅;贵师而重傅,则法度存。国将衰,必贱师而轻傅;贱师而轻傅,则人有快;人有快则法度坏……"

"坐下。"随后,渝大金又叫了几位同学背诵,大家的表现都让他满意。

"下面,我来讲解课文的意思。"渝大金用教鞭指着黑板,抑扬顿挫地演讲:"今天课文讲的是,国家想要兴旺,必定要看重老师;看重老师,就能保持规则制度。国家要衰败,必定轻贱老师;轻贱老师,人们就会放纵。人们放纵自己,规则制度就会被破坏……"

"当当当……"

工友拉响了歪脖槐树上的吊钟。

"下课。"

"起立!"值日喊响了口令。

"老师再见!"同学们站立致礼。

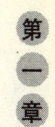

"同学们再见!"渝大金回应着,一边收拾教案。然后夹着教案,走出教室,来到自己的宿舍。

渝大金放下教案,径直朝厨房走去。

这是当天的最后一节课。

虽然是一所大学,教师们仍然需要自己做饭。这里毕竟只是个县城,不过能烧上原煤,已经算是很卫生了。

渝大金到荣昌四川省立高级农业职业学院做国文教师已经两年了,这是一所为推广荣昌猪而配套的技术学院。

抗日战争的最后一年,中国共产党估计抗战胜利后,国民党将不能容忍共产党继续与他们在同一口锅里舀饭吃,坚持独立自主的原则,从各个方面及早进行准备。

果然,几个月后国共两党摩擦升级,重庆被白色恐怖笼罩得严严实实。根据共产党"隐蔽精干,等待时机"的方针,渝大金和几位地下党骨干,从重庆撤离到这交通不太方便,信息比较闭塞而出脚又比较便捷的荣昌县城,干起了教书育人的事。

这里是外地在重庆地区为数不多的几所大学之一,归四川省管,学生人数不多。

这所大学是轮班做饭,今天刚好轮到渝大金。

其实,专职做饭有工友,教师轮班仅仅是称称米、洗洗菜、帮帮厨师而已。当然,主要是监督厨房,饭菜不可短斤少两,燃料不得生脚走路。

吃过晚饭,渝大金在学校操场散步,还与几个同学玩了一会儿篮球,他是想让自己消耗些体力,极度劳累疲倦之后才好睡觉。

最近,他觉得有些不对劲,心烦意躁,莫名其妙地心口堵塞,胸闷发慌,做事不能完全集中精力。

晚上,他躺在床上,辗转反侧,一直静静地数着出栏的白羊,一只⋯⋯,两只⋯⋯,三只⋯⋯还是不能入睡。

作为一个职业革命者,不能轰轰烈烈地干自己想干的事情,窝在这里"隐蔽潜伏、等待时机",犹如困兽,欲斗不能。

他有一种不祥的预感,似乎一些不利的事情就要发生了。

渝大金,一米七几的个头,魁梧强健的体魄,仪表堂堂,天生一副指挥千军万马的将军相。精明强干,面孔轮廓分明,有着冷静的头脑。从他明快清新的语言里,能听出他严谨的思维和很强的分析问题的能力。

渝大金1918年出生在四川酉阳(现为重庆)一个中等地主家庭,自幼听到当地民众口口相传同乡革命先辈赵世炎的许多推翻旧制度的革命故事。他十分崇拜赵世炎的革命行为,受其影响,倾向革命。1933年到成都建国中学读高中,1934年考入四川大学法学院政治经济系,后来又转到国学系就读。抗日战争前夕,渝大金参加了中共四川大学党组织发起的"声援东北抵抗日本帝国主义侵占,实行民主救亡"的运动,加入了党的外围组织。1937年加入中国共产党,先后担任四川大学中共党组织负责人、中共川康特委青年委员会负责人。1938年被派到延安中央党校学习,结业后,担任晋绥边区一个县的县委书记兼游击队政委。1945年渝大金光荣地出席了中国共产党第七次全国代表大会,亲耳聆听过毛泽东主席、周恩来副主席、刘少奇副主席、朱德总司令及彭德怀副总司令的演讲报告。1945年秋,党组织决定让渝大金回四川工作。他便从延安搭乘美军观察组的飞机到重庆,秘密进入国民革命军第18集团军驻重庆办事处——红岩村。小住几日后,便被中共中央南方局派往荣昌县,以大学教师的职业为掩护,"隐蔽待机"。

荣昌四川省立高级农业职业学院,是中共地下党的一个联络站。校董事长游兆昌是一位开明绅士,他思想进步,倾向革命,同情共产党。荣昌四川省立高级农业职业学院虽然是省政府直接管理的学校,但并没有建在县城的核心地段,而是坐落在县城的北面3—5公里处。这是一座院落式建筑,大门朝东,直接面对县城。

从学院到县城必须经过一片广阔的水田,县城里来学院的人一出城就全景式地展示在师生的视野之内。

学院背面紧邻着一个小山包,上面覆盖着茂密的森林,平日里鸟语花香,繁荣丰富,是同学们考试前背诵课文和做题复习的好去处。站在山包望县城也是一览无遗。

地下党选择这个地方作为"隐蔽精干"之处还是颇费了一番心思的。一般而言,只有山包离学校近处的边缘才人丁忙碌,山包的深处却很少有人前往。

森林再往深处就是鸦屿山了。

山里有一座斩龙庙,供的是大禹的神像。这庙原本是为县城池水河而修，如果池水河河水暴涨，斩龙庙就会车水马龙，香火旺盛。人们祈求大禹快些通渠治水，香果白馍菜油不但供满神龛，连庙堂的正厅都会装不下。这几年由于风调雨顺，池水河的龙王爷也比较低调压抑，少有"水漫金山"的事情，所以庙里已多年没有了香火，庙宇也破烂不堪，人迹罕至。

你别说，人有时候还真有未卜先知的预期感觉。

有人说地球是一个三维空间，只要你和善积德没做过恶事，即便你遇上烦恼的时候，神明也会允许你过世的亲人在另一个时空提醒你，指导你渡过难关。

也有人说这是地球磁力惯性产生的生物磁场。

不管怎么说，预期感觉都是蛮有科学道理的。

当然，有人说这是迷信，但我不认为是迷信。

渝大金的担心和预感，很快就变成了现实。

第二天下午，渝大金正在宿舍备课，突然撞进一个人来，进屋后立马反身关上门。

渝大金吃惊地望着来人道："忠良，这是干什么？你不是去宜昌买教学器材了吗，啥时回来啦？"

来人名叫郑忠良，是学院的总务老师，也是一位地下党员，他是渝大金的联络员。

"我刚回来，放下教具就找你来了。"郑忠良闪到门边侧耳听了听，确信没有异样，又到窗前向外看了看。

这是地下工作者联系工作时必需的程序，不能带着"尾巴"接头，一定要确认没发现有人跟踪才能接触线人。

郑忠良压低嗓子对渝大金说："我有非常重要的事情向你汇报，情况非常紧急！"

渝大金支起右手食指，放在嘴前"嘘"了一声，又伸出手掌做了一个向前指点的动作："大白天不要关我的门。"同时示意郑忠良不要往下讲。然后往后山方向指了指，轻声说："晚上你我到后山找个地方，把详细情况讲一讲。"

郑忠良点头称是，开门出了渝大金的宿舍。

吃过晚饭，渝大金和郑忠良像往常一样，沿着小山包边缘散步。

郑忠良讲出了一个惊天动地的事情。

郑忠良说，下川东地下党出了大问题，重庆警察局去万县抓了许多人。

这个情报惊得渝大金瞠目结舌，他根本无法相信下川东地下党组织会遭到如此重大的损失，一向冷静的他也感到脸上有些挂不住。幸好在他们散步的路上没有外人。

郑忠良和牛贵是前几天带着学校的教学用具上的"民贵"号客船，逆江而上回重庆。

这天早上到达的万县港。

轮船离万县港还有十多公里时，有人就把所有的客船舱锁了起来，不让乘客出舱走动。

郑忠良觉得十分奇怪，过去锁舱，一般只锁靠岸的那边，从来没遇到过锁双边船舱的情况啊，今天这是怎么了？他多了个心眼，暗暗地关注着情况的变化。

轮船在万县港停靠了很长时间，这也是违背常规的。郑忠良预感是出了什么大事。由于他住四等舱，楼层很低，视线被其他船挡住，无法看到岸上的情形。

他焦急万分，还使不出办法。

"民贵"号客轮终于开出万县港，岸边的情况逐渐亮了出来。郑忠良抓紧时间用目光向四周搜寻。

这一看不要紧，还真发现了情况。

有5辆囚车，一溜烟地沿着江边马路往万县城开去。

轮船开出半个时辰左右，船舱的锁开了。

郑忠良让牛贵看住教学仪器。他有意来到二楼的船尾，借看两岸的风景，了解船上的情况。

一路没人阻拦，看来船上并没有完全戒严。

当然在这样的地方戒严也没啥作用，轮船本身就是一个封闭的移动体。船行过程中，一般人谁敢去与汹涌澎湃的长江抗衡呢？

船上多了不少荷枪实弹的警察，他们虽然在一些楼层的窗口、梯口持枪站着，却允许客人通行。

一些胆小怕事，未经过场面的人此时就不敢出舱了，待在里面睡觉，或宁神静气地看管住自己的孩子。所以，轮船过道的人并不多。但也有些胆子较大的乘客，没把警察的执守当回事，自由自在地在船舷边看风景、聊天，这或许是对船上军事恐怖的一种挑衅或蔑视吧。

又过了一会儿,郑忠良突然听到三楼上传来一个女人的高喊:"我要上厕所,我要上厕所!"

女人的声音还没停止,一个男人的声音响起:"安静点,上厕所就上厕所,你吼啥吼?!"

过了一会儿,就是一阵唏唏哗哗杂乱无章拖着金属在船板上摩擦的声音,然后是有点规律而又轻重不一的脚步声,从三楼尾部一直响到三楼的中部。

郑忠良支起耳朵,专心致志地听着,生怕漏掉什么。一种要弄清事情原委,一眼要看出究竟的想法油然而生,一定要到三楼去。

他思考着,如果上到三楼军警问起来怎么办,就说楼层高一点透气,好看风景,或者干脆赞扬几句长江两岸的山水。如果军警撵,就退回来。他还想了一些别的托词,自己认为不会露出什么破绽了,才安下心来,稳定自己的情绪。

这时三楼中部又响起了先前的那些声音,这次是从中部逐渐响到尾部。

郑忠良试探着爬上三楼尾部的楼梯。楼梯旁站着一个持枪的军警,却什么也没有问。映入眼帘的情况果如自己所料,因为已有了思想准备,他没感到十分惊讶。

只见一高一矮两个女人,手铐在一起,拖着脚链,在军警的押解下迎面而来。船舷边也有其他两三个看热闹的乘客。或许国民党军警认为,押着人犯在众人面前走动,本身就是给常人施加一种压力,一种警示,所以他们没有戒严。

军警押着女人进了三楼的大餐厅。

郑忠良站在船舷,透过放下木板的窗洞向里观看,里面坐着男男女女一大堆人。

有的被棕绳绑着,有的两人一组用手铐连着,都坐在地板上,几个女人还昂首挺胸地向四周张望。

有个皮肤白皙,满脸络腮胡子的高个子男人既没被绑也没戴手铐,静静地坐在地上耷拉着脑袋,一副蔫鸡子似的没精打采。

另一个没戴手铐,秃顶,方脸,五短身材的男人仰躺在铺着毡子的餐桌上,两眼盯着天花板,一副百无聊赖的样子。

大餐厅的外圈四个角各有一个军警用长枪指着那些人。

大餐厅门口的木椅子上坐着一个腰挎手枪的警察，屁股坐在门里，双脚吊在门外，偏着脑袋心不在焉地看着江的对岸。

离上过厕所的小个子女人不远处，一个年轻的汉子被五花大绑，绳索深深地勒进肉里。他面色苍白，紧咬牙关，大汗淋淋，非常痛苦的样子。

这时那位个子比较矮小的女人眼睛盯着门口那挎手枪的警察，用没被铐着的手指着那年轻的汉子大声嚷嚷："你们的心太狠了，看把他绑成了什么样子，绑得太紧了，绑死了人，你们是走不脱的！"

门边坐着挎手枪的警察把脸转过去大声呵斥："嚷什么嚷，关你屁事，把你自己的事情想清楚！"

小个子女人一看大声交涉不管用，就用那还有些自由的手在自己身上摸来摸去，一会便从右侧的裤袋里摸出一个银元，这可能是她身上唯一的一块银元，冲着那坐着的警察，语言比较和软地说："我也是替你着想，像你这样草菅人命，不把人当回事，如果人还没到重庆，就被你绑死了，我看你能脱得了干系吗？我把这块银元给你，你去问问你们的头儿，能不能把他绑松点。"

离小个子女人最近的警察把银元给挎手枪的警察传了过去，手枪警察在手上抛了一下，一把接住，然后起身向三楼的中部走去，接着传来一阵的的嗒嗒的上楼声。

不一会儿一个有些发福，敞着警衣胸襟，叼着香烟的警察，随那挎手枪的警察进了大餐厅，径直走到年轻汉子跟前，用手勾起汉子的下颌看了看，对在场的警察说："把他弄到那边角角上，绳子松了，换上手铐。"说完转身回到他住的四楼二等舱去了。

挎手枪的警察与一个背长枪警察，为汉子松了绳索。然后，取下挂在屁股上的那副手铐，铐住汉子的双手，再把汉子拉回到他原先的座位按下。

汉子冲着小个子女人感激地笑了笑。

挎手枪的警察又回到门口坐上木椅望江景。

又过了一会儿。小个子女人再一次大喊："我要上厕所，我要上厕所！"

门口的警察圆瞪双眼，十分恼怒，转身指着小个子女人，大声呵斥："江竹筠，你得寸进尺，有完没完？真他妈的懒牛懒马屎尿多，有屎有尿给我夹着，别他妈的瞎嚷嚷！"

这时，坐在地上的人犯纷纷提出抗议要求上厕所，大餐厅里一阵骚动。

挎手枪的警察大声喊,"不准闹!不准闹!定个规矩,一组一组去,前一组回来了,后一组才能去,你们自己排个号!"

于是,有人举手:1号。有人举手:2号。依次往下排。

郑忠良怕在三楼待久了引起怀疑,便回到自己的底舱。

牛贵已经睡着了。

郑忠良躺在床上静静地听着,整整一个白天,三楼上不时传来从大餐厅到中部厕所的脚步声。

经过三天三夜的航行,"民贵"号轮船到达重庆港已是上午巳时。郑忠良让牛贵找个力夫,把教具扛上码头的长途汽车站。自己则抢先上岸,他要尾随押解人犯的队伍"看热闹"。

乘客散尽,押解人犯的队伍出来了。

郑忠良挤到离押解队伍最近的地方,跟着人流向千厮门爬去。

岸边看热闹的人越来越多。

突然那个叫江竹筠的小个子女人,指着走在前面的那个皮肤白皙满脸络腮胡子个子瘦高的男人,破口大骂:"涂孝文,你个遭千刀万剐的东西,自己是共产党,被警察捉住,经不起酷刑拷打,却跟疯狗一样乱咬,平白无故地诬陷栽赃,你有什么凭据说别人是共产党。你自己要死还不心甘,还要拉些陪葬的,你不得好死,你会遭天打五雷轰,你断子绝孙,没有好下场……"

她反复大声叫骂,围观的人群听得明明白白,清清楚楚。

络腮胡子男子面如土灰,愧恨无言。

走完千厮门几百级长长的阶梯,来到大街,江竹筠仍然叫骂不停。

郑忠良彻底看清了。一共8辆囚车,第一辆上的是那个睡在餐桌上的和那个叫涂孝文的人,一帮警察跟了进去。然后6辆囚车每辆进了两个被绑或者用手铐连着的人,也上了一帮警察。最后一辆没有人犯,全是警察。

看来这次下川东至少有13人被捕。

渝大金认真听完郑忠良的汇报,心情十分凝重。他尽量让自己冷静下来对郑忠良分析说:"这个叫江竹筠的女子很不简单。他们关在'民贵'轮三楼大餐厅,与乘客隔绝了。他频繁地上厕所,是为了让乘客知道船上有被警察抓的人犯。他们昂首挺胸不停张望是在表明他们政治犯的身份和寻找认识的人,目的是把被捕的消息传出去。上岸后大骂那个白脸络腮胡子是为了让大家知道他们是被涂孝文出卖的,涂孝文是叛徒,已经造成了党组织的严重破坏。江竹筠真是一个了不起的奇女子。"

郑忠良接过话头："我想的也是这样。"

渝大金说："现在我们已经知道了下川东地下党遭受到重创，我估计，重庆地下党也应该知道这个消息了。但是，如果在场的群众中没有重庆地下党的人，群众的传言没有传到重庆地下党的耳朵里又怎么办呢？"

郑忠良拍拍额头："我也正为这事着急，怎么办呢？"

渝大金继续说道："那年秋天，我来荣昌的时候，西南局的钱大姐曾要求我不要主动到重庆找组织，说是时机成熟后组织自然会来找我。"

郑忠良说："那是一般情况，现在出了这么大的事情，不找重庆地下党组织反映，我们的党会不会还要遭到更大的损失呢？"

渝大金说："我现在没有与组织接头的暗号。"

两人商量了半天，也没有想出一个妥当的办法。

渝大金心里焦急，却又不知道该从哪儿着手，使不上劲。真有虎落平阳，龙困沙滩的感觉了。

夜越来越深，天越来越黑，四周响起了青蛙和小昆虫的鸣叫。

第二章

香港，沙江村海滨。

一座十分考究的白色欧式别墅前，一个中等身材，着深灰色西式笔挺套装，银色领带，青白色三接头窄尖皮鞋，鼻梁上架一副金架无框眼镜，夹着黑皮公文包的男子，轻轻地按响了门铃。

门开了，保姆示意男人请进，引他穿过中厅，进侧门来到主人的小会客室。

主人已在沙发上端坐着等候了。

保姆转身退出。

主人是位中年妇女，穿一身蓝色平绒旗袍，蓝布方口鞋。身材虽然瘦小，但五官端正，齐耳的短发，清秀的面容却显出一种刚毅的英豪之气。她就是中共上海中央局委员，主管四川中共地下党组织工作的钱姻钱大姐。

"小黄，快坐下来谈谈情况。"钱大姐指着对面的沙发向中等身材的男子示意。

小黄叫黄湖，30多岁，浓眉大眼，长方形面庞棱角分明，透着一股子坚毅、顽强。

黄湖是湖南湘乡人，哥哥、嫂子和姐姐是大革命时期的中共党员、共产主义青年团员和中共党的积极分子，都是湖南农民运动的组织者、参与者和积极分子。黄湖出生在一个被革命者包围的家庭，从小耳濡目染了一些革命的道理，稍大一点就在农民协会工作，当过儿童团长、纠察队员，深深感到干好革命工作没有文化知识的痛苦。

大革命失败后,黄湖一家遭到国民党反动派残酷迫害,七个亲人,有的牺牲,有的坐了国民党的班房,有的逃亡。

黄湖也遭到了追捕,有家难归,东躲西藏。在颠沛流离中也不忘记学习文化知识,他怀揣一本字典,有时可以吃不上饭,但却不耽误他刻苦自学。在艰难的环境中,凭着字典,他读完了《三字经》、《百家姓》、《千字文》、《增广贤文》等私塾的必备书籍。后来还找到一份教书的工作,在湖南湘潭县韶山乡小学教书糊口。

抗日战争爆发,国共两党联合抗日,韶山恢复了中共的党组织。1938年初,黄湖在老党员毛特夫、林觉民的介绍下,加入了中国共产党,并被编入毛泽东同志1925年亲自创建的韶山党支部过组织生活。

1938年6月,黄湖任中共湘乡县委委员,中共韶山区委书记。1939年3月黄湖任湘宁中共中心县委常委、组织部长。1939年下半年,国民党又祸起萧墙,加强了反共活动。黄湖按照上级的指示,于1940年1月转移到衡阳工作。随后由于形势恶化,上级要黄湖和妻子转移。黄妻也是一位共产党员。为了减轻负担,妻子将刚满周岁的孩子送回韶山老家。由于受到国民党反动派阻拦,妻子未按约定在3天内返回,黄湖只好按照中共地下党组织的要求,只身启程来到重庆,从此,在钱姻直接领导下工作。

黄湖到重庆后,执行一些临时性任务。不久,中共地下组织实行"隐蔽精干"的方针,他被派到西康、昆明等地作调研,写一些调查报告,后来一年多时间里与中共党组织脱离联系。1942年接上关系,年底出任中共重庆地下党市委书记,1943年黄湖任中共地下党川东特委书记。1946年3月,新的重庆市委成立以后,黄湖任书记,1947年2月,随中共南方局撤出重庆去了天津,这次是受组织派遣绕道来香港接受任务。

保姆给黄湖倒了一杯水后退去。

黄湖从皮包里拿出笔记本和笔,准备记录,他期待地望着钱姻。

"目前,形势发生了很大的变化,"钱姻停顿片刻,继续往下讲。

全面内战的第一阶段,国民党的全面进攻并没有收到预想的效果,我军主力依然存在。去年3月以来,国民政府做出新的战略方案:重点进攻陕北和山东我党根据地。

1947年3月,蒋介石把对解放区的全面进攻改为重点进攻,而陕甘宁边区首当其冲的就是中共中央和人民解放军总部延安。当时,国民党的进攻部队23万人,装备精良,盛气凌人,延安守军则不到3万人,装备极差,补给困难。彭德怀以中共中央军委副主席兼总参谋长的身份部署延安保卫战,掩护中央机关和解放军总部转移。人民解放军构筑纵深阵地,依托有利地形,进行抵抗。国民党军队以上百架飞机、数百门火炮掩护进攻,对延安进行狂轰滥炸,人民解放军艰难作战,节节抗击。

1947年3月18日,国民党军队兵临延安城下,直到傍晚,毛泽东、周恩来、刘少奇、朱德、任弼时等中共中央、人民解放军领导人才离开延安。毛泽东、周恩来、任弼时却没有走多远,一直与陕北人民并肩作战。

胡宗南占了一座空城,却运用新闻媒体召开新闻发布会,记者见面会,大肆吹嘘,谎报大捷,搞得非常热闹。

毛主席、周副主席为了吸引国民党兵力,为全国各大战场人民解放军部署战略力量,冒着生命危险牵着敌人的鼻子在陕北高原转圈圈,找机会不时出击,开展游击战、运动战。

同时,我党山东根据地也遭到国民党60多万军队的围攻,结果骄兵必败,偷鸡不成倒蚀米。在孟良崮战役中,号称"王牌部队"的国民党军整编74师全军覆没,师长张灵甫被打死,国民党军队全线败退。

人民解放军主力部队实现了战略调整,由1946年7月的120万上升到280万人,装备了重炮与工兵,基本具备了同国民党军队决战的实力。

1947年10月,晋察冀野战军在朱德总司令和聂荣臻司令运筹指挥下,发起了清风店战役,取得了具有重大历史意义的胜利。从根本上扭转了华北战局,使石家庄国民党守敌更加孤立,惊恐不安,为我军解放大城市石家庄创造了有利条件。

"毛主席、党中央的安全有保障吗?"黄湖抬起头来焦急地问。

钱姻平静地告诉他,毛主席、周副主席一直在陕北坚持斗争,牵制敌人。开始我们也为毛主席、周副主席的安全捏着一把汗,但从1947年秋冬以后,全国各大战场的部署完成以后,陕北的形势就急转直上,毛主席、周副主席牵着敌人的鼻子走,把敌人引进了彭德怀司令设置的口袋阵,战斗进行得非常顺利,人民解放军已经取得了青化砭、羊马河、沙家店等地的胜利。国民党的军力、士气已经严重下降。毛主席、周副主席已经脱离了危险。

黄湖长长地出了一口气,端起茶杯喝了口水,沉重的心情,有了些放松。

钱姻继续说,"正是我们的毛主席、周副主席在陕北牵制了敌人的大量兵力。刘伯承、邓小平率领大军强渡黄河,千里挺进大别山,直接威胁国民党政府的统治中心南京和武汉。陈毅、粟裕领导的华东野战军挺进豫皖苏;陈赓、谢富治兵团挺进豫西。三路大军相互策应,在黄河与长江之间的广大地区形成一个'品'字形的战略态势,这个战略态势牵制了国民党在南线一半以上的兵力,使中原地区这个国民党进攻解放区的重要后方,变成了解放军争取全国胜利的前沿基地。"

"这太好了,太好了!"显然这是一个振奋人心的消息,黄湖高兴得握紧右拳使劲地晃了晃。

钱姻接着说:"中共中央对南方各省作出了重要指示,要求我们在凡可能建立公开游击根据地的地方,都应建立公开游击根据地……现在南方各省国民党正规军大都调走了,征兵征粮搞得老百姓非常反感,民怨沸腾,人心愤怒,正是我党发动游击战争的好机会。"

钱姻话锋一转说,"经中共上海中央局研究,决定派你回重庆去担任中共川东地下党临时委员会书记,负责秀山地区,下辖川军潘文华部56军内的一个党组织;川南地区,下辖泸县、纳溪、古蔺、江安、长宁、叙永及贵州赤水地区的党组织;下川东地区,下辖万县地区的党组织;巴县中心县委,下辖巴县、綦江、南川、永川、荣昌、江津、长寿及贵州黔北等地的党组织;南充工委,下辖南充、岳池、南部、西充等地区的党组织;重庆市的党组织。临委其他成员的组织关系,我会派人及时转交给你,你有什么意见?"

黄湖全神贯注地作笔记,这时停下手中的笔,抬起头来说:"我完全服从组织安排。我认为蒋管区发动与组织农民群众武装斗争的客观条件与时间已经完全具备。当然,在武装斗争的发展过程中,损失和挫折是不能完全避免。但是,只要我们极为细心地联系群众,依靠群众,大胆地发动群众,既勇敢又谨慎地领导斗争,我们就会在群众中组织起武装力量,建立农村游击根据地,取得胜利"。

"你谈谈具体打算。"钱姻说。

"我回重庆后,首先是把其他川东临委成员的关系接上,然后在清理组织的同时,到农村去发动群众,建立游击根据地。"黄湖胸有成竹地说。

钱姻满意地点了点头,她基本同意黄湖的想法。

钱姻叮嘱黄湖:以农村武装斗争为主,在军事上开辟第二战场。建立自己的游击区和根据地,这是当前地下工作的总方针。工作重点要放在农村,以城市支援农村,不能放松城市工作,要加强统一战线工作,不管他们现在是什么身份,只要他赞同推翻蒋家王朝,我们就要去团结他们。钱姻还说,中央准备派在解放区的四川籍军事干部组成武工队,从陕西、大巴山打回四川,策应国统区的各个战场。你们川东党的地下组织要积极配合。

黄湖听到这个消息,显得非常激动,恨不得马上回到重庆去大干一场。

钱姻站起身来,推开窗户。窗外就是湛蓝色平静的大海,海面上停泊的几只驳船映入眼帘,再远处,海天一线。她关上窗户,回坐到沙发上,若有所思地说:"到了那边要抓紧开展工作,还记得1940年你与党失去联系的情景吧,千万不能消极隐蔽,不能再犯右倾消极的错误。"

黄湖拿起茶几上的水杯喝了一口,有些不太高兴地说:"1942年初在重庆红岩村南方局接关系时,我不是给你汇报过吗,1940年隐蔽精干的时候,是你们规定,不准我到红岩村去,要由你们来找我嘛,我是执行党的纪律,怎么又成消极右倾了呢?这个问题过去是说清楚了的。"

黄湖与钱姻辩论,他不认同"隐蔽精干,长期埋伏,积蓄力量,等待时机"的斗争策略是消极的。

他认为应该看到"隐蔽精干"的积极方面,他说:"看一个组织的力量不能只看党员人数的多少,还应看党员广交朋友扎根群众的实绩。"

最后,钱姻也赞同了黄湖的一些想法。但仍然嘱咐黄湖:"到了重庆,要与市委书记刘国定搞好团结,他一直是你的老下级。"

黄湖说:"刘国定这个人好搬弄是非。做事不深入,工作比较飘浮,好做表面文章。怕苦怕累,不能吃苦,还讲排场,摆架子,常常把组织的活动经费用来打扮自己,买吃买穿,我就看不惯这种作风。"

钱姻说:"如果主要领导与其他成员闹矛盾,主要领导要负主要责任。"

黄湖笑着说:"那么我和你发生矛盾,你要负主要责任了咯。"

钱姻并不生气,其实她也不是真的批评黄湖,这只是她的一种工作方法,少表扬多警示,防患于未然,让下属有一种压力,从而变压力为动力,增强工作的积极性。尤其是在敌占区工作,稍有不慎,就可能造成不可饶恕的损失。

事后,钱姻还给一些领导人说:"黄湖是个好同志,斗争性强,坚持原则,有见解,敢讲真话。说不服他,他就要顶,说服了转得也快。"

钱姻送黄湖出门,握手道别。

第三章

倒霉透了,路孔镇的百姓真是倒霉透了!镇里来了个新镇长,饥瘦如柴,个子也不高,手无缚鸡之力,文弱书生一个。像路孔这种劣绅刁蛮,特税警横行的险要之地,只有弄个张飞或李逵那样的莽汉来当镇长,老百姓才有出头之日。

全镇上下都在议论。这个名叫文兴福的年轻镇长,听说是靠上头一个什么大人物弄到路孔镇来的。

说起来也怪,文兴福不管别人怎么说,他只管做自己的事。上任第一天,他不按常理去接见保长、甲长、镇丁、师爷和镇里的工作人员,也不去拜望镇里有名望的士绅、贤达和盘踞一方的路孔场大小官员。一大早,他对王师爷吩咐了几句,就带上镇里的那个勤杂工老刘去闲逛。按他的说法,身为一镇之长,不了解人情地貌,如何开展工作呢。

阳历六月的四川东部,太阳火辣辣的,照得人两眼直冒花,潮湿的热浪袭来,让人觉得置身于蒸笼里一般。

老刘递给文镇长一把荣昌折扇。

文镇长随手展开,正反两面看了看扇骨扇面,连称好东西,好东西!然后边走边扇。

这是一个古老的山水场镇,以水码头著称,早在隋唐时就曾是一个县的首府,从那一排排青瓦盖顶、块石封墙的房屋便可看出,至今仍然是荣昌县首屈一指的大镇。

镇子紧临鸦屿山,濑溪河由东向西贯穿始终,把个镇子分成两半。河水清澈透底,连游鱼走虾都能看个一清二楚。

河的两岸怪石林立,山势陡峭,石壁上还有四五十座东汉岩墓,有些地方还形成了岩墓群。古拙简朴的祠堂,古朴雅致的古寺古桥,岩间盘根错节的古树。

码头边,有一座连接两岸的石桥——大荣桥,与古镇相依相伴,共度风花雪月。主拱高十米,宽十五米,可过漕运大船。主拱两侧各有两个小拱,一个半圆、一个方形。半圆为高,方形略低,沿坡而下。左侧的方形桥拱上,连接了十多个平行桥墩,每个石墩重有数吨,给人以坚实的力量,桥面的特大型条石历经人行马踏形成古道石面的深槽……更增添了古桥的历史沧桑,这些石面深槽似乎在向路人诉说那金戈铁马,旌旗猎猎的战事和那商贾云集,四方流通的往事。整座桥长五六十米、宽两米有余,横卧在濑溪河上,在沿河两岸三五十里林山竹海风光里,成为梦里水乡的主角。每逢赶场,桥上熙熙攘攘,还有小商贩高喊:卖鱼啦,卖豆腐啦,卖卤鹅啦!

大荣桥的北面是大荣寨,濑溪河西边的主要街道被石头围墙围在寨子里。

由东向西过了桥,是自下而上的石梯,一级一级,一座古老的大水车,终年不息地转动,似乎要把古镇的繁荣转得更加辉煌,那吱吱呀呀的声音,很是好听。让人陶醉在古老的农耕时期。

进大荣寨的第一关是日月门,抬头便是日月亭,常有闲散之人喝茶、斗鸟、聊天、打牌。

进了日月门,沿烟雨巷一直通进镇子。

镇上产夏布,俗称麻布,每到夏秋两季,濑溪河边清水漂着长长的夏布,两岸木架上晾晒着夏布,更是一道难得的风景。

夏布是用苎麻线经过多道手工工序编织而成。根据不同的要求,能够生产出粗布、细布和螺纹布,用途很广。

漂白的细布,具有布面平整、莹润光泽、洗后易干、烫后棱角明显、坚韧耐用的优点;制成的时装,典雅大方,深受人们喜爱。

早在汉代,就有了夏布生产,其上品在唐代成为贡品。

民国初年,这里拥有夏布织机5000多台,全年产销70万匹,大都出口欧美、东南亚,成为本地的出口创汇支柱。

因为有了夏布，南来北往的客商便络绎不绝。

有走水路的，沿着濑溪河用木船向南向北运载，南下湖广，北去甘陕。

有走旱路的，顺着一级级石梯向东向西，人担马驮。

到了民国由于洋火、洋碱、洋油、洋布量少价高，一般家庭消费不起，这夏布就更加走俏了。

夏布由政府专卖，由此，民国政府专门在这里设置了一个夏布公署，处理夏布生产与当地人之间的日常事务，还设置了一个拥有两百多人的特别税警队作为夏布公署的武装力量常驻小镇，征收与夏布有关的税赋，武器装备特别精良。同时还设立了专门的夏布子弟学校解决子女们的读书问题。

正因为客商南来北往，车水马龙，路孔镇显得异常繁华。

小镇的美丽，也是少有的，濑溪河两岸密植簇拥的南竹与湛蓝的河水，交相辉映，河道像一面镜子，照射出小镇的倒影，青砖碧瓦在阳光或月光下荡漾。

小镇沿河岸石板街的两旁，隔三差五就会有一棵巨大的黄桷树。

这种树又叫大叶榕、菩提树，在南方常见，尤以重庆、四川、湖北最多。这种树茎干粗壮，树形奇特，悬根露爪，蜿蜒交错，古态盎然。

这种树枝杈密集，大枝横伸，小枝斜出虬曲，树叶茂密，叶片油绿光亮，寿命很长。特别奇怪的是这种树的果子生于树叶的腋下，呈球形，黄色或紫红色非常好看。黄桷树把小镇点缀得别具风味。

小镇街上有湖广会馆、明清老街、赵氏宗祠、花房大院、小姐绣楼、大荣寨、肉根香酒楼等，据说，北宋的大夫、明朝的尚书，都来过这个地方。

赵氏宗祠大有来头。据说路孔赵氏，是宋太祖赵匡胤的后裔。经历宋元明清四个朝代以后，到了赵万胜时期，已经是第二十九代了，赵万胜响应乾隆皇帝的圣旨：举家从湖广填来四川。

说起湖广填四川的事，就不得不说说康熙皇帝。

明末清初的30多年时间里，四川境内战乱不断，加上灾荒、瘟疫频发，造成四川的人口锐减。据说，到清顺至年间，四川人口只剩下50来万，重庆城只剩下数百家人，重庆府所辖的涪州，人口只剩下十之一二！

清统一全国后，康熙派张德地到四川当巡抚。

张德地从下江坐船经重庆到泸州，沿途巡查，走了好多天，没看到几个人，为此感到好生奇怪：当地的人都到哪里去了呢？

随从回答：人都死了。

康熙七年，张德地忧心忡忡地向康熙皇帝上了一道奏折，他说："我被皇上荣幸地任命为四川的最高官员，来到这片饱受战火摧残的地方一展宏图。我等下官受皇上差遣，唯有精忠报国效忠朝廷。

"但现在我站在满目疮痍的昔日天府之国，征赋无策，税款难收，感到局促不安、寝食俱废。

"经过几日思索，我觉得要重振四川天府之国美名，唯有招徕移民开垦土地，重建家园，除此别无良方上策。"

张巡抚还在奏折中为康熙支招。比如，命令与四川相邻各省的地方官清查那些因战争而背井离乡的四川原籍人口，加以登记注册，然后由四川"差官接来安插"。或者直接由政府出台移民政策，通过行政手段把人口密集省份的人民移来四川。

后来康熙皇帝又接二连三地接到四川地方官的奏折，终于正式颁布了一份名为《康熙三十三年招民填川诏》的诏书。下令从湖南、湖北、广东、陕西等10多个离四川较近的省大举向四川移民。

从此开始了清朝近100年的"湖广填四川"壮举。

乾隆九年（1744），赵万胜带着他的七个儿子和一个媳妇从陕西关中进入四川，一家老小走到重庆府荣昌县路孔时，感觉这里土地肥沃，水草丰盛，插根筷子都能长出枝叶来，还有鸦屿山青翠伟岸，濑溪河蜿蜒南流，是一个休养生息的好地方。

从此赵万胜在这里安家落户，一家人捕鱼砍柴，勤耕苦读，一轮甲子之后，赵家成为望族。

到了嘉庆初年，开始建立宗祠。100多年来，赵家因宗祠香火旺盛，出了不少人物。

古朴典雅，气势恢弘的祠堂建筑。串架穿斗，雕梁画栋，刻石描金；硬山屋顶，烽火墙兜，重檐翘角。祠堂内共有三进四重之堂。第一重堂供族人聚会；第二、三重堂供家族议事，严肃家规；第四重堂供奉祖宗。

"肉根香"酒楼也有了不得的名气。因为这个酒楼制作出了一道远近闻名的中国名菜——荣昌卤鹅。

据说，这道菜之所以远近闻名，是因为有了100多年的历史又极具大众化。这道菜的原料，取材于道地的当地白鹅。

卤鹅选肉质上好的荣昌白鹅,去毛取出内脏洗净,再将陈年老卤水烧开放入鹅儿肚内,经过祖传的秘方技术加工后,加入老姜、胡椒等几十种香料。

一只白鹅除毛之外,全身上下皆可卤,比如卤鹅肉、卤鹅头、卤鹅翅、卤鹅脚、卤鹅肝、卤鹅肠等等,每一样都有特别的味道。

卤熟后的鹅肉,色泽金黄发亮、五香味浓、炽软适中,还可根据自己的口味添加调料,比如适口的微辣、姜葱味、原始鲜香等。

"卤鹅、卤鹅,盯一眼就走不脱。"这是当地老少皆知的顺口溜。

"肉根香"酒楼还有一道招牌菜叫土鳝鱼也是让人不能不吃的。

土鳝是南方稻田里生长的一种特殊鱼类,样子很像小蛇,无鳞,色黄褐,有漩,肉非常细嫩。打捞起来后,洗净、剖背、剔骨,用沸水小焯,过油,再加入盐、葱、姜、蒜、辣椒等作料,小煮即可。不过这是一般的做法。而这里的土鳝,妙就妙在起锅以后放上切碎的当地特有的一种叫做"鱼腥草"的青叶类草本植物,其味道绝美绝鲜。

小镇的周边,布满了大小不同的石洞和寺庙。最有名的要数"灵隐寺",坐落在大荣寨对面,顺着濑溪河东岸石梯,横穿两三条街向前几里路就到了。它是宋代承建的古庙。庙内的石像雕刻工艺精美,人物形象栩栩如生,显示出古代工匠的高超技艺。门前是一座道佛合一的古庙。庙后有个戏台,两边是厢房,专供居士所用。整个建筑雕梁画柱,墙上还配有壁画。

"灵隐寺"的后院就是"千佛洞",洞旁一条阴河,濑溪河在这里形成一条支流灌入其中。据说路孔镇的来历就与这些洞有关系。

相传明朝有位叫曾傲的和尚,云游到此,见河对岸一带风景宜人,适于修身养性,决定在此建座寺庙。他发现坡边有六个石孔,似与河中相通,便往石孔倒入糠壳一试,不久糠壳果然从河中冒出,于是就把这里叫做"六孔河",后来又喊做"路孔河",路孔镇也因此得名。

"千佛洞"是一个洞口高大洞厅宽阔的大溶洞,可以容纳数百人,冬暖夏凉,是集会的好地方。平日里,灵隐寺的居士总会在这里摆些桌椅,卖点盖碗茶作为寺庙的收入。

镇公所与灵隐寺相邻。那是一个四合院建筑,三面靠山,唯有门前一条独路通往外界,四合院的前面用青砖筑起城墙。城墙上有用于射击的枪洞,恰是一座易守难攻的山寨,它是古人为防匪患而建造的。镇公所所在的河东与夏布公署所在的河西,靠濑溪河上的大荣桥相连。

文镇长拄着文明棍,和老刘一起过了桥,顺着一级一级的石梯,直奔大荣寨。

文镇长走得很急,上得日月亭,有些累了,气喘吁吁,正要和老刘寻个座位。

不远处一个歇息的人引起了他的注意。那人端坐在木条椅上,双手捧着摊开的三张"民报",报纸遮住脸,像是正在认真阅读。

文镇长走了过去,将手里的文明棍举起来转了三圈,扮了个鬼脸。那人将手里的"民报"移开,露出了脸。两人同时惊叫起来:"是你!?"

第四章

　　形势远远超过了渝大金的想象,实际情况比他们担心的要严峻得多。中共地下党从各种渠道得知下川东党组织已经遭到巨大的破坏。消息反馈到中共上层,中共白区工作委员会立即指示搬迁到香港的中共上海局启动应急方案,决定采取重大举措。

　　这天,学院门房交给渝大金一个牛皮纸信封,寄信地址是重庆市米花街棉花巷×××号。

　　渝大金回到宿舍,打开信封,信内写道:母亲病危,大哥差小妹本月23日来你处,住荣昌县城"业缘客栈",望你能及时送去薪俸,救母于病榻。

　　渝大金看后,抑制不住内心的激动。他知道,组织上要引他出山,潜伏的日子就要结束了,盼望已久的事情终于有了结果。

　　他拿出自己的一本教案,打开其中的一页,默默地念诵着一首小诗。这是他离开重庆市红岩村时,中共西南局领导告诉他务必要记住的接头暗语。

　　23日,是荣昌县城所在地昌元镇逢场的日子。

　　县城赶场是繁华热闹的时候,当地百姓把这一天装扮成盛大的节日。从四面八方赶来的乡亲有的背着背篓,有的挑着竹担,有的提着篮子,把自己生产的乡土特产,鸡、鸭、鱼、鹅拿到场镇来卖,换取自家需要的油盐茶醋,衣帽鞋袜,铺笼罩被等等。

　　这天,渝大金神情自若地走进教室去给学生上课,一切都是那么秩序井然,常态,规律。

下午未时,也是赶场的人们逐步散回,场镇进入萧条的时候。渝大金提着一个布袋,里面装满国民政府流通的法币,轻松地走出校门,踏上通往荣昌县城的石板路。

他感觉到,这次接头,是党组织正式招他归队,心情非常舒畅,脚步尤其轻快。在荣昌潜伏了两年多,让他感觉身上都长霉了。据说解放军已经解放了大半个中国了,再不归队,作为军人就没了用武之地,这些年的努力全白废,真的是呆不住了。这下好了,见到组织的人就好了。他这个水中蛟龙,深山猛虎,也该倒海翻江呼啸群峰了。他又有了施展才华之地,想到这些他觉得更加高兴,精神抖擞。

路上,已没有几个行人,偶尔也有人打打招呼,但每当这时进城,人们都心照不宣。散场的时候,也是小职员入场捡罢角乡土特产的时候,小职员薪俸低,上有老下有小拖累大,好捡便宜货嘛。这已经成为惯例,人们见惯不惊。所以渝大金并没有引起人们太大的注意。

从荣昌四川省立高级农业职业学院到县城这段路,两年多来渝大金走过数十次,但过去只知道是望而有涯的大片水田,没什么特别。今天走这路,从校门一出,似乎有意无意地要去注意这条路。路的两边是田,田延伸到县城的方向还有些坡度,田的边角也有不少的死角。虽然坡度不大,死角不深,但如果打仗每个死角藏个把人是没有问题的。如果若干个死角藏若干个人,进攻的时候,打交叉掩护,组织班进攻,甚至排进攻也是容易做到的。这就要看谁占地形优势,也要看谁进攻,谁防守。

想到这些,渝大金不自觉地就笑了。迫切的归队心情,竟然自己给自己安排起工作来了。

"业缘客栈"位于荣昌县城昌元镇中心地段的十字街口临街面,大东街159号的牌子蓝底白字钉在墙上。

这是一排四楼一底的木板房,也是当时荣昌城的高档建筑。客栈一层是饭馆,二层是茶座包厢,三层四层是客房。门头匾额用柳字体,柳公的字别出心裁,遒劲有力,如鸡骨般张扬着个性。

渝大金沿着一条小胡同进入十字街,远远看见"业缘客栈"左头三楼第三个窗口的竹竿上挂着一双鞋。这是接头暗号,表示"小妹"已经来了,并在二楼左头第三个包厢等候,一切安全。

他径直来到客栈门前,店小二热情地招呼:"渝老师好,你家里人在等!"

顺势往前,把他引上二楼。

店里已没有了食客。

一层厅堂十分安静。

"业缘客栈"是地下党在荣昌城的一个联络点。

二楼第三个包箱门敞着。一位端庄典雅,穿着入时的年轻漂亮女子,坐在桌前翻着一本小人书。

这也是接头暗号。

店小二把渝大金引到门口,声音不高不低地冲女子说:"小妹,你家二哥到了。"说完,转身下楼。

渝大金这才发现这个地方居高临下,从窗口望出,看得见十字街口的全部情况。房内平视,能看见二楼楼梯口的动静。仰视,能透过楼梯看到房顶的情况。的确是一个接头的好地方。

渝大金跨进门去,对着女子坐下。

那女子从小人书上抬起头来,渝大金大惊失色。

女子却不在意,脸色较为倦怠,望着渝大金说,"母亲病很重,急需花钱治病。"然后,看了看街口,又看了看楼梯口说:"二哥多年奔事业在外,已有许多年未能回家了,当年从家出来时,大哥寄予的一首小诗还记得吗?"这看似不经意的提醒,却让他内心汹涌澎湃。

渝大金把法币从布口袋中一匝一匝地拿出来摆在桌上,一边若无其事地接过话题说:"明月出山岗"。

小妹解开一匝法币的橡皮筋,细细地数着钱,轻声地和着:"大地撒银光"。

"天边黛青处",渝大金帮小妹解橡皮筋。

"哪里有故乡"。

完全答上了。

渝大金与小妹会心地一笑,算是相互认可了。

他们又家长里短地谈了一些家乡变化,事业坎坷之类的百姓话题。其间不经意之中,小妹告诉他,本月29日让他到鸦屿山斩龙庙会面,还向他交代了"口令"。

小妹一口气说完这些,才给了渝大金说话的机会。他激动地问:"你不会是去年从重庆大学来我校三一班插班的王惠同学的同胞姐妹吧?"

"我就是王惠!"

"你真是王惠?"

"是呀,你还是我的国文老师呢!"

渝大金这下算是服了。

他早就在注意这个学生,平时很孤僻,基本不与人交往,老老实实认认真真读书,与其他女生没什么两样。一般不出校门,也未见她上过街。认识她的人很少。今天稍稍化了点淡妆,换下了学生装,改成一身农家妇女打扮,如果不是近距离,差点他都没认出来。

他意识到,在荣昌四川省立高级农业职业学院,不只是他和郑忠良是地下党,还有王惠,或者还有更多的人,由于地下党组织是单线联系,他只是不认识他们罢了。

王惠要赶车去重庆。

渝大金知道王惠已经归队。他提着那袋法币与王惠出了"业缘客栈",向荣昌长途汽车站走去,一路上有着兄妹般的亲热,直到把王惠送上用木炭作动力燃料的蒸汽公交运客车时,还站在车窗下一再叮嘱千万别忘记了布口袋。

直到客车卷尘而去,他才悻悻地回到荣昌四川省立高级农业职业学院。

这一夜,他踏踏实实地睡了一觉。

第五章

文镇长见到的是位女士,年纪不过二十出头,出奇的漂亮。从穿着和气质上看,不像是有钱人家的小姐或丫头,倒像老师或护士一类的职业女性。她不是路孔镇人,据说是文兴福的自贡老乡,叫郑世蓉,前不久刚从四川大学堂毕业,经人介绍来到路孔镇夏布子弟学校教书。

说起这女子的靓丽,真是给路孔镇增加了一道风景。

郑世蓉身材高挑匀称健实,瓜子脸端庄秀美,蚕眉大眼双眼皮,眼仁清亮黑白分明,葱鼻杏嘴,朱唇透着鲜红,透着活力。额前刘海细密,肌肤嫩而丰实,鸭蛋形下颌,脖颈白而光滑,可谓是一个倾城倾国的靓丽女子。

郑世蓉到达路孔镇的第二天,小镇就轰动了。人们奔走相告:"夏布子弟学校来了一个女老师,真是绝代佳人。"这无异于给她打广告。这个广告引得场镇上商贾人家的儿子一个个争先恐后涌到夏布子弟学校,借口打球或其他体育锻炼,目睹世蓉芳姿。

郑世蓉出街购买生活用品,也会惹得满街目光汇聚。见她走过来,许多人丢下手中的活计,傻呆呆地望着这位"天仙"。还有人跟着她走,但又不敢离得太近,保持着一定的距离,生怕惊动"天仙"惹出反感。甚至见过郑世蓉的有些小伙儿到了彻夜不眠、神情恍惚的地步,那是害起了单相思。

文镇长很高兴,上去一个拥抱。这个动作在当时可是顶尖的新潮,惊得那些亭上喝茶、斗鸟、聊天、打牌的人一个个目瞪口呆。

文镇长之所以如此张扬,就是要让全镇的人都知道,郑世蓉这朵名花已经有主了,这个主就是其貌不扬而艳福不浅的本镇最高行政长官文兴福。他同时也是提醒那些商贾子弟:英雄爱美人,美人想英雄。要想得到美人,就要做出一番事业,混混是不能与美女沾边的。

文兴福虽然貌不惊人,但却非常自信。他是把自己划在英雄行列之中的,美人既然有英雄护卫着,那些商贾子弟就不能在郑世蓉面前肇事。这也等于在小镇人面前公开了他俩的秘密,堵塞了那些小混混的恋路。

文镇长拉着郑世蓉跑下日月亭,径直来到濑溪河边。两人脱去鞋袜挽起裤脚踩进浅水里,把个老刘凉在亭子上面。

远远望去,只见文兴福打开一把荣昌折扇,给郑世蓉遮住太阳,两人头挨着头,十分亲热。文兴福不时地给郑世蓉扇几扇儿,有说有笑,玩得非常开心。两人又时而互相溅着水,打打闹闹;时而又端端地站着谈话,似乎在交流分别以后的相互思念之情,其实他们是在交换近期内党的地下工作意见,直到说够了、闹够了,才上岸穿鞋,招呼老刘。

文兴福扯着嗓子:"老刘,今天我请客!你也去,陪陪我的老乡。我们到'肉根香'吃卤鹅、吃土鳝鱼!"

老刘看见来到他面前的这一男一女,脚上堆满了许多红疙瘩,那是当地一种叫做"麦蚊"的夏季飞虫咬的。这是一种与蚊子同类的昆虫,只有针尖大小、黑色、毒性大。吸足人体血液之后,通体红亮,可达到针屁股大小。被它咬后毒性散发人身上马上会出现"丹疹",会发出奇痒,"丹疹"大小可以达到"麦蚊"的十数倍。眼前这两人虽然满腿"丹疹",却全然不当回事,似乎根本不觉得被"麦蚊"咬过,可见双方对谈话的内容有多么在意,对谈话的形式有多么投入。老刘情不自禁地直摇头。

三人在"肉根香"找了张桌子坐下,文镇长拿过菜谱很恭敬地递给郑世蓉。

郑世蓉却把菜谱推回,礼貌地说:"客随主便,你点啥我吃啥。"

"好吧,恭敬不如从命。"文镇长主要点了卤鹅和土鳝外加少量配菜,接着说:"吃土鳝最好的季节是插秧时节,土鳝在泥洞里猫了一个冬天,没有多少活动,养得白白胖胖。开春以后地气下沉,污水被沉淀,清水向上扬,土鳝出洞,把体内的有毒物质在清水中吐涮得干干净净,然后吃进大量的悬浮生物,补养身体,这时来吃土鳝要多营养就有多营养。"

老刘笑着说:"文镇长说的一点儿不假,真是见多识广。"

"哪里哪里,只是碰巧听别人说起过这事。比起你这个老路孔人来,我就是班门弄斧了。"文兴福和大家说着话,早已点好了菜。

不大工夫菜就上齐了,刚动筷子就见镇里王师爷从门外进来,上气不接下气地喘着,看样子走得太急:"我猜文镇长一定会在这里。"

"请坐。"文兴福客客气气地对王师爷说:"有事吗?"

"出事了,六保保民集结喊冤,把个镇公所挤得水泄不通。"王师爷神色紧张地说。

"人是铁饭是钢,一顿不吃饿得慌。来来来,先坐下吃饭。"文兴福说。

第六章

  29日是个礼拜天，按照王惠的吩咐，渝大金带着郑忠良，一边散步，一边谈论着近期的工作，走出了荣昌四川省立高级农业职业学院的大门。表面上看，他们俩好像是教师之间的一般性谈心交心沟通意见。
  他们谈笑风生，边说边走，还不时把几根绿色草花拿在手上，或放在嘴里嚼一嚼，吹一吹，两人都十分开心。沿着小山包边缘渐渐地向鸦屿山走去。
  星期日，老师邀约转山，在当时并不是什么新鲜事，因为文化生活少，也没有什么自创的乐子。去山林里转转，吸收点新鲜空气，舒展一下筋骨，踏青望景，还不乏是打发时间的一种方式。
  他俩并没引起他人注意。
  沿着崎岖的羊肠小路，蜿蜒上山，走了一段，他们放松下来，也少了话语，闷着头直往前走。
  路边的灌木郁郁葱葱。
  由于鸦屿山土质较厚，森林里的银杉树、松树争抢着阳光雨露，挺拔地向着天空疯长。杉、松下的香樟、柏杨、梧桐虽也叶绿枝粉，却明显地可以看出营养不良。
  渝大金看着这些被针叶林木抢了营养的阔叶林木，联想到自己这几年，还真有点同病相怜的伤感。
  郑忠良拿着一根树枝在前面不停地上下挥舞扫来扫去。一方面是扫路上的蜘蛛网,另一方面也有打草惊蛇的意思,人与动物和谐相处嘛。

渝大金走着走着,看见离路边不远有一株山胡椒(又名木酱子)青枝绿叶。

这种树与香樟相似,但叶子的形状比香樟尖,时值农历五月初,树上结满花椒大小的青灰色果实。那果子在小枝上分出若干单枝,每个枝顶着一颗果实,那果实就是山胡椒,味道非常鲜美。记得小时候,在酉阳老家乡下,厨娘从野外把山胡椒摘回来冲碎,作为下面条或者炒菜的作料,别有一番风味。后来读寄读学校,厨娘把山胡椒摘回来冲碎,放上盐再用猪油炒,放进渝大金每次回家装东西的背篓里,让下人送到学校。吃甑子饭时,挑一坨油拌山胡椒,就着饭吃,奇香无比。同学们每次都吵着闹着要尝尝鲜,许多城里孩子还非常羡慕农村孩子这种有滋有味的生活呢。

渝大金看着那株山胡椒树,想着儿时的往事,不自觉地咽了一口唾沫。

"口令!"突然一个警觉的声音从路边响起。

与此同时,灌木丛中跳出四个农民打扮的人,前后左右把渝大金和郑忠良围在中间。

他俩不觉一惊,停下脚步。

"玉蚌!"渝大金想起,王惠曾告诉过他上山的口令,此时脱口而出。

"猎人。"农民中一人轻轻地应了一句,然后四人迅速消失到林中。

郑忠良向渝大金伸伸舌头,扮了个鬼脸,然后二人既高兴又谨慎地继续往前走。

又走了半个时辰,离半山的斩龙庙已经很近了,又是一声"口令!"

同样跳出七八个农民打扮的人来。

"太阳!"渝大金急忙应声。这是第二关,显然不能再用上次的口令。

"山林!"对方回答,然后一群人退得无踪无影。

终于来到了斩龙庙前面的平坝,庙门前面十几步的地方并排站着两个农民打扮的人。

凭着渝大金的灵感,他感觉到周围有许多人暗中盯着他和郑忠良。他们走近两个放哨的人,其中一个叫了声"等一等",把渝大金和郑忠良挡在一边。

另一人急步走进庙里。

一会儿王惠随那人出来,满面春光地说:"欢迎二哥,欢迎二哥!"然后把渝大金和郑忠良带进庙里。

进得庙来,门边一人,让郑忠良随他而去。

王惠带着渝大金继续走。

这是两个四合院组成的双殿庙,已经看不见当年的红火,地面长满了青苔,围墙因年久失修,十分破败。

王惠并没有把渝大金带进第二个大殿,而是在第一个大殿就转身进了左侧的厢房。

这是一个堆了些稻草的厢房,渝大金被王惠带进来时,原来坐着的几个人立即站起来,面带微笑,算是跟他打了招呼。

王惠指着站在上首的一个人说:"这是上海中央局派来领导我们工作的黄湖同志,是中央任命的地下党川东临委书记。"

黄湖同志紧紧地握住渝大金的右手,用一口湖南官话说,"大金同志辛苦了!"

渝大金用左手盖在黄湖握着的手上,激动地说:"早就盼着你来了!"

接着王惠又向渝大金介绍了其他几位同志。一位是新任命的地下党上川东地工委书记杨其声,一位是新任命的地下党下川东地工委书记谭刚剑,一位是新任命的地下党重庆市委书记刘泽渊。

王惠拍了拍自己的胸脯说,"我叫李静玲,是地下党川东临委的秘书长,也是黄湖同志的联络员。"

她向渝大金点点头微笑了一下。然后把渝大金介绍给大家:"这位渝教授是新任命的地下党川东临委副书记渝大金同志"。

渝大金总算知道了自己在这个团体中的位置。

"人都到齐了,我们开会吧。"黄湖同志的湖南官话再次响起,几个人围成个圈,坐在用稻草垫着的地上。

李静玲从旁边的牛皮包里拿出个笔记本和钢笔准备记录。

黄湖身边也有一个牛皮包,他却没去打开它,而是冲渝大金说,"其他几个同志都讲了讲他们知道的情况,大金,你也讲讲你知道的情况。"

此刻,渝大金已按捺不住内心的悲愤:"下川东地下党出了大问题。"然后,他把郑忠良从宜昌坐"民贵"号客船看到的情况如实地作了汇报。

新任的重庆市委书记刘泽渊说,"那个方脸,秃顶,五短身材的男人就是冉益智。"

黄湖同志说："目前的形势要比大金同志知道的情况严重得多。原地下党重庆市委书记刘国定、副书记冉益智、下川东地工委书记涂孝华都已被捕叛变,出卖了100多位同志,敌人已经抓了几十位地下党员了。"

后来查明,冉益智被捕后,叛变投敌,供出的地下党组织和党员有：中共重庆地下市委的整个班子,即书记刘国定、副书记冉益智、常委李维佳、委员许建业；沙磁区特支书记刘国鋕、北碚区特支书记胡友猷、南岸区特支书记赵硕生；北碚师范学校支部书记蒋启予,相辉学院支部书记金臣霖,重庆大学的地下党员凌春波、周国良、杨邦俊,西南学院的地下党员罗洛庚,乡建学院的地下党员甘辉,四川省教育学院的地下党员蒋茂生,市立第一中学的地下党员冉正林,中央工业学校的地下党员丁干明以及基督教青年会的地下党员陈作义、重庆电力公司的地下党员周显焘等20多人。此外,冉益智还出卖了党的外围"六一社"的一些组织和社员,并指认了地下党沙磁区特支委员张文江、地下党员李惠明这对未婚恋人的真实身份。

刘国定被捕叛变后,不但承认自己是中共重庆地下党的市委书记,还大肆出卖了以下组织和同志：中共川东临委的整个班子。即书记王璞,副书记涂孝文、委员兼秘书长萧泽宽、委员彭咏梧、委员刘国定；重庆中共地下党的整个班子。即书记刘国定、副书记冉益智、常委李维佳、委员许建业；中共重庆地下党市中区委书记李文梯及其妻子熊永日等；电台支部书记程途,委员成善谋、张永昌；《挺进报》特支书记刘熔铸,代理书记陈然、委员蒋一苇,地下党员捍卫小学教师吕雪棠,《国民日报》记者文履平,开明书局经理王诗维；中共重庆地下党江北区区工委员王朴和川盐银行职员地下党古承烁、地下党员作家沙汀等20多人。

涂孝文被捕叛变后,出卖的地下党员有：下川东地工委委员兼忠县、丰都、石柱、南岸工委书记唐虚谷及其爱人张静芳,地工委委员兼开县工委书记杨虞裳、地工委机关书记和财经工作负责人彭绍辉、地工委交通员李承林、地工委军事干部李明辉、地工委与南岸工委的联络员江竹筠；川东临委直接领导的宜昌特支书记陶敬之、地下党在国民党56军的秘密工作者和负责人明昭；中共地下党万县县委书记雷震、副书记李青林、委员黄玉清、妇工委委员陈继贤；万县城区支部地下党员唐慕陶,郊区支部地下党员贺启惠；万县南岸支部地下党员高天柱、向子见,开县南门特支地下党书记冉思源,副书记颜昌豪；云阳县地下党组织与川东地下党工委的联络员刘德彬、云阳县隐蔽区的地下党员荀明善、师韵文、赖德国等20余人。

黄湖说:"川东地下党的组织已经遭受十分严重的破坏,我们要积极开展武装斗争,抓紧时间准备武装起义,把队伍拉上山,这样才能有效地保护已经暴露和被叛徒出卖而敌人尚未抓到的同志,为革命保留一些种子,迎接解放大军。"

黄湖坚定地说:"只有革命的武装,才能对付国民党的白色恐怖,只有坚持革命的武装,才能打败反革命的武装。"

黄湖要求:"要抓紧清理各地的地下党组织,尽快转移已经暴露同志和可能被叛徒出卖的同志。凡是与叛徒在过去见过面或向叛徒提起过的同志,统统都要转移。中央已经组织解放区军队中四川籍的同志组成川干队,从陕西和大巴山入川,来接应我们。"

接下来,大家讨论了清理地下党组织的具体方法、措施和积极开展武装斗争的办法、步骤和基本原则。

大家对积极开展统战工作,争取乡镇甚至县级两面政权的一些人物没有多少意见,但对可以发展袍哥组织的头头和绿林好汉入党却产生了分歧。

刘泽渊说:"共产党是最讲究斗争原则的,袍哥讲仁义,讲一团和气,不讲阶级斗争,让袍哥加入共产党恐怕不符合我们党的坚决斗争原则吧?"

黄湖耐心地说:"我们党既要讲斗争原则,也要讲斗争策略。眼下,干共产党是掉脑袋的事,人家身家性命都不要了,来加入你的组织,与你同甘共苦,帮你渡过难关。你只给人家一个名分,还舍不得,是不是有些太不仗义,太心胸狭窄了。这样做在江湖上是混不下去的。"

杨其声说:"早在红军时期,毛主席就制定了《三大纪律,八项注意》,绿林好汉多半都是些打家劫舍的土匪,让他们加入共产党会不会有违共产党纯洁的性质?"

黄湖说:"绝大多数绿林响马是穷苦出身,上梁山是被逼的,我们就是要用共产党的纯洁性去改造他们的恶习,使他们认识到哪些做法符合共产党的要求就学会去做,哪些做法是不符合共产党的要求就要改正。加入了共产党的队伍,就要把自己培养成为真正的共产主义战士,成为对人民有用的人"。

黄湖坚持说:"统战工作是我们当前的大事。多收编一支队伍,我们就扩大了力量,就削弱了国民党反动派的力量,我们的胜算就多了一个筹码。

袍哥、绿林我们不去抓住,不去利用,国民党反动派就一定会去拉拢。我们的统战工作就是要造成我们党左右逢源的态势,利用广大人民对我们的信任,把第三方力量变成我们的力量,大家一致起来对付国民党蒋家王朝!"

渝大金说:"现在关键的问题是武装群众,关键的环节是要搞到武器,赤手空拳谈不上武装斗争,只能是纸上谈兵!"

李静玲说:"我建议各地已经暴露的地下党员和有可能被叛徒出卖而被抓捕的地下党员,最好向华蓥山转移,我们武装力量的活动也要以华蓥山为依托,在那里建立根据地。"

会议一直开到下午酉时,大家没吃午饭,也没吃晚饭,但都不觉得饿。这个开会的地方白天不敢生火,也没有条件做饭。

最后,黄湖用他特有的湖南官话说:"今天的会议开得非常成功,是一次团结的会议,也可以说是我们川东地区具有里程碑意义的会议。我们统一了思想,统一了认识,明确了下一步工作的方向,达到了预期的目的,与中央上海局给我们拟制的策略保持了一致。"

他看了看大家,见大家都以期待的目光看着,他打开身边的牛皮包,拿出一个笔记本,翻到一页说,下面通过会议决议:

1. 积极宣传和组织武装农民群众,加强武装据点,准备发动武装起义,创建华蓥山根据地,开展游击战争,配合人民解放军入川;

2. 清理老党员,发展新党员,重新建立党支部、特支、县委等各级组织;

3. 以抗丁、抗粮、抗税为内容,因地制宜,组织各种形式的外围团体;

4. 加强统战,争取县、乡有实力的上层人员、社会团体和江湖组织;

5. 继续抓好乡、保基层政权的工作;

6. 城市也要大力发展组织和建立各级组织,开展工人运动和学生运动。

黄湖抬起头来,用征求的眼光看着大家说:"大家还有什么新的意见?"

接下来有的说没有意见,有的说同意,没人提出新的意见。

黄湖说:"通过。"接着说,"我们新成立的武装组织就叫华蓥山游击纵队,下分三个支队。"

他翻到笔记本另外一页说,下面宣布任命:

1. 成立华蓥山游击纵队党委。黄湖为书记,渝大金为副书记,刘泽渊为宣传委员,杨其声为武装委员,谭刚剑为组织委员,李静玲为秘书长。

2. 黄湖任华蓥山游击纵队政委,渝大金任华蓥山游击纵队司令员,刘泽渊任纵队副政委副司令兼第一支队司令员，杨其声任纵队参谋长兼第二支队司令员，谭刚剑任纵队副司令员兼第三支队司令员，李静玲任纵队政治部主任。

下面明确近期任务：

1. 第二支队配属渝司令员行动，主要任务是在以荣昌为中心的上川东地区作统战人士的工作，争取获得捐赠的武装弹药。

2. 第一支队在重庆市搞能生产枪支弹药的机械设备，运上华蓥山建立兵工厂。

3. 三支队做好巫大奉、梁大达武装起义失败中游击队员和各地暴露的地下党员和有可能被叛徒出卖的地下党员的收编工作，建立一道通达华蓥山的地下交通线，尽可能让更多的革命种子能够安全抵达华蓥山。

三个支队都要尽量发动群众，做好群众的组织工作、武装工作，让更多的群众响应和参与起义。

大家回去后分头准备，武装起义由各支队先搞起来，然后再把队伍拉上山，参加纵队起义的誓师大会。今天是1948年6月29日，用8个月时间，大家在1949年4月以前，把自己的队伍拉上华蓥山，纵队起义的时间届时再定！

大家还有什么意见？

纵队司令和三个支队司令几乎是异口同声地说："没有意见！"

黄湖宣布："川东临委已向一些条件成熟的地方选派了一些党员乡、镇长，有的同志已经到位，大家要作好策应。散会！"

李静玲从皮包里拿出三张稿子，发给三个地工委书记，这是每个工委成员和下属党员的组织关系，让他们去接头，开展工作。

李静玲分别对几个负责人说，在特殊情况下，他们的联络员可以直接与她联系。

于是，大家纷纷起身道别。

黄湖与每个人都握了手，其他同志相互间也握了手。

黄湖笑着说，"对不住大家，会开到这时还饿着肚子，今天节约了两顿饭，等全国解放了，我一定请吃大餐，慰问大家，把今天的损失补回来！"

渝大金笑着说，"应该由我来请，大家来到我的地盘上饿肚子，我心里真不是滋味，等革命胜利后我加倍赔偿大家今天的损失！"

又一个革命的理想主义。

其他几人开玩笑说,我们就等着你的大餐,到时别不认黄哦!

各自再一次道了再见,祝了珍重,才恋恋不舍地离开斩龙庙大殿左厢房。

渝大金出来,郑忠良已在庙大殿右厢房的木柱下等着了。

他们出了斩龙庙回荣昌四川省立高级农业职业学院。

路上,郑忠良告诉渝大金,他在另一组全是联络员,也开了大半天会,分析了当前的形势,领导布置了下一步的具体工作。

回校的路上,两人感到非常轻松,心情非常的好,以至觉得渐渐暗下来的晚霞似乎比朝霞还要漂亮,还要精彩。

川东地下党临时委员会导演的一场好戏已经拉开了帷幕。

第七章

却说路孔镇六保有个张兴才,据说他父亲是个私贩夏布的商贩。早在1933年,徐向前领导的红四方面军建立川陕革命根据地时,张老爷子就暗地里为红军运过夏布,直到红四方面军1935年全部撤离川陕革命根据地。路孔镇特税警曾经多次出动警力缉拿他,都被他逃脱。最近又听说他在为人民解放军偷运夏布。

昨天夜里,有线人告诉夏布公署,说是张老爷子回了家。特税警便迅速出击,把个张家围得水泄不通。可是经过彻底搜查,并没有找到张老爷子的影子。于是把张家洗劫一空,还强奸了张兴才的妻子,捆走了张兴才。

左邻右舍看不下去,找到唐保长要求申冤。

唐保长便带上保民代表,也就是六保愿意为张家伸张正义的户主,挤进了镇公所。

文兴福想,上任前马县长一再告之路孔镇特税警如何骄横,不把当地百姓当回事,想不到竟然骄横到了这种地步,这伙人真不是娘生爹养的,一点人情味都没有,真是应该好好扼制一下了。

他越想越不是滋味,但碍于自己的身份,又不能提前离席,耐着性子匆匆吃过饭,才与郑世蓉告别,带着王师爷和老刘回镇公所。

镇公所的人越来越多,不仅六保那些喊冤的保民不肯离去,街上看热闹的人也在一个劲地朝里挤。

镇公所院子里全是人,门前那条石板路也挤得满满当当,连行走都得侧着身子。幸亏有老刘在前面开路,王师爷在后面护驾,文镇长才好不容易来到镇公所挤进自己的办公室。

文兴福派人叫来唐保长,要求派几个最知情的代表一起汇报事情经过。

代表们在唐保长带领下很快来了,其中就有张兴才的母亲,人还没拢,哭喊声早已进了办公室:"文镇长呀,我的儿嘢,你要为我做主呀。我的儿嘢,犯了啥法哟,遭特税警抓走了呀,我的儿嘢,文镇长……"

在场的人都被弄得啼笑皆非。

文兴福忙叫老人坐下,有话慢慢说。

保民代表七嘴八舌,如同麻雀闹林。说的都是特税警以缉私夏布为名,飞扬跋扈,胡作非为,祸害一方百姓的桩桩件件罪过。

有猪被牵的,鸡被捉的,粮食被抢的,财物被劫的;有女人被奸的,甚至还有保民被活活打死的……

文镇长越听越气愤,两个拳头握得咯咯响,恨不能立马叫人将那些为非作歹的特税警抓来生吞活剥。可他毕竟是一镇之长,感情用事是要坏事的。他极力克制自己,压低声音说:"这样,你们都先回去,我会替你们做主的。"

做主,怎么做主?路孔镇与特税警的矛盾由来已久,哪届哪任镇长不是拖眼皮和稀泥?那特税警是夏布公署的税警,夏布公署又是上面的派出机构。县长大人都拿他们没办法,一个小小的镇长又能怎样,顶多就是生个闷气而已。每次遇上这样的事,喊冤的照样喊,肇事者依然逍遥法外。

那些保民之所以还能孜孜不倦地到镇公所去喊冤,其实他们并不一定相信政府能为他们办事。他们只是想把心里的苦水向政府诉一诉,倒出来心里总要好受一些。

当然,这年月泥沙俱下鱼龙混杂,万一真能碰上个青天大老爷,也算是草民的福分。

当文镇长说完要替他们做主的话,保民代表并不纠缠,互相招呼着纷纷离开文镇长的办公室。

唐保长便带着保民们走出镇公所大院。

随后,堵在大路上看热闹的那一大帮人也三三两两地离去了。

路孔镇上上下下都盯着文兴福,看他这个刚上任的新官怎样烧"三把火"。

特税警也在盯着他,看他这个文弱书生与过去的镇长有什么不同,能拿他们怎样。

当天下午,文镇长叫王师爷给特税警队去了份公函,同时抄报县政府和夏布公署。

公函首先呈述了事情的经过,接下来是镇公所公正廉明的态度。阐明拘捕张家父亲,是特税警的正当行为,镇公所义不容辞,愿意作好配合。但此事罪不及子,随便抓人是错误的,特税警方面应立即释放错捕的张兴才,并归还掠去的全部财物,严惩肇事凶手,以平民愤。

这份公函,对王师爷来说,简直是轻车熟路。过去的镇长们遇上这种事都是用同样的方法同样的口气来处理的。那有什么用呢?谁也不会在乎这种表面文章。县政府不在乎,特税警也不会在乎,那一纸空文约束不了任何人。唯一的作用就是可以推卸责任。

过了几天特税警仍然自由自在,镇公所也再没了动静。

外面传开了,说这新来的镇长是个无能之辈。特别是特税警认为,新来的镇长不过如此,与过去的镇长如出一辙没什么两样。他们已是刺坝林的麻雀——吓大了胆,比过去更加目中无人忘乎所以。

六保保民又来镇公所继续喊冤。

一连两天,文镇长好像一点儿也不急。除了正常办公之外,就是搞些和镇警队的镇丁们烧香秉烛结为弟兄之类的形式主义,或者乐此不疲地去夏布子弟学校拜会那位漂亮的同乡美人郑世蓉。

第八章

武器,人。

渝大金脑海里一直翻滚着这两个问题。

从鸦屿山回学院不久的一个黄昏,郑忠良约渝大金散步。

郑忠良汇报说:"我已经与荣昌县地下党联系上了,我们的地域线已经接通。"这意味着渝大金的工作已经得到当地党组织的关注。

"快说说。"渝大金迫不及待地说。

"他们说20天前,荣昌地下党就接到巴县中心县委的指示,要组织群众准备武装斗争。"郑忠良说。

"他们目前的准备情况怎样?"渝大金问。

"荣昌工委书记邹屏说,他们已经通过农协会、互助会、兄弟会等组织形式联络了200—300人,这些人积极性很高,一个个摩拳擦掌,跃跃欲试。他们对一些骨干人员进行了训练。邹屏还说,清升镇镇长缪玉阶是我们的人。目前缺少的是武器,如果能尽快搞到武器,荣昌方面在人员上没有问题。"郑忠良一口气讲了这么多,他掩饰不住内心的喜悦和激动。

"好,很好!只要有双面政权支撑,我们办事就会从容许多。"渝大金也激动地表示,"至于弄枪嘛,我看,先从学院董事长着手,请他支援一下。"

"就是游董事长出钱,也没地方买呀!"郑中良无不担心地说。

学院董事长游兆昌倾向革命,同情共产党,一向对进步青年的行为能够容忍。所以,在革命武装斗争的关键时刻,渝大金想到的第一个人就是他。

"忠良,你找个机会去向李静玲汇报,我们准备弄枪。"渝大金说。

"嗯。"郑忠良点点头。

晚上,学院卸去了一天的喧闹安静下来。

渝大金来到游董事长在学院内居住的地方。

这是一个独立的小院,周围栽满了万年青。修剪得整齐有序的其他植物,使小院显得十分雅致,在惨白月光照耀下,又呈显出几分幽深。

渝大金穿过小院上了几步台阶,上前按响了门铃。

管事拉开门伸出头与渝大金打了个照面:"是渝先生!"他未及关门,就快步穿过院坝,去正堂通报。

游董事长十分客气,微笑着走出厅屋,把渝大金迎进正堂。

管事让保姆沏了一杯茶放到右侧座的茶几上。

游兆昌坐在正堂左侧,渝大金落座在侧座的右侧。

未待渝大金开口,游董事长便先说话了,他笑吟吟地说:"是来辞行的吧!"

渝大金说:"是准备走了。"

游兆昌面带微笑地说:"从前年秋天,荣昌'业缘客栈'老板邹屏把你推荐给我们学院起,我就觉得你早晚是要走的,你是蛟龙应该回归大海。我当时就看出,你是个做大事的人,是有远大志向的人,能把天下作为己任的人,同时也是个很有来头的人。"

"过奖了,过奖了,感谢董事长的称赞。"渝大金说。

"我是讲事实,一点没有浮夸的意思。"游兆昌说。

"这些年,感谢董事长给我各方面的关照!"渝大金发自内心诚恳地说。

"哎——!渝先生,这就见外了,你攒课时拿薪俸,靠的是真才实学养家糊口,我们学院能请到你这样的优秀先生是我游兆昌的造化,也是四川省立高级农业职业学院的造化,是学生们的福分。要说关照那也是渝先生关照荣昌学子呀!"游董事长对渝大金既客气又充分肯定。

的确,两年多来,渝大金的课很受同学们欢迎。他丰富的信息,渊博的知识,在讲课中常把同学们带入胜境。有同学反映,听渝先生讲课,就是欣赏中华文明的博大精深。

"走之前,还有什么需要学院效力的吗?"游兆昌用亲切的目光看着渝大金。

"别的倒没什么。从目前来看,国共形势发生了很大变化。国民党腐败政府越来越难以支撑下去,前方吃紧,国民党部队已经不能大规模地进攻解放区了;后方紧吃,广大人民群众已经完全失去了对国民党政府的信心。共产党领导的人民解放军几大主力部队完成了在全国范围的战略部署,已由过去在根据地防范国军进攻,被动留守,转入一方面能够防御守住自己的解放区,另一方面,还可以抽出部队去解放国民党占领的城市,并且捷报频传,节节胜利。为了能够牵制部分国民党军队,减轻前线人民解放军的压力,充分发挥国统区中共地下党的作用,我受我党的指示,将要到农村去组织工农群众,发动武装起义,策应人民解放军对四川的解放。"说到这里渝大金看了看游兆昌。

"应该去,应该去!"游兆昌附和着说。

"但我们手里武器有限,听说董事长手上有些枪支弹药,能否借给我们用一用,待革命胜利了,我党将加倍偿还。"

"哈哈哈,哈哈哈……。"游兆昌一阵开心大笑,然后说:"在农村老家我确实有20多条枪,一些弹药,是拿来看家护院打狗防身的,在老爷子手里。但不能送,你们必须自己去提。"

渝大金内心一阵欢喜,的确如自己所料,游董事长确实开明,是我党有效的统战对象,这么大的事情他很爽快就答应了。他高兴地说:"我明白,感谢董事长对人民解放事业的大力支持,人民不会忘记你!"

游兆昌对着他深情地微笑。

渝大金喝了一口桌上的茶水,抱抱拳,冲游兆昌行了一个揖拜之礼,转身向门外走去。

游兆昌心领神会,起身跟随着默默地送渝大金到正堂门前,招呼管家,"许之,替我送送渝先生。"

渝大金转身与游兆昌紧紧地握握手,凝视片刻,内心十分感激。

"渝先生请!"许管家做了一个礼貌而优雅的姿势。

渝大金说:"董事长留步。"便随许管家出门而去。

第二天黄昏,渝大金与郑忠良似乎例行的晚饭后散步,他们围绕小山包底边的石板路,边走边谈。

"按照你的盼咐,我找了临委的李静玲同志。"郑忠良低声地说。

"她怎么讲?"渝大金冷静而急促地问。

"她说请示黄湖同志后马上通知清升镇镇长缪玉阶。"郑忠良说。

"啥时动手?"渝大金问。

"听她通知,她说要准备一下。"郑忠良说。

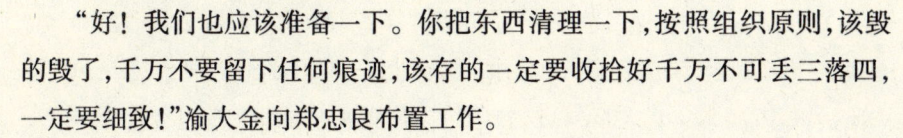

"好!我们也应该准备一下。你把东西清理一下,按照组织原则,该毁的毁了,千万不要留下任何痕迹,该存的一定要收拾好千万不可丢三落四,一定要细致!"渝大金向郑忠良布置工作。

第九章

很快,荣昌地下党给渝大金送来了10支枪,其中4支盒子炮,6支长枪。这些都是日本投降时,国民政府收缴的日本人的武装,长枪是"三八"大盖。还送来一份十分绝密的荣昌境内"白皮红心"的乡镇长名单,以及联络暗号。这份文件的内容只允许渝大金一人知道,看后即毁。

因为国民党的正规部队有了美式武装,国民政府就把日本兵上交的"三八"大盖用来武装地方,只要给银子官绅大户都能买得到。为此在国民党的抗日接收大员中许多人还发过不少横财。这种枪,虽然笨拙,但很好用,射程远,瞄准性能好。

仍然是在鸦屿山半山腰那座破庙里,渝大金在火把的照耀下,显得精神抖擞。

郑忠良站在他侧后,斜背公文挂包,神情凝重。

列队聚集在这里的是从渝西各地已被叛徒出卖,赶在国民党反动派抓捕前而转移出来的和可能被叛徒出卖而转移出来的中共地下党员,其中也有参加过彭咏梧领导的奉大巫起义失败后跑出来的游击队员,如豹子等。

渝大金面对着队伍庄严地说:"我们共产党华蓥山游击队就正式诞生了。今天的任务是去提枪,这是我们的第一次执行任务,一定要小心不要掉队。"队员们兴奋不已。

"下面,我宣布一项任命,"渝大金继续说,"中共川东临委,任命刘建雄为队长。"一个精干的小伙子走出队伍来到队前。他就是前一时期为荣昌地下党训练农民的教官,也是这支队伍的教官,他是从延安派来的人民解放军的一个营长,别看他长相年轻,在抗击日本帝国主义和打击蒋家王朝的战斗中已经身经百战。

刘建雄说,"我们的目标是清升镇,出发!"

郑忠良带头走出破庙。

刘建雄领队,30多个精壮的游击队员跟着。

有游击经验的队员背枪走在前面,从没沾过枪的队员拿着大刀长矛匕首跟在后面。

渝大金走在队伍的最后面,一会儿这支队伍便消失在黑暗之中。

初几的月牙,向半夜的大地撒下一片柔光,夜不黑,也不很亮。

郑忠良在前,尽挑选偏僻没有人家的小路走,以免引来狗叫。大家非常紧张,因为许多队员是第一次参加这样的活动。

队伍走得很快,没有说话声,除了草鞋与石条路沙沙沙的摩擦声就是青蛙"咕哒——咕哒"的唱歌,以及一些小昆虫为了延续子孙而焦急的求偶声。

月牙当顶的时候,队伍来到离清升镇只有两三里路的地方,郑忠良离开队伍,带着豹子一个人快步向清升镇镇公所方向而去。

渝大金、刘建雄带着队伍继续挑选偏僻小径向清升镇以北小佛湾方向前进。

大约又走了小半时辰,刘建雄把队伍停下来。

前面是一个大院。许多队员似乎很熟悉这座大院,悄悄地议论着。

渝大金让刘建雄把队伍围成一个半圆,然后对大家布置到:"今晚我们提枪的地方到了!"

"这不是游家大院吗,这是荣昌四川省立高级农业职业学院游董事长的老屋呀?"一个队员终于没有忍住,说出声来。

游家院子就是游董事长在乡下的老屋,这之前,刘建雄已经带领部分队员几次三番踩点踏勘地形,那时只是苦于没有枪而不敢下手。其实这里根本不会抵抗,因为游兆昌是愿意把枪献出来支持人民的解放事业的。但对新成立的华蓥山游击队来说,这毕竟是第一次行动,为确保万无一失,刘建雄还是小心翼翼特别仔细。

渝大金压着嗓子:"说得对,这就是游家大院,游董事长的老屋。所以,大家进院子后,只提枪,不能伤人!下面请刘队长布置具体任务。"

刘建雄说:"一排到正屋、侧屋去绑游家的人,二排到正屋后面粮食柜里提枪,见到游家的人只能绑不能打,更不能开枪,提到枪以后迅速撤出游家大院。现在验枪,把保险按在锁位上。"那几名拿枪的队员,一阵稀里哗啦地侍弄着枪机,动作十分娴熟。

"一参谋,二参谋,来领锅烟墨。"刘建雄侧边的两名队员各把一包东西交给一参谋,二参谋。

那两个队员给渝大金、刘建雄也各自抹了个大花脸。

渝大金重新集合队伍,在月光下看着一个个花脸,觉得很好笑,这也是没有办法的办法。那时的革命斗争就是这个样,这是最简单的保护措施,为了不被熟人认出来。他压低声音问:"建雄,派出警戒没有?"

刘建雄答:"已经派了四个警戒!"

"好!得手以后,所有人都到这里来集合!大家准备好了吗?"

"准备好了——!"虽然声音压得很低,但能够感觉到队员们的兴奋之情。

"出发!"渝大金一挥手。

刘建雄带着队伍窸窸窣窣地冲了下去。

不一会儿,游家大院方向传来狗叫,仅仅叫了几声就不再叫了。

半个时辰以后,队员们陆续回到渝大金身边,刘建雄最后撤下来。

渝大金让刘建雄清理人数:一个不少。再清理战利品:一共提到了20支"三八"大盖步枪,五箱子弹,四支德国造"十连"手枪,一箱子弹。

刘建雄给渝大金悄声汇报:"我都检查了一遍,一个游家的人都没有伤着。"

渝大金把手枪交了两支给刘建雄,另两支自己别在腰上。把步枪分给一排二排没有枪的队员。几乎所有新得到枪的队员都把枪栓拉了拉,然后利索地用拇指按住枪带把枪体往身后一甩,背在背上。虽然是在朦胧的夜色里,但感觉得到,他们一个个都笑逐颜开。

渝大金让刘建雄重新集合队伍,然后宣布:"现在我们执行下一项任务,出发!"

刘建雄在前头领着队伍,向清升镇镇公所方向飞奔。

这天早晨,天才麻麻亮,荣昌县政府值班室的电话一阵紧似一阵地响个不停。

值班人伸着懒腰，打着哈欠，嘴里嘟噜着："哪个背时的不长眼睛的东西，这么早就叫，叫春呀！"一把抓起电话听了一会儿，还没待发作起来，就惊得六神无主，甩掉电话，急急忙忙跑到上房办公室一边拍打着门板，一边大声呼喊："马县长，马县长，不好了，清升镇被共产党血洗了。清升镇求救，清升镇求救……"

"赶快集合驻军和县警察总队，去清升镇！"还好，马县长因为昨晚与小老婆拌了几句，小老婆不让他上床。他赌气不理睬这个小婆娘，返回办公室就睡在套间的休息室里。

值班员又急忙跑回电话间，拨通电话，对着话筒大叫："文团长，文团长，清升镇让共产党游击队端了甑子，被血洗了，县长叫你立即集合队伍去清升！"

天已经大亮了，从荣昌县城吐出一队人马，前面是警察总队，后面是县驻军团，文团长和警察总队王总队副骑着高头大马，腰挂"连枪"，在队伍里显得特别突出。

紧跟着是跑步而出的挂"连枪"的连、排长和扛长枪的队伍，大约200多人。

最后边才是坐滑竿的绅士——马县长。

队伍紧赶慢赶，两三个时辰以后，才来到清升镇镇公所。镇里的师爷和镇长缪玉阶把马县长、文团长和警察总队王总队副引进政府门里。

文团长叫一个连长布置警戒和隔离群众，自己拿着马鞭跟在马县长屁股后面去查看情况。

缪玉阶指着大门说："我睡得梦里梦中，突然'轰隆'一声，我感觉大门倒了，紧接着我卧室的房门被人踢开，还没反应过来，一群打着花脸的人把我从床上提起来，七手八脚给绑了，嘴里塞了我的洗脸帕。"

镇公所的大门门轴断了，斜依在门墙上。

警察总队王总队副似乎很内行地看看门："门栓断了，是暴力冲击而断。"然后跨过门坎，在门外寻找。

一截一米多长，直径约40公分粗的圆木躺在地上。

王总队副说："就是这根圆木撞的门。"

一群人跟着马县长来到缪玉阶的卧室。

师爷说："我来的时候，缪镇长被捆在床腿上。"床右侧腿，散乱地扔着一圈棕绳和一张乌黑的毛巾。

大家来到政府院的左边厢房。

这是镇警队的卧房，里面搭成的木板铺位，像北方的连铺炕一样。区别在于这里没烧火炕，而是砌成结实的砖墙，满地扔着绳索，门口也有比碗口还粗的圆木，门墙上还有许多枪眼。

几个镇丁比划着给马县长一行讲述。他们睡得正香，忽然枪声大作，同时，门被撞开，一群抹着花脸的人冲进来，有的打着火把，有人端着枪，高喊：我们是共产党华蓥山游击队，"缴枪不杀！缴枪不杀！！"大家还没弄清东南西北，就被共产党游击队绑了。

王总队副出了厢房，再次来到门墙。墙下散落着许多弹壳，他拾起几颗比划着："这是'三八'大盖步枪的弹壳，这是十连手枪的弹壳。"

师爷讨好地说："昨晚我老婆病了，我没住镇公所，住在家里。寅时，突然枪声大作，我一听是镇公所这边传来的，就知道糟了，我也不敢冒失，认真地听了听，好像只有单方枪响而没有听到抵抗的枪响，我一想更糟了。过了一会儿，枪声不响了，我才麻起胆子到镇公所，大门开着，进来一看吓得我全身打抖，赶紧把镇长嘴上的毛巾扯了，松了绑，与镇长一起到厢房给镇丁松绑，然后镇长叫我报告县政府。"他说得语无伦次，显然心有余悸。

这时，一个管家模样的人跌跌撞撞地跑进来，一头跪在马县长脚下，不停地大叫："马县长，要给游老太爷做主哇，昨晚，游家大院被共产党游击队洗劫一空，'三八'大盖步枪，四箱子弹，四支十连手枪不翼而飞。老太爷被绑，全家老小都被绑。"两个警察上去，把管家扶到一边去。

"这就对了，与我分析的一点不差。"王总队副得意洋洋地说，"昨晚，共匪游击队先抢劫了游家大院的枪支弹药，再用这些武器来洗劫清升镇，但是清升镇有内应，要严查！"

大家不觉一惊。

马县长问缪镇长："损失了多少？"

"37条枪和10箱子弹，跑了40个镇丁。"缪镇长答道。

"传我的话，全县各乡各镇，各保各甲，迅速严查，开展拉网式大搜捕，不得放走一个。发现共党游击队线索的赏大洋10个，发现共党游击队的，赏大洋50个。缪镇长立即草拟一个呈报，直报重庆绥靖公署。"

其实国民政府的清升镇早就成了白皮红心的两面政权，这只是共产党游击队小试牛刀,马县长和荣昌县国民政府的大麻烦还在后头呢。

"妈的巴子,我不信共匪逃得过我的手心。"文团长气哼哼地说。

马县长和荣昌驻军警察总队在清升镇折腾了5天,电话打爆了,每天派出驻军和警察清保清甲吼破嗓子,除了缪镇长组织清升镇每天大鱼大肉地慰劳荣昌驻军的警察总队外,没有一保一甲来报告发现共产党游击队的影子。

第十章

路孔镇六保保民的事情出现了转机。

镇警队捉住了一个共产党的要犯,据说是华蓥山游击队的联络员刘飞。

知情人士讲,他是来送信的,是华蓥山游击队写给特税警队长薛义宾的。说的是华蓥山游击队向特税警队买枪的事。信上说,为了今后长期合作,游击队愿意接受特税警队的条件,每条枪再增加二十块大洋。

对于处理这件事,文镇长既秘密而又迅速。他和镇警队彭队副亲自审完案子,迅速抄了一份口供,由彭队副亲自送到特税警队交给队长薛义宾。那姓薛的见了口供,暴跳如雷。声称根本不存在与游击队的这笔交易,纯粹是文兴福捏造事实,挟嫌报复。对于这种小儿科的把戏,说出来也不会有人相信。

"队长大人,先别急。"彭队副不紧不慢地说:"是真是假,那游击队的联络员刘飞你总该认识吧。如今通共的人会有什么结果,谁都很清楚。如果薛队长不领文镇长这份情,我们只好把人往县里送,到时可别怪没给面子哟。"说完,起身就走。

这个刘飞,多年来一直在路孔镇做长工,其间也在薛家干过几年。因他个子高走路快,镇上的老老少少没有不认识的。直到近年参加了游击队,才很少在路孔镇露面。想到这里,薛义宾有了自己的主意,他要亲自见见这个联络员,让他当面锣对面鼓地讲出来。于是咬咬牙:"请慢!"他伸手拦住彭队副问:"这事都有谁知道?"

"除了文镇长和我,没有第三人晓得。"

"王师爷呢?"

"绝对不知道。"

"那,"薛义宾急匆匆地说:"快带我去见文镇长。"

文镇长是个热情好客的人,他见薛义宾从门外进来,赶紧上前握住他的手,微笑着说:"失敬失敬。文某初来乍到,本应登门拜望,不想公务缠身,一时还没抽出时间,倒让薛队长动步了。"说着话,将薛义宾迎进办公室,迅速关上了门。

"你这是演的什么戏,人呢?"薛义宾阴沉着脸,气冲冲地问。

"彭队副,你带薛队长去提人。"文镇长喊着,同时又对薛义宾说:"我就失陪了,有啥话,回头再说。"

薛义宾跟在彭队副后面,很快就在镇公所后面的一个山洞里见到了刘飞。他的双手被绳子捆着,看样子并没有受刑。薛义宾见了,气得两眼直冒火花,"嗖"的一下从腰间拔出手枪顶住了刘飞的头。没等他扣动扳机子弹上膛,早有一个冰冷的枪管顶住了薛义宾的头。

"别乱动,枪会走火的。"是彭队副的声音。他说着话,迅速下了薛义宾的枪,把两支手枪一起插进腰间说:"对不起,薛队长,暂时委屈你了,有什么话你和文镇长说去。"于是返身锁上洞门,带着薛义宾去见文镇长。

薛义宾十分纳闷,刘飞是个出了名的飞毛腿,他可以日行三百多里,怎么就能抓得到呢? 便问彭队副:"你们是怎么抓到他的?"

"碰运气吧!"彭队副将手枪还给薛队长,开始叙述捉拿刘飞的经过。

那天傍晚,文镇长叫彭队副和他一道去出事的六保张兴才家看看。

彭队副叫了两个镇警随行。出于安全考虑,例行公事,这无可非议。

刚要走进一条巷子,远远就见一个高个子迎面走来,彭队副轻声告诉文镇长:"来人像是刘飞。"

文镇长问:"刘飞是什么人?"

"听说是游击队的联络员。"彭队副告诉他。

文镇长叫他:"将来人抓起来,搜身,看有没有什么情报。"

于是在那小巷子里彭队副突然扑上去,将刘飞压住,两个镇警就把他绑了,从身上搜出了那封写给薛义宾的信。

薛义宾根本就不相信有这么回事,但是如果事情是假的,那么刘飞又是谁弄来的? 文兴福是个外地人,刚来路孔镇上任,他是不可能找到刘飞的。彭队副,是个国民党死硬分子,与游击队势不两立,要办这样的事也很难。如果说事情是真的,那更有蹊跷。因为薛义宾根本就没和游击队谈过那笔交易。

这到底是怎么回事呢?

薛义宾百思不得其解,他越想越糊涂,越想心里越乱。这真是黄泥巴掉进裤裆里,是屎也是屎,不是屎也是屎。干脆,什么也不想了,眼下最要紧的是把这桩烫手的事情应付过去。他只有接受文镇长提出的条件,无论文镇长提什么条件都行,等应付完眼下这桩烂事,再作计较。

事情很快谈妥。

文镇长的要求比薛义宾想象的要简单得多,他只让特税警队立即释放张兴才,归还全部被掠去的财物,赔付一笔张兴才妻子因被强奸而给的抚慰金。

薛义宾的条件是立即枪毙刘飞,将其所录口供全部交给薛义宾,他要的是不留后患。

本来,薛义宾是坚持要亲自处理刘飞的,但文镇长无论如何也不交人,理由是怕节外生枝。最后还是薛义宾让了步,他相信彭队副不会放过刘飞。

事实上,薛义宾这次又想错了。尽管彭队副是个反共的死硬分子。但留下刘飞,今后对他更有利。虽然他反共,但无论是共产党还是游击队都不曾伤害过他。而特税警就不同了,他们仗着人多武器精良,从来没把镇警队放在眼里,每每遇上矛盾冲突,镇警队都得像龟孙子一样让着特税警队。文镇长说得对——"干掉了刘飞,我们就在特税警队面前永远抬不起头,留着他,我们或许还有出头之日,只要特税警队欺压我们,我们就拿刘飞说事。"况且,彭队副还是张兴才所在的六保的女婿,唐保长答应过他,等要到了抚慰金,多数还归他姓彭。因此,在对付特税警队的问题上,彭队副是格外卖力。

当天夜里,彭队副独自带着刘飞去了后山,一声清脆的枪响,结束了闹得沸沸扬扬的六保被袭事件。

在山下,文镇长和薛队长也在一起听见了远处的枪声。除了他们三人,谁也不知道这事为何解决得如此圆满。路孔镇的人不知道,六保的人不知道,特税警们也不知道,就连县太爷也感到惊讶。

当天夜里,文兴福睡了个好觉,他要养足精神,应付明天的事。

到了明天也许还会有更大的麻烦。

第十一章

渝大金他们确实已经离开了荣昌。

那晚,他们在清升镇小佛湾游家院子、清升镇镇公所提枪以后,又绕回邮亭,去了永川,在永川茶山竹海建立了宿营地。

他们在这里用稻草和竹竿搭了些简易的窝棚抵挡风雨晨露,好在竹山的翠竹和竹叶更是取之不尽。

竹山中有小溪,吃水不成问题。

枯竹干枝遍地都是,做饭不成问题,但是如果浓烟滚滚就很容易引来敌人的围剿。这可难不倒渝大金,他让大家在晚上煮饭,还把在陕北游击队时使用的高招传给炊事员:在地上挖灶的时候,每个灶挖十多根烟道,这样就把浓烟分散了。还别说,这个方法真管用,有游击队员到山顶上去瞭望过,即便是清晨生火煮饭,烟道经渝大金这样一处理,就变成了比较自然的雾气了。

渝大金准备把他的队伍在这里休整一段时间再拉上华蓥山。

他们在竹海的各个要口都放了警戒。

由于前晚折腾了一夜,队员们十分疲惫,昨天睡了一个整天加一个晚上。今天大家都在神采奕奕地回味提枪的经过。

郑忠良把玩着一支"十连"驳壳枪,翻过去覆过来地欣赏,十分得意地对刘建雄说:"老刘,谢谢你啊!我就是想要一支驳壳枪,你给我圆了梦。老刘你英雄啊!"说完把一罐酒和一布袋棉花交给刘建雄。

刘建雄笑着说:"这次提枪,你功劳也不小啊,要不是你提前到清升镇做工作,我们可能不伤一个兄弟吗?这支枪是奖赏你的。"

"还真别说,我那晚去清升镇的时候,开始很害怕,后来见了缪镇长,才定下心来。老缪真是个老油子,办法多,那天要不是他提前支走那些反动派的狗镇警,哪有这么顺利?"郑忠良很认真地说。

当然缪玉阶是用了心机的。那天正好是星期天,本来就放假嘛,所以凡是镇警请假他都同意。后来请假的那些人还十分感激老缪,因为请假躲过了一劫。

在1948年以后的国民政府的乡、镇政权中,真正死心塌地为国民党反动派卖力的本来就不多了。巧的是清升镇仅有的十几个人那天都请假了。

当游击队在镇政府院内放枪的时候,缪玉阶还有意无意地疏忽了没关后门。游击队冲进政府院,有些镇警提着裤子从后门逃命了。他们还自以为自己抢了个时间差,保住了小命,至少没被一绳子绑了,少挨了绳绑之苦。

缪玉阶就是这样不露痕迹地把党的统战政策落到实处,所以他能在国共之间游刃有余。

游击队员们陆续从窝棚出来,有的伸伸腿、弯弯腰,有的抓紧时间擦枪,有人在小溪边洗脸。

渝大金让通讯员叫刘建雄和郑忠良去他的窝棚商量部队休整的事。

"部队现在有枪了,要加强政治教育和组织纪律教育,要让游击队员知道为谁打仗,为什么打仗,把思想觉悟提高起来,同时要加强纪律,打起仗来,要冲得上、跑得脱……"未等渝大金讲完,一个哨兵引来一个农村妇女打扮的人,来人微笑着揭去头巾。

"静玲,怎么是你?"渝大金喜出望外,热情洋溢地迎上去。

她笑逐颜开地来到渝大金面前:"祝贺渝司令首战告捷,取得这么大的胜利。"然后蹲下身子脱下布鞋,拉开鞋垫,取出一个纸管,交给渝大金。

"给静玲弄点好吃的!"渝大金让郑忠良带李静玲到炊事房吃东西。

渝大金回到自己的窝棚,小心地将纸管展开,上面什么也没有。他忙叫拿酒、拿棉花来。

不一会儿,刘建雄便将两种东西拿了过来。

郑忠良跟着刘建雄来看热闹。

渝大金把那张纸平展地铺在身边的石板上,用棉花蘸着酒,慢慢地往上涂。

奇迹出现了,那纸上显出一行字来。

这是那次在鸦屿山斩龙庙开会时李静玲布置的今后游击队与上级联系时必需的文字处理方法。

直到这时,郑忠良才弄清楚刘建雄让他到清升镇后,无论如何得找缪玉阶要酒要棉花的用意。

这封信的内容是黄湖下达给渝大金的秘密指示,他让渝大金去重庆市找刘泽渊落实兵工厂建设的事。

渝大金给黄湖写了回信,用毛笔蘸着淘米水写,这样在纸上也看不出有字,黄湖自有办法知道他信中的内容。

李静玲吃饱喝足,郑忠良又带她到驻地走了一圈。

李静玲赞不绝口。

回头,渝大金的信也写好了,他把信卷成一个纸管,交给李静玲。

"渝司令搞了个开门红,成效很显著哦!"李静玲高兴地接过纸管。

她把纸管放在鞋垫的下面,挥手而去。

第十二章

大清早，文镇长还没进办公室，早就有人站在门口等候。

是谁？是他的同乡恋人，夏布子弟学校老师郑世蓉。她为啥要在这种时候突然造访呢？事情还得从头说起。

这一年特别奇怪，3月以后一直不下雨，秧子栽不下去，田里就没有收成。中途虽然下了几场小雨，也仅仅只是打湿了些地皮，这就苦了农民。到了7月份，还看不到往年那种"风吹稻菽千重浪"，"晨踏露水去，夜听蛙鸣声"的景象，看得见的却是田里干得开裂，农民没得吃的，连上年的种子都被吃掉了。

张兴才所在的那个六保，日子更难熬，有人编了个顺口溜："十个锅儿九个空，剩下一个在装风。"

荣昌县中共地下党组织接到上级的指示，决定趁机发动农民，开展一场反饥饿斗争，打开豪绅粮仓，救济贫苦农民度荒，以此发动群众，凝聚人心，打击国民党反动派的嚣张气焰。

六保有个口齿伶俐的老头儿叫张兴旺，算起来还是张兴才的堂兄。他的儿子十多年前被抓了壮丁，于1933年在长城脚下古北口与日军作战时被日本人打死了。儿媳改了嫁，留下个小孙子与老两口儿相依为命。

祖孙三人老的老，小的小，不管怎么起早贪黑，勤耙苦做，日子过起来仍然十分凄苦。一年打下的粮食交了租子剩下就不多了。就是在平时也总要扯些野菜混合着煮来吃。如今又遇到大干旱，家里早就没了粮食，顿顿都靠扯野菜过日子。

大凡穷苦人家遇到这个时节,都是这样。扯野菜的人越来越多,野菜的需求数量就越来越大,山上的野菜早被连根拔光了。包括有些树叶、树皮、树根皮都被人们用来填了肚子。有些人只有靠挖"观音土"衬肚子。

这"观音土"是一种近似橡皮泥的黏土,充饥是没问题的。吃进去容易,拉出来很难。能找到门路的人弄点儿洋碱来化成水从肛门灌进去洗肠,解决出路;没门路的只好用手指伸进肛门里抠出泥便。

张兴旺家这几天吃了"观音土",老伴没有办法解决出路拉不出来,憋得喊爹叫娘,躺在床上直打滚。

路孔镇中学的一个青年教师找到张兴旺,说是可以去向特税警看管的国家谷仓借些粮食度荒。这里的国家谷仓收藏的谷子,其实就是从路孔镇农民那里征购来的。国民政府在路孔镇划了很大一片土地,佃租给当地农民,秋后征粮作为夏布工人的定量口粮。

特税警看管的国家谷仓虽然是路孔镇各夏布员工的口粮,但这些年来,这里的看守却不以为然,在薛义宾的指使下,经常把粮食拿出来放高利贷,找外水,从中进一步盘剥农民,肥自己的腰包。为此,当地贫苦农民十分眼热夏布工人,夏布工人也觉得高人一等,而不禁沾沾自喜,让贫苦农民生出一些不满。

张兴旺苦苦地笑了笑。借粮,他每时每刻都在想这事呢,可是那利息高得能把一家人生吞活剐。去年借的都还没还清,再借,利滚利拿什么去还呢?但他转念又一想,眼下救命要紧,只要能借到粮,利息就再认些吧。唉,穷人家就是这样,旧债没还清,又添新债,一辈子都是在借债与付息中过日子。可是有谁愿借你呢。

青年教师好像看出了他的心思,悄悄对他说:"过不了多久,这里就要解放了,成为老百姓的天下,你们佃租土地的地契都要作废了,土地就分给你们,自己当家做主的日子就要来到了,还怕什么高利贷?"

张兴旺也多多少少听说过一些共产党解放军的事,但他仍然觉得这样的事比较玄,祖祖辈辈传下来的规矩,谁家的东西就是谁的,怎么能随便乱拿呢,怎么可能说作废就废了呢?

那青年教师又说,"我们也可以邀约几百个穷苦百姓去打开那谷仓自己取粮?"

"那不是去抢吗?"张兴旺越听越糊涂问,"特税警有钱有势,有枪有炮,谁敢聚众惹他们呢?"

青年教师说:"我们这不是去抢,是去借!有礼有节地借。国民党政府贴了个'二五减租'布告,说是要稳定秩序。既然那么多老百姓没饭吃,饥饿生盗心,社会秩序怎么可能稳定得了呢?"

他告诉张兴旺,只要他带个头,这件事就有了由头。他的儿子是战死在古北口抗日战场,他家是烈属,政府不敢抓,同时教师们也会去支援借粮的穷人。

其实"二五减租"原本是个国共合作的产物。

早在1926年第一次国内革命战争时期,在中国共产党的推动下,国民党中央就曾将"二五减租"写入其国民统治的政策纲领之中。

"二五减租"指的是:在中国民主主义革命时期,没有进行土地改革的地区,允许地主出租土地请人耕种,但必须实行二五减租,就是不论何种租佃形式,均按原租额减去25%。减租后,各类地租的租额,一般不得超过收获量的30%,最大不得超过45%。

解放战争爆发以后,共产党领导下的红色根据地实行了土地改革,分到了土地的贫困农民,看到自己双手种出了属于自己的粮食,非常高兴地坚定不移要跟共产党闹革命,对共产党要求的事情表现出了空前的积极性。

共产党号召参军消灭蒋家王朝,农民们放下锄头拿起枪杆就去拼命,那些用美式装备起来的国民党正规军都不是对手。

不久,蒋介石发现了粮食中隐藏着那么大的秘密,于是搬出个"二五减租",企图以此来收买国统区的农民,稳定国统区的形势。

张兴旺似乎明白了,既然有这么好的事,那就赶紧办吧!他找到唐保长,要他把保民召集起来开会,"我张某愿意领着断粮的人去向特税警借粮。"

可是唐保长担心惹祸上身,敷衍几句便叫张兴旺自己去联络,他唐某装作不知,不支持也不追究。

张兴旺知道唐保长和这些断粮者不是一路人,便干脆自己挨家挨户去联络。

谁知这件事动静弄得有点儿大,很快,就传到了特税警队长薛义宾耳朵里。

他怒火中烧,破口大骂:"是谁吃了豹子胆,敢在太岁头上动土!"

骂累了冷静下来一想,其实这原本就是他们创造的,常年用来搜刮民财的老掉牙的方法,并不是新鲜货色。只不过,过去是他们主动,这次是农民

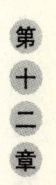

主动而已。怎么由主动变被动就接受不了呢？

进而又一想，这不是一个千载难逢的机会吗，他可不能放过这个机会，正好借这个机会，认真地运作运作，给上次弄得他很没面子的路孔镇文兴福镇长一点儿颜色看看。

薛义宾找到夏布公署的头头，如此这般地给文兴福设了个局。

首先由夏布公署出面，找夏布子弟学校校长，表态支持夏布子弟学校教师们对"二五减租"法令的维护。其次是以搞好夏布公署与地方百姓的关系为由，让夏布子弟学校为饥民聚会提供场所。为了把这件事办好，还专门让教师郑世蓉去请镇长文兴福参加聚会，当面表示支持穷苦百姓的正当行为。

如果郑世蓉不去请或请不来镇长文兴福，学校就可以给文兴福扣屎盆子，以文兴福不关心群众疾苦不作为请求上边追究文兴福的责任；并且以不服从安排为由开除郑世蓉的教师资格。

如果镇长文兴福到了会，他就得背上组织镇民聚众闹事的罪名，只要分了国家仓库的粮，上面一旦追究起来，倒霉的只能是镇长文兴福。

这可是一箭双雕的连环谋划，搞不掉文兴福也能给当今镇长的同乡恋人一个打击。

另外，这件事不管弄不弄得成，夏布公署多多少少是作了些姿态，缓和了些与当地百姓的矛盾。

好一个一石三鸟的计划！

文兴福明确了来意，便问郑世蓉："你看我是去还是不去？"

郑世蓉说："我看还是不去为好，这样可以在国民党县政府保住你的清名，也为我们保存了力量，大不了我不当这个教师。"

"我看也是，要去凶多吉少，对今后工作不利。"站在一旁的王师爷也上来帮腔。

他在镇上当过多年师爷，看问题比较深透，处理事情比较圆滑。尽管在处理张兴旺与特税警的问题上他不知到底中间有什么交易，但他还是感觉得到问题能那么圆满解决，肯定文镇长抓住了特税警什么把柄。至于到底是什么把柄，他当然不知道。

他觉得如果文兴福真的去参加饥民集会，一定是猫抓年糕，脱不了爪子。于是便说："镇长别怪我做下人的多嘴，保一个镇长比保一个教师要合算得多啊。"

"你这话倒是很有道理。"文兴福附和着,接着话锋一转,"不过,我想两样都保,这当然很难。"

文兴福谈了自己的想法,如果不去参加集会,不用说,郑世蓉的教师工作难保,夏布公署那些龟儿子还会说他姓文的是个缩头乌龟,没有胆量,连个集会都不敢参加,镇里的百姓也会因此而疏远他。如果去了,也许会大祸临头,但是也许会安然无恙。

"我想去赌一把运气,参加集会!"

话都说到这个份上了,谁还能再说什么呢。

王师爷只好作罢,便说要去准备准备,让镇长去参加那个鸿门宴一样的会。

文兴福说:"不用准备,一个镇警都不能带,去了只可能激化矛盾。只要师爷你把镇上的事照料好就行。"

文镇长跟着郑世蓉很快到了夏布子弟学校大礼堂,参加集会的饥民有三四百人。同情饥民的小学教师、中学教师、子弟校教师也早早到了会。

这里面到底有多少人是地下党,有多少是进步人士,有多少是来凑热闹的,谁也看不出来。

文兴福一只脚刚跨进大门,会场便响起热烈的掌声。早有人来将他请上台去,和饥民领头人张兴旺并排坐下。

大会很快就开始了。

张兴旺首先述说了自己的艰辛日子:独生儿子被抓壮丁,殉职在古北口战场,家中没有劳动力,生活一年比一年难熬,靠挖野菜过日子。目前天干,连野菜也挖不到了,只好拿"观音土"充饥,左邻右舍还因此饿死了好几个人。饥民们算是无路可走了,他强烈呼吁社会各界支持饥民向国家谷仓借粮。

张兴旺的述说,让在场的几个女教师都流下了眼泪,也有人激情涌动,情不自禁上台发表演说,坚决支持饥饿的农民借粮。

到会的镇民代表也都纷纷发表了意见。

此时,作为一镇之长的文兴福再不发表意见是不行了。不过,他也早有准备,大大方方地说:"乡亲们,我坚决支持你们向国家谷仓借粮!这是符合国民政府'二五减租'布告精神的。'二五减租'的核心内容就是稳定社会秩序。当前社会最大的不稳定是那么多人吃不饱饭,甚至饿死了人,这既不符合国民政府的章法,更不符合中国儒家的'仁爱'思想啊!"

他上下千年，纵横万里地大讲了一通政府爱民，百姓是衣食父母的理论。然后话锋一转，强调说："不过呢，借粮还是要按规矩办，不许和政府作对，不许乱来。"

其实，只要能生存下去，饥民是不会与政府作对，不会乱来的，中国的老百姓历来都很怕官的。

话音刚落，会场上响起了一阵阵热烈的掌声。

突然，一群荷枪实弹的警察从门外冲进来，参会的饥民大惊失色，顿时骚乱起来。

"哼，想不到姓文的会来这一手，刚才还说支持饥民借粮，转眼又派警察来镇压！"

"本来我们还以为那姓文的是个好官，想不到他和别的当官的一个德性！"

"这种世道，根本就没有什么好官。"

……

饥民们你一言我一语，就像闹林的鸟儿叽叽喳喳没休没止。

有人想从大门溜出去，被彭队副的人用枪堵了回来，会场大乱。

"这事真是奇了！"文兴福这么想。

他搞不清这是怎么回事，难道是王师爷叫彭队副来的？他参加这个会，除了镇里的王师爷，是没人知道的。并且，到夏布子弟校前还专门对王师爷有过交代。

如果是王师爷有意所为，他的目的又是什么？是保护？没这个必要。不是保护？这王师爷的来头就值得思考了。

如果不是王师爷，问题可能就出在特税警的薛义宾身上，要真是这样，那问题就简单多了。

想到这里，文兴福迅速走下台，把彭队副叫到一边，敦促他把事情的原委快快道来。

事情的经过是这样的。文镇长刚离开办公室，就有一个舔着糖葫芦的小孩拿着一封信到镇上去找彭队副，说是一个不认识的人托他把这东西转交给彭队副，信里有紧急事情。

彭队副赶忙拆开信，原来文镇长在夏布子弟学校被人扣留了。他有些不大相信，连忙去问王师爷。

王师爷说:"文镇长确实被他的同乡恋人郑世蓉请到夏布子弟学校去了,不过是不是被扣留了倒很难说。"

听王师爷这么一说,彭队副反倒坚信那信里的内容是真的。他想起前几天六保张兴才家的事,既然那次特税警吃了那么大的亏,这次,薛义宾能轻易放过他吗?

彭队副按自己的想法把这事给镇警队说了。

尽管刘飞的事只字未提,镇警队还是顿时炸开了锅,他们都是文镇长的结拜兄弟。兄弟兄弟,有兄就要有弟,现在兄长有难,为弟当然要两肋插刀,绝对不能袖手旁观。

没等彭队副发话,弟兄们早已操起家伙,跟着彭队副一阵风到了夏布子弟校。

"哦,原来是这样,"文兴福若有所思,"除了薛义宾,还有谁会叫小孩去送信呢?"他叫彭队副立即将镇警队带回镇公所。

回到台上,文兴福大声对饥民们喊话:"乡亲们,你们继续办你们的事,镇上有急事,要我回去处理,彭队副他们是来接鄙人的,鄙人就不陪你们去了。"停了停,他接着说:"当然,只要你们按规矩办事,我文某会永远支持你们的。"说完,拱拱手,离开会场。

文兴福没回镇公所,他带着镇警队的弟兄们径直去了"肉根香"酒楼。那可是路孔镇最好的酒楼,一般只有招待贵宾才去那里。

文兴福对一行镇警说:"弟兄们,今天你们救了我,无论如何,我文某也要请大家好好吃卤鹅、土鳝,喝一顿!"

镇警队的弟兄们一个个丈二和尚摸不着头脑。

在夏布子弟校时,文镇长明明当着那么多饥民说镇警队去那种场合是场误会,怎么一下又说救了他呢?

文镇长看出了大家的疑惑,说:"在那种情况下,当时那么多愤怒的饥民和教师,不那么说是不行的,会激化矛盾,要真把饥民们激怒起来,还不知怎么收场呢。"

接下来,文兴福要思考的是如何面对县里方方面面的人物。

饥民借粮的事闹得那么大,事情出在路孔镇,身为一镇之长无论如何也得向上面交个差。

第十三章

　　捷报传来,首战大获全胜,搞到了武器,武装了人员,鼓舞了士气,建立了游击队。黄湖非常高兴,又给渝大金布置了新的任务。

　　这天,渝大金带着刘建雄来到重庆城区刘泽渊支队。

　　刘泽渊支队是城市武工队,就是城市里采用武装的形式进行工作的队伍。主要队员是工人,主要任务是搞到制造军火的机器、设备,组织技术工人,建立兵工厂,生产游击队需要的武器装备。

　　这一套工作,刘泽渊是驾轻就熟,他原本就是国民党重庆江南兵工厂地下党组织的领导。

　　在一间木板阁楼里,电灯光下,一桌麻将鏖战激烈。渝大金与刘泽渊和江南兵工厂地下党特支的卢师傅和张师傅以打麻将为掩护研究工作。

　　"三条。"

　　"六筒。"

　　"九万。"

　　"碰了。"

　　"开杠!"

　　"杠上花!"

　　"自摸!"

　　此局,渝大金"和"了。

　　卢师傅一边和牌一边说:"从去年4月开始,我们就积极准备筹建兵工厂了。我们已经把材料保管室的保管员发展为地下党员。目前,掌握了四台机床,其中两台新的,另两台是从其他旧机器上换下来的零部件,拼凑起来还能用。"

重新齐牌,拿牌。

张师傅打出一个"九筒"说:"我们精工车间已经加工出来六套机床配件,随时可以起运。"

刘泽渊打出一个"八条"说:"我们工具房这些年已经积攒了10多套工具,可以同时供几十人使用,工厂里有十多位技术工人愿意上山,有他们做师傅,要不了多久就可以带出一批操作一线的工人来。"

渝大金碰了个"六万"说:"感谢大家,太好了。我会及时派人来取设备,你们把技术工人组织好,运走设备和工具就一并上山。"

"厂里有驻军一个连,还有一个军统特务组,把这些东西运出大门很难。"卢师傅说。

这的确是个问题,每天工人上下班都会被搜身,就是一颗螺丝钉都很难带出厂,更别说大宗设备零件了。

这个难题摆在了大家面前。

大家七嘴八舌地讨论起来。

有的说,请门岗喝酒,把他们灌醉。但这显然不行,门岗不可能离岗,更不可能在岗时去喝酒。

有的说,在进厂装货的车上做文章,比如把车厢弄个夹层,把东西放进夹层拉出去。可这个办法也不行,由于前方战事紧张,国民党对兵工厂加强了防范,每次拉军火的车都有军人护卫,形影不离从进厂到出厂,一直跟到底。装货、卸货都是在军人眼皮下进行的,根本没有机会能装进去游击队需要的设备。

还有人说制造工伤事故,叫救护车进来,把设备藏在救护车里带出去。大家反复讨论,最后觉得这个办法还是不行,会在很多细节问题上把握不住。

又有人提出,在工厂大门制造打架斗殴的群体事件,把岗哨和驻军部队的注意力吸引过去,趁乱做事。大家一听这更是一个笨办法,当场就否定了。

怎么办呢?

渝大金深思了一会说："我想考察一下兵工厂。"

大家几乎异口同声地问："你怎么能进得去？"

渝大金说："办法我来想。"

这天，江南兵工厂商务部在收到一封商务电报的同时，驻厂军统特务组也收到了一份内容相同的电报，上面说：川军潘文华部56军驻宜昌基地，近日有人来兵工厂联系购买军火事宜。

这是个很惯例的事情。军队的人到兵工厂联系军火，司空见惯太正常了，并没有引起军统组的过分盘查。他们只是按常规给56军宜昌基地打了个电话，问明来几个人和来人的身高体型等一般情况。然后打电话的人就捏着粉笔把基本情况记录在军统组办公室的黑板上，提示大家有这么回事。

没过两天，江南兵工厂门岗就给军统特务组报告说，大门有一瘦一胖两个人，查其证件是川军56军宜昌基地军需部人员，要进厂联系业务。

军统人员把门岗的报告与黑板上的情况核实了一下，完全对号，再问门岗是否有啥异样。

门岗不置可否："没发现可疑情况"。

于是军统人员一个电话打到商务部，通知他们去接人。

一会儿，商务部的人员来到门岗会客室，热情地冲一瘦一胖两个西装革履的男人一伸手做了个邀人进入工厂的动作："申先生请！"

那位瘦高个穿米黄色西装的申先生就是渝大金，那穿蓝色西装的年轻小胖是刘建雄。

川军56军宜昌基地有中共的地下党组织，司令部的副官就是地下党员。当重庆江南兵工厂军统组的特务把电话打过去时，接电话的正好是副官。这当然不是巧合，是组织有计划有意安排的。

渝大金和刘建雄手里那个证件的印则是地下党用萝卜雕刻伪造的。

商务部的人按清单核实了军火的型号、数量，然后就是费用。经过一番讨价还价，双方基本达成共识，当然围绕具体价格和交货地点等具体问题，申先生说还得回宜昌后再定，最终报价以电报形式确定。

这种事很常见，因为1948年夏天，各种材料物价飙升，有些事需要商量也很正常。接下来就是商务部的人员带着申先生参观生产车间，这也是例行公事，不外乎让客户了解些工厂的生产规模，坚定买方对货物的信任度等等，增强客户对货物质量和数量的信心。

渝大金和刘建雄此行的真正目的其实就在这个环节。他们早已把刘泽渊画的江南兵工厂地图背得滚瓜烂熟，现在是按图索骥，留心每一个细节部位。

江南兵工厂位于重庆市长江南岸，坐南朝北，大门南开。一溜生产车间摆在东西两个方向，原材料库房和成品库房摆在朝北的方向。库房实际是坐落在长江的岩石上面的，北边成品库房的地基下面就是流动的长江。

侦察完地形，回到驻地。

渝大金又与刘泽渊、卢师傅、张师傅商量，提出了一个大胆的计划。他们准备把兵工厂地下党为游击队准备的机器设备，在9月3日晚上由水路运出。

9月初，正是农历七月下旬，下弦的月亮在下半夜出来，再加上重庆是有名的雾都，一般情况下这个季节的下夜会起雾，便于行事。

由于成品库房未被厂里地下党控制，需要先把设施设备在神不知鬼不觉的情况下秘密转移到材料库房，再在库房内用木板包装，增加浮力，使设备既不浮在水面，也不沉到水底，而是在水面下漂浮，这样既便于隐藏也便于运输。

这个计划执行起来确实有难度，但卢师傅却说有办法，他说把铁的重量和木板的重量计算好，绑在一起在水缸里多几次试验，就能测出既不浮在面上也不沉入江底的铁木重量，这么难的问题在群策群力的讨论中就解决了。

可是大规模地把设备一次性转移到材料库房是绝对不行的，容易暴露目标。好在离行事还有10天，可以躲过驻军的巡逻和军统特务的纠缠，"少吃多餐"，蚂蚁搬家来解决这个问题！

这次聚会，还研究了许多具体的细节问题，可以说能想到的，都提出来大家共同研究，集思广益，最终确定一个最为妥当的解决办法。

这可是在敌人心脏上挖肉啊，稍不留神，就可能刺痛敌人，而遭到疯狂报复。

会议一直开到第二天卯时，房内所有的窗、门都用毛毡严密地覆盖起来，没有露出一丝光线。

直到大家都认为每一个细节都万无一失，会议才告一段落。

大家沉浸在一种从未有过的成就感之中，因为每一个细节都凝结着大家的智慧，都是在大家不断补充中完善形成的。行动计划中人人都实现了价值。

第二天,渝大金让刘建雄到朝天门木竹市场买回一捆凉竹棍(当地一种夏季纳凉的卧具),秘密地锯成50公分长的短节,再用炉炭烧红的铁丝,打通中隔,使每根竹棍放在眼前,就能直接看透对面的亮光。

渝大金则亲自出马,去联络市内地下党。

第十四章

一直躲在夏布子弟学校大礼堂暗处的薛义宾发现文兴福不见了,顿时有了猜疑,一种不祥之感爬上心头,他隐隐地觉得问题严重了。

他想,国家谷仓是自己的责任区域,原先答应借粮给饥民主要是想引文兴福上钩,让他难堪,结果不但没有让他姓文的下不来台,反而一阵眉飞色舞的煽动饥民然后一拍屁股走了,自己倒有可能上他的圈套,倒入进退两难的尴尬境地。要是那些饥民真的从国家仓库把谷子弄走了,上峰知道后自己绝对有脱不了的干系。

不行,不能引火烧身!他叫人把张兴旺叫来,对他说:"兴旺啊,我非常同情你们现在的处境,是同意借粮给你们的。不过呢,你要晓得,国家的谷仓可不是好借的,你想想看,有几个谷仓不是派重兵把守的?你知道派重兵把守意味着什么吗?仔细掂量掂量。我再给你说明白一点,你们这样做是直接跟政府作对,凡是跟政府作对的人,是要被坚决镇压的,到时候谷子没得到,倾家荡产就太不划算了,你要仔细想一想哦!"一阵连蒙带吓。

张兴旺哪见过这等阵势,早已吓得六神无主:"那,那啷个办呢?"

"你可以领人到绅粮家去借,你们七保不就有大绅粮嘛。"薛义宾左手食指上下晃动,不咸不淡地指点迷津。这也是一箭双雕之计,因为绅粮的事归地方政府管,他把这个球踢到文镇长门下。

其实,借粮是荣昌县地下党开展的一项对敌斗争,一共制定了两套方案。

第一套方案是把事情闹大，如果到国家谷仓去借粮成功，夏布厂工人发现自己的口粮没了，就会因不满而闹事，进而罢工，威逼夏布公署，造成路孔镇大乱。

第二套方案就是向绅借粮，虽然影响远不如第一方案，动静也比较小，但能杀杀土豪劣绅的威风，让他们老实一阵子也是对国民党的一种压力。

现在第一方案实施遇到阻力，上第二方案也是有备而行。

于是，当张兴旺把薛义宾的话说给大伙儿时，那位年轻教师马上给张兴旺打气："既然有薛总队长这么大的政府官员给你们撑腰，还怕什么呢，就向豪绅借粮！"

聚集在夏布子弟学校的饥民们，本来对镇警的介入就有了些愤怒，不管你文镇长怎么解释，他们都觉得事情有些蹊跷。现在张兴旺把事情说清楚了，又有薛总队王总队副支持，他们才不管薛总队王总队副支持他们出于什么目的，反正只要能顺顺利利把稻谷弄到手，解决饥饿，文镇长、薛总队不派人镇压就行。

于是，一众人扛起扁担，担着箩筐，提着口袋，背着背篓浩浩荡荡地向七保开去。

那年月，人们称有钱人家为绅粮。绅粮备置田地，除了少数请长工自耕外，大部分都将田地佃给穷人耕种，等到夏收或秋收时按面积向佃农收取租子。

绅粮一般都在自己的田产附近修建了装粮的仓库，将佃户交来的租子就近入库，由自家长工负责看管。等找到了粮食的买主，就由买主直接去仓库取货，省去了搬运费用。

绅粮也分客籍和本地。

家住外乡、县城，或外县的被称之为客籍绅粮，住在田产附近的被称为本地绅粮。

地下党为了借粮工作顺利，制定了先攻客籍绅粮，再攻本地绅粮的方案。

七保的田地是客籍绅粮刘有康买下的，仓库里囤有一百石稻谷。那时的计算方法是一斗稻谷重五十斤，十斗为一石，一石重五百斤，一百石就是五万斤。饥民们就是要去借那五万斤稻谷。

从夏布子弟学校出发，饥民们边走边喊："走哦，借粮去，到七保刘有康的仓库借稻谷去!"

这样,不管是街上人还是乡下人,也不管事前得到消息还是没得到消息,只要自家没饭吃,就都拿起装稻谷的工具跟在借粮队伍后面。

队伍越走越大,人越聚越多,到了七保刘有康的谷仓时,借粮队伍已经壮大到了七八百人。

刘有康的稻谷由长工李二狗看管,要搞到粮食,必须从李二狗手中拿到仓库的钥匙。

本来,李二狗家也早已断炊,要说能弄点儿粮食来度饥荒,他是求之不得的。可是有钥匙又能怎么样呢?谷仓的门板上是东家刘有康贴的封条。只有东家派人来揭了封条,李二狗才敢开仓。

借粮的饥民要去动那稻谷,李二狗说什么也不敢答应。如果有人动了稻谷,第二年东家的田不让他租种事小,说不定李二狗还得吃官司甚至坐牢。

这件事还是地下党来想办法,要把李二狗捡出来,李二狗也是受苦受难的饥民。

他们让李二狗拿着钥匙去东家刘有康家报信,就说饥民砸了他家仓库的锁,强行借走了稻谷,这样李二狗自然就脱了干系。

七保离刘有康家足有六七十华里,一去一回得花好几个时辰,等到刘有康带人来到仓库,借粮的饥民早已散去。

李二狗一路小跑去刘家报信。

这边,七八百饥民就开始借粮。按照制定的方案,家中人口少的每户借一斗稻谷,稍多一点儿的借一斗半,人口最多的借两斗。

饥民们排成长长的队伍,由十多个人负责打斗,学校的教师负责造册。每户人家领到稻谷后,就在造好的册子上按个手印。

饥民们不争不抢,秩序井然,当领到一斗斗金闪闪的稻谷时,脸上都露出了灿烂的笑容。

张兴旺忙前忙后,俨然像个指挥千军万马的将军。一会儿叫这里再添个打斗的人,一会儿又叫那边排队的上这边来。他从来就没像今天这样开心过,他想,刘飞他们打游击不顾生死,也许就是为了这个。

很快,饥民们人人都领到了稻谷,张兴旺叫人替李二狗也领了两斗,因为他也很苦。

张兴旺自己却只领了一斗。他叫人把仓门封上,将饥民们画了押的集体借条贴到了仓门上,挑着自己借到的稻谷高高兴兴往家走,嘴里还哼起了山歌,他已经好多年没像这样高兴过了。

> 太阳落山往下梭,
> 我来唱个扯谎歌,
> 风吹石头爬上坡,
> 大河中间起了火,
> ……

饥民们是那样高兴,文镇长此时却焦头烂额。

路孔镇已经传开了,上千的饥民抢走了刘有康存放在七保的几百石稻谷,甚至还有人说是"华蓥山游击队"来破仓,为饥民分的粮,说得活灵活现。

这些话里面包含许多特税警薛义宾他们造谣生事,也有传话人的添字加语,甚至还有为了把事情说得热闹,杜撰些故事出来。但有一点毕竟是真的,那七百多饥民借走了刘有康存放在七保的100多石稻谷。

那年月政府要抓人杀人是不需要核实事实真相的,他们只需要按照蒋委员长提出的"宁可错杀三千,绝不放走一个"的反共政策去做就行。

饥民借粮的消息只要传到县城,上司马县长首先就会下命令让文镇长去抓人,然后派出大批军警对路孔镇百姓进行镇压。

文镇长不想看到这种场面出现,他觉得老百姓太苦了,不能再往苦水里加黄连。可是不镇压老百姓又怎么交得了差呢。你不愿镇压,那就撤你的职,换一个愿意镇压的人来当这路孔镇的镇长,那样老百姓不就更惨了吗?这情况实在太复杂了!

文镇长一边和镇警队的弟兄们在"肉根香"喝酒吃卤鹅、土鳝,一面思考解决问题的最佳办法。他要用最简单的方式解决眼下这个复杂的难题。

他想到一个人,这个人或许能帮他渡过这一关。

第十五章

　　9月3日子时,刘泽渊领着由中共重庆市地下党组织联络的几十名精强力壮,能够轻松横渡长江的游泳高手,来到江边,他们有的挎着绳索,有的握着短木杠,每人手里拿了节竹棍。
　　刘建雄把他们分成若干小组,指定了组长,为防止下水后抽筋,让他们稍稍地作了些热身运动。由于兵工厂是敌人重点保护的单位,在接近兵工厂两公里左右的江岸设置了数百盏探照灯,错落交叉,天空一暗就全部打开,把整个江面照耀得如同白昼一般。
　　刘泽渊带来的勇士们又一次认真踏勘了现场,原本已经勘察过几次了,但今天情况又有变化。昨晚突然下了一场雨,长江涨了水,只能根据现实的情况重新选择下水的位置,然后按预定方案分别下水。
　　刘建雄决定从离兵工厂上游三公里远的南岸下水,然后顺水滑游到离兵工厂岸边四五米的死角,这样可以躲过探照灯的照射。
　　一切准备停当,刘建雄又向几个组长交代了几句,便带着第一批人率先扑到水中,向下游游去。
　　长江水流湍急,流速很快。他们迎着江浪,踩着水,相互照应着。不一会儿工夫,就游到了兵工厂材料仓库地基的下面。
　　原来,这里是礁石堵流形成的一个小回水,人游到这里要自然转一圈后,才能继续向下游。
　　岸边是一个天然的凹沟,由于涨了水,沟坎离江水就很近了,人游到那里,两手一撑,略略用力就能攀爬上去。但这个凹沟比较小,只能容纳几个人。所以刘建雄要把勇士分成若干小组分别下水。看来,他们做事是非常缜密的,事前踩过点,也注意了长江水涨水落的不定因素。

按照事前商议的计划,刘建雄只要按照刘泽渊交代的方法实施就行。

也难怪,在国民党的白色恐怖下,稍有闪失就会酿成大祸,这样的教训实在太多,不能重复了。

刘建雄他们五人全都上了岸,然后,向上发出了三声"嘎,嘎,嘎"的野鸭叫。

没过多久,从上面传来三声"咯——! 咯——! 咯——!"的岩蛙声。

暗号对上了,刘建雄一阵激动:"请大家准备好,马上接货!"他轻声说。

其他四人点点头,配合得非常默契。

过了几分钟,从岩上吊下一个长方形大木箱,顺着木箱的两边还各绑了几根圆木。

刘建雄组织大家把木箱接下来后,轻声告诉大家:"这是机壳。"

几位勇士很镇定地把木箱绑上横杠。

刘建雄向另一位勇士交代:"你就在这里,准备好了就学三声野鸭叫,然后接货。"

第二批勇士已到达凹沟处。

刘建雄与另外三位勇士下到水里,扶着木杠,让岸边的勇士取掉吊绳上的铁钩,将短竹管含在嘴里,沉入江水护着木箱向下游而去,原来那根竹管是沉在水下的人用来呼吸的,渝大金想得真是周到。

游了一段时间,刘建雄感到江水又在较为急速地回流。按照刘泽渊的交代,他们将在离兵工厂下游两公里的一个回水湾接应的要求,想必这个地方到了,他腾出一只手摸了摸其他三人,这是浮出水面的暗号,四人借着浮力同时把"货"向上托。

刘建雄和其他三位勇士把头伸出江面,往前不远处依稀能够看到停靠着一艘木船。又漂了几分钟,船上传来间隔式"嘎嘎——! 嘎嘎——!"的野鸭叫。

刘建雄忙用连续的"咯咯咯,咯咯咯"岩蛙的叫声作回应。回水把他们自然送到木船的跟前。四位勇士抬着木杠的四个端头,先上岸,再上船,一切显得很有条理。

75

渝大金、刘泽渊带人在船上接应,向大家道了辛苦。

这天晚上,他们通过这种方法获得了四套机床外壳,六套配件,十套工具。然后带着十几名技术工人乘船经嘉陵江、涪江,转旱路经合川直上华蓥山,在大天坑建立起华蓥山游击纵队兵工厂。

那晚运送设备的勇士全部成为二支队的骨干。

第十六章

文镇长匆匆回到镇公所，命王师爷速去七保刘有康存放稻谷的仓门上，将饥民们画了押的借条抄录一份回来。自己拿起电话，叫了国民党县党部。

电话很快通了。

那头是国民党县党部书记长任宝田："喂，是哪个找我？"对方很不客气，语气有点生硬。

"你老大哥吗，我是兴福。"文镇长客客气气的应付着。

对方的态度一下子就转变了许多："哦，是兴福老弟呀，这一向还好吧！"

文镇长问："有没有时间？你一向是个大忙人，为党国的事情操劳，我想带你去放松放松。"文镇长并不接他的话头，而是提出自己的想法。

对方一下就明白了怎么回事，"好哇，好哇，难得你这番情意，有好事还想到我！"

任宝田爽快地答应了。

原来，这任宝田虽然身为国民党县党部书记长，却是个十分惧怕老婆的角色。他妻子的堂兄薄凤鸣是国民党军统局的少将处长，他这个书记长的职务也是凭堂舅哥的关系弄来的。他自然就不能像别的权贵那样娶三妻迎四妾，但又不甘心。精壮的男人嘛，在那个年代混迹于社会上层，吃得好要得好，原本就心烦意躁，饱暖思淫欲，饥寒起盗心。看自己"红旗一杆"，时间长了也会审美疲劳，见同僚"彩旗飘飘"，怎么熬得住呢？于是常常在外面拈花惹草。

文镇长为了能在路孔镇站住脚跟，自然就要投其所好，上任前就专门请任宝田去了"怡红院"。因此当文镇长说要带他到一个去处时，他自然心领神会，乐滋滋的。心想文镇长请客决不会是常规的吃吃饭，打打牌的普通玩点，应该是有很刺激的事情，便一口答应。

文镇长骑上一匹快马，很快就到了县城。

他这次不是带任宝田去"怡红院"，而是把他带到城边的一个小院子。那是一个四合小院，虽然不大，但很别致。木门木窗，青瓦砖墙，中间有个天井，天井里摆满了各式各样的鲜花。那是文镇长花大钱买来的，为了孝敬这个书记长，他还特地从南京一家青楼买了个貌美的年轻女子养在这里，等待一个特殊的时间送给任宝田。那是一年前任宝田去南京时遇上的一个相好，其实，他早就想将她赎出来，只是迫于家中母老虎的淫威而不敢。

"兴福，你把我领到这么个地方来干啥？"任宝田刚进院子，就好奇地问。

文兴福没正面回答，他问："老大哥，如果小弟没记错，你的生日应该快到了吧？"

"差不多吧。"

"那就对了。"文镇长说，"这院子就是你的了，是小弟孝敬的一点儿心意。"

"那怎么行呢？"任宝田并不领情，要说钱他有的是，"还是老弟自己留着吧。"

"老大哥先别这么说。"文镇长应着，朝屋里大声喊，"翠翠，快出来，书记长到了。"

一个亭亭玉立的年轻女子站在面前。任宝田的两眼顿时放出光来："这……，"他不知曾经多少次向这女子山盟海誓，结果，总是去不了南京，现在这个文镇长像是变戏法似的，她就来到了自己跟前。幸福来得太突然，身下也情不自禁地有些躁动。

"快，快叫先生，这就是你先生。"文镇长看着神不守舍的任宝田，说："这姑娘和房子全都归你了。"

任宝田什么也没说，脸上流露出感激之情，迫不及待地拉着翠翠的手，连拥带推地将她抱进卧室……

文镇长知趣地在院子里欣赏了一阵菊、竹，又进到客厅欣赏字画。

过了约有半个多时辰，任宝田拥着翠翠双双走向客厅。他知道在这种

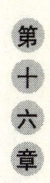

时候送这么贵重的礼物,文兴福一定是遇上了什么过不去坎的事,便支开翠翠:"快,快给文镇长沏壶茶来,要滚烫的。"

翠翠应声去了。

任宝田便问:"老弟工作还顺吧?"

"唉,薛义宾那帮龟儿子,总是跟小弟过不去。"文兴福长叹一声,便把饥民借粮的事说了一遍。

大意是,薛义宾借着"二五减租"安定民心的布告,指使饥民去七保刘有康的仓库借粮,设下圈套让人钻。这事如果追究,涉及的人太多可能出现民变,上面查起来又不好交差,原因是有"二五减租"安定民心的布告。如果不追究,事情可能还会向更深层次发展。比如:任宝田存放在五保的一百五十石稻谷将会不保,等等。

文镇长说得十分恳切,合情合理,真是到了进退两难的地步。

"别着急,你兴福老弟的事就是我任某的事,只要我任某在,天就不会垮下来。"任宝田拍着胸膛担保,他要和文兴福共渡难关。

本来,任宝田也是路孔镇人,如今他的老娘还住在那里。对于特税警的胡作非为,也早有耳闻。如今又收了文兴福的大礼,他也豁出去了。更何况,自己还有一百五十多石稻子存放在那里呢,要是饥民们这样肆无忌惮地闹下去,自己的稻子还不是一样会没了。这么一想,他反觉得帮助文兴福,就是帮助自己。

"过两天,我到你们镇上去。"任宝田说。

文镇长是个知趣的人,见好就收,既然任宝田这么说,知道事情已经有了结果,便告辞回路孔镇去了。

任宝田觉得文兴福太懂事了,人家还得和漂亮的翠翠再过"新婚之夜"呢。

第三天,任宝田如约去了路孔镇,召集各保保长、甲长、绅粮、饥民代表,以及社会贤达和教师代表开会。

他冠冕堂皇地讲了党国如何关心民生问题,以及委员长发布的"二五减租"稳定民心的布告。要求各保将眼下已断口绝粮的人家造册登记上来,他才清楚路孔镇到底还需要多少粮食才能度过荒月。

他希望所有绅粮都要以党国利益为重,每家拿点儿粮食出来帮助饥民渡过难关。

经任宝田一点拨,似乎一脚踢醒了梦中人,那些觉得人人自危,近期一直处在担惊受怕之中的绅粮,心情安定下来,不用再发动就主动表态,只要政府的派数出来保证如数认捐,决不苟且。
　　一场危险就这么化险为夷地过去了,县党部书记长出了面定了调子,没有任何人再敢乱嚼舌根。连马县长也表示维护,无其他话可说。
　　文镇长总算可以睡个安稳觉了。
　　没想到,新的事情又来了。

第十七章

杨其声的搞枪计划执行得很不顺利。

最初是打算找他中学时代的同学明志高借款购买枪支弹药。

明志高是大足县参议员,也是当地富实的大地主,再加上明志高与杨其声多有交往,表面上似乎很进步。杨其声想当然地认为,只要对明参议员晓之以理,动之以情,明参议定会深明大义,慷慨解囊,给予支持。

杨其声以为这也是给同学脚踏两只船的机会。

结果,事实与预想的差距太大。

明参议员并不买杨其声的账,表面上满口答应,全力支持,暗中却向永川专署告密,还带领特务去抓捕杨其声。

要不是事前得到消息,跑得快,他杨其声早就成为国民党反动派的笼中鸟了。

渝大金带领游击队晓宿夜行,第四天午夜便在大足的一个山沟里与杨其声的队伍会合了。

渝大金带过来的游击队员都身背快枪,荷枪实弹,精神抖擞。

杨其声的游击队员除了有一支手枪外,全是大刀长矛。看着渝大金队伍的精良装备,他们打心里羡慕,眼睛一刻也没有离开那全副武装的枪支弹药。

杨其声把情况给渝大金作了简单的介绍。

渝大金稍作思考后决定,把队伍分成两队:"郑忠良,你先带上配备精良的20个兄弟,跟着杨队长去抓明志高;我和刘建雄带其余人到离县城比较偏远的河滩镇去提枪。不管能不能得手,5日后,一定要回到这个山沟里会合。不见不散!"

郑忠良高声应答,兄弟们也都信心满满。

跟着杨其声去抓明志高的队员想到马上就要去参加战斗了,一阵兴奋;更别提跟着渝大金去提枪的队员,他们想象着,终于要长矛换快枪了!这可是真资格、子弹嗖嗖的枪啊!

尽管游击队行动神秘,但还是露出了蛛丝马迹。

永川专署非常高兴,认为机会来了,责成荣昌县文团长的部队火速赶到大足县集结,要求他们配合剿匪,要加大力量,力争一举灭掉游击队。

杨其声带着郑忠良一干人悄悄地出了山沟。

渝大金则让刘建雄把杨其声留下的拿大刀、梭镖的队员与拿枪的队员做好调配,混合编组。

这天晚上,大足县县长大摆酒宴,为从荣昌赶过来的文团长接风洗尘,抚心压惊。

明志高作陪。

席间,县长和明参议对文团长着实地颂扬了一番,什么英雄有为啊,党国精英啊,反正什么好听就说什么。觥筹交错间,文团长不禁有些飘飘然,沉浸在由衷的自我陶醉,自我欣赏之中。

也难怪,到了1948年的五六月份以后,国民党军队中的许多官员,多数时候受到上司的严厉批评和重声呵斥。只有在地方官员的嘴里才能听到一些久违的奉承,得到些许安慰,所以他怎么会不扬扬自得,云里雾里呢。

那晚,文团长高兴了,不过这家伙还知道自己是干什么的,一直不怎么豪气地喝酒,以公务在身责任在身相搪塞。结果大足县县长倒是喝了不少酒。

接下来是县长请文团长看川剧霸王别姬,这是一出历史剧,讲的是楚汉相争时,西楚霸王项羽和汉中王刘邦为争夺帝位,进行了长达十几年的战争。最后刘邦完成大业,项羽却兵败乌江。他自知大势已去,在突围前夕和虞姬缠绵诀别,最后负气不回江东而自刎身亡的故事。

川剧的琴声悠悠,鼓钹锣钗让文团长十分受听。他看得津津有味,不时地用手在自己的大腿上打着拍子,还间断地跟着堂子里其他人高声叫好,多次指着那扮虞姬的女戏子不住地说:"我就喜欢这个角儿。"

看来这文团长能过美酒关,却难过美人关。

戏看了不到一半,跑堂的给明志高一个信封。明参议一看,便告诉文团长要去小便,起身离开了剧场。

信是明志高的小情妇写来的。

这小情妇是大足县城关镇镇长祁正梁的三姨太露露,她与明志高的交往已有3年多了。

前几年,露露在大足中学读书时,就是学校的校花,追求的公子哥不少。但这露露却不为心动,唯对政治、事业十分有兴趣。

一天明志高应学校邀请,讲战争时局。一会儿西方战场,盟军优势,协约国招架不住,苏联红军全面反攻,德国法西斯无可奈何。一会儿东方战线,中美联合,国军顽强,拼死而战,日本兵遭受重创。

演讲者激情飞扬,豪气贲张。

露露听得热血沸腾、不能自已,对明参议钦佩至极,很有好感,以至演讲结束后,露露还舍不得走,留在台下要向明参议讨教问题。

明参议员眼前一亮,他这辈子还真没见过这般纯情,这般漂亮的女孩。便尽其所有地解答,同时也极尽全力卖弄知识,让露露特别享受。以后一来二往,明参议这种情场老手,对付一个情窦初开的纯情少女还不是小菜一碟,不到月余,便将露露请上了床。

明参议员的老婆是永川专署国民党政府行政专员的独生女儿,有名的河东吼狮,结婚时就曾与明志高约法三章,其中第一条就是不许纳妾。所以明志高与露露只能是露水夫妻,偷偷幽会。

后来,露露做了镇长祁正梁的三姨太,但并没有影响她与明志高的关系。

近段时间杨其声一伙游击队来找麻烦,明志高忙于公务脱不开身,把其他的事情搁在了一边,他已有三个多月没见露露了。

露露自进了祁家,这祁正梁对她可是溺爱有加。当然主要因为露露是知识女性,知书识礼,登得大雅之堂,又不爱受约束,我行我素热情奔放。二来年轻漂亮,肤白肌嫩,确实受用销魂。所以祁正梁顺从露露专门给她在县城西边买了一处公馆,不但有数名妈子伺候,而且这一年多来还主要在露露处就寝。

信中说,祁正梁今天下乡收租去了,晚上不会回来。她独守空房非常地思念明志高,希望明志高能过去。

明志高一想,县长已被烧酒整得醉了,戏才开演就鼾声大作,文团长完全被戏中故事所打动,目不转睛地死死盯住"虞姬",戏完后多半要把那扮虞姬的小女子哄上床。他在这里有些多余,借这个机会去与小情人会会也无妨。

他并不回剧场,而是从另一条路走了出去。他身后一条黑影也跟着出了剧场。

露露住在一个院落式公寓。

她与明志高偷鸡摸狗的事虽然守门的更夫、下力的妈子都知道,但明志高很会为人,每次来,都为下人备些赏钱。加之虽然男主人是镇长,但女主人的相好却是县参议,小老百姓是谁也惹不起的。既然一个有情,一个有意,那是人家两相情愿的事。当然,中国的小老百姓一般都选择多一事不如少一事,下人也就睁只眼闭只眼,还巴望着明参议员多来,好得点赏钱。

明志高按响了门铃,更夫开门唱了一声:"明参议请!"

明志高从裤兜里抓出一把钱,递给更夫:"拿去切点烧腊大家吃。"

"客气了!"更夫接过赏钱轻轻关上门。

对于明志高所说的大家,更夫是心领神会,心知肚明的。但是人也有小心眼的时候,像这种夜深人静,更夫认为妈子们不知,他也会独吞,并不与她们共同享受。

从剧场尾随而来的黑影,待门前完全安静下来,便到门边看了看牌号,向西而去。

明志高熟门熟路,来到二楼左边露露的寝房。

门是虚掩的。

露露知道明志高通常是有约必赴。加之今天她也打听到明志高没有远走,就在大足城里。所以,一直没睡,穿着睡衣等着呢。露露胆小,晚上睡觉,不敢全闭了灯。她的房里只要天一黑就会点灯,不过她会把玻璃罩灯调到最小,调到外面看不见,里面能见光的状态。

明志高进到屋里,并不觉得漆黑。

露露从床边站起,飘着薄如蝉翼的睡袍向明志高扑来,还娇嗔地说:"是不是又有了新人,不要我了。"

明志高双手迎着露露,边亲边说:"老天冤枉,苍天有眼,如有二心,天打五雷劈。"

露露忙用手捂住明志高的嘴:"呸呸呸,我才舍不得你被劈呢!"两人亲吻着,明志高把露露抱到床上,双方都迫不及待地把自己脱得精光。

明志高从头到脚把露露舔了一遍,边舔边用手捏露露的乳头,直捏得露露哼哼唧唧呻吟不止,然后压了上去。……完事后,露露好像余兴未尽并不买账,仍然要把他抱得紧紧的,或翻过身来抚摸,捏他的乳头,或抓他的痒痒,让他无法休息。没办法,老夫少妇,只好耐着性子不得发作,然而这却是最难受的忍耐。

露露抚摸了一会,终于松手,然后与明志高聊天。

这时本来是明志高最累最倦,全身发软需休息的时候,露露却打开话匣子不停地问这问那。没有办法,有享受就要有付出,只好耐着性子,回答她的问题,继续透支体力。

第十七章

第十八章

没想到露露所关心的,却是明志高难于启齿的事。

"听说大足县县长要走,你当参议这么多年了,能讲能写又会处事,各方面反响又好,上届改选时我就看好你,结果这样那样的原因,没搞成。这次应该问题不大吧!"这是一个热衷于政治的事业型女人。

"最近我倒是做了些工作,不过这种事很难说。"明志高敷衍着有些黯然地说。

"你就不能找找永川专署国民党政府的行政专员,你的老泰山?这也是让他女儿光宗耀祖的事情,给他家族增光添彩嘛!"露露提醒道。

"我也找过,不过现在全党都在提防共匪闹事,在剿匪方面要有成就才行,否则不管你有多大的本事,都枉然。"明志高实话实说。

"共产党可不是好惹的,胡长官几十万大军把延安都占了,结果现在共产党是越剿越多,越剿越强大。人家数百万正规大军在前线都吃败仗,你一个文弱书生能派上多大用场?这可是生死攸关的事。"露露设身处地地说。这小女子还分析得入情入理,头头是道,既温柔又体贴。一股热流涌遍明志高全身。

"我的意思是能有机会尽可能争取,没有机会也不能拿生死去赌。能当县长我脸上有光,不能当县长我也觉得没得啥子,有人在比什么都强。"露露十分理解地说,她还是知道谁轻谁重的。

"宝贝儿,你真好,真是善解人意。"露露一番掏心挖肺的话,让明志高着实感动。这小女人有文化有知识,理解人。明志高再一次觉得这小女人是自己最难得的知音。虽然劳累,但下面那东西被这小女子一番话撩拨起来,再一次昂起了头。他翻身压住露露又一次激情飞扬,他们又一次把爱推向了极致。

这一次明志高被彻底打垮了。

露露也再没精神折腾了。

他们都瘫软了,睡意爬上脑际,各自静静地睡去。

下弦的月牙,满满升上了天空,大地撒上一遍银色。透过银白,植物花草拖着长长的影子,栖息休整停当的小动物从沉睡中醒来,发出吱吱呀呀欢乐的声音。

祁家公寓的院内,几条黑影蹿上二楼,这是杨其声带领郑忠良小分队的游击队员已经来到露露寝房的门外。

杨其声已经派人钓线多天了,可是明志高一直龟缩在县城,无从下手。今天终于瞅准了一个难得的机会。

杨其声从露露寝房的门缝扔进了一个冒烟的烟头。那是一个浸透洋金花的烟头。所谓洋金花,实际就是一种麻醉性极强的草本植物,有人又叫它曼陀罗全碱。

"是哪个?"门房里传来一声断喝。

原来,负责策应的郑忠良带领游击队员进院时弄响了杂物,惊醒了看门的更夫,他们被发现了。

"啪!"一声清脆的枪声从祁家公寓传出,划破夜空。因为是首次参加有抵抗的绑架,一个游击队员下意识地扣动了枪机。

"啪!啪!啪!!!"接二连三的枪声响起了。

文团长部的一个巡逻队刚好执勤从祁家公寓前不远的地方路过,听到枪声,立即开枪报警,并马上散开队伍向祁家公寓包围过来。

"啪啪啪!啪啪啪!"祁家公寓右侧一个仓库里传来了接连不断的枪声。

那是文团长部队的临时营地,外面的枪声惊醒了里面的部队,全大足城的部队、警察、保安队都被惊动了。

只怪杨其声没有作战经验,太大意,在行动中只注意寻找不可丧失的机会,全力去抓明志高,却没有注意祁家公寓周围的情况。

枪声响起,杨其声一惊,但他来不及多想,一脚踹开露露寝房的大门,几个队员一拥而上,扑到床前,用浸满洋金花的手帕,按住床上两个人的口鼻。

"我按了一个长头发。"一个游击队员说。

"长头发不要,把短头发弄走。"杨其声命令道。

此时已经万分危急,不能因为节外生枝影响整体计划,必须解决主要矛盾,速战速决。

一群人连拖带拉把明志高弄到了院坝。

"杨队长你带人先走,我来掩护!"郑忠良对杨其声说。

情况非常危急。

这时外面的军队已向大门猛烈射击,子弹打在厚厚的木门上发出"扑扑扑"的闷响,全城响起了炸鞭炮似的声音,有人还往院里扔手榴弹,爆炸声不绝于耳。

已容不得杨其声与郑忠良商量了。

"保重!"杨其声简短地一声,算是给郑忠良打了招呼,带着人快速向后面退去。

更夫根本没想到,他那一声断喝会引出这么惊天动地的大事来。此时,他已吓得尿湿了裤子,钻到门房的床底下,双手塞着耳朵,惊慌失措祈祷老天爷保命。

露露被那迷魂的手帕按了,一会便失去了知觉。

郑忠良指挥着游击队员一边还击,一边撤到楼根儿。

其实还击,也只是朝着木门乱打枪,但也好,表示有抵抗,并且是真枪实弹,让外面的军队不敢轻率地破门而入,这样尽量拖延时间,可以让杨其声的人能脱离险境。

杨其声指挥着队员,拖着死狗般的明志高来到后围墙下,还好围墙不高,两个队员先把一个队员双手托着送上墙,再搭成肩梯把明志高送上,最后拉上杨其声,几个人同时跳了下去。

祁家公寓的大门已被驻军在枪林弹雨下用圆木撞开了。

郑忠良也带着队员跳下祁家大院的后围墙与杨其声会合。

这时从侧面包抄而来的驻军已经很近了。

郑忠良对杨其声说:"你带人先走,我把他们引开。"不等杨其声发话,便带着5名队员向围上来的敌人打了几枪,向城里跑去。

杨其声趁第一批敌人被郑忠良吸引过去,第二批敌人还没上来之时,带着队伍向城外急走。

郑忠良带着5名队员向城里冲，无异于灯蛾扑火，羊入狼群，但这也是没有办法的办法，不这样做杨其声就不能完成绑架明志高的任务，就拿不到款子去买枪支弹药。

敌人像蜂一样拥向郑忠良，好在城区巷道多，障碍大，可以与追来的敌人捉迷藏。

郑忠良他们边跑边还击。

天已经大亮，敌人逐渐摸清了郑忠良的底细，一共只有6人。于是调整了战术，在郑忠良可能到达的方向布置了伏兵，并且，从四面八方向中间合围。

郑忠良他们跑到一个十字巷道，迎面来了一队驻军，乒乒乓乓一阵枪响，一个游击队员未来得及退到墙角，就被对方乱枪击中，一个仰翻叉倒在了十字巷口。

郑忠良带着其他人来到另一个胡同，攀着围墙向下跳，其他4人都安全着陆了，但最后一个上墙的队员却在骑马墙上被流弹击中，倒在了墙的另一面。

敌人越合越拢，打了大半夜，随身的弹夹已经打完。郑忠良根本没注意枪里已经没了子弹，又一个队员被敌撂倒。等郑忠良甩手一枪向冲在最前面的敌人打去时，手枪的枪筒伸出来了。

他后悔没有给自己留颗子弹。

他和另两位队员被一拥而上的敌人抓了活口。

杨其声带着队员一口气跑出大足城很远。

多亏了郑忠良的掩护，否则这煮熟的鸭子没准也会飞了。天亮时，杨其声把明志高拖到小树林，已经听不到城里的枪声了，他们认为到了安全地带，歇口气再说。

"把明志高给我弄过来。"杨其声喊道。

负责明志高的大个子游击队员刘飞走过来，他用右腋夹着明志高，左手还把那手帕死死地捂在明志高嘴上。

明志高仍然赤裸着躯体，双脚已没了肉，露出白翻翻的骨头，全身发乌。

杨其声上前让刘飞拿开捂口的手帕，用手在明志高鼻子上靠了一会儿，发现已经没了气息。

这个采花参议明志高早已被刘飞给捂死了。

可怜祁家公寓二楼那位露露，自从失去知觉以后，也没有再回转过来，一方面可能是受到惊吓，另一方面那洋金花也实在是毒性太大了。露露也一命呜呼。

三支队提枪失利，只好另想办法。

第十九章

"咚咚咚……"

半夜,有人在敲文兴福镇长的门。

没人理睬,隔了一阵又开始敲。

文镇长醒了,累了一整天,太疲倦了。他听出了那敲门的道道,门的上方敲三下,下方敲两下。他赶紧起床开了门。一个黑影蹿进屋里,老高老高。

他明白了,那人是刘飞,是华蓥山游击队的联络员。前不久,特税警抢劫六保张兴才家,就是用刘飞去逼薛义宾赔偿了张家的损失。薛义宾恨得牙痒痒,要处死刘飞,后来被彭队副搞了个假枪毙,神不知鬼不觉地放了。如今半夜三更造访,想必是有要紧的事。

黑暗中,文兴福将三根指头伸向刘飞,被对方抓住。

刘飞又向他伸出两根指头,就像在牛市或猪市上,买卖双方将手伸向对方的袖子里,用指头讨价还价表示多少,生怕外人知道一样。

文兴福一手握住对方伸出的两根指头,另一手关上门,轻声问:"有急事?"

来人回答:"把你的家伙借几十根。"

文兴福不觉一惊,他知道刘飞说的家伙是指枪。这分明是游击队要打大仗了,需要武器,可是镇上的枪怎么能轻易借出去呢?镇警队员一人一杆枪,天天都得扛着,总不能让人赤手空拳去执行任务吧。镇里保安队倒是有不少枪,分布在几个关口要道。比如荣昌、大足、永川三县交界的岔路口就驻有一队人,约四十多名队员,三十多条步枪和两挺机关枪。那些队员都是从全镇各保抽调的农民,轮流上岗,义务守卡。就是说全镇的青壮男子都得轮流去当保安队员,谁不愿去也行,那就得出钱买武器弹药。既出不起钱又不愿去保安队的就只好等着去当壮丁。

一想到保安队,文兴福突然有了主意,对刘飞说:"家伙不用借,白送给你,到时自己派人来取货,总共三四十条枪,千多发子弹够了吧?"

"白送?"刘飞不敢相信文兴福的话,试想,白送那么多枪,你文兴福交得了差吗?莫不是想到事情不好办,故意说些胡话寻开心。便说:"你万一为难就算了,我们另想办法吧。"

"不为难,不为难。"文兴福打断刘飞的话,"我知道你们如果能想到别的法子,就不会跑这么远来找我了。"于是把嘴贴近刘飞的耳朵,如此这般地嘀咕了一阵。

刘飞笑了,他这下放心了,枪落实了,还有那么多子弹,他和文兴福轻轻告别,消失在夜幕中。

过了一会儿,远处传来几声狗叫。

文兴福猜想,刘飞一定走远了。这才放下心来,倒在床上蒙头大睡。

转眼,天气逐渐凉爽起来。

这天,大路上来了两个人,一高一矮一胖一瘦,好像一对说相声的搭档。那高个子精瘦,留着长长的胡子,走路还有点儿瘸,矮个子五大三粗,面如黑炭。

两人来到岔路口。

"站住,干什么的。"哨兵喝道。

矮个子说:"我们是买夏布的。"

"夏布由政府专卖,你不知道吗?"哨兵说。

"政府专卖,我们买难道犯法吗?"矮个子说。

哨兵一想也是,"快拿证件来。"边说,边用枪托拦住继续朝前走的高个子。

"我们忘了带证件。"高个子淡淡地说。

"没带证件就别想过去。"哨兵仍然用枪托拦住行人。

这时,一个挎手枪的人走过来,看样子是哨兵的上司,命令道:"把他俩带到据点去。"

所谓据点,原本是当地一个何姓人家在清朝年间修筑,为防止白莲教进攻的箭楼。

那建筑物长两丈,宽一丈有余,高三层楼,四周用厚厚的青石墩砌成,方木做成的门足有六七寸厚。门板上还包了层厚厚的铁皮,上面钉满了大头铁钉,除了最上面一层楼的墙面留有拳头大的通风孔外,墙的四周没开窗,只是留有供枪管和土炮筒向外伸展的小洞。

如今游击队活动频繁,国民党当局如临大敌,调集正规军和组建地方武装保安队,三步一岗五步一哨。便将这何姓箭楼征用,作为岔路口哨卡的据点。

据点内共有保安队员四十多名,由一个姓汪的队长负责。别看这队长只管了四十多人,可这官儿也不是谁都能当得上的。姓汪的很有来头,据说是县党部书记长任宝田的一个转弯亲戚。办起事来总是高人一等,平日里除轮流派几个人守哨盘查过往行人外,其余的队员全部龟缩在箭楼里,把大门一关,万事大吉。他们便在里面打牌赌钱,即便是游击队打来了,那固若金汤的箭楼是很难攻下的。

这队长的官儿虽然小点儿,可是发财的机会并不少。既然是三县交界处,就少不了过往行人,特别是有钱人。能拿钱的就痛快点儿,拿不出钱的就给你戴个烟毒犯或共产党的帽子,送你去大牢或西天。

刚才那身挎手枪的角色就是汪队长,平时老是站在远处观看,一旦遇上有钱人来,他就亲自上前盘问。

汪队长将那一高一矮两人带进了箭楼。他坐在小条桌前开始审讯:"你们是什么人?"

"买夏布的。"矮个子依旧像刚才那样回答。

汪队长想,买夏布的,又没带证件,恐怕没这么简单。他又一想,正因为夏布是国家专卖控制得紧,物稀为贵利润高,有的人为了赚钱获取高额利润不惜铤而走险。看来,这是两个很有钱的生意客。

汪队长把手枪往桌子上一拍,他是个办事干净利索的人,不愿和人啰嗦:"我看你们明明是烟毒贩,还跟我狡辩,真是不见棺材不掉泪"。边说,边朝一旁的保安队员喊:"过来,给我搜身!"

几个保安队员冲过来,七手八脚将那一高一矮全身搜了个遍,总共收到十块大洋。

汪队长脸色大变。心想,你当我汪某人是好惹的角色,不来点儿狠的,你们真还不知道马王爷有几只眼。于是喝道:"把这两个共产党吊起来,往死里打,我看你们是招还是不招?"

早有保安队员拿来平时准备好捆人的绳索,就在要往一高一矮两人身上套的时候,矮个子开腔了:"请慢。"他把手一挥,说:"老总,我们真是做夏布生意的,我们是内江人,若不信,请派人去内江核实。"

"你就是外江人我也不管,莫说是内江。"汪队长气哼哼地说,"你们这些混账东西,手脚怎么这样慢,难道非要老子亲自动手不成!"

保安队员抖了抖绳子,又要动手。

矮个子又开腔了:"那好,你们开个价吧,我们回去取。"

本来,汪队长说这一高一矮两人是烟毒贩或共产党都是欲加之罪,目的就是敲点儿钱财,既然人家认输了,也就用不着转弯抹角、躲躲闪闪了。他伸出一个手掌摇了摇。

那矮个子问:"五十?"

汪队长的两眼瞪得像铜铃,吼道:"五百大洋,一个子儿也不能少!"

"那好,"高个子说:"我们出个欠条,等把钱筹足了就回来取条子。"

"你拿我当傻瓜,想得倒安逸。"汪队长扫了两人一眼,说,"你们两人留下一个,明天把钱送来了再放人。"

"老总,不行,最快也得后天。"

"后天就后天。"汪队长之所以回答得这么痛快,是因为明天就是8月11了,他有要事去办,没得闲工夫待在这里,等着他们送钱来。

经过一番讨价还价,最后达成一致意见,高个子回去筹钱,矮个子留在据点作人质,如果8月12钱送不到,矮个子的性命就没法保证了。

第二十章

第二天就是 8 月 11 日,一大早路孔镇就繁忙起来。

这天是当地的一次"药王会",那些卖药的行医的都要忙着敬奉药神,不过这些人只占路孔镇的少数,更多的人则是在忙碌另一件事。

镇上有个老太太明天就满八十岁了,按照"男做进,女做满"的习俗,她正好该做八十大寿。当地人有个规矩,老太太的八十大寿应该在晚上设宴。

一个老太太要过生日,镇上人又跟着瞎忙些什么呢?

这个老太太不是一般人物。准确地说是她的儿子不是个一般人物,他是国民党荣昌县党部书记长任宝田。既然是任家老娘过生日,情况就自然大不相同。人家儿子是党国的红人要人,在上头又有后台。

平日那些和任家有关系的人自然是要去捧场,没关系而又想巴结书记长的人更得瞄准这个机会,既无关系又不想巴结任家的街坊邻里也得随大流凑热闹,他们虽然没有钱送礼,但劳力还是有的,比如洗洗碗打打杂,抬个桌子,搬个凳子的事还得要人去干吧。

任大书记长也回到了路孔镇。

有钱出钱,有力出力,吃五喝六,来来往往,把个路孔镇几乎闹翻了天。

文兴福作为一镇之长,路孔镇的父母官,既然大家都在忙,他怎么能闲得了呢。

一大早,他把镇上的事情向王师爷作过简单交代,便带上彭队副和镇警队全体队员去了任家。他没送礼金,也没送珍宝古玩,只是从荣昌城给老太太请了个戏班子带过去。

任家老娘是出了名的戏迷,一听说有个从县城里来的戏班子给她过生日,唱堂会,高兴得合不拢嘴,赶紧把文镇长拉到身边问长问短,问文家老娘身体好不好,老爹在干啥,又问是否娶妻生子。

文兴福告诉她,老娘老爹身体健壮,只是儿女都不在身边,日子过起来有些孤单。至于妻小一事,由于一直漂泊不定,很难定夺。

任家老娘是个热心人,听他这么一说,无论如何也要在路孔镇给他找个媳妇。

任宝田见母亲高兴,心里自然也很高兴。忙说:"娘,兴福老弟早就盯上一个女子了。"于是就把夏布子弟学校教师郑世蓉说了一遍。

老太太更加高兴,忙说,"既然是那样的好事,那就趁早把事办了,让你娘早日抱上胖孙。"

文兴福一面感谢老太太的好意,一面推说刚来路孔镇工作,等一切稳定了再说。

说话间,彭队副则给镇警队的队员们分配岗哨,维持秩序去了。

任宝田是个爱面子的人,见文兴福又是派警察为他家站岗,又请了戏班子,这两样都是很长面子的事,心里高兴,便拉着他陪老太太打起牌来,让外人看到他对文兴福特别器重。单等县长大人的到来。

任宝田是昨夜才回到路孔镇的,临行前马县长告诉他,今天下午一定赶到。

到了下午,马县长果然来了,为了一路观赏风景,他没坐轿,只坐了一乘两人抬的滑竿,前面有秘书开路,后面是一群背枪的侍卫,再后头就是参议院的议长、议员,三青团干事长、税捐稽征所所长、田粮局局长、警察局局长等等,一路浩浩荡荡,很是排场。

既然客人这么给面子,主人也不能怠慢,任宝田听到探子来报,赶紧丢下牌局,拉着文镇长前往离家二里远的妃子桥去接,一路上吹吹打打,鞭炮齐鸣,把个路孔镇搞得热热闹闹。

客人还没落座,已近傍晚,稍稍寒暄几句,就准备开席。

这时,守岔路口的保安队汪队长带着几十个保安队员朝这边走来。

他也是来给任家老太太祝寿的。原打算只身一人过来,听说县里来了那么多贵客,加上晚上又有唱戏,他想,一定很需要人帮忙,索性将四十多个

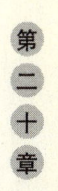

守岔路口的保安队员全部集合起来,除留几个守哨卡值班外,其余通通开进了任家院子。

他是让这些队员来下力的,比如扫院子、搭戏台、摆凳子什么的,他的官是任宝田给的,报恩应在这个时候。他还希望得到升迁呢,这么好个邀功请赏的机会不来事,还要等到啥时候?

文镇长是个精细的人,他担心这样会出事,赶紧把汪队长拉到一边,问他岔路口的哨所是怎么安排的,如果游击队打来了,据点怎么办等等。

汪队长觉得非常好笑,你文镇长怎么就这么啰唆。自从他当了队长守岔路口以来,还没见过哪个吃了豹子胆的游击队来攻打呢,即便是来了,里面枪支弹药有的是,那据点也是攻不破的。当然,岔路口是路孔镇的门户,不过,过去游击队也没进过路孔镇,现在有了这个据点,游击队就更无法进入路孔镇了。

想到这里,汪队长十分傲气地回敬了文镇长一句:"镇长大人尽管把心放到肚子里去,如果岔路口出了事,由我汪某负责。"

"还是小心为妙,万一出事,责任就大了。"文镇长又补了一句,没再说什么。

晚上的戏是京剧"四郎探母"。京剧是我国的国剧,很有群众基础,老百姓十分喜欢。四郎探母讲的是杨家将的故事。北宋年间,杨家为抵抗北方少数民族南侵,全家男女老少齐上阵,这里单说杨家第四子杨延辉的故事。

这出戏很有意思,在中国民间群众非常喜欢,常演不衰。

县里来的客人,都等着看完戏才回去,反正坐滑竿,早点儿晚点儿没关系。

戏刚开锣,就有人来找汪队长,在他耳根一阵言语,只见汪队长大惊失色,站起身来,差点没当场倒下。

第二十一章

岔路口出事了。

天刚黑,岔路口据点外面来了四个穿警服的人。

"是干什么的?"哨兵喝问。

"县警察局文总队王总队副派来送信的!"来人回答。

"把证件拿出来看看!"哨兵挡住来人。

走在前面的那人一边在身上掏,一边逼近哨兵,冷不防突然出拳,将哨兵打倒在地,其他人一拥而上,七手八脚将其捆了,用毛巾塞了个满嘴,扔进路边草丛,然后去敲据点的门。

据点里的几个人正在打牌赌钱,其中一个就是昨天抓来的那矮个子夏布商。

矮个子本来是被保安队员用绳子捆在那里的,别人打牌,他就待在一边看。嘴里不停地天南地北的吹,吹他做生意如何挣钱,有了钱就去打牌,他输了就爽快地付账,赢了从来不要别人的钱,为的是多交朋友多条路。

打牌的保安队员听了,都说他瞎吹牛。

矮个子不服气,说要不信就试试,反正高个子明天是要送钱来的。

保安队员一想,觉得有道理,反正他被关在据点里又跑不了,到时他如果不按说的办,就把他扣下来。再一想和矮个子打牌,几个保安打他一个,他还不输定了吗,何况他赢了也不要钱,这种天上掉馅饼的好事哪儿去找?于是就松了绑,一起打牌。

没过多久,有人来敲据点的门。

矮个子说:"有人敲门了,怕是有急事,你们为啥不去开?"

保安队员说:"你莫管闲事,汪队长临走时吩咐过,就是外面有天大的事也不能开门,不然会有麻烦的。"

"万一是你们上司有事呢?"矮个子问。

"也不开,天王老子来了都不开。"保安队员说,"除非是汪队长来叫门。"

门,还在一个劲地敲。

摸完一把,趁大家齐牌的时候,矮个子迅速丢下手里的牌,啪啪几下,干脆利落,将身边打牌的几人全部打翻,又夺了他们的枪,冲下楼去开了门。

你以为这矮个子是谁,他就是华蓥山游击队的中队长豹子,昨天和他一道来的那个夏布商就是新任的游击队中队长刘飞,他原本在路孔镇干过长工,为了避免被别人认出,当时化了装,贴了长胡子,还装了个瘸子,两人就这样混进了据点,为的是里应外合,拿下岔路口据点。

两挺机枪,三四十条步枪,还有千多发子弹就这样说没了就没了。汪队长万万没想到会出这样的事。他原本打算让保安队员全副武装来任家的,可是仔细一想又觉得不妥。任家根本就不缺背枪人的伺候,镇上有那么多镇警,县里又来了正规警察,无论武器还是服装都比你保安队强得多,弄那些保安到任家去不是丢人现眼多此一举吗,还不如让保安队员空着两手去干点杂活,下点苦力能表达诚意。

一想到眼下武器弹药全没了,他的肠子都悔青了,后悔当初没让保安队员们将武器带走,但后悔又有什么用呢。眼下他该怎么办?找任宝田,他不敢。找县太爷或警察局长,那简直是自寻死路他更不敢。想来想去,他决定还是厚着脸皮去找文镇长。尽管当初有点小瞧他,没拿他的告诫当回事,但他毕竟是直接上司,只有硬着头皮请他想办法,看能不能暂时把这件事蒙混过去。

文镇长听完汪队长的汇报,虽然没有过多的埋怨,但仍然觉得事情很难办。想来想去,给他说了三条意见。一是不能声张,眼下连书记长那儿都不能讲,搅了老太太的好事谁都吃罪不起。二是赶紧将全体保安队员悄悄带回据点奋起抵抗。

"奋起抵抗?"汪队长不解地问。心想,武器弹药全没了,拿什么去抵抗,总不能和游击队拼拳头吧,何况游击队拿了那些武器弹药早已跑得无影无踪,连人毛都不一定能找得到。

"话还没说完呢,你就等不住了。"文镇长白了汪队长一眼,说:"游击队来了多少人,双方战斗了多长时间,你们有多少伤员,他们有多少伤员,写个报告赶紧送来,这是第三条。"

文镇长这么一说,汪队长全明白了,真是一脚踢醒梦中人。他怎么就忘了造假呢。凭良心说话,他所见到的那些党国官员,没有哪一个不是在应付上面,没有哪一个不写假报告。

汪队长深感文镇长心胸开阔大人大量,怀着感激之情,按文镇长指点的迷津,神不知鬼不觉地带着他的几十个保安队员迅速离开了任家,回到了岔路口据点,关起门来写他的报告。

在回来的路上,他就已经开始在脑海里打腹稿,早就有了报告的雏形。游击队出动1000多人,企图攻打路孔镇,被驻守在岔路口据点上的保安队拦住,游击队恼羞成怒,强攻岔路口据点,保安队拼死抵抗,游击队死伤多人,但因力量悬殊,据点终被攻破,保安队以退为攻,两名队员殉职,损失枪支及弹药若干等等。

汪队长的报告这么写,并不是完全经不起查验的。首先,游击队攻打据点是实实在在的事,损失枪支弹药若干也是事实。至于游击队伤亡的事,那要游击队自己才知道,党国政府是查不了这事的。再就是保安队员二人殉职,也是有名有姓的,只是在时间上稍微有点儿差异。一个是上个月玩枪走火死于非命,另一个是三天前因打摆子不治而死。这两起事情都没向上头交差,正好拿来充数。管他死在哪天还是怎么死的,只要死了人就是事实。

他还有两件事情要赶紧做。一是将据点的大门砸烂,在上面打些枪眼,既然是游击队强攻据点,大门怎么能不坏?怎么能没有枪眼呢?二是将所有保安队员集中起来训个话,统一口径,如果有谁乱嚼舌头,不按报告上写的去说,就叫他见阎王爷。

事情做到这个份上,就基本算是了结了。接下来就是上报镇公所。

文镇长还没将汪队长的报告转送县里,任宝田就已四下活动开了。因为这事是为任书记长的老母亲做寿而出的,认真追查起来,他任宝田脱不了完全的干系,或者说有点牵连,这对书记长多少有点不光彩。

俗话说,不看僧面看佛面,碍于书记长的面子,谁都乐于多一事不如少一事。大家装耳朵聋眼睛瞎,让这事儿不了了之。至于保安队装备的重新配置,按照当时一级管一级的原则,那是路孔镇的事,由文镇长出面,土豪劣绅出点血,穷苦百姓出力,逐步解决。

一件惊天动地的案子就这么交了差,汪队长好不高兴,在"肉根香"备了一桌好酒和上等卤鹅、土鳝,专门答谢文镇长。

这是任宝田特意吩咐他办的,这叫"感恩"。

谁知文镇长刚刚坐定,酒席刚刚开桌,就有人来报,说是六保出了事。

第二十二章

  这路孔镇六保也真是有点儿古怪,本来好好的,怎么说出事就出事了呢?看起来是一件寻常得不能再寻常的小事,却弄出个这么大的动静来了。
  这事还得从昨天说起。
  六保有个张兴旺,就是领头向国家谷仓借粮度荒的那个人。他有个孙子,张家孙子半月前腰间生了个疮,对老百姓来说,生个疮有个头疼脑热算不了什么,拖一拖或者随便上山采点儿草药敷上就行了。可是张家孙子这疮就奇了,一连半个月,天天冲洗换药,总是不见好转。
  邻居说可能是中了邪。
  当地有个风俗,生疮的人中了邪,就得去"还坨坨愿"。所谓"还坨坨愿"就是生疮的一家弄些猪肉、牛肉或羊肉一类的东西,只要是肉都行。将肉砍成坨坨,再合着冬瓜坨或萝卜坨一起清炖。请一桌邻居来白吃白喝,将所有食物连汤带水通通吃掉,半点儿也不留,这样做说是就可以让客人把"灾星"带走。
  那年头穷人连饭都吃不上,哪来钱买肉呢?这个主意也就白出了。
  又有人说,没有肉就别"还坨坨愿了","送五鬼"也行。"送五鬼"比"还坨坨愿"适应的范围要广一些,凡是生疮害病的人久治不愈,都可以用"送五鬼"来驱邪免灾。
  "送五鬼"比较简单,就是生疮害病的家人煮五碗面条,请邻居的五个孩子来吃。吃面要有讲究,只准站着,不能坐着。

五个孩子端着面条从病人家里往外走,边走边吃。病人亲属手拿树枝在后面追赶,五个孩子端着面碗按事先设计的线路朝外跑,只准前进不准回头。待追赶到野外后,孩子们就将碗里的面条吃光,扔掉碗筷,各自去玩耍了。小孩都乐得当"五鬼",他们觉得很好玩,穷人家又难得吃上一次面条。因此,他们都巴望着村里有人生疮害病。

昨天下午,机会终于来了。

张兴旺的老太太为了能让孙子腰间的疮早点痊愈,好不容易弄到一点儿面条,煮熟后分成五碗,让孩子们端着面条往后山跑,她手里握着根桃树枝,跟在那些孩子后面,嘴里不停地念着:"天上神仙快过来,地下饿鬼远走开!"

这时,大路上迎面来了两个人,孩子们眼尖,头一低就过去了。

张家老太太却没那么幸运,人老了动作就会慢半拍,当她低着头嘴里还在叽叽咕咕念着"地下饿鬼远走开"的时候,发现迎面有人过来,正要躲避,却没躲开与其中的一个人撞了个满怀。

"你他妈的瞎眼了!"那人张口就骂。

"你眼睛没瞎就不会撞上了。"张家老太太轻轻嘀咕了一句。

"妈的,还敢回嘴!"来人挥手就是一个耳光,打得张老太太转了一圈,两眼直冒金花。

对待一个六七十岁的老太太说打就打,这种事放在谁身上都不好受,说什么也得将打她的人拉到保长那儿去评理。

来人身强力壮,没等老太太伸手拉住人家,早被人家一拳打到路旁的水田里。

老太太全身沾满稀泥,吃力地慢慢从田里爬起来的时候,那两个人已朝村里走去。

老太太气愤不过,在路边捡起一块石头,朝那两人追去,到村口正好追上,举起石头砸向推她进水田里的人。

那人回过头来,举枪便打。

张老太太的石头还没砸出手,就这样倒在了血泊之中。

这正是天快黑的时候,村里人劳累了一天刚刚回到家里,忽然听到枪响,便有人吹起了竹筒。

这吹竹筒就像沿海地区吹牛角一样,是召集村民集合的信号,大多数时候吹响竹筒,表明是土匪进村。遇上这种大面积损害村民利益的事,大家都会齐心协力对付。

不一会儿,人们手持棍棒、锄头,还有火铳,从四面八方蜂拥而来,把那两人团团围住。

被围的人见人多势众,知道硬拼不行,便自动交出了手枪,向村民说他们是出来缉私夏布的特税警,要求放行。

张兴旺说什么也不肯答应,一个活蹦乱跳的老太太就这样被枪杀了,他得让行凶的人偿命,这是中国人最基本的孝道。不由分说,他与几个村民一起把那两人捆了个结结实实。要不是唐保长在一旁劝阻,他早就用手里的锄头结果了那两家伙的性命。

唐保长也感到这事很难办。放走那两个人,显然说不过去,村民们是不会依教的,事态会越搞越大。按中国的老理应该"杀人偿命,欠债还钱"。可是叫人偿命的事他唐某人又做不了主,何况面对的还是势力强大的特税警。如果不放这两人吧,他又能怎么样呢,还不如让人将他们押到镇上交给文镇长处理。这么一想,唐保长最后决定将那两个自称是特税警的人押到镇上去。

张兴旺一个普通老百姓,向来是相信政府的,听他这么说,也没提出什么反对意见。只是要求亲自送那两人去镇上,他要当面向文镇长说明情况。

唐保长一想,也觉得没什么不妥,便答应下来,送就送吧,反正不能让你张兴旺一个人去送。于是就叫上身强力壮的蛮牛和张兴旺一道连夜将人送往镇上。

两个滋事者听说要去镇上,也暗自高兴,觉得只要能离开这个是非之地就有了希望,加上是回到自己的领地,更觉得安全了,所以十分配合。其他村民听保长作了安排,当事人表明了态度,也就没什么好说的,自然就散了。

张家那些至亲只得将满身带着血和着泥的张老太太抬进屋里去张罗去了。

张兴旺和蛮牛摸黑押着两个特税警骂骂咧咧朝镇上走去。

走不多远,其中一个说要大解,站着不走了。自古道:"水火不容情,屎尿不能停",人家犯了罪,总不能禁止他拉屎撒尿吧。让他拉,不解绳子不行,解开绳子,又怕他逃跑,怎么办呢?

还是张兴旺主意多,他让蛮牛将不拉屎的一个与路旁的大树拴在一起,

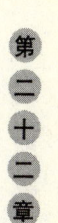

两人腾出手来对付要拉屎的那一个。

可是他们做梦也不会想到,本来没啥问题的事就出了问题,这验证了"大意失荆州"的那句老话。

原来在抓住那两个人的时候,除了他们自己交出手枪外,根本没对他们进行搜身,老百姓哪懂得这些程序,甚至连想都没想过要搜身。

被拴在大树上的那人见张兴旺他们集中精力对付拉屎的那个人,便从脚下的绑腿里掏出小刀割断了捆住自己的绳子,拔腿就跑。

那人"饥不择食,慌不择路",跌跌撞撞,发了疯似的狂跑,逢岩跳岩,遇坎跨坎,使出了吃奶的本事。他想,只有跑出张兴旺他们的视线才算是绝对安全,否则他们追来,一切功夫就白费了。

谁知那一带是石灰岩地质,大大小小天坑不断,浅的几丈,深的不见底。在那只有几颗星星的夜里,加上紧张,胡乱跑去,谁有心思去管哪里是路哪里是坑?那人还没跑出去多远,就骨碌碌一下子掉进了个十多丈深的天坑。

等到张兴旺他们侍候完拉屎的那家伙,回过头来再找拴在树上的人,已经没了踪影。特别是看见明显用刀割断的绳子,不由得火冒三丈,真是又急又气。气自己不该大意,让那家伙跑掉了。急的是明明唐保长指派他们将两个肇事者押到镇上,如今却只剩下一个,不知怎样去交差。

张兴旺和蛮牛商量,与其到镇上去说不清楚,还不如一不做二不休,反正剩下的这个就是打死他家老太太的,干脆将他推进天坑一了百了。这样做只要他和蛮牛不说,那就只有天知地知了,谁还会过问这件事?就是真问起来,就说他们自己逃掉了,还有人不信么?两个农民,押两个警察,不管是谁都想象得到会是什么样的后果。

张兴旺这么一想,心一横,顺手将那家伙推进了路边那个大天坑,那人开始还哇啦哇啦地叫了几声,过了一会儿也就什么声音都没有了。

刚听见叫声时两人吓得发抖,后来没了动静才松了口气,就这样他们回家料理张老太太的后事去了。

第二天一大早,特税警队长薛义宾按例清点人数,听取昨天外出缉私夏布的情况报告,这才发现有两名外出人员一夜未归,仔细询问,没人知道。特税警待遇很好,一般没有开小差的可能,因为从薛义宾来到特税警队就没听说过谁开小差。是玩女人去了?过去也没有彻夜不归的情况呀。

薛义宾便派人沿着他俩昨天的路线进行追查。尽管他们外出时都穿着便装，但路孔镇就巴掌那么大个地方，查找起来也是不难发现线索。加上那两个特税警出警队的大门，还不到一天工夫，估计不会走出多远。

十几名警员经过一整天跋涉，线索终于指向了张兴旺所在的六保。

昨夜发生那么大的事，既吹筒又集合，不但惊动了全保上下，就连相邻的保也知道了动静，随便找个小孩一问，情况就出来了。

薛义宾带着大批特税警赶到六保气势汹汹，张牙舞爪开始抓人。

首先抓了唐保长。

唐保长一点儿也不隐瞒，他是按章按法行事，有啥好瞒的？他说昨夜有土匪来骚扰，还打死了张兴旺家老太太，全保上下奋起抗匪，抓到两人，已交到镇公所去了。

接下来抓张兴旺和蛮牛两个押送的人进行核实，两人异口同声说送到途中土匪就逃跑了。

特税警觉得这件事情有蹊跷，便将张兴旺和蛮牛吊起打，进行逼供。

两个人知道说出来定是个死，便一口咬定那两个土匪是在送到镇上的路上逃跑的。

特税警没从张兴旺和蛮牛嘴里得到什么，又出动大批警力在六保挨个抓人，弄得鸡飞狗走，六保的人有家难归，能逃的都逃到后山的密林里藏起来，逃不脱的被抓住了。

一共抓了七八十人，都被绳子捆得结结实实，再用一根绳子连起来，拉回夏布子弟校关进大礼堂看管起来，然后一个一个地逼供。

特税警们抓鸡赶鸭，抢走六保保民财物无数，还扬言要杀一批人为失踪的弟兄报仇。

文镇长气得直跺脚，原本特税警和六保之间就有解不开的疙瘩，上次张兴才家的事薛义宾他们虽然赔了点儿小钱，可是一直怀恨在心，要知道这伙人可是铁公鸡一毛不拔的，吃点小亏都过不得，总想找机会翻本儿，如今正好有人命关天的报复机会。这六保七八十条人命呢。

文镇长想到这里，立即站起来，对大家说："对不起，你们先吃着，我有些事先回镇上给马县长挂个电话。"

这桌酒席原本是为答谢文镇长而请的，现在客人走了谁还敢动筷子？

汪队长说："弟兄们，我们等等镇长。"于是，一桌人东扯西拉扯闲白，眼睁睁看着酒菜吃不上。

第二十二章

文镇长从"肉根香"回到镇公所,先找到王师爷,叫他核实一下,将六保发生的事迅速写个报告连夜派人呈送县里,要求县里向夏布公署施加压力立即放人。接下来找到勤杂工老刘,叫他尽快找夏布子弟校教师郑世蓉到"肉根香"来见他。然后拨通了县政府马县长的电话,把六保发生的事详详细细作了汇报。最后才回"肉根香"和汪队长一起喝酒吃卤鹅、土鳝。

文镇长在"肉根香"和汪队长较上了劲,两人谁也不肯服输,一杯接一杯喝酒,要不是郑世蓉赶到,他恐怕得当场倒下。他让郑世蓉搀扶着,一边说着酒话,踉踉跄跄地出了"肉根香"大门,来到一个僻静处,突然非常清醒了,似乎压根就没喝酒一样,如此这般地与郑世蓉说了些什么,独自一人回到了镇公所。

文镇长带着浓浓的醉意去了王师爷房间,查问了向县里送报告的情况,这才回屋准备歇息。可是他怎么能歇息呢?他有好多的事需要思考应对的办法。

天上突然电闪雷鸣,顷刻之间瓢泼大雨从天而降,这场雨下得很不是季节。

他预感到,今夜路孔镇将出大事!

第二十三章

　　由于荣昌县频繁出现游击队提枪的事件，永川专署已命令各县各乡镇加强防备。

　　渝大金带领的游击队在河滩镇一直在寻找机会下手。

　　8月的南方，向来闷湿，今年虽然雨水少，闷度有所收敛，可是蚊子的叮咬并没有丝毫的减弱。

　　队员们拔了些草，编了草环戴在头上。土腥味引来不少的蚊虫，嗡嗡地叫，放肆地咬。游击队员们好几次都忍不住了，想赶紧行动，可是那里防范太严，一经动手，无异于自投罗网。所以渝大金迟迟没有下达行动的命令。

　　他们在河滩镇镇公所附近埋伏了两天两夜，最后也没有找到出击的机会。

　　虽然这一段的主要任务是搞枪，在三个多月时间里已经搞到100多条枪，武装了100多名队员，这个效果已经相当不错了，但是还有100多名游击队员在眼巴巴地等着用枪。原本想让兵工厂自己造一部分应急，可是辛辛苦苦把设备拉上了山，却发现造武器的原材料弄不到。造武器的原材料可不是随随便便找点零碎就可以替代的，据说有的还是些洋货呢。现在有了设备没有原材料，就跟无米之炊一样，就算是再巧的媳妇也为难啊！这不，设备一直处于闲置状态。

　　自己造武器是不大可能了，眼下要是强行提枪也必然会有伤亡。渝大金不想做赔本的买卖，只好放弃了河滩镇。

话又说回来了,命运是挺神奇的,有时候运气来了抵都抵不住。就像累了有人递座垫,热了有人送蒲扇,困了有人给枕头,渴了有人煮稀饭一样,那种甜水解渴的感觉真是好。

渝大金带着队员钻进密林走小路回大足时,不知怎么迷了方向,走着走着就来到大足县比较偏远的居安乡。

回过神来,天色已经暗下来了。再掉头走怕是也赶不回去了。

渝大金想了想,将错就错,把队伍安排在离乡场大约几里远的一个沟深林密的小山中,一边安排了游动哨,一边派了几个队员去乡场采购点食品,然后让大家就地休息,养精蓄锐。

游击队员已经习惯了白天睡觉,晚上吃饭行军的生活,所以不到一会儿工夫,林子里就只闻鼾声,不见人影了。

过了几个时辰,去乡场的队员已经折返回来了,小队长报告说:"这个乡的乡政府并没建在乡场,而是在离乡场500米外的一幢孤立建筑里。门口有个乡丁站岗,经我们细细观察,发现他极端不认真。有时还把枪靠在门口,就近背开大路撒尿,有时又把枪抱在怀里坐在乡公所门坎上哼着什么调调,甚至还有过把枪放在地上掏蚂蚁窝玩的动作。这个岗哨,就跟个摆设似的,没什么防卫能力。"

这是怎么回事呢?

原来,这个乡在东部山区,山高路陡,交通不便,信息不灵,因此,民风也颇为淳朴。农民老实惯了,很少有到乡政府来滋惹是非的。加上土地贫瘠,农民手里没有多少抓毛,所以乡丁平时也没多少事干,队伍比较稀松。虽然永川专署已经向所辖各县发出"严防共党乱窜,骚扰社会治安"的通报,大足县也转发了文件,但是居安乡的头头认为他们这里天高皇帝远,是个鬼都不拉尿的地方,值不得自己吓自己。再加上居安乡塘小、水浅、鱼少,游击队怎么可能来这里光顾。因此,基本不警惕,基本不设防。

听了这些情况,渝大金精神一振。他觉得苍天有眼,这个地方简直就是平白无故地给共产党游击队塞礼物!既然有人要送,他渝大金不可能不接,所谓有来不往非礼嘛!他把刘建雄叫到一起谈了谈想法,研究了具体的行动方案。

午夜时分,广袤的大地特别乖巧,无数的小动物唧唧呀呀地唱着,土地爷却信马由缰宽宏地任由它们吵闹。

下弦的月牙从后山升起，居安乡政府门前拖着长长的影子。天空中一团乌云，对着月牙，一副严阵以待的样子，随时准备迎接这位光鲜的客人。

一会儿，调皮的月牙一头钻进了乌云。

说时迟，那时快，一个黑影倏地冲到乡政府门前把一个小手帕迅速捂在了正在打瞌睡的哨兵的嘴上。那手帕是被洋金花（曼陀罗全碱）渗透过的。

哨兵未及喊过一声就瘫痪在地上，被游击队员缴了枪。

几名游击队员抱着圆木使劲往门板上一撞，乡政府的大门只用了几下就被撞开了。

渝大金、刘建雄带着游击队员蜂拥而入，直扑乡政府左侧厢房，17个赤条条的乡丁还未来得及穿上衣服就当了俘虏，17条长枪一字形靠墙摆着，成了游击队的战利品。

又是一个不费一枪一弹，不死不伤的胜仗。虽然缴获的只是18支汉阳造，但比起大刀长矛梭镖之类的确是强多了。

刘建雄带人去查看上房，一个人影都没有。原来这个乡晚上除了乡丁守房屋外，连个值班的都没有。

也难怪，兵荒马乱的年月，文官们能够守住自己的妻室儿女，过一天算一天就知足了。因此，他们都住在场上，很是珍惜这每晚的团圆。

渝大金让游击队员把乡丁绑了，撕些破布塞进嘴里，只把枪提走，人不管。

杨其声这边也带着从大足县城冲杀出来的游击队员扛着一堆战利品在小树林与渝大金会合了。

杨其声他们是在回荣昌路过路孔镇时，略施小计在岔路口哨卡杀了个回马枪，不到半袋烟的工夫，就提到了两挺机枪，四十条步枪，也算是满载而归，看着满堆的战利品，他不免有点神采飞扬。

杨其声还特别表扬了刘飞和豹子在这次行动中的出色表现并且给渝大金建议："今后在行动中要多用当地人，当地人熟门熟路，很占优势。"

谈到郑忠良时，杨其声觉得十分内疚，大有东吴迎刘备，赔了夫人又折兵的味道。

"唉，这都怪我没有作战经验，做事不利索，太大意，在行动中只注意寻找不可丧失的机会，全力去抓明志高，却没有注意祁家公寓周围的情况。眼下忠良生死未卜，我，唉……"杨其声很是沮丧。

渝大金、刘建雄自是一番劝解。

渝大金拍着杨其声的肩膀说:"好了好了,也不能全怪你。一方面队员们也是第一次见到这样的场面,很容易慌上加乱,再加上之前侦察的条件有限,没有注意到周边的情况也是无力之举。你不是也刚打了胜仗了嘛。队员们好不容易劲头刚提起来,你这个带头羊就别泄大家的气啦!"

刘建雄也在一旁跟着劝劝,同时也派出一个小分队去大足县城打探郑忠良的消息。

游击队在深山老林休息了整整两日,一个个恢复了体力,养足了精神。

刘飞拿回了路孔镇镇长文兴福带给华蓥山游击队的一封信。信中说路孔镇六保几十人被特税警抓了,并且详细描述了当时的情况,还提示了具体的营救方法和路孔镇特税警关口布防的基本情况,希望游击队能前去营救。

渝大金认真地梳理了近期以来的武装斗争情况,他觉得现在的大方向是正确的,都是按照中共川东临委的要求在一步一步地落实。每次行动,也都尽量避免了不必要的牺牲,用最小的成本赢得最大的利益,稳定了人心,提升了游击队员的热情。按照黄湖同志在鸦屿山斩龙庙里的布置,要争取主动打烂国民党的后方"小厨房",让国民党首尾不得相顾,让国统区动荡不安,从而牵制国民党的兵力,努力减轻人民解放军正面作战的压力。

中共川东临委要求的第一步计划,渝大金认为已经实现了。现在,有人有枪,游击队队伍也壮大了,有配枪的游击队员已经达到近200人,个个的斗志都非常旺盛,在这时候加强引导,把他们旺盛的斗志用在与敌人干上一仗的话,首先从人气人心上就赢得了先机。

渝大金、杨其声、刘建雄进一步分析了接下来的计划,他们选准战斗的第一个目标就是荣昌县路孔镇。攻打这里有四个好处,一是营救老百姓;二是可以保护我们党在敌人心脏的两面政权;三是可以打击夏布特税警队的嚣张气焰;四是选择这个地方有利于锻炼队伍,那里有支训练有素的特税警队,是初出茅庐的游击队最好的陪练。

主意已定,三人作了具体分工,明确了各自的进攻目标和战术,决定分头带领队伍行动。

第二十四章

半夜里,雨停了。

路孔镇响起了枪声,四面八方都在响,有步枪声、手枪声,还有机枪声。

枪声很密集,不时还夹杂着手榴弹的爆炸声。

镇上的人都清楚,这不是土匪打枪,土匪队伍没有那么大的攻击力,这一定是共产党领导的游击队在进攻。

自从岔路口保安队的据点被华蓥山游击队拔除后,汪队长的保安中队一时半会儿也恢复不起来,筹集购买武器弹药的经费弄得文镇长十分头痛。

没有了岔路口的据点,游击队要进濑溪河可就畅通无阻,长驱直入了。不过,要进路孔镇就未必那么容易。

路孔镇既然是夏布公署所在重镇,就必定少不了重兵把守。为了获取夏布的巨额特产税,防止夏布走私,重庆方面为夏布公署配置了由薛义宾担任队长,具有200多警力的特税警队,专门负责缉拿走私夏布的投机商和维持夏布公署境内的秩序。他们在路孔镇通往外界的六条大路上都设有关卡,派重兵二十四小时把守。留下一部分特税警驻扎在夏布公署大本营,随时准备增援各关卡,应付突发事件。各关卡分别安装了电话,与大本营直通,一旦有事,打个电话报告情况就会很快得到支援,这个支援还包括从荣昌县城来的正规部队。

游击队要进入路孔镇,首先得攻下特税警的一个或几个关卡。当然,过去没有人会想到六个关卡同时被攻打,那样势必耗费很大的兵力。

游击队这次攻打路孔镇,就是六个关卡一齐攻击,渝大金、杨其声、刘建雄各攻两个。其中五个是佯攻,一个是智取。

他们首先切断了镇上通往外界的电话,让外面无法得到路孔镇的准确信息,让特税警无法得到外面的增援。然后由一队人装扮成夏布贩子与关卡的特税警纠缠,进入关卡,缴了守卡特税警的枪。

游击队的大队人马就从这个夺得的关卡长驱直入。其余五个关卡的游击队员都是虚张声势,攻得下攻不下,对他们来说都无所谓,只要能吸引镇上大本营的特税警前来增援就达到了战斗的目的。当然,吸引来的特税警越多,他们获得的胜利就越大。

噼噼啪啪,轰轰隆隆的枪声,手榴弹声响个不停,战斗越来越激烈,夏布公署和夏布子弟校外面也响起了枪声。

街上的居民都睡不着觉了。

富人担心游击队打来会没收他们的财物。

穷人巴不得马上就能推翻旧政权,让他们当家做主人。解放大军的故事几乎传遍了那一带,他们知道共产党和党领导的军队是怎么回事,他们一点儿也不害怕眼前的这场战斗。

一些住在场镇周边的穷人还掩饰不住心中的喜悦,有的从床上爬起来,打开窗户,听着一声声清脆的枪响,看着一道道划破夜空的红光,还有那些纪律严明,秋毫无犯的游击队员。

有些胆儿大的穷人干脆走出门去,跟在游击队后面,呐喊助威,本来只有100多人的游击队队伍,一下子出现在漫山遍野有上千人。

那些平时骄横惯了的特税警,摸不着虚实,不知道来了多少游击队,成了缩头乌龟,待在卡子或大本营里半步也不敢离开,只是集中力量不停地朝游击队员来的方向开火,生怕失去自己的阵地。

文镇长从床上起来,叫王师爷把好镇公所的大门,不准任何人随意进出。接下来叫陈队长和彭队副召集全体镇警训话,说是外面情况不明,如果出去,我们在明处,游击队员在暗处,我们打不着他们,他们随时可能打死我们,不能做无谓的牺牲。文镇长宣布,任何镇警队员都不准投入战斗,只要游击队不打镇公所,镇警队就要有效地保存自己。今天的保存实力,是为了明天消灭敌人,违令者当场处死。

镇警们都是爹生娘养的肉体之身,上有老下有小,拖家带口,也怕惹火烧身自讨苦吃。文镇长讲得入情入理，一片苦心，大家都心知肚明，一个个心怀感激之情。

文镇长最后命令电话总机话务员老李离开总机室，免得今后去为那些上上下下难以应付的电话承担责任。

路孔镇由于是夏布的生产基地，生意繁忙，全镇有几十部电话，通讯设施比许多县城还发达，电话总机房设在镇公所。

文镇长刚刚走进总机房，没等他开腔，话务员老李就告诉他："天黑不久路孔镇通往外界的电话就断了，恐怕一时半会儿通不了，但镇子内部的电话是畅通的。"

文镇长这下完全放心了。他开始给夏布公署打电话，他想从接电话的人来判断夏布公署是否已被游击队占领。

电话很快通了，对方接电话的是夏布公署职员小胡，他平时的工作就是负责接听电话，由于经常打交道，他和文镇长很熟。

"你是谁？"小胡问。

"我是镇长老文！"由于文镇长当时心情激动，他不相信夏布公署还没被游击队攻下来。这一激动不要紧，说话的声音都变了调。

"你是哪个文镇长？"小胡起了疑心。

小胡怀疑镇公所已被游击队攻下，也许刚才说话的所谓文镇长就是游击队员。

"你唱个歌给我听听。"因为文镇长平时总爱唱《义勇军进行曲》，只要他一唱这个歌，小胡就知道这文镇长到底是真还是假。

文镇长意识到自己刚才的情绪不对引起了怀疑，赶紧在电话上唱起了自己平时总会唱走调的《义勇军进行曲》。

小胡听后，在电话那头发出了爽朗的笑声。

"报告文镇长，到目前为止，夏布公署还没失守，关卡也差不多都还在特税警队手里，只是夏布子弟校被攻破，关押在那里的七八十个六保保民被游击队放走了。"小胡一口气讲完了情况。

"那就好，那就好。"文镇长敷衍着说。

"文镇长，这游击队的人打仗确实厉害，不怕死。在攻打夏布子弟校的时候，有个游击队员肠子都打出来了，一手托着肠子，嘴里还不停地喊'冲呀冲呀！'直到倒在地上，枪还握得紧紧的。"小胡告诉说。

文镇长挂断了电话,他不敢再往下听了,他怕自己控制不住感情而出大事。他走出总机室,一个人在镇公所的城墙上溜达。望着四周山上闪烁不断的红光,听着仍在激烈战斗的枪声,他弄不清自己心里此时是一种什么样的滋味。

这时,从总机房里传出声音,好像是守总机的老李在跟人通电话,说的是路孔镇正在发生的一切。

文镇长急了,他担心路孔镇通向外界的电话已经畅通,如果老李擅自将这里的情况告诉了县里,很快就会有军队来增援特税警,那样的话,两面夹击,游击队的损失是可想而知的。他赶紧从城墙上跑下来,冲进总机室,制止老李的通话。

文兴福激动得说话的声音都有些颤抖了:"你的胆子也太大了,谁给你这个权力?不经报告随随便便把这里的情况向外讲,你调查清楚了吗?要是讲得不准确,上面追究起来,你负得了这个责任吗?"

老李被文镇长一席话吓呆了,不知怎么办才能挽回刚才的过错。

僵持了片刻,还是文镇长先开了腔:"你刚才在和谁通话?"他已经冷静了许多。

"到县里的电话还没通,到木桥镇的电话是通的,刚才是木桥镇何镇长来的电话。"老李告诉他。

路孔镇的电话必须经过木桥镇才能通往县城。

"马县长的电话能不能打通?"文镇长接着问。

"还不行。"老李说。

这下放心了。他让老李把木桥镇何镇长的电话接通,他问何镇长能不能和县长通话,何镇长说不行。于是他就让何镇长赶紧派人去县里报告,路孔镇被游击队包围了,请求县里立即派兵增援,至于路孔镇目前的详细情况,他文某将迅速派人逐个核实后火速向县里报告。

文镇长心里明白,他这么做的目的完全是为了将来能向上头交差。今后如果上面追究他不作为,那他完全有理由申辩。

试想,满山遍野都是游击队的人,他文某又有多大能耐,能把他们怎么样?派人向上面报告,游击队把路孔镇围得水泄不通,他的人出不去。电话报告,电线被割断了,打不通。好不容易才接通木桥镇何镇长的电话,让何镇长代他派人向县里报告,那已经是他文某人费了九牛二虎之力才发出来的求救信号，已是相当不容易了。

不过话又说回来，等到何镇长派的人走到县城找到县长，县长再和身边的人商量或是向上面汇报后再派出兵力，援兵赶到路孔镇，怎么也得是第二天下午的事了。那时，游击队攻打路孔镇的战斗早已结束，再多的援兵又有何用处？最多虚张一下声势。当然，这些都不是他文某人的责任了。

天亮了，密集的枪声变得稀稀落落，攻打夏布子弟校的游击队已经撤退，几个被攻破的关卡也已没有了枪声，只是离夏布公署和镇公所最近的两个关卡还在进行战斗。

县里派来增援特税警的部队赶得很急，已经过了木桥镇。

刚才木桥镇还打来电话，询问文镇长路孔镇的情况。文镇长为了拖延时间，尽量把这里的情况说得很严重，以吓唬那些来增援的队伍。

可是由于出发前县里向增援部队下了死命令，不允许他们在路上耽误，不管多么严重的情况，部队必须硬着头皮冒死推进，排除一切干扰尽快赶到路孔镇。

文镇长在伙房找到镇公所勤杂工老刘，叫他从后门翻墙出去，将县里派增援部队已过木桥镇的情况告诉游击队，要求他们尽快撤出战斗。

老刘去了不久，枪声逐渐停了下来。

古老的路孔镇慢慢地变得没了生息，寂静得几乎让人窒息。

文镇长长长地舒了口气。他让王师爷打开大门，独自踏上了从镇公所通往外界的那条大路，说是要去夏布子弟校看望同乡恋人郑世蓉，昨夜这么激烈的战斗，一个弱女子会不会受到惊吓。

在这件事情上，他是用不着遮遮掩掩的，就关心恋人而言，算是情理之中的事，任何人也说不出个闲话来。不过文镇长的真实目的却是醉翁之意不在酒，他要去那个游击队员殉难的地方寄托哀思，革命虽然免不了有牺牲，但他还是为牺牲的战友难过。

不多时，他在夏布子弟校找到了郑世蓉，因为经过了一夜的枪炮声，老百姓都还沉浸在惊慌中，学校也没上课，他们正好有时间干点自己的事。

他一只手挽着她，另一只手杵着那根从不离手的用千年古藤制作的文明棍，走出校门，在旁边不远处的围墙下站住了。那儿有一摊血，是那位殉难的游击队员留下的，尸体已被战友们搬走。来那儿围观的人络绎不绝。

文兴福和郑世蓉手挽着手站在一旁，像一对看热闹的情侣。他们不敢公开地给烈士行躬身礼，只能在内心暗暗地默哀。他知道那位游击队员发扬了大无畏的革命精神，死得英勇。托着肠子还在喊冲锋，已经光荣牺牲了手里还紧握着枪。

　　文兴福知道，人最珍贵的东西是信念，有了信念就有了力量，为了实现信念，许多人会不顾一切，勇往直前，哪怕是上刀山下火海，失去最宝贵的生命也在所不惜。

第二十五章

没等文镇长回镇公所,王师爷就派人找他来了,说是县里的增援部队已经到了。

"来得好快呀!"文镇长这么想着和郑世蓉告别,迅速回到镇公所。

"兴福兄,你没受到损失吧?"刚跨进办公室,就看到两个身穿警服的人坐在办公桌前的藤椅上,其中一个边用手指骨敲打办公桌,一边扯开嗓子和文镇长打招呼。

有这种随意敲打桌子习惯的人不算少,但那人的敲法很特殊,他朝左敲三下,又朝右敲两下。停了片刻,又反复地敲了一回。看起来随意,一般人也不一定能看出个所以然,其实这里面很有规律。

文镇长暗暗吃惊。

那人说:"没想到吧,多年不见,你恐怕不认识我了。我现在的名字叫陈双白,以前叫陈金,好好想想。"他是个中共地下党员,刚才是向文镇长发出接头信号。

"哦,是你!"文镇长赶紧热情地应酬,并将手里的文明棍举起来顺势转了两个圈,又轻轻在地上敲了三下,像是老朋友相见,情不自禁高兴了的一个自然动作。他这么做算是明白了对方的身份。

文镇长赶紧上前和陈双白握了握手,说:"老同学,想不到在这里见面,你长变了些。"接下来又和另一个穿警服的人握手:"王总队副,辛苦你们了。"

这个王总队副,就是县警察总队副总队长。文镇长在县党部书记长任宝田家见过他,因此自然也显得亲切。

"你们俩这老同学是怎么回事?"王总队副指了指陈双白,又指了指文镇长,不解地问。

"那是在复旦大学的事。"文镇长淡淡地说。

王总队副十分惊讶,笑着说:"原来你们都是名牌大学的学子?"

"兴福兄是高才生呢。"陈双白高兴地说。

"别听双白瞎吹,那会仅仅发表过几个小豆腐块文章,是个文学青年而已。"文镇长正要往下说,忽然电话铃响了,是马县长。他命令文镇长立即准备十个镇警,准备押送一个人去县政府。

文镇长有些紧张了,莫非游击队攻打路孔镇,哪个共产党员暴露了身份?他赶紧问县长押谁。马县长说别问,听王总队副命令。

接下来马县长又叫王总队副听电话。对方叽叽咕咕说了好一阵,王总队副只是一个劲的嗯呀、啊呀,一副毕恭毕敬的样子,不露半点声色。

文镇长的心早就悬到了半空,到底是押谁去县城?押游击队的人吗?不会,从得到的消息来看,游击队除牺牲一人外,没有任何人被捕,如今已整体撤离。那么,是押文某人吗?也不大可能。他把自己昨晚到今天的事快速地过了一次电影,觉得没什么出格的地方。如果自己真的暴露,马县长又何必要派镇警队的人押送呢,明明镇警队就是我文某的人,不还等于让自己押送自己吗?再加上文某人的中共组织关系没在当地,横向纵向的联系都是切断了的,与当地接头发生关系的人并不多,暴露的可能性极小。那么,是要押送镇公所的勤杂工老刘、夏布子弟校的郑世蓉,还是别的什么人?

文镇长在脑袋里紧张地搜索着,把他知道的关系一个一个地在头脑里过,把他认为最有危险的人一个一个地进行排除。

这时,勤杂工老刘突然从门外进来,王总队副用惊疑的眼光死死地盯着他。文镇长感到了问题的严重性,他甚至预感到,要押去县城的人就是老刘。

事情已不容他多想,救人要紧。文镇长情急智生,突然黑下脸非常严肃地大声对老刘说:"你怎么这样不懂事,也不看一看今天是什么时候?我们大事都忙不过来,你那些打官司的烦心事就不要来找我了,快去找王师爷!"

听到这话,老刘愣住了,云里雾里,不知所措。他弄不清文镇长是在传递一个什么样的信息。

文镇长已看出对方似懂非懂的状况,赶紧起身说:"你不知道王师爷在哪个办公室吗?我带你去!"

走出镇长办公室,文镇长赶紧将老刘拉进厕所,悄声说:"你的胆子也太大了,怎么敢在这个时候跑到我办公室来?赶紧离开路孔镇吧,晚了就会吃大亏。"

文镇长见老刘仍站在那儿纹丝不动,便把马县长来电话要求镇警队押送人的事简略地说了一遍。

"不行!我不能走!"老刘听懂了文镇长的话,斩钉截铁地说:"我有要紧事必须告诉陈双白。"

文镇长赶紧回到办公室,向陈双白使了个眼色。

陈双白借故上厕所,找老刘去了。

屋里只剩下王总队副和文镇长两人,他俩面面相觑,都不说话,屋内顿时紧张起来,空气似乎凝固下来。

也许,他们两人各有各的心事,都不便先开口,还在思考搭话的题目。

文镇长觉得,这是上天赐给他的一个极好机会,他要先发制人,尽快从王总队副嘴里打探出要押解到县里去的人是谁,以及押解程序、押解方案、善后事宜等等。然后才有可能采取相应的解救措施。

"总队副,刚才马县长在电话里告诉我,要我准备十个镇警,说是要押个人走,我问他押什么人,县长要我听你的命令。"文镇长拿起王总队副的茶杯,一边往里续开水,一边不慌不忙地说:"请总队副指示,我好执行命令。"他做得很谦和尽量把身子放得低低的。

王总队副招了招手,示意让文镇长靠近他,轻声说:"不押送别人,押陈队长。"

文兴福心里暗暗一惊,镇警队长不是姓陈吗,他的共产党员身份只有我一人知道呀,难道他还与别的什么人保持着联系?昨晚的事他一直没有参与,也没有让他露面,是哪个环节大意了呢?该不会出问题吧。便又问:"总队副,你说的是哪个陈队长?"

"陈中队长,就是你的那位复旦同学陈双白。"王总队副特别强调"复旦同学"四个字,好像是意味深长,又好像是在试探文镇长。

文镇长故意揣着明白装糊涂,而且还极其幼稚地问:"他不是由你带来打游击队的吗？为什么要抓他呢？"

"哦，不为别的，"王总队副不慌不忙，认认真真地说："县里抓到一个共产党，刚才供出了陈双白是他的同路人。"

文镇长一颗悬着的心放下了，他已明白了大的目标，还必须进一步探明押解的方案。他暗暗地舒了口气，在脑子里快速地整理着解救的办法。

"哦，"他做出刚刚明白过来恍然大悟的样子说："马县长叫我听总队副的命令，不知总队副有什么指示，我将遵照盼咐办理。"

王总队副是个极其精明的人，赔本的买卖他从来是不会做的。他知道，在蒋委员长"宁可错杀三千，绝不放走一个"的指令下，政府抓到的共产党没有几个是真的。

"宁可错杀三千，绝不放走一个"是蒋介石1927年发动"4·12"政变时提出的，是法西斯暴行！目的是彻底消灭中国共产党和由共产党领导的工人运动、农民运动。1948年蒋介石在国民党统治区实行白色恐怖，又把它搬出来，不知错抓了多少老百姓。有时眼见着倒是抓了个真共产党，却突然不知从哪儿冒个什么人物出来担保，结果"完善手续"又悄悄放走了。

何况，国民政府眼看着就要保不住了，许多上层人物都在为自己找出路，做好事，想方设法到处找关系接近共产党。自己又何必到处去结怨呢？当然，既然马县长叫抓人，不抓是不行的，如果抓得正确，说不定还会有赏呢。

王总队副通过脑子的梳理，终于想出一个对政府"押解有功"，对被押解人却也无过的办法。这就是他多年来一直施用的"两面都有糖吃"的高招。

于是他毫不介意地说："咳，陈中队长嘛，在我手下已经多年了，我们平常是非常要好的朋友。如果将他当做犯人捆绑送县，以后人家万一又没有事，我还怕不好见面呢。"

文镇长立马奉承："我早就听人说王总队副爱兵如子，待部下特别好，是我等的榜样。"

王总队副听到奉承，心里更是十分得意，他将已经想好的办法和盘托出来："我看这样吧，一方面我来写个签呈，叫陈双白送给马县长，让他自己把自己送到县城去，县里如何处置，与我们不相干。"他看了文镇长一眼，接着说："另一方面，你派可靠的人暗地里监视他，只要他进了马县长的办公室就万事大吉了。"

"好,你这个办法非常好!既实现了做事留一线,以后好见面的初衷,又能完成马县长交给的任务。我看可行!"文镇长一面喝彩,一面立即拿出文房四宝,王总队副提笔抄写,简短几行字,很快就完成。

"本人奉××钧座电谕,已将县警察总队陈中队长双白所部交由乔分队长指挥。至于此地匪情,由陈中队长回城后面报。"然后是落款。

文镇长对王总队副处理陈双白的计划非常满意,他自己的一整套解救办法也很快思考成熟了。

他也写了一份报告路孔镇被袭的签呈,文中只字不提押解陈双白的事。也就是说,从文字角度讲,他可以视为不了解陈双白的情况,不管陈双白在途中逃走或是被人劫走,他文某人都没有任何责任。

第二是马县长交办的派十名镇警押送犯人的事,他也得把圈子画圆不是,但他只派了四人押送,因为"十"和"四"这两个字在发音和听觉上是常常发生混淆的,电话里只有两个人的对话,今后谁能说清是"四"还是"十"?他还在这四个人中派了一名地下党员,那就是镇警队的陈队长,一方面他是镇警中的最高指挥官;另一方面,他能对文镇长的指令心领神会。

文镇长将四名镇警叫进办公室,当着王总队副交代了任务,说是派他们四人送公文去县城。同时,在路上负责监视陈双白中队长。

他对镇警讲陈双白中队长是因公回城,让部下好好照看,要保证他的人身安全。文镇长一连问了镇警队的陈队长好几遍,是否已经明白自己的任务。凡有不明白的地方他反复交代,直到陈队长回答完全明白为止。

在陈双白离开路孔镇之前,文镇长完全回避与陈双白接触。他叫人将郑世蓉找来,表面上是为了让郑世蓉与王总队副认识,暗地里却叫她尽快找到老刘通知陈双白,把县长将派人抓他的信息以及文镇长如何安排的善后事宜转告他,叫他想办法在押解途中脱身。

出发前,王总队副为了稳住陈双白,一本正经地向他交代了任务,诸如将签呈亲手交给马县长,并详细汇报路孔镇被袭的经过,以及目前的情况等等。

一切都显得非常自然,王总队副态度十分可亲,一点没涉及押解的事情,连陈双白身上佩带的手枪也未解除,完全是一副去县城执行公务的样子。王总队副怎么也没想到,陈双白在走到离木桥镇不远处借故上厕所,就一去不复返了。

马县长收到了镇警队送去的签呈而未见陈双白,当即命令将路孔镇来的四名镇警关起来。

文镇长得到消息后,抓起电话要同马县长大吵大闹,质问马县长凭什么随便关押镇警,反复讲解马县长是如何吩咐他文某人听从王总队副的指令送人去县城,王总队副又是如何安排等等,说是如果要追究责任也只能追究他文某人和王总队副,不应该追究四名镇警,那些镇警都是无辜的。他叫彭队副拿着说明事情经过的签呈直送马县长,叫彭队副为了兄弟们的身家性命,拿出勇气跟马县长大闹:"要说明王总队副并没将陈双白当罪犯交给镇警队,连身上的配枪也未解除。押送这样重要的人犯,采取这样的措施,我们镇警队还蒙在鼓里,要是镇警队的人真的被陈双白打死了,我们还得找县上要人呢。"

镇警队都是结了金兰之交的,弟兄有难,能坐视不管吗?彭队副忍无可忍鼓足勇气在马县长面前大闹了一场。

县长理屈,只得放了四名镇警。

但这件事总不能不了了之,党国的规矩不是儿戏,必须追究责任。

该追究谁的责任呢?追究文镇长,一点儿也扯不上边。他既未押送人,也未曾指使谁放走人,从知道消息后他连与陈双白单独接触的机会都没有。

追究王总队副?也不行。一则人不是他直接放走的,至于那种押解方式,在兵书上也是查得到的,那叫"缓兵之计",只是个策略而已。马县长在电话里也并未明说要王总队副解除陈双白的配枪,把他捆绑押解到县里。二则王总队副在上面是有后台的人。

这样一想,马县长只好自认倒霉。解铃还需系铃人,自己绾的疙瘩只有自己慢慢来解,该方的方,该圆的圆,凡事不可过分认真,也就过去了。不过马县长在心底里还是责备了自己,发誓要吸取教训,不能让这样的事情再次发生。

陈双白的事就算了结了,可是路孔镇的事情却并没了结,还麻烦着呢。

游击队攻打路孔镇,原本是为了解救六保那七八十个被特税警队抓走的无辜百姓。如今人是救出来了,特税警队那些狗日的仍然不肯放过他们,说是跑得了和尚跑不了庙,还得抓他们,在哪里碰到哪里发财。一个个好端端的家庭被拆散了,全保人没一个人敢回去,都进了深山躲藏,或流浪在外当游子、当叫花子保命;采野菜野果充饥,眼睁睁看着自己的家却是无论如何也回不去。

　　时间一长,地里的农活没人做,春不播,夏无收,没了粮食,即便回了家,也只能饿死。参加游击队吧,人家生活没个规律,整天东奔西跑,吃了上顿顾不上下顿,再说老的老小的小也吃不下来这颠沛流离的苦吧。同时,游击队也不可能带着他们转战千里。

　　为了让六保这些人能安安全全地重返家园,文镇长的脑袋都急大了。

第二十六章

派去大足县城打听郑忠良下落的人回来了,据他报告,郑忠良被捕以后,表现得非常坚强,任凭敌人怎么用刑,他都只字不吐;敌人见威逼没用,就来软的,想利诱他。可是郑忠良仍然不理不睬,丝毫不动摇。

没有办法,文团长只好准备就在最近几天,把他和其他两名游击队员一起下涪江坐船,押往重庆行辕邀功请赏。

"好不容易抓到个活的,既然我的酒你不吃,那就送你去吃更难吃的酒!"文团长有些恼怒。

下江坐船。这个消息让杨其声着实兴奋起来,他看到了希望,只要有一丝希望,他就要用百倍的努力,郑忠良就有可能获救。他要弥补自己的失误,将功补过,他说:"这次我亲自带人去,一定要把郑忠良抢回来!"

渝大金和刘建雄也认为这是一个难得的机会,应该去劫船道,营救郑忠良。一方面是为了自己的战友,另一方面也是稳稳杨其声的心,不然这个遗憾杨其声不知还要背多久,他这带头羊要是斗志低落,下面的队员也会跟着提不起士气,那影响就大了。

与此同时,渝大金也收到了黄湖的指示,黄湖叮嘱说:"郑忠良对华蓥山游击队纵队起义的时间、地点,参加的领导人都知道得不少,一定要把郑忠良救回来,不然队伍的损失就大了!"

渝大金让黄湖放心,他们一定要想尽一切办法让郑忠良安全地回到队伍里来。

他挑选了几个机灵的队员先去侦察郑忠良到底会被押在哪条船上,还让他们确认了船只之后,就随船而行见机行事,关键是救人,不到万不得已,不能暴露目标。还要求在船舷做上暗号,以便接应的队员确认。

渝大金给领头的刘飞交代得很清楚:"一旦确认是哪条船,就在那船的船舷右侧搭一块洗过的被单,这样兄弟们就知道集中火力往哪儿发了。这个任务就交给你们了!"

刘飞神情严肃地点点头,带着几个队员去执行侦察任务。

接着,渝大金把队伍带到楼高乡涪江边上一个"C"字形水道上埋伏。

涪江江畔的沙土厚实,非常肥沃,生长着大片茅草,在茂密的茅草后面是葱郁的灌木林大山,很隐蔽。进可冲过河滩直插江边,退可撤进灌木林通向大山。

杨其声看了这个地形之后非常高兴,心想这是我们游击队互相支持、互相关心、互相爱护的精神感动了老天,老天在这里摆下一个打伏击营救战友的绝佳地方,也不枉费游击队的一片良苦用心,郑忠良有救了!

渝大金让自己的分队埋伏在"C"字形水道的头部,杨其声的分队埋伏在"C"字形水道的中部,刘建雄的分队埋伏在"C"字形水道的出口部。

他们商议等到船只进入渝大金与杨其声分队之间,再进行拦截射击,借涪江水道自流,让船行至"C"字腰部各小队的最佳射点位置时,然后猛烈开火。基本消灭船上守敌之后,再组织游泳能手上船与随船的队员里应外合救人。所有的工作都布置完毕,现在要做的就是静等敌船的到来。

大约到了巳时,涪江上游传来小火轮"突突突"的航行声,大家一阵紧张,一个个摆好了战斗的架势,全神贯注地紧盯着江面。

这时传来渝大金的命令:"一定要听我的指挥!在我的分队没有开火之前,任何人不得擅自开火。"

江的上游慢慢地出现了一个黑点,那是从泸州方向开出来的客船,拖着长长的黑烟,费力地向下游而来。游击队员们觉得这船开得实在太慢,耐着性子等待,等了很长时间,那小火轮才慢腾腾,飘飘然,一点一点地进入了渝大金分队的射程。

但是,渝大金分队却纹丝不动,让过了小火轮。

杨其声气得直哼哼:"怎么搞的嘛?!这么好的机会为什么不打!你渝大金是睡着了吗?!"发过脾气后,他又冷静地想:是不是还有什么别的原因?

慢慢地那船进入了杨其声分队的射程,他集中精力两眼直直地盯着船舷,那船舷上却空空如也,什么都没有。奇了怪了?怎么会是这样呢?原定的要在船舷右侧搭一块洗过的被单,为什么不搭呢?刘飞这小子,太……

杨其声马上反应过来:押送郑忠良的队伍压根就没上这艘船!

大家松了一口气,眼睁睁地看着那船远离各分队的射程,向下游开去,直到从视线中消失。没办法,只好趴在那里,坚持着再等下一艘。

旧历的八月,是重庆最热的季节。游击队员趴在河滩的草丛之中,太阳火辣辣的,晒得让人发晕。蚊虫叮咬十分难受,潮湿的土地被太阳暴晒,产生出的水蒸气蒸得人全身上下十分胀痛难忍。

第一艘小火轮过了之后,又相继过来几艘,但都没看见船舷上的暗号,说明郑忠良还没有过。

游击队员们只好一动不动地趴在那里,耐心等待。

在百无聊赖的等待中,时间一长人们的注意力就开始分散了。

杨其声旁边的豹子说话了:"杨队长,听说蒋介石是兔子的尾巴,长不了了,人民解放军已经占领了大半个中国,在解放区的老百姓还实行了土地改革,据说是把地主豪绅的土地分了归农民所有。农民可以在自己的土地上想种什么就种什么,想喂养什么就喂养什么,老百姓都感觉安居乐业了。我们这些地方啥时能解放呢?"

"我想应该快了吧!"杨其声说。

"那就太好了!"豹子说。

"绝对快了!"杨其声十分肯定地说:"只要我们坚持游击战争,拖住敌人的正规部队,其他地方的解放就会更顺利,更快当。等到这里解放以后,我们就是对人民有贡献的功臣,我们还要去参加全国其他地方的解放!把蒋家王朝彻底消灭了,我们就回来建设社会主义。"

"全国解放以后,你干啥呢?"豹子期待地望着杨其声。

"你想干啥呀?"杨其声反问道。

豹子是铁匠铺的学徒出身,参加游击队之前在铁匠铺干了好些年,一直未能出师。

"全国解放以后,我要开个我自己的铁匠铺,为农民打锄头、镰刀。我要是分得了土地,就种樱桃树,我妈最喜欢吃樱桃,我也喜欢吃,还要种梨子、苹果、柑橘。我们那里的土地最适合种柑橘。女人们最喜欢吃柑橘。然后我要讨一个老婆,让老婆给我生十个娃儿,男的女的都有。每天回家,一大群娃儿围上来,老婆把洗脸水打好,饭煮好,碗筷都摆在桌子上,拿来就吃,那才幸福哦!"豹子一口气说了很多话,一直憧憬在他的理想之中。

停了一会儿,豹子反过来又问杨其声:"队长,你的理想是啥子?"

杨其声参加革命之前,是重庆大学机械系的学生。他说:"全国解放以后,我要先回到重庆大学,读完我的机械系,毕业出来以后,那时国家成立了科学院,我就到科学院里面去搞高科技研究,为国家制造出许许多多的汽车,让我们大街小巷的车道上跑的全是我们自己设计生产的汽车。到时候,我还要给你送一辆!"

"我从来没有坐过汽车,怕坐不来哦!"豹子说。

"到了那时,岂止一个汽车,我们的国家也会像苏联一样,实现楼上楼下,电灯电话。吃土豆烧牛肉,过共产主义生活。"杨其声也进入了他憧憬的美好未来。

"真的吗?我一定要坚持到那一天,一定要亲眼看看电灯电话!"豹子充满信心。

整整一个白天就只能埋伏着,不敢吃不敢喝也不能动,因为万一暴露目标就会前功尽弃。

到了晚上,夜深人静之时,在没有月光的时候才能埋锅造饭,给每人做几个饭团,就着江水吃一吃。

渝大金带着队伍,在那里一连埋伏了三个昼夜,也未见到敌人押送郑忠良的船只。

三位主官聚在一起进行了认真商量、分析,结论是敌人可能不会把人押到重庆,或者不走水路,与其这样耗着,不如先撤伏,打听清楚以后再作定论。

第三天深夜的时候,渝大金把全部队伍安全撤回山沟里的森林之中。

结果,狡猾的敌人在游击队撤走后的第二天上午,却驾着一艘客船把郑忠良三人押往重庆。

气得这帮游击队员一个劲地直跺脚。

第二十七章

特税警血洗六保以后,文镇长亲自在电话上向马县长作过汇报,还派专人向县里送过一份报告详细情况的签呈。可是县里并没把老百姓流离失所当回事儿。

那年月,老百姓在当官的眼里就是"草民"。"草民"就像草一样,贱得很,无须耕种施肥无须浇灌,自生自灭。

人分三六九等,有上层人物、中层人物和下层人物,社会那么大,形形色色的事情每天都在发生,每件事都天经地义,但不可能每件事都公平合理,总得有人占便宜,有人受委屈吧。"草民"属最底层,没有根基,没有后台,自然就是最倒霉的人。反正,这些人吃了亏,打官司无钱,告状无门,有理无处申冤,不可能有谁来追究,自然就不会有谁因此而丢官。

游击队攻打路孔镇后,政府官员都集中精力来应付善后事宜,包括推卸责任、借机巴结上层排斥异己、请客送礼疏通关节等等。

当时的政要都把共产党视为洪水猛兽,生怕沾上脱不了干系。另一方面,有些投机钻营的人还想利用这难得的机遇,大做文章,浑水摸鱼,扳倒政敌,取而代之。谁还记得有个血洗路孔镇六保的事情?

还真有人没把六保的事情忘记,那就是薛义宾和特税警那些狗东西们。

游击队不但攻打了特税警设置在路孔镇的六个关卡,还冲进了大荣寨的太平门和狮子门攻打了夏布子弟学校和夏布公署,救走了关在夏布子弟学校那七八十个六保保民。

特税警知道追不上游击队,特别是在晚上,只要他们敢出路孔镇的城墙,就成了秃子头上的虱子——明摆着,你在明处,别人在暗处,想怎么捉就怎么捉。白天他们又找不到游击队。没辙,只得找个冤大头来出出气。

这个冤大头自然就是六保那些保民。

游击队攻打路孔镇的第二天夜里,薛义宾就派人悄悄放火烧光了六保的房屋。

说来也巧,那晚,唐保长从深山的岩洞摸出来,准备去找文镇长想办法,扼制特税警的再次骚扰,让保民回家过点平静的生活。

在路过六保时,唐保长看见到处火光冲天。他很纳闷,没人居住的房子,怎么会失火呢,莫不是过路人不小心丢下的火烛引发了大火?不可能!他很快否定了自己的想法。过路人不慎失火,只能引起一处或两处燃烧,眼下六保的房子到处在燃烧,简直就是一片火海,烧红了半边天。他想到自己家里的那些东西,虽然不很值钱,但却实用,现在没看见特税警的人,便悄悄摸进自家屋去,心想能救点儿什么出来,哪怕是一床被子或是两件衣物不也好吗?

他沿着灌木丛生的山边猫着腰快速向自家的院子跑去,待到近了,抬头望见那熊熊燃烧的院子,心里很不是滋味。

这时,从院子里走出四五个壮汉,摆摆谈谈的样子朝这边迎头而来,吓了他一跳,那些人已经离得很近了,都能听到他们的脚步声了。

唐保长急中生智,赶紧闪进路旁那片竹林,借着火光观察。他看见几个壮汉边走边议论。

其中一个说:"这下好了,总算出了口大气,六保这些刁民算是治住了!"

另一个说:"他们该不会知道是我们干的吧?"

第一个又说:"黑灯瞎火的,路上鬼都见不到一个,更不用说人,除了天和地,哪会有人知晓。"

另一个又说:"知道了又能怎么样,我们死活不承认,他们还能抱块石头去打天?"

几个壮汉就这样悠然自得地边走边议论。

唐保长气得上牙紧咬下牙,发出咯咯的响声,两个拳头捏得紧紧的,胸脯肌肉痉挛。他恨不能立马冲出去,将那几个狗日的打翻,吐一口胸中的恶气。可是仔细一想,这样不行,人家四五个,你只一人。更何况,也许那几个家伙身上还带着枪呢。

他认得,那些狗日的都是薛义宾的部下。

唐保长愤怒地冲进镇公所,将刚才的所见所闻向文镇长说了个仔细。

文镇长听罢,又生了一肚子闷气。他对唐保长说,这事先别声张,得从长计议,想好了再说。他叫唐保长转告保民们,他一定会想办法尽快把他们接回来。

虽然还没有实质性的解决办法,唐保长也有些一吐为快的感觉,他摸黑回到深山。

那天夜里,文镇长彻夜未眠。如今六保发生了灭绝人性的大事,作为镇长不能不管,又该怎么管呢?他首先想到向县里报案。当然,案肯定是要报,这是一个必需的程序。可是光报案有什么用,顶多让上头知道这事,眼下的情形不是要让上头知道,而是要有人出钱,恢复六保人的家园。

谁有钱愿意拿出来呢?国民政府摇摇欲坠,为了对付共产党,早就寅吃卯粮,有的地方把二十五年以后的税都提前收了,哪还会拿出半个子儿来救济苍生黎民?找社会募捐吧,社会动荡,战乱连绵,除了蒋宋孔陈四大家族,谁又能有多少钱?很难!好心人没钱,有钱的人没多少好心肠。

文镇长想到了打官司,对簿公堂,找肇事者特税警赔款。可是打官司首先是证人问题,唐保长出来作证,采信率可能不大,他一人作证,是孤证。况且,特税警与六保一直有隔阂,即使你千真万确,法官也会说你是诬陷。最关键的是"八字朝门两边开,有理无钱莫进来",最后还是要落脚到钱上。

要说钱这恰恰是特税警的优势,夏布公署财大气粗,他们不怕打官司花钱。六保的保民无家可归,真要有钱为官司去打点,还不如直接投入到重建家园上。

想来想去,文镇长觉得要解决六保的事,用通常的办法是行不通的,只有另辟蹊径。

第二天一大早,七保李二狗来找文镇长,神神秘秘的将他拉到僻静之处,拿出一张崭新的五百万元"金圆券"晃了晃不住地问他:"怎么样?"

文镇长想:还能怎么样,面额都到了五百万元,比擦屁股的手纸强不了多少,二百万元才能兑换一个银元呢,"唉!"他长叹一声,笑着问:"你想向我行贿吗?太少了吧。"

"是有点儿少,不过很快就会多起来。"李二狗轻声说:"你千万别瞧不起这钞票,这东西不是给你的。"

"是给谁的?"文镇长摸不着头脑。

李二狗说:"当然是给六保的。"

文镇长说:"这么点钱够做什么?杯水车薪。"

"要多少有多少。"李二狗说着,笑了,笑得很神秘。

文镇长听出李二狗话外有话,他必须尽快弄清这张大钞的来历。

文镇长带着李二狗来到后山的密林之中,他要听李二狗讲出"金圆券"的来龙去脉。

原来,自从六保的房屋财产被大火烧光后,地下党的同志们十分揪心,都在绞尽脑汁想办法。李二狗也是思想激进的穷人地下党准备发展的对象,党组织的人找他谈过话,要求大家都来想办法。

为了六保能尽快重建家园,李二狗恨不能将自己变成钞票。那天,他去亲戚家办事,饭后闲谈中,不知怎么就扯到了钱的事。亲戚开玩笑说:"要钱嘛,在我这里容易得很,大不了让印版多吃点儿亏。"

"印版,对,印版,他家是有这个东西。"李二狗想,"怎么就忘了他家有印版呢?"这原本是亲戚开的一个玩笑,但李二狗却是扁担穿线——当针(真)了。

李二狗这个亲戚印出的钞票面额,远比国民党中央银行的五百万"金圆券"大,动不动就是十亿二十亿元大钞。只是这东西在市面上没有流通。那是活人向死去的人进贡的货币,是阴曹地府流通的东西,故被称之为冥币,这是后人向先人的一种敬意。

李二狗的这个亲戚是做死人生意的。

李二狗突然就想到了六保那些无家可归的保民。

对李二狗来说,"冥币"和"金圆券"都是一回事,只是面额、文字和图案不同而已。如果用印制"冥币"的工艺来印制"金圆券",或许是个不错的主意。

于是他向制造"冥币"的亲戚询问,是否能造出"金圆券"。他这一问把那亲戚吓倒了,那亲戚说过去想都没敢想,因为私制钱币是违法的事儿,不过真的要来干的话,也许问题也不大,因为那时的印刷技术并不很高,那亲戚自恃艺高人胆大,得意洋洋地说。

李二狗便叫那亲戚试制一张面额为五百万元的"金圆券"来看看,如果真能成,他会出一笔可观的佣金。

那亲戚看有利可图,在家里关着门折腾了三天。

李二狗交给文镇长那张五百万元的"金圆券"就应运而生了。

听完李二狗的叙述,文镇长显得很生气。他说这事不是闹着玩的,要恢复六保的生机,是需要很大一笔钱。如果用假钞来抵数,那么大一笔假钞投放到市场,总会露出马脚。只要政府出面一查,就会弄出许多事来。真是"羊肉没吃着,反惹一身骚",说不定还会牵扯出一些什么样的事来。

李二狗听到这里,脸都吓白了,他虽然不知道文镇长是共产党,但却认为他是个好人,是好人就不能让人家受到牵连。

文镇长的话很有道理。这事如果追查起来,准会出大事,没想到自己好心差点办了坏事。李二狗当即划了根火柴,将那张爱不释手的"金圆券"化成了灰烬。

事情就这样过去了,文镇长依旧按他自己的想法去办事。他找到王师爷,一是让他向马县长写一份报告六保失火的签呈,文中故意隐去了特税警纵火的事实真相。只是呈述六保失火的具体时间和造成损失的详细情况,还特别恳请县里派出精干人员协助当地查明失火原因,还保民一个公道。二是向县商会各界写一封求援信,恳请全社会念及六保目前的凄楚现状,伸出援助之手,救六保保民于水深火热,帮助恢复生产重建家园。

救援信中,王师爷用厚重的笔墨叙述了六保近段时间遭到的诸多不幸,诸如与特税警之间产生的误会,张兴才家被劫,其妻遭到强暴,张兴旺家老太太含冤致死,六保七八十个保民被特税警抓捕等等,真是"屋漏又遭连夜雨,行船遇上顶头风",一场大火又将六保烧了个精光。如今保民有家不能回,有地没法种。鉴于目前正值多事之秋,党国度日艰难,只能请社会各界人士解囊相助,六保才能重现生机……

文镇长对王师爷办的这两件事,是很满意的,可他却偏偏将求援信里涉及特税警的内容一概删去。按他的说法是要按照委员长的训示办,为了党国的利益,必须精诚团结,自己人不讹自己人,内外有别。因为这封求援信是要登记的,不能让人说三道四。

当然,他这样做的真实目的是另有原因。

六保的事情文镇长显得特别重视,给马县长的签呈也是他亲自送到县政府马县长手里,而且还就一些具体情况直接向县长大人做了口头汇报,以求上司关照。那封求援信虽然是王师爷寄出的，可是因为文镇长曾是"民报"的记者，如今虽然担任了路孔镇的镇长，他依然拥有那张报纸的记者证，因此他亲自去了"民报"，请求报社看在他们往日的交情上，免费刊载求援信。

等到这些事都办妥了，文镇长还专门挤出时间去县党部拜会了自己的大恩人任宝田。

两人在酒楼的包间里天南地北地海吹了一回。文镇长向这位党国的柱石大大地倒了一番苦水，感叹时局艰难，路孔镇麻烦太多，他这个小小的镇长实在难当。

任宝田是在路孔镇长大的，尽管后来一直在外做官，但家乡的事情还是常常有人要传进他的耳朵里。如今全国上下官府腐败、恶霸横行，百姓苦不堪言，加上路孔镇又有个高人一等、财大气粗的夏布公署，老百姓更是雪上加霜。可是由于他身居党国要职，谈话中也只能拿些官话来搪塞。

文镇长明明知道会是这样的结果，可他还是要把心里的话说出来，这比闷着强。

就在文镇长和任宝田在包厢拜会的时候，路孔镇又出了一件大事。

第二十八章

阴森,恐怖,空气极度污浊的刑讯房里,熊熊的炭火盆内烧红的烙铁泛着荧光,国民党刑讯人员凶残的样子充满了冷酷的气息。

国民党特务知道,在抓捕到的人员中间,其他两名游击队员只是共产党的外围成员,是游击队起义的"参与者",只知道当时要做什么,不知道为什么要那么做,也不知道他们的下一步该做什么,油水不大,榨不出多少东西,所以捕获后让他们吃了些皮肉之苦,便押往重庆渣滓洞关监。

特务们把主要心思放在了郑忠良身上。

郑忠良被粗绳绑在圆木"十字"架上,雪白的衬衣血迹斑斑,双袖已被敌人用皮带抽破,布条挂在手臂上,脸上印着伤痕,嘴角流着一道血污,头歪向一侧,看样子已经昏迷过去。

一个着国民党短袖军服,扛少校军衔的军官,舀起一大瓢冷水,倏地泼打在郑忠良脸上。

被冷水一激,郑忠良从昏迷中醒来,艰难地抬起头,努力睁着肿泡泡满是血丝的眼睛。

"黄湖在哪里?说!"敌军官又抽了一下皮鞭,凶神恶煞地吼道。

郑忠良有气无力地看了敌军官一眼,说:"黄湖,你们是抓不到的,他有高人指点,神仙保佑,来无踪,去无影。"说到这里,郑忠良不知哪来的力气,喝声冷笑了一下:"哼,连我都见不到他,你们更休想见到他!"

"那,渝大金呢?!"敌军官又问。

"他是我的上级,说来就来,说走就走,只有他知道我的地址,我从不问他住在哪里,什么时候来找我,哼,你们也休想找到他!"郑忠良回答。

"刘泽渊、杨其声,这些人在什么地方?说!"敌军官紧逼追问。

"他们来自四面八方,又回到四面八方,各做各的事,我怎么知道?就算知道,也不告诉你们!"郑忠良说。

"妈的,耍滑头,老子今天要让你见识见识,看是你郑忠良的嘴硬还是我的刑具硬。来人,上老虎凳!"敌军官一扔手中的皮带,气急败坏地咆哮。

几个特务一阵忙碌,把郑忠良从圆木"十字"架上放下,然后绑上"老虎凳",不住地往他的脚下垫砖头。当砖垫到第三块时,郑忠良发出惨绝人寰的一声大叫,撕心裂肺,听起来让人毛骨悚然。

敌军官觉得还不过瘾,又叫"灌辣椒水"。

特务按着郑忠良,向他鼻孔里倒"辣椒水",一阵撕心裂肺的紧急咳呛之后,郑忠良全身痉挛,十分痛苦,已经无力喊叫了。尽管受尽百般折磨,多次昏死过去,郑忠良始终没有吐出敌军官所需要的东西。

国民党保密局西南特区区长兼西南长官公署二处处长余鹏举一直关注着郑忠良一案的进展情况。虽然上次劝降,余鹏举被郑忠良数落得一塌糊涂,碰了一鼻子灰,失去了兴趣,但他仍然不愿死心。

这天,余鹏举让人把郑忠良押到"戴公祠"。这里原先是"蒋介石的佩剑"、"中国的盖世太保"、"中国最神秘人物",以残酷无情著称的国民党军事委员会调查统计局局长中将特务戴笠在重庆的公馆。

戴笠1933年6月布置暗杀民权保障同盟副主席杨铨,同年11月捕杀察绥民众抗日同盟军第二军军长、共产党员吉鸿昌,次年将上海《申报》主持人史量才刺杀于沪杭道上。1946年3月17日,戴笠从北平飞往上海转南京途中因飞机失事身亡。特务们为了纪念他,将"中美合作所"内的一座建筑命名为"戴公祠"。

特务把郑忠良推进里屋,郑忠良还没来得及打量屋里的摆设,就听见余鹏举的声音:"你们都退下,郑忠良是我的老朋友了,这里不要你们侍候,该干什么干什么。"这显然是余鹏举给郑忠良打个响片,表示他要出场了。

全身的伤口火辣火烧似的剧疼,有时一个转身,就有一种嫩肉在火上炙烤的感觉,钻心的痛,可是郑忠良实在太疲劳了,浑身没有一点力气,疼痛对神经的刺激已经抵不过疲劳的麻痹了。

他在屋里一张凳上坐下。

"你看你看,我说嘛,又吃苦了不是,何必非要弄得这个样子嘛?"余鹏举显然已经看见了满身伤痕的郑忠良,他进到屋里站在郑忠良对面。

郑忠良低着头,根本不愿把他看在眼里。

"郑忠良啊,郑忠良,都不知道是为哪起,我说你怎么就这么不珍惜自己的生命。什么玩笑都可以开,唯独生命的玩笑不能开,也不应该拿自己的生命开玩笑啊。生命对每一个人都只有一次,一次只有几十年,这几十年是很珍贵的,过一天就少一天,为什么就这么不珍惜呢?"余鹏举唠唠叨叨。

郑忠良懒得理他,一言不发顾自倚靠着凳子。

余鹏举继续说:"我搞不懂,你们这些人,为了一个所谓的信仰,其实也就是一个虚无缥缈的幻想,搭上自己的身家性命,这值得吗?不值呀,我看很不值。"

郑忠良依旧一言不发。

"有个词叫改邪归正,我想你郑忠良是个文化人,应该知道这个词的意思。改邪就是改掉过去不切实际的邪念,归正是归什么,就是回归正统,正统是什么,在当今就是国民政府嘛。《水浒传》里面的108条好汉,打打杀杀,生生死死,最终为了什么,还不是为了招安。还不是为了等着政府去收编他们。今天,你的情况比水浒英雄要好多了。你也是英雄,但不是等着政府收编,而是政府主动关心你,关注你,关怀你。是政府等着你回心转意。"余鹏举几乎是语重心长,苦口婆心的样子。

郑忠良仍然一言不发。

"郑忠良啊,你一定要想好,过了这个村,就没了这个店,政府的忍耐是有限度的,政府的耐心也不是对每个人都一样。我就不相信你会一意孤行,在一棵树上吊死,一条黑路走到底。如果,你真被枪毙了,你的生命都没有了,你还有什么本钱去走黑路。这是自讨苦吃,自作自受。"余鹏举渐渐地失去了耐心。

郑忠良还是一言不发。

余鹏举知道,再这样下去,他会气急败坏而咆哮,结果必然鸡飞蛋打,适得其反。

他走出"戴公祠"。

终于感觉到了耳根的清静,郑忠良也缓了缓疲乏的身躯,这会儿让他一个人待在屋子里面,他反而有点劲儿了。他抬头看了看这间屋子。屋子的正面挂着一个威武军人的半身画像,身穿军服,肩扛两颗"金星",一看便知是中将军衔。这应该就是拥有这座建筑的主人戴笠。

军人画像的正前下方是一个神龛,用来拜祭用的。房子的两边一个接一个地摆着木架玻璃盒,里面装的尽是些日常生活用品,有碗、水壶、稿子、书本、毛毡、蚊帐、被子、枕头、手枪、望远镜等,这些东西应该就是那位军人生前用过的遗物吧。房子中央有两张圆桌,上有茶具。郑忠良坐在靠里面圆桌边的一张凳子上。

这时,从外面进来一个矮胖子穿军装的男人,虽然肩扛两横两星的中校军衔,但走起路来却迈着八字步,不像个受过标准训练的军人。

进屋的胖子一抬头,正与郑忠良目光交叉,四目以对,郑忠良认出来了。他就是原中共地下党川东临委委员、重庆市委书记,叛徒刘国定。

刘国定是去与黄湖接头时被国民党军统特务抓捕的。

黄湖接受钱姻的指示,从香港回来联络各方人士,理顺组织关系,重振川东地下党,他要找的第一个伙伴就是刘国定。

刘国定没有按照黄湖的要求在规定的时间赶到重庆市千厮门棉花巷×号。

那天他去晚了,并且还带着"尾巴"。

涂孝文被抓以后,供出了刘国定,军统特务已经跟上他了,只是他自己没发现。

黄湖是准时去的,他毕竟在对敌斗争方面的经验要丰富得多。他没有直接进×号,而是躲藏在一个角落里先认真观察了一阵。

渐渐地他发现,那天进入这所房子里的人有些很不一般,或三两成群窃窃私语,或低低戴着鸭舌帽,不时地左顾右盼,有点风吹草动还习惯性地摸一把侧腰。

黄湖警惕地停止了下一步行动,在那里耐着性子观察动静。

刘国定就没有黄湖幸运,按照地下党的纪律,没有在规定的时间接头就不能再到规定的地点去。刘国定这个冒失鬼却仍然去了,不但去了而且还旁若无人地直接进了千厮门棉花巷×号。

其实在刘国定身后不远一直黏着两条尾巴,戴着墨镜,奋拉着帽子。刘国定穿街他们穿街,刘国定过巷他们过巷,刘国定步子急他们赶快跑几步,刘国定步子缓一缓他们就佯装无聊哼着小曲看看天空。

如此明显的跟踪却没有引起刘国定的丝毫警觉,在对敌斗争的经验方面他确实要比黄湖嫩得多。毫不设防就走进了千厮门棉花巷×号。

结果进去就中了埋伏。再后来,他经受不住军统特务的严刑逼供,一顿威逼利诱,刘国定也就不再反抗了,成了无耻之徒。

黄湖眼睁睁地看着刘国定戴着手铐被特务们拥出门外,推上吉普车,那时敌众我寡,黄湖虎落平川,虽是英雄却无用武之地。

黄湖原本就看不起刘国定,认为他不能过艰苦创业的日子,好搬弄是非,大大咧咧,冒失。结果,今天比黄湖想象的情况更糟。

黄湖无奈地摇摇头,心里很不是滋味,似乎印证了他对刘国定的一贯看法,似乎也在内心问钱姻:我和刘国定的关系到底该谁负责任。

刘国定叛变以后也受到过军统的一阵优待,山珍海味、美女佳人,刘国定在晕乎乎之间就把党的秘密抖得一干二净。不过,国民党对他的重视程度随着他信息量的减少也越来越淡了。好容易扛了个中校的军衔,却也过着不咸不淡的日子,刘国定看来还得让他们重新认识一下自己的价值才行。正想着,郑忠良被捕的消息传到他的耳朵里,他觉得机会终于来了。

跟刘国良目光一对,郑忠良马上把头低下。

早些年,郑忠良与刘国定同在地下党重庆市委工作,刘国定任市委副书记,郑忠良任市委委员。那年秋天,根据党的"隐蔽精干,等待时机,武装暴动"的指示精神,地下党重庆市委决定派一些骨干到农村去发动群众,为日后开辟根据地,举行武装起义作准备。郑忠良就是由刘国定亲自批准到基层去工作的。开始在永川,后来又去了另外的地方,阴差阳错脱离了刘国定的视线,后来经过组织安排到荣昌县去协助渝大金工作,担任渝大金的联络员。

所以,郑忠良在大足被捕时,驻军只知道他拿手枪,应该是游击队的一个头头,但到底是个多大的头头却无人知晓。押到重庆以后,刘国定指认了他,所以反动派对他下了工夫、花了精力。

刘国定小心翼翼地在郑忠良的对面坐下,说:"忠良啊,我经常回忆起过去在一起的日子,要说在特支里面,我俩的关系一直都是不错的。"

一边说,刘国定一边抬眼看了看郑忠良,见他不吭声,便又装出一副很无奈的样子说:"我原先是不想把你扯进来的,但是涂孝文认识你啊。冉益智被抓后供出了涂孝文,涂孝文被抓了。我怕涂孝文先把你供出来,余处长转过头来说我不老实,耍滑头,以为我还有很多秘密没对他讲,那样的话我会吃不了兜着走。所以,没有办法呀,我才把你说出来了。老郑,我也是被迫的啊。"

郑忠良还是一声不吭。

刘国定似乎感觉心里有了一些底气,又开始循循善诱:"听说你不肯多谈,可是不谈能行吗?不谈,你能过关吗?徐处长能不拼命挤你?保密局和长官公署的人能饶得了你吗?我知道,你在荣昌的工作很有路子,你下面有做乡、镇长的党员,有搞组织活动的党员,还有不少统战关系。所以你必须谈,统统地讲出来。你要讲得让他们相信,让他们高兴,他们就会放过你。像我和冉益智,我们就讲得很彻底,很快就恢复了自由,还安排了工作,待遇比在那边强多了。"刘国定一边说,一边用右手狠狠地敲了几下桌子:"还有,你就算不为自己考虑,也要为家人考虑啊!"

余鹏举一直藏在门外察言观色,他看到在刘国定的劝说下郑忠良进入了沉思状态,似有回心转意之势。

此时,郑忠良眼盯着刘国定的校官呢军裤,心里像打翻了五味瓶。

有时候人就是这样,与敌人交锋的时候,再狠也咬牙挺过,因为自己有信仰。可是当自己同生共死的战友来做说客的时候,却很容易触碰到内心柔弱的部分。是因为看到信仰坚持不下去了吗?还是看到昔日共苦的兄弟今昔对比的生活境遇?抑或是刘国定最后那一句有关家人的威胁?

郑忠良想不清楚,但他的确被刘国定说得有了些想法,有些心动,不过还没有最后下定决心。

余鹏举见时机比较成熟了,就走了进来,一改往日的凶相和颜悦色地说:"你愿意改过自新,我们是非常欢迎的。老实说,你岳父也在积极活动,托了许多关系来保你。"

郑忠良的岳父曾当过四川军阀刘文辉的少将高参。

"你要配合,如果你愿意,我可以允许你同你岳父见面,但有一个条件就是一定要说出你的组织。今后,你要是对政治有兴趣,愿意为我们工作,我可以安排你到军界,或者做文职。如果已经厌烦政治,不愿过问政治,我可推荐你仍去教书或干文化工作,想干什么完全自愿,决不勉强。"

余鹏举和刘国定一唱一和的劝降,笑面虎般的威胁,郑忠良的最后防线崩溃了,他大声提出:"我要见老婆、儿子。"

余鹏举很快满足了郑忠良的要求,把他老婆儿子弄来看守所见面。

开始郑忠良见到亲人也不说话,只是摸着儿子的头一个劲地哭泣,几次之后,加之刘国定、余鹏举有意无意地通过儿子的嘴来劝降,郑忠良扛不住了!这个自称有着"十年党龄的地下党地委级干部",终于沦落为可耻的叛徒。

他详细地供出了他所知道的地下党组织和游击队的情况,出卖了荣昌工委书记邹屏,清升镇镇长缪玉阶,荣昌四川省立高级农业职业学院董事长游兆昌等10多个党员和统战、民主人士。

保密局和重庆绥靖公署任命他为少校专员,把他派往大足协助驻军进剿渝大金领导的游击队。

所有的信息,他一字不落地说了个清。反正都开了口,为了自己,为了家人,他全都说了。

第二十九章

薛老爷失踪了，路孔镇的人都这么说。

薛老爷，就是特税警队长薛义宾的父亲，当地有名的土豪劣绅，家中有上千石的田产不算，还雇有工人开着几十台织机织夏布，另外还设有商号经营茶叶和盐，据说他家的钱很多，多得连狗窝都用纸币铺成。尽管那年头货币贬值，但用钱筑狗窝未免也有点儿过分。

他的祖辈是清朝的知县，家里丫头、奶妈、厨娘、管家一应俱全。这些人总是给家里的男主人称"老爷"，从那时起，几朝几代，直到民国，下人仍然称男主人为"老爷"。因为他家是当地大户，社会上的人为了捧场，也都跟着叫"老爷"。

薛老爷快七十了，这么大把年纪的人，怎么说丢就丢了呢？说不定是下乡查看田产，或是去夏布机房转悠。其实都不是，这些事分别有专门负责的小管家照看，小管家上头还有总管家，总管家办不了的事才请示薛老爷。

薛老爷有个特点，就是不尚张扬，一般很少出门，有时实在闲得无聊，才去乡下或夏布机房转转，但都必须由总管家一步不离地陪着。可是这回总管家说，他根本不清楚薛老爷上哪儿去了。这就怪了，那么除了总管家，别的人也不知道吗？

一点也不奇怪，其实，有一个人应该是知道的，那就是薛老爷的贴身丫头春花。她的职责是专门负责薛老爷的生活起居，薛老爷要洗脸，她就将毛巾放进由其他丫头端来的热水里拧干，递到薛老爷手上。薛老爷要吃饭，她就一点儿一点儿的盛到他的碗里,若他爱吃,就再盛一点儿,若胃口不好,她就盛别的。薛老爷要穿衣,她必须按薛老爷的要求提着衣服站在他身后。所谓衣来伸手,饭来张口,这些琐事的前置工作都由春花来做。因此,薛老爷走到哪,她就得跟到哪。只有一个地方她不能跟着去,那就是"怡红院"。

别看薛老爷都那把年纪了,可他身材硬朗,精神矍铄,对干那事儿的兴致一点儿也不比年轻人差。不久前,"怡红院"来了个叫牡丹的东北姑娘,薛老爷花重金将她包了下来。他什么时候需要,就什么时候去,平时哪怕是闲着也不准牡丹姑娘接客,就像是在外面租个房子养着的小姨太。

这也是出于无奈。那年头,有钱人总少不了三妻四妾,嫖娼宿妓。可是薛老爷尽管腰缠万贯,每天除了面对那跟了自己大半辈子的黄脸婆外,要想越雷池半步都不行。原因很简单,他如今的田产、夏布织机和商号,全都是岳父大人留下的产业。

他原本是一个穷光蛋,没有那黄脸婆就没有他薛某人的今天,再加上这些年来,这个家的管理全靠黄脸婆,若背叛了她,免不了让他卷铺盖走人。

春花是个聪明伶俐的姑娘,对薛老爷在外面的所作所为,从来就装作不知。这次却不同了,眼看薛老爷失踪,一点儿线索也没有,家里人急得都跟火上了房子差不多,不说出个究竟是交不了差的。

贴身丫头不是成天和老爷待在一起吗,怎么丫头还在,老爷却没了踪影?没等薛老太太过多责问,春花便将"怡红院"堂倌昨夜叫走薛老爷的事说了出来。

薛家赶紧叫人去"怡红院"查找,谁知那堂倌早已没了踪影。

薛家人急了,那堂倌将老爷弄哪里去了呢?是暗杀了吗?想必不大可能,老爷和那当特税警队长的儿子薛义宾比起来,算是天下的大好人了,没有谁跟他结过这夺命之仇哇。那么,一定是被人绑了票。可是绑票总得有人送个消息,提个条件吧,不然绑票有什么意义呢?

就在众人都感到纳闷,百思不得其解的时候,看门的更夫匆匆忙忙从外面进来,手里拿着一封信,说那信是薛老爷写的。

薛老太太赶紧夺过信,问送信人在哪里。更夫说信是一个小孩送来的,那小孩丢下信就跑远了。薛老太太打开一看,果然是她家老爷的笔迹,是写给儿子薛义宾的,只有简短几行字。

吾儿义宾：

为父已被绿林王二哥带至华蓥山，望两日内速送1000大洋来，万万不可刀兵相见，否则为父只能成为荒郊野鬼。

又即：来人将大洋放于抬盒里，扮成去祝寿的样子，至岔路口处自有人带上山来。

接下来是信件的落款和年月日。

薛老太太没等看完信，就确信老爷是被人绑了票。1000个大洋不是小数。但是对于他家来说，虽说不至于九牛一毛，是蚀财免灾。在这种情况下救人要紧，只要能够保证人平安回来，钱就不是什么大事。她最担心的就是那个当特税警队长的儿子薛义宾，要是让他知道了这件事，少不了带兵上山围剿。要那样的话，薛老爷肯定回不来了，而且还和那些绿林结下冤仇，以后的日子就更不好过了。

幸好此时薛义宾不在家，不然麻烦可就大了。她赶紧叫人把全家主仆一齐叫来，吩咐大家都要把紧自己的嘴巴，在老爷回家之前，任何人不准将绑票一事告诉薛义宾，谁说出来，出了乱子拿他是问。同时吩咐总管家，迅速筹集现大洋准备赎人。

此时，薛老爷正在岔路口不远处的一个山庙里睡觉呢，他并不是被土匪王二哥绑了票，而是被华蓥山游击队杨其声的分队架进了那个山庙。本来没人想干这种事，只因他那个当特税警队长的儿子薛义宾作了恶，不久前让人纵火烧了六保的房屋和保民们的家当，弄得一个个保民无家可归。

六保重建家园的事就成了文镇长最大的一块心病。镇上拿钱吧，那年月国民政府没有哪级财政不是寅吃卯粮，乡镇财政原本就只有一点机动财力，到他接任时已是国库空空，根本拿不出钱来。向县里求助吧，马县长也觉得"四面楚歌"，满塘青蛙叫，哭丧着脸连呼"爱莫能助"。让社会捐钱呢，本镇土豪劣绅一个比一个会叫穷，向镇外甚至县外都发了求助信，也是泥牛入海毫无消息。

还是郑世蓉想了个主意："何不找薛老爷想点儿法子。"真是如醍醐灌顶，文镇长一拍大腿，连说好主意。

他怎么就没想到这事儿呢。据说去年"川东游击队"的朱洪亮他们为了搞武器给养，成功绑架了大土豪唐元生。这是一个很值得借鉴的经验。

为了让六保保民尽快恢复家园,他决定绑架薛老爷。之所以要这么做,一是因为薛家钱多,拿1000把个大洋只是小事一桩;二则矛头直指薛家,也算是对薛义宾在六保纵火给予一个回击。当然,从薛家弄来的钱是不能明目张胆用于六保重建家园的,这中间必须还得有个洗钱的过程。

事情决定下来后,文镇长立即派人与华蓥山游击队取得联系,让刘飞带回去一封求救信。

渝大金便让杨其声分队执行这次任务。杨其声就叫豹子带几个人就把事情办了。

事情就这么一步一步往前推进。

豹子他们的这次绑架行动远比朱洪亮那次顺利得多。虽然他们这次抓到薛老爷后,同样蒙了他的双眼,塞了他的耳朵,按在滑竿上抬起来转了几个大圈,弄得他摸不着东南西北,然后抬进了那个山庙。

当蒙住薛老爷双眼的黑布被解开,塞满他耳朵的棉花被拔出时,什么都明白了。这次绑架他的人不是华蓥山土匪王二哥。

薛老爷早就听人说过,王二哥的人面相凶恶,手段残忍。而眼前这些看守他的人,行为举止都很和善。他猜想自己一定是落到游击队手里了。不过有一点他是清楚的,眼下游击队还不想要他的命,如果真想要他命的话,早就在街上一枪结果他了,何必还费那么大的劲将他弄到山上呢?他暗自盘算,如何应对眼前的事。他想了很多,但必须坚持一条,就是尽量不惹游击队生气,不管提什么要求,只要能办到的他都会答应下来,尽量去办,为的是能保下这条老命,这样他以后就有翻本的机会,俗话说"留得青山在,还怕没柴烧"吗。

就这样,当豹子拿来纸笔要他给家人写信时,他便满口答应,而且怎么说就怎么写,根本就用不着像土匪绑票那样将事主的双手反绑起来"吊鸭儿戏水",更不用拿着一大把燃得通红的香棒在事主脱光衣物的背上"烧八团花"。

他之所以要将信写给儿子薛义宾,是相信儿子能分析出这事并非土匪所为。正是因为薛义宾手里掌握着武器精良的特税警,多少年来没有哪个土匪敢动他家一根毫毛,只有游击队才会有这样的胆量。他盼望儿子能将他被绑一事报告政府,让上头派大部队来剿灭该死的游击队。

薛家收到信后,总管家按照薛老太太的吩咐,秘密从商号和夏布经营账上调集大洋,选定了为人机警、身体健壮的家丁作送款人。再就是准备好运大洋的"抬盒"。其实这东西不用准备,在那一带殷实人家户户都有。那是一种用木板钉成或是用竹篾精编而成的长方形盒子,两边有把手,穿上竹杠后,由两个人抬着走。

薛家真不愧财大气粗,1000个大洋当天就准备停当。第二天一大早,分别放进两个抬盒,大洋上面,摆满了衣服、裤子、帽子和鞋袜。由四个人分别抬着出了门。

总管家坐着一乘大轿走在两架抬盒的前面,表面看真是要去哪家祝寿。

事情就是有这样巧,本来薛老爷被绑的事薛老太太不想让儿子知道,至少在老爷回来之前不能让儿子知道,以免横插杠子,生出事端。

谁知眼看着总管家出门,老爷就要归来的时候,儿子却偏在这个关键的节骨眼上知道了这件事,并不依不饶撞进家里要说法。

事情是这样的,自从薛老爷失踪后薛义宾就对自家的夏布生意放心不下,一大早他找到管夏布机房的管家,问生意状况,管家随口回答说生意还不错,并告诉他昨天下午总管家还提走了几百现大洋哩。

薛义宾非常敏感,第一反应就是内中必有原因,他问管家怎么回事,回答都是不知道。尽管平时总管家提钱也不一定向管家说明原因,但薛义宾认为,老爷失踪后本家已处在非常时期。于是就去找薛老太太,他一口咬定家里一定有事瞒着他。

老太太最初不肯回答,支支吾吾进行搪塞。可是薛义宾却说,不告诉他也猜得着,一定是老爷被绑架了需要拿钱去赎人。他认为拿钱赎人不划算,自己一个堂堂正正的特税警队长,却让家里人做出熊包的事情来,这让他今后怎么有脸在场面上混?不管如何他都应该带兵去营救。

老太太见儿子这么说,急了,要他千万别去,父亲在信中嘱咐过千万别刀兵相见,并将薛老爷的信拿出来给儿子看,要儿子发誓一定以老爷性命为重,不要带兵去张扬,如果真要和游击队开战的话,也得先忍一忍,等到老爷回来再说。

薛义宾知道老太太的性格,不答应她就没完没了,便口头答应坚决不带兵去救老爷,但还是详细问明了家里采取什么样的营救方式和营救路线,以防万一。

薛义宾本来就是个从无诚信的人物,他刚跨出薛老太太的门,就赶回特

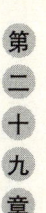

警队，来了个紧急集合，带着一二百特税警出了日月门，过大荣桥，浩浩荡荡朝岔路口追了去。他坚信，绑架老爷的事一定是华蓥山游击队干的，于是抄近道避开总管家和那些送大洋的人，准备赶在那伙人前面，途中伏击游击队。

事情正如薛义宾所料，薛家总管家和送大洋的家丁到了岔路口，就被一个瘦高个儿的老头儿带上了通往华蓥山那条大路，穿山沟，过高坎，走密林，那须发斑白的老头儿在前面走得飞快。

没过多久，轿夫和抬大洋的家丁就累得喘不过气来，那引路人只好站在前面等待。就这样走一会儿又歇，歇一会儿又走，绕过一道道山梁，跨过一条条深沟，穿过一片片密林，东拐西转，不知过了多久，走了多远，薛家总管家也说不出到了个什么地方，因为他和那些家丁都不曾走过这条路。

这时，轻风骤起，给人带来寒意，天色逐渐地暗了下来。

突然，远处响起了枪声，步枪、手枪、机枪、各种轻型硬武器的声音混在一起，越来越密集，偶尔还能听到手榴弹的爆炸声。

薛义宾带领的特税警与游击队交上了火。刚才，薛义宾骑在马上还边走边想，要是这次扑空，遇不上游击队就惨了，绑票他老爹的仇报不了，还会落得个虚张声势，不忠不孝，假仁假义的下场，岂不更伤面子。

本来他打算将特税警悄无声息地带到通往华蓥山的一个山垭口埋伏下来，堵住下山返回的游击队，给他们一个沉重打击。

谁知他还没走拢垭口，就遭到了早已埋伏在那里的游击队的伏击。

薛义宾万万没想到，游击队会在那儿等他。一交上火，他可高兴了，终于找到了游击队，他认为这是上天赐给他消灭游击队的良机。因为他坚信，凭着游击队那点人和那几杆破枪，与他武器精良，训练有素的特税警队相比，简直是以卵击石，自不量力。

他根本没把游击队放在眼里，咬牙切齿地想，报仇雪恨的时刻到了，他指挥着特税警队保持队形使劲往前冲。

不过这华蓥山游击队的仗打得有些奇怪，他们从不同的方向朝特税警放枪，扔手榴弹。

薛义宾重新组织队伍，兵分几路向山垭口包围，企图将游击队一网打尽。

子弹像爆米花一样漫天飞舞，噼噼啪啪响个不停。

薛义宾把军事理论书籍上的章法全用上了:正面是佯攻,两侧是辅攻,背面才是真正的主攻。不到一个时辰特税警队就完成了对整个山垭口的合围。薛义宾想这下是出口恶气的时候了,我的队伍很快就会对山垭口形成铁匣之势,再用个步步为营的战术,我看你游击队即便长了翅膀,也难以飞出去。他大声疾呼:"给我狠狠地打!往死里打!!打死游击队一个赏大洋10个。"

那时,10个大洋已经是重赏了。

事情就这么奇怪,薛义宾带领包围山垭口的特税警在向上冲的时候,都能听到山上的枪声,却看不见游击队员的影子。

特税警在无一伤亡的情况下,比较轻松地攻下山垭口后,才发现是对面攻山的特税警在打枪,两军会合才发现山垭口上根本没有其他人。

薛义宾百思不得其解,明明接火的时候是山垭口向下射击的子弹和扔出的手榴弹,这会儿山上的人怎么就消失得无影无踪了呢?

他哪里知道,在山垭口伏击他们的游击队员总共只有三个人,他们采取打一枪换个地方的办法,让敌人弄不清山上到底有多少人。

等到敌人形成合围之势全面进攻时,游击队员便就地爬上一棵棵枝繁叶茂的大松树,乘着夜色坐在树杈上,欣赏特税警的猛烈进攻呢。

薛义宾在山垭口待了片刻,马上回过神来,大叫一声"上当了!"便指挥着队伍迅速下山,后队变前队撒开脚丫子往回跑。

上山时薛义宾曾注意到,离山脚不远处有一条岔路,那是通往另一座山的路。他想,既然游击队是来迎接那1000个大洋的,为什么刚交上火就撤离了呢?他很清楚,游击队再不济也不至于像那种一触即溃的熊包,显然是使用了调虎离山之计。

事实正是如此,豹子料定薛义宾换回薛老爷后,会在途中伏击回山的游击队,便将计就计。把交赎金的地点定在了另一座山上。

那带路的瘦老头儿原本就是刘飞化装的。他带着薛家总管家一行人东窜西转,最后回到了离岔路口不远的一条山路上,让家丁将装着银元的两架抬盒放在路中间,呼哨一声,林子里走出个用锅底灰涂着大花脸的人来,验了银元的真伪及数量后,便向林子里招了招手。林子深处走来两个涂了大花脸的人扶着蒙了双眼的薛老爷出来。

双方完成交接,便友好放行,各走各的路。

等到薛义宾带着人马一路追来,山路上除了两架空空的抬盒,什么也没有了。

豹子已将那些银元装进事先预备好的麻袋运进了密林深处。

薛老爷却坐上原先总管家乘坐的那乘轿子回家了。

第三天,文镇长特地派人去重庆签收了一笔巨额捐赠,美其名曰说是一位海外华人募集的善款,专项用于路孔镇六保重建家园。

没等善款运回路孔镇,重庆绥靖公署长官张群却向路孔镇派来了特务组。

第三十章

面对叛徒疯狂地出卖组织、出卖同志,大量的地下党组织遭到破坏,大批党员遭到逮捕,一些统战人士、民主人士遭到迫害。

黄湖决定华蓥山游击纵队成立的时间要往前提。

他带着李静玲夜以继日地加紧了上川东地区武装暴动的组织准备工作。

情况已经十分紧迫,黄湖不得不亲自到农村直接召开县级工委负责人会议,研究武装斗争的具体事情。

其实,黄湖和李静玲并不是夫妻关系,而是党组织为了方便开展工作把李静玲调来配合黄湖工作的,李静玲是黄湖的联络员。

李静玲,1920年出生在北平一个知识分子家庭。父亲是城市建筑设计师,家庭条件比较优越。她从小受到良好的教育。3岁进入北平城市建设设计院幼稚园,6岁进入北京师范大学附属小学。1928年因父亲工作调动,全家迁往南京。1930年,李静玲以优异的成绩考入南京女子中学。1935年12月,在中共南京地下党组织的鼓动下,她参加了南京学生支持北平"一二·九"运动的声援活动,上街游行,带头高呼口号,贴标语,参加读书会,秘密传递进步书刊。1936年参加南京学生救国联合会。1936年夏天,李静玲考入中央大学新闻系,"七七"卢沟桥事变后,李静玲利用自己的专业优势,积极从事抗日救亡宣传活动。1937年9月,李静玲随家人来到武汉,在这里,她参加了中国共产党主办的湖北农村合作社训练班,加入了共产党。1938年,李静玲又随家人来到重庆,在新市区委领导下进行抗日宣传活动,并担任新市区委宣传委员。同年11月,她根据党组织的指示,加强大学地下党的工作,回到中央大学经济系读书,担任该校特别支部宣传委员。由于她在该校表现突出,参加了一些一线的组织发动工作,引起了敌人的注意,党组织指示让她撤离。1939年初,李静玲转学到复旦大学新闻系读书。国民党与共产党已经达成了联合抗击日本帝国主义的协议,从表面上看两党关系比较平稳。李静玲利用自己外语水平比较高的优势,借助学校图书馆,翻译了一些介绍苏联社会主义革命的文章,在报刊上发表,唤起人们对共产主义的追求。1939年冬至1940年春,国民党反动派再次掀起了反共高潮,李静玲此时在校园里已小有名气,中共地下党组织紧急安排她撤离复旦大学,到《新华日报》资料室任英语翻译。1941年11月,中共四川省委决定送她去延安。

李静玲在延安的时候,组织分配她到中共中央研究院国际问题研究室工作,她沐浴着革命圣地的阳光、雨露,努力地向革命老前辈学习,锻炼自己,在各种活动中表现都非常积极。但在整风运动后期,她却遭到康生搞的"抢救运动"的诬陷和打击,从1943年6月起调离中共中央国际问题研究室,接受审查。虽然身受陷害,但她仍然毫无怨言地为党工作。她相信,党一定会给她一个公正的结论。

1945年6月,党组织给了她实事求是的结论,否定了强加在她头上的不实之词,为她昭雪平反。同年12月,周恩来率领中共代表团到重庆参加政治协商会议,李静玲被选入代表团,在邓颖超大姐直接领导下从事妇女组织工作。1946年5月,她随中共代表团去南京,在蒋介石撕破假和平,真分裂嘴脸,发动全面内战,国共谈判破裂之时,周恩来决定疏散中共代表团工作人员,在国统区有社会关系掩护的同志转入地下工作,其他同志则撤回延安。

李静玲主动要求回重庆从事地下工作,她明明知道前进道路上的艰难险阻,甚至可能牺牲自己的生命,但她毅然地选择了这条荆棘丛生的危险道路。

李静玲先到了香港,然后转道上海工作了一段时间,乘飞机回到重庆。因为有英语专长,她担任了中共四川省委领导下的秘密组织重庆妇女联谊会教会女青年协会总干事。她广泛联系和团结各界妇女,开展秘密活动,并通过济民妇科医院、药品生产合作社、缝制生产合作社、职业妇女托儿所等妇女福利实体,隐蔽转移地下党员和进步人士,组织失业会员生产自救,举办劳动妇女识字班宣传进步思想。1947年2月,中共四川省委,被国民党反动派强迫撤回延安后,李静玲按照党组织要求,到重庆大学开了转学介绍信,来到荣昌四川省立农业高级职业学院潜伏下来。

由于黄湖带有浓重的湖南口音,并且不太熟悉川东农村的风俗习惯,李静玲便接受组织安排,协助黄湖工作,担任他的联络员。

为了便于工作,他俩时而装扮成贩布的小商人,时而装扮成看相、算命、观风水的"阴阳先生"。

在李静玲联络下,黄湖在邻水县元蒲乡一个农民家里,召开了邻水、达县、大竹、梁山、垫江、开江、开县、宣汉片区地区党组织负责人会议。

黄湖在听取了各县委负责人关于开展武装暴动准备情况的汇报后,强调要以大竹县张家场为中心的后山区和达县、大竹、梁山三县边境的虎南区为基点,打响武装斗争的枪声。在暴动中,要切实加强对武装斗争的领导,没有暴动的地区要加强对暴动的支援。

张家场有群众基础,从1945年开始,由中共支持陶行知先生主办的重庆育才学校,有一批学生相继回到了大竹山后山区张家场。他们根据家乡打猎的习俗,运用"山王会"、"猎枪队"等形式,已将群众初步组织起来,特别是张家场东、西两山方圆近100公里地域,地下党员控制的"山王会"出没于山林之间,已经形成了一支没有公开的武装力量。

虎南区的条件也比较好。早在20世纪30年代初,革命前辈李光华、王维舟、蔡奎领导的第三路红军游击队,就在这里活动过。影响了一批同情革命的进步人士和愿意革命的群众,当时这一带就叫虎南大赤区。抗日战争胜利前夕,中共南方局组织部副部长于震江曾把与虎南大赤区有联系的一批党员派回去,发动群众,发展党员。这些党的骨干,通过"兰交会"、"姐妹会"、"翻身会"等形式,已将300多名进步群众团结在党的周围。这一地区的暴动由谭刚剑负责。

在李静玲的联络下,黄湖在岳池县罗渡乡的一个学校召开了广安、岳池、渠县、营山、大足、璧山、永川、荣昌几个县的地下党负责人会议。

黄湖坚定地说:"消极隐蔽不是办法,你一撤,国民党反动派以为我们共产党害怕了,会加紧对党组织的破坏,加紧对党员的搜捕,制造白色恐怖,对

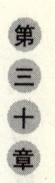

党的工作牵动很大。同时,在社会上,在群众中引起不良反应,会造成共产党自保,不考虑进步人士的影响。尽快起义,让暴露的同志早点上山,大家都比较放心!刘国定、冉益智再坏,老子把旗号打出来了,他们能有什么办法?还怕他来抓?"好在这一地区的暴动渝大金、杨其声已经搞起来了,大家主要做好策应,组织更多的人积极响应,扩大这一地区的成果。

在李静玲的联络下,黄湖召开了武胜、南充、阆中、蓬溪几个县的地下党负责人会议。

黄湖指出:"当前情况非常紧急,唯有立即发动武装大起义,才能保持党的力量,反敌人更大规模的破坏。这一地区要加紧准备,加快进度,同时要做好筹粮工作,要向老百姓讲清楚,我们今天借粮一斗,全国解放以后加倍送还。要把已经筹到的粮草运到华蓥山储备起来,以便大队人马上山后用,只有这一地区暴动起来,建立一支坚强的队伍才能与渝大金、杨其声的游击支队形成犄角之势,两相照应给国民党反动派更大的威胁,更大的打击。"由刘泽渊的城市武工队负责发动和组织。

由于大家觉得准备的时间太短,仓促暴动,对有几分胜算把握不准,提出了一些不同意见。

为了统一大家的思想,黄湖强调:"正是由于情况紧急,准备的时间才短。准备时间短,说明有大批同志需要保护。只有立即暴动,才能全力以赴地用革命的武力来对抗敌人的破坏。只有掌握革命的武力,我们才能对党员有个交代,在群众中才能立得住脚。否则,就会坐以待毙,给敌人以空子可钻,给党带来更大的损失。"

黄湖进一步指出:"暴动还可以牵制国民党的兵力,策应解放军入川,加快四川的解放进程。"

最后,大家同意了黄湖的意见。

至此,黄湖完成了对上川东地区十个工委、二十多个县武装暴动的部署。

上川东各县,根据川东临委的部署,首先在基础较好的广安打响。

川东临委决定,广安打响以后,岳池、武胜、渠县、达县、营山等地的武装,随即要像放鞭炮一样地接应上去,趁敌人惊慌失措之机,各路队伍要逐步会合起来,在华蓥山、金城山、龙多山等地开创根据地,各县打响后,要破仓分粮,烧红契,开农民大会。武装暴动基础条件较差的第三工委、第九工委和南蓬工委,可以暂不起义,但必须负责后援工作,提供物质粮食,作为二线。如果一线起义受到挫折,要接受和掩护好撤下来的同志。

此时,传来消息:位于大竹、垫江、邻水三县交界处,牛头山的绿林好汉罗璋主动派人来与华蓥山游击队联系,愿意与游击队一起高举反蒋义旗,参加武装暴动,推翻国民党反动派政权。罗璋的队伍有100多人,多数是穷苦出身,为了生存而逼迫上山为寇的,经过了抗日战争之后,全部变成了一些不怕死的具有军人素质的好汉。这个消息,让大家非常振奋,黄湖更是兴高采烈。

川东临委还作出决定,在起义中,万一有人被捕,为了保持力量,允许自首,只要不暴露组织,不出卖同志,以任何形式和方法敷衍敌人都行,今后由黄湖同志向党组织负责说清楚。

1948年9月中下旬,上川东数十个县的中共地下党,相继举行了武装暴动。但是在敌人占领的中心地区暴动,强敌之下其实难副,加上缺乏军事干部的指导,效果并不好,基本上都没有按照川东临委的设想发展下去。比较活跃的仍然只有渝大金领导的队伍。

第三十一章

路孔镇的事情闹大了,闹得永川专员公署都没了办法,直接把矛盾交到了重庆绥靖公署。本来,设立绥靖公署这个机构,就是蒋介石专门用来对付共产党的。既然路孔镇一带共产党领导的游击队活动频繁,这个地方就应该成为绥靖公署的工作重点。

不过,那年月草木皆兵,地方官绅无中生有,为了推卸责任,常常将一些普普通通鸡毛蒜皮的事情无限夸大,然后推到共产党头上,也有出于另外的动机,有意搅浑水,趁机浑水摸鱼。

重庆绥靖公署最高长官张群觉得夏布公署呈报的材料有些似是而非。比如,绑票这种在土匪棚里最常见的事,怎么就只认定是共产党干的呢?再说镇长文兴福通共的事,他也有点儿信不过。同样是这个文兴福,荣昌县国民党县党部上报的材料中说他为人清廉,处事干练。难道国民政府就不能有一个好官吗?他思前想后,总是觉得有些被糊弄的味道。但他又放心不下,怕节外生枝。常言道,"不怕一万,只怕万一"。万一文兴福真的通共,夏布公署呈报的材料完全属实或者部分属实,而由于他的疏忽给党国造成直接损失,那就是罪过了。看来派重兵驻守路孔镇很有必要,他打算加强荣昌方面的力量。

不过,张长官也不是随波逐流之人,从内心来讲,并不愿轻易将重兵派驻到那个偏远的小镇。他认为要让事情水落石出,就要掌握非常真实的第一手材料。为了稳妥,他决定先派出特务组秘密查访,然后再视情况作出决断。路孔镇与其他镇相比,已经多驻扎了200来名特税警,而且特税警武器精良,训练有素,应当是以一当三,稳定当前的局面不成问题。

绥靖公署以调查六保失火案为由,向路孔镇派出了特务组,组长姓马,上校军衔,喜欢穿一身便装,小组成员也着便装。说是调查六保的事,可刚到路孔镇就要求镇上派人带路去岔路口。

文镇长引起了警觉,他不敢怠慢,处处小心。他估计来人的目的是查共产党游击队,便抓紧思考应变措施。

文镇长很快听出马组长操一口巴中口音,便主动和他套近乎,说自己曾在巴中教过书,结识了一位非常不错的巴中朋友叫马东海。

马组长很惊讶,莫不是文兴福落下什么把柄,故意抬举我而转移视线,我马某可不是轻易上当受骗之徒。

马组长是久经沙场的军统特务,毕竟见多识广。尽管心里有想法,表面上还跟没事一样,谈笑风生,不露声色。他不正面回答文镇长提出的自己是否是巴中人,却反问文镇长是哪年到的巴中,如何结识了马东海。

文镇长微笑着讲起了十年前的往事。

那是一九三八年初,文兴福高中毕业没考上大学,经本家兄弟文亦武介绍,去巴中县女子中学教书。

当时的女中校长叫胡晓兰,是个彪悍泼辣的人物,她为人尖刻,心眼多,疑心重,动不动就打骂学生。而且克扣学生伙食,随意提高对学生的收费,教师和学生都对她极为不满。

一天夜里,胡晓兰窜到三年级九班学生寝室,将已经睡熟的邢义珍吼醒,拖出门外,声色俱厉地质问她为什么在寝室解大便。邢义珍说压根就没有这事。胡晓兰不由分说,大骂一通后罚邢义珍站在门口不许动弹,一直到第二天早上。

那天,与邢义珍同寝室的一位同学病了没吃晚饭,托工友张嫂买了些糕点送来。

事有凑巧,张嫂提着糕点进寝室时被人看见。那人将这事报告了胡晓兰,她不问青红皂白,料定是邢义珍所为,于是成为邢义珍罪加一等的由头。

胡晓兰硬要邢义珍承认罚站还吃零食的错误,邢义珍拒不承认这种无中生有的事情,结果又遭一顿大骂。胡晓兰还狠狠地抽了邢义珍几个耳光,打得她伤心落泪号啕大哭,邻寝室的同学听到哭声,非常同情,纷纷出来到广场上大声抗议。

第二天上午,有同学将这件事告诉了做教导主任的文亦武。文亦武是马东海最要好的朋友,邢义珍是马东海的未婚妻。文亦武出于对朋友的友谊,加上邢义珍是在自己当教导主任的地方受到侮辱,他无论如何也咽不下这口恶气,便鼓励邢义珍找胡晓兰讲理给说法,还给她打气说,所有坚持正义的老师和同学都会支持她的正当行为。这无异于火上浇油,一触即发。

早饭后,邢义珍气冲冲地找校长胡晓兰评理。胡晓兰恼羞成怒,一把揪住邢义珍的头发,边打边骂她是贱东西,还说她哥哥去陕北投共,所以要打她。

这下完全暴露了胡晓兰找邢义珍碴子的真实目的,暴露了胡晓兰反共、破坏统一战线的嚣张气焰。

1937年7月7日,日本侵略军向北平西南的卢沟桥发动进攻,制造了震惊中外的七七事变。第二天,中共中央发布通电号召全国军民团结起来,抵抗日本的侵略。7月15日,中共中央将《为公布国共合作宣言》送交蒋介石,提出全民抗战、实行民主政治和改善人民生活三项基本要求,重申中共为实现国共合作的四项保证。其后中共与国民党进行多轮谈判。8月13日,日军大举进攻上海,扬言3个月灭亡中国。这使国民党统治的中心直接受到威胁,9月22日,国民党中央通讯社发表了《中共中央为公布国共合作宣言》。23日,蒋介石发表谈话,承认共产党的合法地位。这个来之不易的国共合作的抗日民族统一战线,岂容胡晓兰随意践踏。

恰巧文兴福路过办公楼,见此情景,怒从心上起,恶向胆边生。那个年月的多数热血青年,都敬重去延安抗日的勇士!怎么在你胡晓兰眼里,这些勇士却成了罪人呢?

于是文兴福上前质问那只发怒的母老虎胡晓兰:"热血青年去陕北抗日救国是有罪还是犯法?"

一旁围观的学生见有老师出面为学生打抱不平,也跟着怒吼起来,坚决反对打骂教育,反对法西斯暴行,坚决支持文兴福老师伸张正义。

怒吼一声高过一声,围观者越来越多。

早已怒火中烧、忍辱负重的女子中学学生,此时得到了爆发的机会,她们冲出教室,将办公楼围得水泄不通,愤怒的斥责声、吼骂声此起彼伏。

平时不可一世的胡晓兰吓得面如土色,噤若寒蝉,瘫坐在椅子上,几个亲信挤入人群，一个劲地劝说学生，企图将胡晓兰接走，但遭到学生阻拦。

一个亲信见势不妙，溜出学校到县政府求援，声称学生暴动，殴打校长。

刘县长惊恐万状。

那巴中是啥地方，几年前还是徐向前领导的川陕苏区，近年是所谓的国民党收复的"失地"。如今徐向前的部队虽然去了陕北，可是红军中人人平等的赤色思想一直根深蒂固，影响并没有消除。这收复的"失地"千千万万不能得而复失。

刘县长深知，这件事如不尽快扼制，让它蔓延开来，后果不堪设想，没准自己数年寒窗苦读，过关斩将换来的县太爷交椅就要让位，如果发展成为学生的群众运动，说不定还要进班房。就眼前来看，他知道这只是一个普普通通的学生与校长之间的矛盾，但他要做大做足文章，快刀斩乱麻，杀鸡给猴看，还要以此为鉴，安定辖区。

他先入为主，定性这场普通矛盾就是暴动，命令教育科王科长跟随全副武装的警察中队到女中去抓人。扬言要抓一批、关一批、开除一批。尽管话这么说，真做却有很大难度。学生到底犯了什么罪，说她们暴动，证据不充分。安个别的罪名吧，一时半会儿还想不出合适的，没有罪名是不能轻易动手抓人的。

那时，能上女中读书的女孩子，绝不会是普通老百姓家的一般千金，大都是出生在有钱有势人家的娇娇小姐，甚至还有比县长更大的靠山。

王科长心里明白，他接了一个炭圆，吞不下，扔不掉，万一哪个环节没处理好，吃不了还得兜着走。他不主张随意抓人，以驱散学生为第一任务。他想，既然学生拥护文兴福，就让他出面制止学生，以其人之道还治其人之身，事情就会有转机。

王科长一到女中，就找文兴福打招呼，说办公楼被学生包围，是因他指责校长引起的，现在学生闹到不可收拾的地步，你看该怎么办。

胡晓兰看到上面来了救兵，趁机附和说，要不是文兴福帮学生说话，学生根本不敢闹。

文兴福据理反驳，揭露胡晓兰倒因为果。义正词严地指出是胡晓兰体罚打骂学生引起公愤，还拒不认错致使公愤逐渐升级，才闹到了现在的程度。

文兴福说："制止体罚学生是政府明文规定，任何公民都有权发表意见和自觉维护政府的形象。"

王科长看文兴福没完没了,大有不达目的誓不罢休的架势,赶忙换成一副比较诚恳的嘴脸说:"谁对谁非并不重要,立马疏导学生,让她们尽快散去,此事就此罢休,既往不咎。如果不听招呼,继续聚众闹事,将严惩不贷!"

有学生趁机提出条件,一是校方从此不再体罚打骂学生;二是不得随意搜查学生寝室;三是不能禁止阅读宣传抗日的书报;四是准许学生出校宣传抗日。只要答应这些条件就立即离开。

王科长对文兴福说:"这些全是政治色彩浓厚的话,你是公民课老师,应该启发学生忠孝仁义,循规蹈矩。学生的主要任务是安心读书,不得参与政治,政治问题自有党和政府专人研究。"

文兴福却因事利导,说科长应该奖励文某,蒋委员长提出的国策就是抗日救国,复兴中华。学生的要求围绕国策,提出的都是有利于抗日救亡的事情,符合三民主义的民族、民权精神。

学生中有人随即喊起了要抗日要民主的口号。

王科长见她们死活不肯轻易散去,便叫胡晓兰通知全校师生在操场集合,摆出一副真要抓人的架势。

这时,文亦武带着老师和学生起哄,说口号是大家喊的,要抓就将全校师生一齐抓,还说要到县衙门去请愿。接着师生们高喊着要民主、要自由、要抗日、反对体罚学生、打倒胡晓兰的口号冲出了校门。

沿途看热闹的市民也加入到了游行示威的队伍,人越来越多,声势浩大,人流顺着大街直涌县衙,站岗的哨兵根本阻挡不住,只好身不由己退到门边,眼睁睁地看着人流冲进县府大院。

刘县长是个老奸巨猾的家伙,面对众多愤怒请愿的学生,使出的第一招就是息事宁人,大事化小。一面假意批评王科长不会办事,一面满脸堆笑地劝学生回校上课,保证不对任何人打击报复,还答应撤换女中校长。

文亦武眼看这次行动取得了胜利,基本达到了企望的目的,加上师生们并无胡搅蛮缠的意愿,于是见好就收,张罗着与师生一起回校上课,学潮结束了。

可是当天晚上,老谋深算的刘县长命警察局派人秘密抓捕了文兴福和文亦武,幸得马东海竭尽全力出面相救,二人才免受牢狱之灾。

这次学潮原本马东海并没参加,但学潮的直接原因是自己的未婚妻被打,而引发义士倾力相助,现在义士有难,自己再不出面,就说不过去了。

马东海想方设法救出了二人,以后也爱莫能助了。

当然,两个姓文的是不能在巴中再待,想待也待不下去了。

文镇长把他在巴中的故事就这样真真假假地向马组长讲完了。要说它真,当时的情况的确如此,巴中县城老幼皆知,包括马组长虽然不是十分了解那次学潮的具体细节,但大致的过程也曾经多有耳闻。说它有假,就是隐瞒了在这次学潮中的一个最主要的环节,那就是从开始到结束都是巴中地下党组织的借题发挥,有组织地一步一步牵引着事态升级,那时的文兴福已经是一名光荣的地下党员了。

第三十二章

马组长听完讲述,内心惊奇而表面却故作平静地问:"你就是那个带头闹事的文兴福?"

"谈不上带头闹事,我只是看不惯胡晓兰那副蛮横的德行,出面说了几句公道话而已。"

"后来你干了些什么?"

"先是上大学,读了四年,毕业后就到陪都重庆谋职,再后来去了南京,接下来就是路孔镇。"

1937年,"七七"事变和"八一三"事变后,中国的全面抗战爆发。面对上海战事的失利,11月16日,国民政府国防最高会议向全国发出迁都重庆的通告,20日,国民政府发表了迁都重庆的宣言。12月1日宣布正式开始在渝办公。面对穷凶极恶的日本鬼子,国民政府都识时务地避其锋芒,别说文兴福只是个小小的个体人,他没理由不离开南京。

马组长经过一番询问,最后显得有些热诚地说:"文老师,感谢你为我们家东海做的一切。"

原来,这马组长正是马东海的本家兄弟。虽不是同父同母,但因家穷,父母生病而看不起医生双双早逝,他从小就由马东海的父母养着,两人一起长大,和亲兄弟差不多。马东海曾将那年文家兄弟被捕的事告诉过这位异父异母的兄长,希望他记住文家兄弟当年的恩典,如果遇到能帮忙的地方,一定要帮一把。

当然,这个马组长是军统特务,年纪不大就扛起两杠三星的上校军衔,成为党国的栋梁之才,国民党顽固派,办起事来是很讲原则的。如果文兴福真的通共,他宁愿放弃与他兄弟的情谊,也是不肯相帮的。不过,通过与文兴福接触,凭着他察言观色的经验,断定眼前这个文镇长顶多就是个同情下层,思想激进,不谙世故的书呆子。这种人在当时的社会状况下,满地皆是,他实在见得太多太多。

文镇长知道了这层关系,显得十分关心地问起马东海和邢义珍的情况。

马组长告诉他,闹学潮的事情发生不久,两人就结婚了,离开家乡南下,以后一直在上海做事,做什么,他也不太清楚。

其实文兴福知道,马东海是共产党的人,而且党龄比文亦武还长,文亦武是自己的入党介绍人。他猜想此时的马东海和邢义珍一定都在做地下工作。

"兴福老弟的宝眷一定也带来了吧,何不给我引荐引荐。"马组长半开玩笑半当真地说,拿眼看着文镇长。

"惭愧得很哩,"文镇长说:"不怕老兄见笑,兴福一直奔波劳顿,居无常定,至今光汉一个,错过时间了,如今已是个没人看得上的王老五嘞。"

"哦,"马组长一双眼睛瞪得溜圆,怪异地说:"老弟是干大事的人,岂容家庭拖累。事业为重,事业为重,我辈弗如嘛。"

文镇长立刻意识到马组长话中有话,他是在怀疑文某是个共产党。只有共产党的人才能为了那个信仰,不讲究自己的生活,舍去人世间的许多快乐。

他忙说:"老兄千万别取笑兴福,这些年来东奔西走,真还没碰见个心仪的人,如今来到路孔镇,倒是相中了一个。"

"哦,有这样的事?"

"确实如此。"文镇长便将来路孔镇的第一天,在日月亭遇上同乡郑世蓉,两人一见钟情的事讲了一遍,还答应改天叫郑世蓉来拜见马组长。

"何必改天呢?"马组长说:"既然你们一见钟情,想必这女子定有过人之处。你这一说,倒是勾起了马某的好奇心,劳烦兴福老弟今天就将弟妹叫来一睹芳容如何?"

"那好,"文镇长说:"今天文某在'肉根香'为马组长一行接风,就叫郑世蓉来作陪吧。"

他叫王师爷先去"肉根香"订一桌酒席,还叮嘱不要忘了那两道名菜——卤鹅和土鳝鱼。又让勤杂工老刘去夏布子弟校找郑世蓉来陪餐,然后一行人有说有笑,轻松愉快地走出镇公所。

马组长不愧是军统的上校特务,虽然答应过马东海一定好好关照文兴福,但他没有忘记自己清共反共的使命。他根本就不相信文兴福到路孔镇上任的第一天就能一见钟情和郑世蓉好上了。他知道共产党最爱搞假夫妻的把戏。他越这么想就越觉得文兴福是地下党。当然,光凭想象是不行的,必须有证据。特别是对付文兴福这种人,没有铁板钉钉的证据是交不了差的。因为他要面对自家兄弟马东海和抚养他长大成人的养父母。尽管如此,他觉得已经越来越接近文兴福露出马脚的时候了,接近文兴福交出把柄的时候了,离文兴福真实身份的底线已经不远了。他看到了抓捕文兴福的希望,于是哼起了那首他最喜欢的歌曲《小白菜》。

马组长的确找到了一个向文镇长进攻的突破口,这就是郑世蓉。不是说他们是自贡老乡吗?首先得确认这个郑世蓉是否真的是自贡人。这个问题很容易弄清楚,自贡离路孔镇也就几百华里路程,只要她能说出是哪个郑家的小姐,派个人去调查一下就会水落石出,如果打个电话向当地特务机关询问,那更是举手之劳的事情。

马组长思量着,一行人就到了"肉根香",相互推让一番,刚刚坐定,郑世蓉就赶到了。

文兴福起身介绍:"这位是马组长,马大哥,就是我曾经向你们提起的巴中马东海的兄弟。"

郑世蓉连忙向马组长道了个"万福",嘴里说"世蓉有礼了",接下来大大方方地伸出右手和马组长握了握。

马组长和郑世蓉握手,平眼瞟了她一眼,这一看为之一振,给他以十分"惊艳"的感觉,心里想一个男人拥有这样的女人,哪还会去冒险呢,但他即刻镇定下来告诫自己不能被表面现象所欺骗,脸上立马堆满笑意说:"幸会幸会,真是绝佳美人。"

郑世蓉又和同桌人一一见过礼,便入了座。

传菜生开始上菜。

文镇长招呼大家动手。

郑世蓉拿起面前的筷子,习惯地将筷子的大头一端碰了碰,向桌子上轻轻一顿,让两支筷子一般齐,这才开始夹菜。

这个简单的动作,让马组长高兴了不少。他断定,郑世蓉不是大家闺秀。那年头,有钱人家的小姐衣来伸手,饭来张口,哪里还需得着自己将两支筷子弄得一般齐才夹菜,只有穷人家的孩子才有这样的习惯。况且,在握手时,他就感觉到这女人很有力量。

平心而论,马组长还真有眼力,郑世蓉就不是个大家闺秀,她是地地道道的穷人家孩子,老家在东北的黑龙江。日本占领东三省后,父亲死在日本人的枪口下,她跟着母亲逃难到了四川,不久母亲病逝,一位好心的老先生收养了她。老先生是个殷实人家,衣食无忧,还送她上学。后来,老先生的一个朋友又带她走上了革命道路。她的确不是自贡人,老先生也不是自贡人,只是为了和文兴福联系方便,组织上才让她成了自贡人。

马组长为了掌握主动,反客为主,一面亲亲热热地与文兴福、郑世蓉让菜,一面察言观色,寻思着尽快查出破绽,心里还盘算着如何套出郑世蓉的有关情况。这真是应验了一句俗语:"嘴里喊哥哥,手里拿家伙(凶器)。"

马组长热情地给郑世蓉夹了个鹅翅,笑哈哈地说:"这是最有嚼头的活动肉,风味无比。老人们都说,女孩儿吃了这个会梳头。"

"多谢多谢,"郑世蓉柔声柔气地说:"明天我一定好好梳头。"

"郑小姐离开老家多年了吧?"马组长饶有兴趣地问。

郑世蓉淡淡地答:"快十年了。"

"乡音未改?"马组长故意说。

郑世蓉立刻意识到面前这个国民党上校特务意味深长,很有企图。笑着说:"马大哥怕是没去过自贡吧。贺知章先生说过乡音未改鬓毛衰,我却是鬓毛依旧乡音改。我这个自贡人,早就没有自贡腔。"

马组长并不介意,仍然笑着问:"郑小姐是自贡哪里人氏啊?"

"牛腹渡。"郑世蓉说:"文镇长的小老乡。"

"这就奇了,兴福老弟从小闯荡江湖,至今还带有浓重的自贡口音,郑小姐这么快就……"马组长边说,边拿眼睛看文兴福。

文兴福赶紧接住话头:"是啊,这恐怕和她的叛逆有关。"

"叛逆?"马组长显得十分惊讶。

"对,叛逆。"文兴福不紧不慢地说:"谁不知道牛腹渡郑老爷家的二小姐?从小男孩打扮,留短发,穿紧衫;掏鸟窠,练拳脚。偏偏她长相俊美,模

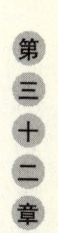

样儿秀气,郑老爷拿她当掌上明珠。"

马组长是去过牛腹渡的,豪绅郑老爷家的情况他也知道一些,要想拿一个假的郑家二小姐来糊弄人,可没那么容易。他突然问:"按郑小姐这个性格,前些年为什么就没想过去延安?"

郑世蓉头也没抬,夹了一箸菜,从容地说:"怎么会没想过呢,不但想过,而且还真的去了,只是过不了封锁线,又回来了。"

其实,真正的郑家二小姐已经去了延安,并已经改了新名字,假的郑家二小姐是为了地下工作需要又成了郑世蓉。

郑家二小姐去延安过不了封锁线的传闻在牛腹渡一带妇孺皆知,但从她自己的嘴里轻轻松松说出来,却让马组长十分吃惊。

马组长接住话头:"去不了延安,你就没想过参加地下党?"

这个玩笑开大了点,像这种出格的问话,一般人是会生气的,拿政治问题作话头打探虚实,与直接审问有什么两样,谁能受得了?

马组长的目的就是要激怒郑世蓉,从而暴露其本来面目。

郑世蓉却异常平静地说:"曾经想过,只是人家不肯接收我。"

"为啥?"马组长更加惊异,又一次把胃口吊起来了。

文兴福不紧不慢地说:"我想这个问题只有地下党才能回答。"

"对对对,还是兴福老弟说得对,只有他们才能回答。"马组长自知所提的问题有些过分,热血上涌燥热起来,让他显得不自在,尴尬地迎合着文兴福,幸好没人在意他脸上的红晕与惨白。

大家一阵阵开怀大笑。

一顿鸿门宴就这样在笑声中结束了。

身为上校特务的马组长实在不甘心。他隐约感到,文兴福和郑世蓉是有问题的,但到底是什么问题,他也说不清。有一点他是明白的,如果再用这种方式斗下去,他无论如何占不了便宜。他必须采取更加强硬、更加坚决的办法。可那样又绕不过自家兄弟马东海与文兴福的情分。面对一方是党国利益,一方是自家兄弟的恳请,他也感到有些力不从心,无所适从了。

马组长反复掂量,思考再三,最后决定退避。他谎称自己接到上峰命令,必须立马回重庆绥靖公署,路孔镇的事由小组里一个姓汪的人负责。

他当着文兴福的面,要求那姓汪的要对兴福老弟和郑小姐多加关照,不许有任何不敬。背后却又反复嘱咐要特别盯紧这两个人。

姓汪的原是国军正规部队的一个重机枪连的连长,淮海战役中曾被俘虏,为了不让共军得到那些重机枪,这小子被俘前要求全连把重机枪在硬石头上摔了个粉碎,一挺像样的都没留下。

被共军俘获后,指导员给俘虏讲话,他要求部下用纸团塞住耳朵。部下不听,他就用暗语威胁,或用拳脚教训。后来共军提出愿意留下的参加革命队伍,不愿意留下的发给路费回家。他选择了回家,结果是跑到昔日故交马组长那里当起了军统特务。

文镇长感到了问题的严重性,这姓汪的和姓马的完全是两种类型的人物。一个阴险狡诈,一个无赖至极。姓马的有个文士的伪装,碍于马东海的情面,办事不会太出格。与姓汪的打交道,他没有脸面可言,也没有道理好讲,他的言行就是标准,真是秀才遇上兵,无论你怎么有理也休想说得清。文镇长思前想后,理出头绪,打定主意,与这姓汪的软拖硬磨。姓汪的不是要耍无赖搞跟踪吗?那就干脆陪他捉迷藏拼消耗。

镇上的工作交给王师爷打点,每日三顿好吃好喝,陪那姓汪的玩花头。饭后还拉他去袍哥大爷开的"仁昌"麻将馆投骰子,下赌注,吹牛聊天,完全一副富家大少爷德行。

这样心甘情愿地让那姓汪的每天跟着,是要把地下党的工作完全停顿下来吗?当然不会,文兴福会用一些特殊的方法获得信息,传达指令,党的工作照常,不曾耽误。

这天,文镇长吃完早饭,又拉着姓汪的去"仁昌"馆打麻将。

途中,远远望见郑世蓉迎面走来,他迅速迎上去,不问青红皂白,在众目睽睽之下,抱住郑世蓉就是一个长长的吻,让郑世蓉猝不及防,无所适从,闹了个大红脸。文兴福那举止,活脱脱一个富家的轻薄子弟。

汪组长对这一举动也非常惊讶,在他看来,这姓文的根本就不是个正经人儿,没有丁点儿镇长的稳重和正统教育下的严肃,跟街头巷尾的一般小混混没啥区别。便情不自禁地笑道:"文老弟真是风流倜傥。"

"让汪兄见笑了,"文镇长说,"小弟就喜欢玩,人生一世,草木一秋,宁愿快乐死,不愿忧郁生,高兴就是福。你看我的女人咋样?"

"绝对一流!"汪组长感慨地附和。

臊得满脸通红的郑世蓉什么也没说,迅速离开了众人,她不是不想开腔,只是没法张嘴。

第三十二章

文兴福和她亲吻时,用舌尖将一个圆圆的小东西从他嘴里推到了她的嘴里。虽然她不明白那东西是啥,但她知道文兴福肯定不会平白无故地约她出来,在大街上用那样的方式,把东西送给她,那东西肯定非常重要,里面应该藏有重要秘密,否则文兴福不会那么反常。他一直是一个举止文雅,办事非常得体的人。

那个年代男女当众亲吻是有伤风化的出格事情,只有轻狂男女才会如此旁若无人,肆无忌惮。

郑世蓉迅速来到一个僻静之处,向左右看了看,断定没有人跟踪,才取出嘴里的小东西,果然不是个一般物件。那是个指头大的蜡质小球,轻轻一捏,球便破了,露出一张小纸条,上面有几行字,是给华蓥山游击队的情报。

郑世蓉一刻也不敢耽搁,当天夜里就将那个纸条送到了渝大金的游击支队。

这张纸条,引发了一场枪战。

文镇长险些丧命。

第三十三章

刘建雄是江苏南京人。

早年就是朱家镇乡下张家大院子的一个长工,虽然人穷,但朋友却交了不少。他为人豪爽厚道,对张家老爷温顺忠诚,后来张家发了,老爷在朱家镇街上买了门面,做起了食盐生意,便把刘建雄带到镇上帮助店里做点搬搬运运的粗活。张家自从在镇上买了门面,店里的生意异常红火,不到几年就赚了个钵满仓满,有人说是刘建雄任劳任怨给张家带来的财运。镇上人都看出刘建雄是个手脚麻利,快手快脚效率极高的人,也把刘建雄当成"福星",老老少少,大家都与他相处甚好。

有一年的正月十五,他遇上了一件事。

因为秦淮河,朱家镇被分割为河北岸与河南岸两半。镇公所所在地为南岸,盐业公署所在地为北岸,中间由朱家桥相连。各大盐业帮主分别居住在秦淮河两边。生意上的竞争自然是少不了。平常进货出货,两岸船只活动多有影响,磕磕碰碰不断。时有争吵,也有械斗,但一遇外人抢生意的时候,大家又开始不计前嫌,各自联起手来,对付共同的敌人,把原有的怨恨暂时强压心底。可是人是情感动物,压抑太久是会生出毛病的,谁都希望有地方宣泄排解。

不知是哪朝哪代哪一年,朱家镇的某个先人为后人们找到了一个宣泄排解方法。就是在每年正月十五的晚上,由盐业老板在自家门前的秦淮河边点上蜡烛,将一家老小和佣人、盐业工人全叫上,数落着河对岸仇家的不是,大骂对方祖宗八代。

对岸的盐业老板听到叫骂,也在自家门前的河边点上蜡烛,把自己的人叫出来进行还击。虽然两岸相隔各自都听不清对方具体骂了些什么,但还是要分别按照自己的思路去骂对方的不是。

镇上的老百姓见了觉得稀奇,都到河边去看这些有钱人是怎样地槽内无食猪拱猪。一些好心人见看热闹的人多,怕摔坏谁的腰,崴了谁的脚,便在自家门前也点上蜡烛为看热闹的人照明。

看热闹的人越来越多,点蜡烛的人也越来越多,沿河两岸灯火辉煌,人山人海,不少好事之徒出于好玩加入到骂阵的行列,一些有怨气的普通老百姓也加入到骂阵的行列,从骂盐业老板到骂各种商店老板、骂亲家爷,骂自己的不孝儿孙……一肚子怒气就在叫骂声中消逝。

自从朱家镇人发明了正月十五夜点蜡烛,对河骂仗的习俗以后,这个习俗多少年来从没有间断过。

有人说,如果这天不骂仗,来年就会事事不顺,坎坷不断,生意惨淡。仗骂得越解气,来年就会万事如意,风调雨顺,财源滚滚。老百姓相信这个、店铺相信这个、盐商也相信这个。

到了每年的这一天,家家户户都忙活起来,买蜡烛、办夜宵、收拾称心的服饰。富人还以此作为参与公益活动的象征,向穷人施舍蜡烛,盐业老板给工人放假,官府还要派出兵丁巡更守夜,确保安全和秩序。

这一古怪的民俗,一代又一代,一年复一年传承下来,一直到了民国时期,依旧旺盛不衰。

这一年,又是正月十五,天刚放黑,镇上就燃起了无数蜡烛,房前屋后,街道里弄,道路两旁,甚至盐业公署、秦淮河两岸都点燃了,河岸边的黄桷树丫枝上的蜡烛更是耀眼夺目。人们早早吃过晚饭,穿戴整齐,锁上房门,扶老携幼,沿着秦淮河岸一字排开。

这时,镇上发生了一宗怪事,张家传出消息,张老爷的贴身丫头和一个打短工的不见了,结合平日里他俩眉来眼去的一些迹象来看,显然是私奔了。

本来,丢一个丫头对富得流油的张家来说算不了什么,但在这个时候私奔也算丢人现眼不光彩,活脱脱给人提供一个叫骂的口实。按照旧习俗,这一年的大年还没过完呢,新年即将开张之时就出了这样的事,这一年还能吉利吗？

张老爷气得咬牙切齿，文明棍直跺地，命令家丁一定要将这对狗男女抓回来家法侍候。为了消灾免祸，必须将他们活埋或是沉河。

这一年张家放弃了骂仗，无论是丫头长工佣人还是家丁，统统驱赶出去，寻找那对私奔的男女。张老爷还拿出10个大洋，声言谁要是抓住那两个人，10个大洋就归谁。那年月大洋可管用了，一个长工辛辛苦苦干一年还得不到那么多钱呢。

刘建雄是张家的长工，也被赶出去找人。按常理，只要寻找的路线正确，刘建雄抓到这两个人的可能性最大，因为他身强力壮个高腿长，走路的速度比平常人快一倍多。但这种天上掉馅饼的好事，从来都没可能摊到他头上。刘建雄知道自己运气不好，那10块大洋的赏钱无论如何是拿不到的，便主动选择了一条去北边的山路。那是一条通往湖北的商道，沿途驿站稀疏，匪盗成灾，商人们总是结伴而行。对于两个私奔的人来说，如果不是脑子进水，一般不会选择这个方向，十有八九选择南去的道路，那样近可到浙江，远可达上海，道路宽广，水陆两便。

刘建雄没精打采地离开了朱家镇，一直沿大道向北晓行夜宿，他盘算着走几天没发现踪迹就回去交差，当然按他的想法是发现不了踪迹的。

说来巧了，又是一个大天光，他一早上路往北，走着走着，见路旁有个茅屋，已经走了一两个时辰，口干舌燥，饥渴难耐，他便上前去讨水喝。

谁知刚刚钻进屋，径直走到水缸前伸手去取木瓢舀水，眼前的情景让他大吃一惊，缸上的瓢没了，一对青年男女正端着一瓢水谦让着呢。

谁说刘建雄没运气，白花花的10块大洋不是就这么简简单单，平白无故地从天而降吗？眼前这对喝水的人儿，正是张老爷悬赏要捉拿的那对"伤风败俗"的要犯呢。

刘建雄心里咯噔一下，他庆幸自己的好运气，实实在在需要这10个大洋，对于他这个穷得叮当响的汉子来说，这笔钱算是发大财了。

在他呆站在那里憧憬美好未来的时候，那男的突然盯住他，将手中的冷水使劲泼在他的身上，丢下手里的水瓢，牵着女的夺路向外逃去。他们明白，刘建雄一定是受张家的指使来抓他们的。

这对男女也错了，他们原以为逆向思维，最危险的地方最安全，选择了北去的道路，谁知偏偏遇上行走如飞的刘建雄朝这边追。

刘建雄顾不得胸前的水湿,大喝一声,指着两人口气严肃地说:"你们谁跑得过我?既然跑不过就不要淘神费力,乖乖地回来喝够水再说。"

逃跑的人被他镇住,也清醒了,方圆几州几县,有谁能跑得过刘建雄?与其被他抓获,不如停下来喝足水,歇个气,再与他论道论道,没准还有点希望,实在不行就只好听天由命了。

喝足了水,大家平静下来,逃跑者问刘建雄是否真要将他们抓回交张家老爷法办?

刘建雄想了想说:"瞎子见钱都眼睛开呢,何况一个睁着眼的人遇上10个大洋,还能放过这样的好事吗?"

他们又问,如果被抓回去,会受到怎样的处置?

刘建雄说:"张家老爷说了,要么投河,要么活埋,以正家风。"

两个逃跑者惊呆了,这两种处置方法不都死得很惨吗?顿时吓得面容惨白,目瞪口呆。继而抱头痛哭,呼天嚎地表达不求同年同月生,但求同年同月死。今生只能做兄妹,来生一定当夫妻。

刘建雄也惊呆了,被他们的忠实坚定,永不改变的爱情所打动。他仔细一想,得10个大洋用两条鲜活的人命去换,这不是带过吗?小时候大人们就教过,做人要多积德,少带过。

刘建雄斩钉截铁地对他们说:"我改主意了,不会用两条人命去换10个大洋,你们不要再走大路,赶紧绕小道躲藏到一个人不知鬼不觉的地方避避风头吧,以防再有人来抓你们。"

两个逃跑者顿时止住了啼哭,脸上残留着哭与笑之间的尴尬,千恩万谢与刘建雄道别,出门而去。

安排完这对小冤家,刘建雄也觉得没法回去交差了。于是,一不做二不休,干脆,从此离开张家另谋生路,他便参加了八路军。

第三十四章

文镇长和郑世蓉当街一吻的第二天夜里,路孔镇上来了两个不速之客。一个瘦高个儿,一个矮胖子。这对天生地造的搭档,就是华蓥山游击队杨其声分队的两元大将——中队长刘飞和中队长豹子。

他们不是走旱路从镇上的卡子进来的,那些卡子有重兵把守,谁都很难通过。他们是乘坐木船来的,那是从大足驶往路孔镇的煤船。那船由帮会控制,就是濑溪河木船帮会。帮主杨生文,是县党部书记长任宝田的拜把子兄弟。旗下有一百八十多条木船,濑溪河上的运输基本由他垄断,谁也不敢与其叫板。

一方面有书记长罩着,另一方面杨生文为人豁达大度,很够江湖哥们儿,万事"义"字为先,镇警察中队敬重他,特税警队也不愿与他结梁子。当然,前提是他们洁身自好,不偷不抢。通共亲共的事,好像也从未听说与他们沾边。驾船的叫二牛,好像与刘飞比较熟,一路上有说有笑,很是开心。

船行到路孔镇,天已经黑下来,刘飞与豹子下了船,和船老大二牛告别,两人各挑一担柴棍,渐渐消失在西岸的夜幕中。

两人神不知鬼不觉地来到离"灵隐寺"不远的一个灌木丛中,扔掉柴棍,从中抽出一个长条形布袋,里面装着硬实的物件,褪去布袋,原来是两支步枪。

濑溪河沿岸生长着一些高大的黄桷树,树干大得四五个人才能合抱,这种树的主干却不是很高,一般从三四米处开始分岔,就像雨伞一样形成一个主干和若干个分支。

刘飞和豹子分别爬上大树,选定结实的枝丫坐稳,把步枪架在跟前,枪管正对镇公所大门,然后子弹上膛瞄准。

镇公所大门已点燃灯笼,两个镇警抱着枪在大门口昏暗的灯光下来回走动,格外显眼。

豹子首先朝左边大门的那个灯笼开了一枪,灯笼应声掉在地上,接着刘飞打掉了右边那个。两个灯笼落到地上燃烧起来,镇公所大门前一片火海。

"不好了,有人要打镇公所!"两个镇警大声疾呼,随后迅速躲进墙角的阴影处不再吱声。

据说这一招是文镇长教的,文镇长与以前的那些镇长不一样,他不是讲打仗要不怕牺牲,视死如归;他说怎么能视死如归呢?都是爹妈养的,肉身做的,谁会不怕死呢?人死了什么都没有了。既然要归,就是归零,那当初就别到人世间来。大家都拖家带口,你一个人死了一家人今后怎么办?

文镇长讲,打仗首先是要保存自己,只有保存了自己,才能有效地消灭敌人。

镇警们都说镇长够哥们儿。

有的镇警也不完全赞同这个观点,认为要求得荣华富贵,军人就只有立功受奖,不立战功哪能有奖?要想立功受奖就不能怕死。

大院里也有了响动,接着灯火闪烁。

军统特务组的汪组长披着衣服,提着手枪,跑到街沿上慌慌张张地问:"哪里打枪?哪里打枪?"

文镇长一把把汪组长拉进办公室:"外面危险,你不要出去!有我文兴福在,就要保证你的安全!"然后自己出去指挥还击。

陈队长紧紧跟在文镇长后面,一步也不敢离开,生怕出什么差错。

彭队副带着镇警搭人梯要爬上镇公所前的城墙进行反击,被文镇长一把拉住:"不能去,那样很危险!"

语音刚落,城墙上飞起了子弹,一颗、两颗、源源不断。镇警们惊呆了,再也不敢上墙。

文镇长命令镇警队死守,在大门两边组织还击。他跑进办公室,当着汪组长的面,使劲地摇电话,大声通知特税警队前来救援。

电话很快通了,是直接打到薛义宾家里的。这家伙满口答应,说是立马带兵过来支援,但说话的口气却有些吊儿郎当,阴阳怪气,一副迫于压力而内心又不屑的样子。

可不是吗,上次游击队攻打夏布公署时,镇警队不也没去救援吗?这也算是一报还一报吧。

文镇长并没有在意,他对薛义宾的反应是早有预料的,正是薛义宾的不情愿,让他心里还偷着乐呢。

他找了条板凳,把军统特务汪组长请出来,并肩坐在一个角落里分析今天这场战斗的情况,等着薛义宾的援兵,不时伸长脖子望一望门。等了一会儿,不见救兵到来,他无话找话,心不在焉地聊那个关于路孔镇通向濑溪河的几个洞的古怪故事,以掩饰眼前的惊慌,平复躁动的心情。

时间一分一秒地过去,外面的子弹还在不停地朝这边飞来,已经快到一个时辰了,薛义宾的援兵却一直没有到来。

汪组长坐不住了,他"嗖"地站起身来,非常气愤地用手指着文镇长,质问他还是不是这个镇的联防指挥部指挥长。

文镇长平静地说:"是,不过夏布公署那边是条条单位,从来就没把镇长放在眼里。"他还说游击队这两年曾经多次袭击镇公所,要不是这里三面靠岩,城墙坚固,弟兄们努力,恐怕镇长的头早就没有了。

王师爷也在一旁帮腔,说文镇长的话一点儿也不假,镇上早已习惯了这种事情,要不是今天为了保证汪组长的安全,文镇长还不会打电话呢。

汪组长叹了口气,说这是党国的不幸,回绥靖公署后,一定要面呈张长官,对夏布公署加强训导。

又过了一会儿,外面的枪声停了。两人同时猫着腰到大门边向外张望,看见薛义宾带着百十号武器精良的特税警大呼小叫冲了过来。

汪组长瞪着眼问:"你们是不是来给镇长收尸的?!"

薛义宾毫不在乎回瞪一眼说:"正有这个意思。"还说,"要不是你汪组长在这里,老子根本就不会来。"一副十分骄横的样子。随后朝四下扫了一眼,见无人伤亡,说了声:"组长保重。"算是打了个招呼,转身带着自己的队伍一刻也不停留就离开了镇公所。

此时薛义宾比任何时候都痛恨游击队,比绑架他亲爹那会儿还要恨。特税警队给了游击队那么充裕的时间,这帮熊包怎么就攻不下个镇公所呢?他真想把游击队活剐了。如果游击队真让他碰见,肯定没有好果子吃。

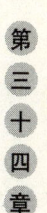

可是,此时连游击队的影子都见不着,恨又能有什么用呢?

话说回来,当时刘飞和豹子蹲在黄桷树上朝镇公所打了一阵枪,就从树上梭了下来,把枪装进布袋,摸回岸边,迅速坐上一条柳叶舟,顺着灞溪河漂流而下了。他们已出色地完成了上级交给的任务,复命去了。

第二天一大早,汪组长一行非要离开路孔镇,临别时告诉文镇长,他一定会在张长官面前把路孔镇的事情说个明白,还嘱咐文镇长一定要多加小心。

文镇长也客套了一番,说了些感激的话,并且为汪组长一行每人备了一份厚礼,依依告别。

不久,绥靖公署向路孔镇派来了重兵。

第三十五章

在华蓥山脉的崇山峻岭之中,有一处四面奇峰突起,中间较为低洼的地方,看上去就像倒放着的驼峰。地势的天然条件让风在这里形成了一个回旋,吹进来后慢悠悠地再出去,让人觉得清风习习,格外舒服。抬头上看,奇峰堆出的小天井中间一抹蓝天,白云淡定。

这是华蓥山主峰一个少有的风和日丽天气,因为今天将在这里演绎具有重大意义的历史性事件,所以老天也心随人愿,特别帮忙。

李静玲这几天忙乎得不得了,暴动的各路游击队员陆陆续续上山,吃住都需要她这个华蓥山游击纵队的政治部主任安排,管吃、管住、管训练场地……

今天是纵队的成立大会,更是少不得她这个行政事务总指挥,一帮政治部的干事们在她的调配下忙前忙后却也井井有条。

李静玲短发,蓝色洋布上下装,着方口布鞋,扎白色洋布长巾,腰间插德国造"十连"盒子双枪,显得精神抖擞,英姿飒爽。在她的指挥布置下,今天华蓥山的这处低洼之地,处处红旗招展,旌旗漫卷。

洼地一角的主席台是用新砍的圆木搭建而成,木端的白色格外刺眼,背板用芦苇篾席为衬。上贴用铅笔素描的大幅毛泽东、朱德像,那用纸绘出的人头像黑白分明,衬托出主席台的简洁庄严。

主席台右侧有几位男女游击队员零零散散站在那里,有说有笑,好像在商量什么。

李静玲带着警卫员娟秀微笑着走过去。娟秀中等身材,小圆脸红扑扑的,带着笑意。她常常听李静玲讲过去参加革命的事,聊今后革命的美好前景,她特别崇拜李静玲,总觉得静玲姐是有文化的人,她说的肯定都对。

今天参加纵队成立大会,娟秀斜挎着带皮套的驳壳枪,腰扎一条白帕,一脸的兴奋。

走近主席台右侧一看,原来,这几名游击队员为了增强今天会议的热烈氛围,排练了竹快板,这不,他们正相互提醒着台词呢。

"都准备好了吗?"李静玲与他们打招呼。

"李主任,基本准备好了!"一位年轻的女游击队员迎着李静玲说。

"什么叫基本准备好呀?"李静玲笑着问。

"是这样的,"女游击队员说,"李主任你昨晚给我们写的快板词,绝大多数我们都能很流利地打出来,只有几句还不太记得住,有点生疏,不过估计再练半个时辰就能完全过关了。"

"这就好!"李静玲肯定地说,拍拍小队员的肩膀,"那你们接着练,一会儿等着看你们的表演!"

"是!"队员们站直挺了一下身子,一个军礼行得又干脆又到位又标准。

李静玲刚刚离开,身后热烈的快板声就响了起来。

同志们,

快快快!

拿起武器上山来,坚决打倒反动派。

蒋介石,耍无赖。

人民公敌他最坏,挑起内战搞腐败。

解放军,神勇无比真豪迈。

解放全国打腐败,红旗插遍全世界!

全,世,界!

男女配合的声音铿锵有力,热血沸腾,渐渐向远山传去。

"李主任好!"几个游击队员,有的抱着写上标语的纸捆,有的提着糨糊、笤帚从李静玲身边经过,向李静玲打招呼。

"大家好!"李静玲亲切地回答,"标语要贴在显眼的地方!"

"嗯。"那位抱着纸捆的游击队员应着。

"咦！娟秀自从跟了李主任，就更加乖了哦！"豹子打趣地说。

"要与我们娟秀交朋友，可是要有些表现哦。"李静玲一语道破他的天机。

"豹子，拿出点本事出来，多杀几个敌人，让娟秀看看，待全国解放了，把娟秀娶回去过日子。"一群游击队员你一言我一语，嘻嘻哈哈地打趣。

"去去去！把你们的标语贴好了，再去管别人的闲事。"娟秀的脸上爬满了粉红，羞涩而难为情地制止了别人的打趣。她与豹子都是从长江边上山的。

巳时，太阳在山坳上挂着笑脸。

华蓥山游击纵队成立及誓师大会准时开始。

主席台上端坐着游击纵队的几位领导。前排发言席上是中共地下党川东临委副书记、华蓥山游击纵队司令员渝大金；中共地下党川东临委委员、纵队副政委、一支队司令刘泽渊；中共地下党川东临委委员、纵队参谋长、二支队司令杨其声；中共地下党川东临委委员、纵队副司令、三支队司令谭刚剑；中共地下党川东临委委员、秘书长、纵队政治部主任李静玲。

坐在正中的是中共地下党川东临委书记、华蓥山游击纵队政委黄湖。

台下坐着的是身穿各种颜色，各种样式服装的刚刚放下镰刀、锄头和各种劳动工具的农民游击队员。队员们分方队而坐，黑压压一大片，足有2000多人。他们表情庄重严肃望着台上，怀里抱着随身携带的武器。

每一支方块队伍前还架着一些重武器。比如小钢炮、无后坐力炮、机关枪等等。这些东西，有的是从国民政权中夺取的，有的是游击队兵工厂生产的。主席台上那个使用蓄电瓶的扩音器，和操场四周的音箱匣子，也是游击队兵工厂自己生产的，这些东西可为今天的大会增色不少。

纵队成立大会正式开始了。

首先，李静玲宣读了中国共产党上海中央局对华蓥山游击纵队各位领导的任命。这也是台上这些领导人第一次向全体游击队员们公开身份。

接着黄湖作了主题讲话，用他那一口很有特色的湖南官话，抑扬顿挫，慢条斯理地大声讲。

"同志们，"他首先揭露了蒋介石自不量力假和平真反共，置人民于水深火热之中，建立独裁统治的丑恶嘴脸，"国民党蒋介石集团，撕毁了'和平建国,坚决避免内战'的国共'双十协议'和'停战协定',不承认原来在日本鬼子占领区内的八路军、新四军及其他中共领导的武装力量的存在,无视中共领导下打击日本帝国主义的根据地所建立的地方政权的存在。他撕破脸皮,向中共解放区发起全面猖狂的进攻。美国人名义上说站在中间立场调解,让中国人不打中国人,可实际上呢?他们是在为蒋介石打内战赢得时间,暗地里把大量欧洲战场剩下来的武器装备卖给蒋介石,用飞机帮助蒋介石运送兵力、弹药武器,支持蒋介石打内战。"

说到这里,他感到会议的氛围有点沉重,话题一转,又说:"但是,得道多助失道寡助,正义永远是最有力的武器。在我们党领导的最广大人民群众的支持下,仅仅几年时间,全国的形势发展发生了深刻的变化。目前,全国的形势更是令一切正义的人们高兴、备受鼓舞;人民解放军的捷报,令一切反动派闻风丧胆,屁滚尿流!"

台下响起了热烈的掌声。

黄湖也跟着鼓起掌来。等掌声慢慢平息下来,他接着说:"我人民解放军在山东战场取得了重大胜利,这充分证明,美式装备的国民党军队其实并不可怕。在孟良崮战役中,国民党最'王牌'的部队,整编第74师,就被我人民解放大军彻底歼灭,他的师长张灵甫也成了解放大军枪下之鬼。"

他还说:"目前,我军三大兵力,正大刀阔斧地直插敌人的心脏!

"我党高级将领刘伯承、邓小平领导的大军已经冲破了国民党的封锁线,刘邓大军强行渡过黄河,千里挺进大别山。这一着棋,直接威胁了国民党南京总统府,让国民党特大城市武汉的那些达官贵人惶惶不可终日!

"我党高级将领陈毅、粟裕率领的人民解放军华东野战军已经进驻了河南、安徽、江苏的一些地方,正在准备向国民党统治的腹地发起进攻。

"陈赓、谢富治领导的人民解放兵团,已经到达河南西部接应。

"这三支解放大军,在黄河与长江之间的广大地区形成了一个'品'字形的战略态势,像一把把尖刀直接插向敌人。他们的胜利对人民解放战争发展具有伟大战略意义,带动了人民解放军在全国各个战场上的战略进攻,全国的整个战争格局已经发生了根本转变!"

黄湖越讲越激动,台下的游击队员听得是又新鲜,又兴奋,备受鼓舞,他们聚精会神地听着,两眼深情地望着主席台上的黄湖。生怕听不到,听不清,听不懂。

老实说,真正的湖南官话的确很难听懂,很不容易搞明白。但是,由于黄湖在重庆工作过多年,加上他一意识到讲激动了,就尽量放慢语速,所以,这些游击队员虽然不能完全听清,弄懂,搞明白,但只要是全神贯注,认真地听,还是能把黄湖的大意思弄个八九不离十。

黄湖接着说:"1948年4月,我党中央发布纪念'五一'国际劳动节的号召,提出要迅速召开政治协商会议,召集人民代表大会,成立民主联合政府,这个提议得到了各民主党派和无党派人士的热烈响应。"

"许多有文化有社会地位的贤达已经集中到了我人民解放区。蒋介石政权已经没有什么民心可言了。国民党为了支撑内战,废除了'法币',大量印制发行'金圆券',造成物价一日三涨,两日五调,这样的结果只能导致国民政府的经济、金融秩序全面崩溃,民不聊生,政不治国。"

"国民党的腐败统治,就像一堆浮沙上的建筑,已经不起风吹雨打,就要摇摇欲坠了!"

最后,黄湖语重心长地说:"我们华蓥山游击纵队在这个时候举行武装暴动,就是要在国民党统治中心再给他放一把火,牵制住国民党的兵力,减轻人民解放军正面进攻的压力,支持全国战场的解放战争,让国民党反动派顾头顾不了尾,我们要以实际行动支持全国的解放。中共中央已经组织了在解放区的四川籍的军队干部建成'入川队',他们即日可出征来到我们这里,我们要积极配合他们入川。"说到这里,黄湖呼地站起身来,坚定地握起右拳,"只要坚持斗争,我们一定能够取得胜利!"

全场再一次爆发出雷鸣般的掌声。

接着,由渝大金领着全体游击队员,面对毛泽东主席、朱德总司令像,向全国人民宣誓表决心。

他手握拳头,慷慨激昂;操场上跟着群情激昂,精神振奋。

"打倒蒋介石,解放全中国!"

"打倒蒋介石,解放全中国!"

口号震天动地,不绝于耳,在华蓥山这个山坳里久久回荡。

激情宣誓之后,李静玲宣布纵队成立大会结束。游击队员们便散开,三三两两,聚在一起,交流思想,畅谈大中国的未来。

这次,谭刚剑带来的三支队中,有二三十名游击队员是曾经参加过下川东奉大巫起义或梁大达起义的老队员,在华蓥山的这个山坳中大家又见面了。在这种环境下见面,熟人间尤其亲切,对过去的人和事尤其在乎。他们之间有太多的经验需要总结,有太多的教训需要吸取。

谭刚剑、刘建雄,这对在下川东起义斗争中经历过生死离别的老搭档,今天在华蓥山见面,异常高兴,两人激动地双手握在一起,仿佛有说不完的话,叙不完的情。他们交流着分别后的见闻,回忆着一些往事。

"建雄,去年在板桥镇突围的时候,你先带了一小队的人从箭楼跳下,我们打了一阵以后也从箭楼侧后突围了,虽然伤亡很大,但还是跑出来几个。可是后来集结的时候,却没有看见你们小队的人,怎么回事呀?"谭刚剑回首往事,疑惑中带着无限感慨。

"唉,一言难尽啊。"刘建雄悲苦万千地说,"那天晚上,我们摸进板桥镇时比较匆忙,没有进行认真侦察就贸然冲进箭楼,结果钻进了敌人的口袋,被敌人包了饺子。后来全靠你带队来接应我们,我们才有机会跳楼突围。原定在汤溪河下游明月山白沙观集结,却不想由于下雨,箭楼背后的小河涨水了。加上有的队员是第一次参加战斗,非常紧张。带他们打仗完全不像过去带八路军正规部队那么容易。更难的是,敌人在河的两岸早有部署,射击的枪弹很密集,我们几次想从小河游到对岸突围过去,都被堵了回来,一直没有找到合适的机会再组织进攻。最后我们想反正也只有这条路,就拼了吧,带着大家硬游过去,可是最后,唉……"刘建雄伤感地回忆着。

"我就说嘛,箭楼上的枪声停下后,箭楼后面小河两岸的枪声响得像炸豆似的,我们当时还有些高兴,以为是你们得手了。"谭刚剑也回忆着当时的情形。

"得个什么手,我那个小队的队员,没几个会游泳的,两岸的火力那么密集。我一跳下河就有预感,河水太深了,根本站不住。不会游泳的人或者水性不好的人跳下来就等于去了阎王殿,好在我会浮水,入水后我就扎猛子,躲过了敌人的子弹。"刘建雄说。

"真险,你算是捡了条命,死里逃生。"谭刚剑说着紧紧地握了一下刘建雄的手。

"是啊,后来我到了明月山白沙观,等了两天,也没见到我们小队的一个队员。"刘建雄摇摇头,越发哽咽了。

"可以想象,这一年多你是怎么过来的,真是太难了。"谭刚剑拍着刘建雄的肩膀,轻轻地叹道。

"没办法,后来我听说你们也被打散了,就没有按预定计划去和你们会合,直接去了重庆,再后来被分配到荣昌,参加上川东的武装起义。"刘建雄说。

"那你是啥时到的重庆?"谭刚剑问。

"去年11月。"刘建雄说。

"哦,我也去过两三趟重庆,不过一直没听到你的消息。"谭刚剑说。

"是吗?肯定是咱们错过了,不然,早就见面了。"刘建雄说。

谭刚剑,出生在山东聊城一个大地主家庭,从小就有一种叛逆精神,还在读聊城中学的时候就积极参加抗日救亡运动。1938年,他加入中国共产党,1940年因从事学生运动被聊城中学开除。后来,他凭着高中两年的扎实功底,以中小学教师身份为掩护,先后辗转来到达县、重庆、万县和川鄂边界地区从事党的地下活动,以培养当地干部为主,也开办农民识字班,发动群众。1943年,他来到延安参加抗日军政大学学习。1945年受党派遣到鄂西开辟武装斗争根据地。1947年作为军事骨干,参加了彭咏梧领导的武装起义,与刘建雄同为起义领导成员。

翠绿的华蓥山有了久别重逢的氛围。

虽然已是9月天了,但重庆的太阳,仍然热烈得像一个大火球,透着一股子火辣,要是阳光直射到脸上,晃得让人睁不开眼睛。

按照纵队的安排,谭刚剑支队参加完纵队起义的誓师大会后,就下山回下川东地区领导武装斗争去了。

第三十六章

马组长、汪组长两个特务回到绥靖公署,分别向上司汇报了路孔镇的情况。

马组长说文兴福有许多疑点,但不能断定。

汪组长说文兴福是忠心耿耿的精英,不存在通共。

这可把上司弄糊涂了,路孔镇镇长文兴福到底通不通共?如果不通共,为啥夏布公署接连不断告他的状,游击队频繁活动,他却毫发无损,许多事情从情理上是说不过去的。

近段时间路孔镇大事小事不断,当然这不能作为怀疑文兴福的依据。进入1947年以后,共产党开始战略反攻,全国各地哪个地方不是多事之秋。要说他通共,又没半点儿证据,马汪两人一个奸诈,一个死硬,都没能抓到那姓文的任何把柄,而且乡绅百姓都说他文兴福是难得的好人,颇受拥戴。

说实话,那年头只有共产党才会被称作好人,党国官员哪能获得这样的殊荣呢?好人的背后也许本身就有问题。有一点是可以肯定的,从文兴福踏上路孔镇那一刻起他一直处在被监视之中,游击队在路孔镇倒腾的那些事,应该和他没有直接关系。

综上,可以得出两点结论。一是路孔镇一带游击队势力不可小视;二是文镇长的嫌疑不能排除。

为了保证财税命脉,必须派重兵驻守路孔镇这个夏布产业的重要基地,清除游击势力,派得力人物对镇长文兴福进行探究,避免出现更大的事情。

这次路孔镇可热闹了,由一个姓王的副师长亲自率领两个加强营开进来。特工、警队、侦探、电台一应俱全,浩浩荡荡煞是威风。

指挥部设在镇公所,一半的兵力驻在镇上,另一半则驻扎在岔路口,看上去剑拔弩张是真要和游击队大干一场。

当然,也暗含要和镇长文兴福较劲。对一个手无缚鸡之力的文弱书生,犯得着这样大动干戈吗?更何况他是一个有形有肉的大活人整天待在路孔镇上,不像游击队,蒋委员长都感到头痛,来无影去无踪。要想拿他文兴福,派上一两个人就解决问题了。

重庆绥靖公署方面觉得文镇长一点儿也不能让他们省心。从理论上讲他分明就是一个地地道道的共产党,事实上又从来没有抓住过他的把柄。对于一般人可以按照逻辑和凭空猜想办事,对文镇长来说那一套法子根本不行。他不光是办事干练,工作政绩累累,更重要的是他有不少后台,甚至有大后台,这样一个背景很深的人,谁摸着都烫手。

王副师长,四十来岁,是国军中有名的儒雅将军。副师长称将军,听起来有点稀罕,可是在国民党军队里,并不少见。

文兴福不也是个文人吗?这叫"棋逢对手",好戏连台,后面的文章自然精彩。

王副师长很特别,他不像马组长那样表面上称兄道弟,背地里却使绊子。也不像汪组长那样遇事耍横,总想让人惧他几分。他温文尔雅,诗歌、书法、弹唱,无所不通。

到路孔镇第一天,王副师长就召见了文兴福,不是训斥,而是请到下榻处,特地用上好的宣纸写了几幅书法让文兴福点评。还让文兴福也写几幅,说是以文会友,切磋技艺。

文兴福表现出一副惶恐不安的样子反复推让,王副师长坚持不准,只好勉强为之。

王副师长认真欣赏点评了一番,竭力夸赞。他还主动谈论起诗词歌赋。说他喜欢唐代诗人白居易写的东西,不光是朴实直白,行文流畅,对仗工整,更难得意景深远,寓意深刻。还煞有介事,装模作样地高声朗诵《买花》里的"一丛深色花,十户中人赋。"和《卖炭翁》里的"可怜身上衣正单,心忧炭贱愿天寒。"

白居易是中国唐朝诗词作家,陕西渭南人。早年热心救济社会苍生,强调诗歌的政治性和更多人的传诵,力求通俗。他写好诗词后就拿到老百姓当中去读,听不懂就改,直改到听懂为止。所作的诗词《新乐府》、《秦中吟》共有六十首,确实做到了"唯歌生民病"、"句句必尽规"的效果。长篇叙事诗《长恨歌》、《琵琶行》代表了他艺术上的最高成就。中年以后在官场争斗中受到挫折,虽然口头上说"宦途自此心长别,世事从今口不开",但仍写了许多好诗,为百姓做过一些好事,杭州西湖至今留着纪念他的白堤。

　　文镇长起初觉得奇怪,别人都喜欢李白、杜甫的诗文,这姓王的怎么会偏爱白居易呢,当他听到上面几个句子时,才恍然大悟,那姓王的分明是在设局,看你是否真的是做学问的人。若是,再偏再难的诗句也应知道一些。同时,也可以从一个人对哪些诗词的喜爱程度,看出他的政治倾向。

　　想到这里,文镇长立即奉迎道:"将军博学多才,对白乐天(白居易的字号)的著述都有这么深刻的心得,真是不容易。白乐天确实写了不少锦句,如《琵琶行》里的'间关莺语花底滑,幽咽泉流冰下难'和《长相思》里的'思悠悠,恨悠悠,恨到归时方始休',都是让人过目难忘的佳句。"

　　王副师长没接话,却兴趣盎然,不由自主地大声朗诵白居易的《花非花》:

　　　　花非花,
　　　　雾非雾,
　　　　夜半来,
　　　　天明去,
　　　　来如春梦几多时,
　　　　去似朝云无觅处。

　　他没等文镇长搭腔,好像要尽显才华似的,又背起了《钱塘湖春行》。当他只说了句"孤山寺北贾亭西"。

　　文镇长立刻念道:

　　　　水面初平云脚低;
　　　　几处早莺争暖树,
　　　　谁家新燕啄春泥;

乱花渐欲迷人眼，
浅草才能没马蹄；
最爱湖东行不足，
绿杨阴里白沙堤。

文镇长意犹未尽，接下来念起了《对酒》：

蜗牛角上争何事？
石火光中寄此身；
随富随平且欢乐，
不开口笑是痴人。

王副师长非常激动："不瞒你文镇长，多年来我没像今天这样高兴过。生活在军中，哪能遇上像你这样追捧白乐天的知音呢？"

"岂敢岂敢，兴福才疏学浅，只是鹦鹉学舌，跟着将军和和罢了。"

"年轻人，别这么谦虚，"王副师长笑着说："白乐天好像写过一篇《荔枝图序》，不知文镇长读过没有？"

文镇长没有客气："不瞒将军，这个《荔枝图序》我碰巧读过，那写作之地就在我们重庆府的下游忠州镇，前不久我还去过，刻有荔枝图及序的石碑至今尚在，虽然历经千年，但字迹清楚，保存完好。"

"哦，有这样的事？"王副师长有点惊讶。

"荔枝生巴峡间，这一句说出了荔枝的出产之地。"文镇长继续背："树形团团如帷盖。叶如桂，冬青。花如桔，春荣。实如丹，夏熟。朵如葡萄，核如枇杷，壳如红缯，膜如纸绡，瓤如云白如冰雪，浆液甘酸醴酪，大略如彼，其实过之。若离本枝，一日而色变，二日而香变，三日而味变，四五日外，色香味尽去矣。元和十五年夏，南宾守乐天命工吏图而书之，盖为不识者与识而不及一二三日者云。"

王副师长听完后更加惊讶："没想到你的记忆力竟然这样超群。"

"其实这也偶然，"文镇长笑着说："荔枝的事，我一直纳闷。"他望了望王副师长，见对方没做声，接着说："如今的荔枝，主产地在广东一带，过去我常想，从广东将荔枝运到长安，即便用最快的马轮番跑，至少也得五天，再好的东西也坏了,杨贵妃吃得下吗?皇上吃得下吗?"

"按白乐天的《荔枝图序》所述,问题就解决了。"

王副师长脱口接过话题:"三峡一带离长安很近,用最快的马一两天就能送到。"

"这个问题确实解决了,"文镇长满脸疑云:"新的问题又出现了。"

王副师长不解地:"什么问题?"

"就是荔枝南移的问题。"文镇长像学者探索真理一样说:"唐朝以来中国大地的气候不会越变越冷吧,既然气候变化不大,为什么荔枝的主产区从当年的三峡移到了如今的广东呢?"

"我想是广东更适合荔枝生长。"王副师长若有所思:"当年三峡之所以成为荔枝的主产区,是因为这个地方离长安近,便于运送,为了保证宫廷需求,这一带不得不大量种植。如今不同了,贵重物资可用飞机运送,来去方便,种在哪里都行。"

文镇长恍然大悟:"将军说的很有道理。或许在广东生产比三峡产量要高。"

两个人有说有笑,谈得十分投机,不知怎么的,又谈到了《盛山十二景》,那是唐代韦楚厚丞相在开州做官时的名著。

王副师长突然问:"盛山十二景所在的开州,是不是如今的开县?"

"正是。"文镇长笑着说:"东汉建安二十一年置县,名汉丰县,西魏更名为永宁县,隋朝开皇末改为盛山县,隋义宁二年为万州,唐武德元年改称开州,明朝洪武六年降州为县,从那时起就叫开县了。"

王副师长十分惊讶:"文镇长对这个县的研究很深刻?"

"谈不上,"文镇长笑着说:"我在那里教过书,小知其一二而已。"

王副师长话锋一转:"这么说来,有军神之称的刘伯承将军和盛山十二景同属开县的荣耀啰。"

他指的刘伯承,就是后来官至中华人民共和国元帅的刘伯承。

刘伯承,出身于重庆府开县一个农民家庭。上过私塾,读过高小,考入官立中学。辛亥革命爆发时他19岁,参加了学生军,第二年考入重庆陆军将弁学堂,毕业后被分配到蜀军任司务长。护国战争爆发改任参谋,由于作战勇敢,被火线提升为连长。蜀军被袁世凯打败后,部队失散,刘伯承回到开县。

1916年,刘伯承在四川组织2000多人讨袁护国,攻占丰都时被打瞎右眼。1926年,参加共产党。1927年国共关系破裂脱离国民党军队,在南昌起义失败后到苏联学习。

回国后,任共产党中央军委总参谋长。红军长征中,每遇关键时刻,他都亲临前线指挥。智取遵义城、巧过大凉山、强渡大渡河、飞夺泸定桥等等。抗日战争中,刘伯承任129师师长,他夜袭阳明堡,炸毁敌机数十架。他在神头岭巧设伏兵,一举歼敌千余名。在山西七亘村两次设伏,使日军白白多送上百余条性命。刘伯承的战争指挥艺术炉火纯青。诸如"攻击一点,吸其来援,啃其一边,各个击破";"猛虎掏心"、"釜底抽薪";"狼的战术"、"麻雀战术"、"黄蜂战术";"拖刀计"、"回马枪"等等,粉碎了日军的九路围攻,十三路"围剿",收复县城59座。

解放战争初期,刘伯承一战上党,歼敌13个师3万余人;再战邯郸,歼敌2个军。随后挥师向东,下定陶、打巨野、战滑县,直杀得国民党军队摸不着头脑,五战五捷,歼敌十个半旅,计7万余人。

"哦……"文镇长有些语塞,他还没有应对王副师长这话的心理准备。就在王副师长说出那句话的一瞬,他就已经意识到那是一个陷阱,姓王的分明是在试探他的政治倾向,承认刘伯承是开县的荣耀,显得欲盖弥彰,国民党政府的官员能肯定共产党的高官吗?不承认的话,不是显得虚伪吗?事实上有"军神"之称的刘伯承早已为开县增辉。他想了想说:"不管怎么说,刘伯承将军是一个了不起的人物,红军强渡大渡河,飞夺泸定桥,要不是刘将军指挥有方,恐怕共产党就要走太平天国翼王石达开的老路了。"

王副师长十分赞同:"这话很有道理。"

"不过,"文镇长说:"他能成功,应该源于太平天国翼王石达开的失败教训。"

"接着说。"王副师长一副很愿意继续探讨问题的样子。

"据说刘将军的启蒙老师任贤书,是石达开的部将,他一定少不了向刘将军讲述翼王的事情……"文镇长的话被王副师长打断。

"说实在的,王某真心敬佩刘将军,来路孔镇前,是叫我去驻防开县的,本人也作好了准备,唉……结果变了。"王副师长文不对题地长叹一声:"国军怎么就容不下这么好的一位军事天才呢?"

文镇长感到王副师长又在用语言设圈套。赶紧说:"也算是人各有志吧,共产党南昌暴动以前刘将军不就是国军的一名团长吗?"

王副师长失望地说:"可是他后来中毒太深,完全背叛了三民主义,背叛了国父,和国军对着干。"

文镇长故意岔开话头,自言自语道:"开县是个人才辈出的地方,自古就有开县是举子之乡的说法。"

两人你一言我一语地谈论了半天,文镇长也不讲尽地主之谊给王副师长接风洗尘请人家吃顿饭什么的,一副书生不谙世故的样子。

两人散去,各自整自己的伙食。

第三十七章

　　第二天大早，王副师长拿着一大叠上好的宣纸来文镇长办公室回访，声言是要送给他的。

　　文镇长不便推辞，只好收下，将自己祖上留下的一方端砚回赠与他。

　　王副师长高兴不已，久不言走，两人又天南地北地聊起来。

　　这次闲聊的话题有些古怪，王副师长突然说："文镇长才华横溢，想必读过曹雪芹的《石头记》吧？"

　　石头记是《红楼梦》的别称。这部书以荣国府的日常生活为中心，以宝玉、黛玉、宝钗的爱情婚姻悲剧及大观园中点滴琐事为主线，以金陵贵族名门贾、王、薛、史四大家族由鼎盛走向衰亡的历史为暗线成书。作者对现实社会、宫廷、官场黑暗，封建贵族阶级及家庭腐朽，封建科举、婚姻、奴婢、等级制度及社会统治思想进行展示。

　　以曲折隐晦的手法，凄凉深切的格调，强烈高远的思想进行描绘。

　　文镇长打了个冷战，深知对手不凡，忙说："兴福不才，但却有幸拜读这部天下奇书。"

　　"噢，"王副师长接住话头："不知文镇长读后有何心得？"按他的猜想，共产党人是不会喜欢这等悲观沉沦的读物。

　　"这书写得不错，是一部难得的好书。"文镇长不假思索："上中学时我就拜读过这本书，一连读了两遍。"

　　王副师长觉得，说这部书好也并不奇怪，特别是有学识的人，谁不觉得这书的构思巧妙,人物栩栩如生,文辞精辟……,可他还是故意问:"文镇长最喜欢《石头记》的哪一点?"

"当然是《好了歌》。"文镇长答非所问,接下来就开始背诵:

　　世人都晓神仙好,
　　惟有功名忘不了!
　　古今将相在何方,
　　荒冢一堆草没了。
　　世人都晓神仙好,
　　只有金银忘不了!
　　终朝只恨聚无多,
　　及至多时眼闭了。
　　世人都晓神仙好,
　　只有娇妻忘不了!
　　君在日日说恩情,
　　君死又随人去了。
　　世人都晓神仙好,
　　只有儿孙忘不了!
　　痴心父母古来多,
　　孝顺儿孙何见了。

王副师长傻眼了,他万万没有想到这姓文的对《石头记》会这么用心,对书中的警句能熟练背诵。他本想问文镇长是怎么记住那些句子的,没想到姓文的又背起了甄士隐解《好了歌》的句子:

　　陋室空堂,当年笏满床;
　　衰草枯杨,曾为歌舞场。
　　蛛丝儿结满雕梁,绿纱今又糊在蓬窗上。
　　说什么脂正浓粉正香,如何两鬓又成霜?
　　昨日黄土陇头埋白骨,今宵红纱帐里卧鸳鸯。
　　金满箱,银满箱,转眼乞丐人皆谤。

正叹他人命不长,哪知自己归来丧!

保不定日后作强梁。

择膏粱,谁承望流落在烟花巷!

因嫌纱帽小,致使枷锁扛;

昨怜破袄寒,今嫌紫蟒长。

乱哄哄众多方唱罢我登场,反认他乡是故乡。

到头来多是为他人作嫁衣裳!

较量到此时,王副师长觉得非常难解。如果说文镇长不是地下党,夏布公署薛义宾们为什么咬住他不肯放手,一次又一次地实名举报,列举的事件都有根有据。

王副师长又想,如果文兴福真是地下党,那就更让人难解。共产党讲"革命",干的是一个阶级推翻一个阶级的暴烈行动,言行都是激进、极端主义的。一个激进的人,怎么能对《石头记》这种低迷不堪的著述感兴趣呢?而且用情至深。"哦,"王副师长转念一想,"也许还有别的什么原因。"便问:"文镇长对《石头记》如此钻研,怕不会是也想写一部《木头记》之类的书吧。"

"哈哈哈!"文镇长开怀大笑,他明白王副师长是在拿话套他,如何就记住了书中那些警句,心想:"姓王的怎么会知道我从小就有过目不忘的本领呢?"忙说:"不怕将军笑话,我这个人胸无大志,从小就喜欢上了这个《石头记》,把世间的事情都看得淡淡的。"叹口气又说:"唉!好便是了,了便是好,若不好,就不了,若要好,须是了。"

王副师长明白,文镇长念的又是《石头记》里的警句,便机智地问:"照《好了歌》那样消沉,世上万事万物还有啥意思?人还有啥活头?文镇长像你这样的官儿当着还有啥奔头?"

"唉!"面对王副师长一连串的问题,文镇长慨然说:"将军说得一点儿不假,人活着的确没有啥意思了。这年头,一天到晚奔忙,不就是为了那些物欲吗?有什么办法,好死不如赖活,没意思也得活呀!"

文镇长看了王副师长一眼说:"不怕将军笑我没出息,面对每天这些破事儿,我真的还曾想过投河或上吊,一了百了,要不是因为我未婚妻漂亮,舍不得……"文镇长一副似有诸多苦衷,又不便说出的样子。

"是吗,有那么严重?"

文镇长接着说:"唉!蚂蚁还贪生呢。不死就得活吧,要活还得花钱,要花钱就得去挣,不管你做生意,当将军或是当个小镇长,都是为了生存,谁也逃离不了现实。"

王副师长暗自窃喜,好像找到了攻击的缺口:"文镇长说得极是,面对如今乱世之秋,除了共产党,好像没有谁不是为了活命而办差。看看党国的这些栋梁吧,强取豪夺,横行霸道,贪生怕死,得过且过……唉!"他长叹一声说:"只有文镇长是个特例,看透了世道,把差办得有声有色各方满意,不简单啊!"

"王将军,是夸兴福还是损兴福呢?"文镇长觉得,王副师长的话虽然不软不硬,却像一把冷剑,寒光闪闪,刀刀见血,分明是在说文某就是共产党。他眼下要做的,就是保持镇定,不露声色,竭力狡辩,暗暗反击。便继续说:"兴福的这些臭毛病,是从娘胎里带来的,并没刻意而为,怕是今生今世都难改了。"

"哈哈哈——!"王副师长似乎很开心的样子:"文镇长何出此言?"

"将军有所不知。"文镇长说,"兴福虽然才疏学浅,但凡是我经手做的事,总是尽力去做,能否做好,只是衡量标准,或者办差的技术水平问题。"

王副师长故作严肃地:"这也算毛病?"

这一问,激起了文镇长的谈兴:"拿路孔镇这个破镇长来说吧,既然党国给了我俸禄,我就不敢懈怠,这里的破事我就得一件一件地理吧。"接着,他说起了上任以来,在路孔镇遇上的一件件一桩桩难办的琐事。特别是六保房子全部被烧,保民无家可归,唐保长天天带人来镇上求诉,情况报到县里,县上又换个抬头一字不改地上报永川,永川报重庆,重庆发回要求县上安抚,县上说镇上自理,近千保民的生死就这样推来推去。无奈之下只好向社会求助,费了九牛二虎之力,才给六保保民弄了个勉强安生之地等等。

文镇长说得凄凄惨惨,恳恳切切,好像一点儿也没听出王副师长那些夹枪带棒,含沙射影诬他是共产党的话,十分让人认可和同情,也让人听出做一个基层官员的千辛万苦。

"唉!"王副师长又一声叹息:"国家多灾多难,王某等人又何尝不是在夹缝中求生存呢?"

文镇长定了定神,抬头望着王副师长:"将军这样手握军中大权的要人尚如此感慨,像兴福这种区区小镇长还有啥话可说。罢了罢了,换个愉快点的话题说吧。"

接下来,两个人谈起了渝西一带清朝年间的搞笑人物,怪才安世敏,文镇长便讲起了他最近听来的一个故事。

大年初一,安世敏去给邻居老奶奶拜年,空着两只手,进门说声"老奶奶新年好,世敏向奶奶拜年了"之类的空话,然后跪下来磕个头。老奶奶是个孤人,除了安世敏这样的邻居,是没人向她拜年的。

按理,拜年是要带礼物的,可是安世敏家也穷,实在没礼物好送,就随随便便去了邻居老奶奶家。进门一看,老奶奶四壁空空,早饭都还没着落呢。怎么办,总得让老奶奶过个快乐年吧。安世敏年纪小,脑子活。他站在老奶奶房里不停地打转,两眼滴溜溜的。突然,他盯住墙角的两个土陶壶不走眼。那壶肚大,口小,能容得下成人拇指伸进去。那是老奶奶老伴生前装酒的工具。安世敏如此这般地准备了一番,将两个酒壶系上绳子,拿根扁担挑着上街了。

那时的荣昌,是商人们南下湖广北去甘陕的必经之地,商贸发达,富人甚多。

大年初一,有钱人家的公子小姐,少不了拿着大把压岁钱寻找快乐。街上虽然舞龙舞狮、唱车灯、踩高跷、杂耍之类,各种各样的美食,又好吃又好看的糖人。这些东西对贫家小户孩子诱惑不小,而那些公子小姐们早已对这些廉价东西不感兴趣。

突然,街上来了个挑着两酒壶的少年,大声吆喝"一文钱一钻!两文钱一涮!"

机灵的公子小姐早已围了过去,两个酒壶上贴了字条。前边写着"一文钱一钻",后边写着"两文钱一涮"。

有位小姐就首先掏出铜钱,问少年怎么个玩法。

少年收了一文铜钱,让小姐将食指塞进前面的那酒壶,壶口太小,刚好容得下食指,小姐不知壶内何物,飞快地让指头在壶里转了几个圈获取新鲜,可是除了凉凉的,别的什么感觉也没有,于是将食指拔出,贴近鼻子嗅了嗅,然后皱了皱眉。

少年让小姐再付两文铜钱,将刚才那个食指伸进后面酒壶如此这般地晃动几下,拿出食指,让她上别处玩去。

别人问她啥感受,她昂着头:"你们付了钱玩过不就知道了吗?"

于是没玩的都争着去玩,玩过的又迅速远去。一拨又一拨挤上来凑热闹,让小小的安世敏忙得不可开交。没多久就挣了一大包铜钱,让邻居奶奶过了个快快乐乐的新年。

要问两个酒壶里装了啥?说出来让人哭笑不得。前面的是尿,后面的是清水。

既然有人花一文钱污染了自己的手指,就得赶紧花两文钱洗去。

要在平时瘦小的安世敏怕是早已被人揍扁了。

幸好大年初一,人人都盼着这年一帆风顺,不愿在这天生事。只得忍气吞声,装作什么也没发生。

王副师长揉揉笑疼的肚皮说:"文镇长真是雅俗兼具的人才。"

文镇长明白,他分明是在笑话一个文化人连这么粗俗的故事都讲得出来。细细一想,也没什么恶意。

两人又说笑了一阵,直到天黑才散去。

临别时王副师长说他的人要下去调查共产党和游击队的活动情况,请文镇长派人带路。

文镇长虽然没弄清他的用意,但还是欣然答应。

当然,用意不外乎正反两个方面。从正面讲,表示王某向文某伸出了橄榄枝,从此路孔地面上的军民可谓一家,井河两水和平相处。反面讲,是王某为文某再设的圈套,引君入瓮。

不过,文镇长觉得,不管出于什么原因,派人去总是好事,至少可以知道王副师长的人都在干些什么,以不变应万变。

人世间的事情事事难料,稍纵即逝,瞬息万变,往往事态并不每一次都按照设想发展,常常会因为这样或那样的原因偏离轨道,有时还会走向反面。

文镇长这次是"大意失荆州"。

第三十八章

华蓥山游击纵队成立的誓师大会,着实震惊了重庆绥靖公署长官张群。他气急败坏,一脸杀气,命令立即把国民革命军新编第79师调回,要求他们务必全力以赴进山"围剿",力求除恶务尽,斩草除根。

华蓥山游击纵队的成立,大大增强了人民武装力量在国民党统治区的整体实力。

寂静而古老的华蓥山焕发了青春,表现出旺盛而强大的生命力,灌木丛看上去更绿了,间或钻出的一朵朵鲜嫩的花儿更是笑得喜气洋洋。漫山遍野人头攒动,游击队员磨刀擦枪,投弹瞄准,军事训练时发出的喊杀声不绝于耳。空气中充满着渴望推翻蒋家王朝的火药味。

小溪边男女游击队员洗衣刷鞋时相互戏水打闹,充满着革命的喜悦和浪漫主义情调,也充满着游击队员们对未来美好生活畅想的朴实心愿。

华蓥山非常热闹。

这天中午,又到了游击队开饭的时候。

"黄政委吃饭了。"炊事员掀开布帘,把饭菜端进了黄湖的房间。

"好。"黄湖一边说,一边恋恋不舍地从墙上的地图中收回目光,转过身向来。

端起饭碗,他突然发现今天的饭菜与往天不同。一钵清清的稀饭,几乎可以看见里面为数可数的饭粒,佐一小碗野菜。

他突然想到什么,转身对身边的战士说:"警卫员,叫炊事员来一下。"

"是!"警卫员应声而去。

炊事员不知发生了什么,一溜小跑,来到黄湖房间的门口:"报告!"

"进来吧。"黄湖挥了挥手,"我问你,战士们最近都吃这个吗?"

黄湖曾经在游击队里立下一个规矩:因为上山的部队多,山上的粮食有限,部队驻训的时候,为了保证一线战士和伤员的体力,战斗序列的战士和伤员要吃"一类灶"。所谓一类灶就是多吃点细粮,这一类灶主要是保证冲锋陷阵的战士们。机关后勤人员包括指挥部的人员都吃二类灶。所谓二类灶就是相对于一类灶的伙食要差一点,多点粗粮,少点细粮,但也尚可果腹。

眼下这稀饭配野菜的伙食着实让黄湖有点奇怪。他想即便是机关和后勤人员,也不应该只喝米汤、吃野菜吧。

"都是吃这个。政委,粮食已经不多了,得匀着点吃。"炊事员小心翼翼地回答。

"哦——!"黄湖这才想起来,部队刚上山的时候每天吃三顿饭,最近几天每日不知不觉已经减成两餐了,他一直埋头于研究部队怎样对付国民党新编第79师的这场硬仗之中,还没来得及过问伙食上的事。人是铁饭是钢,那时油水少,一顿不吃就饿得慌。身体是革命的本钱,保证战士们的食粮就是保证革命的胜利,这可不是小事。

黄湖若有所思地说:"警卫员,请李主任到我这里来一下。"

不一会儿李静玲来了。

"政委找我?"李静玲推门进来。

"对,部队是不是没粮食了?"黄湖直奔主题。

"是的,我也正在想办法,已经派了几批人下山筹粮去了,还没回来。也安排了一些人在山上采些野菜野果。"看来黄湖主动意识到问题的严峻性了,李静玲心里原想是可以分担一些事务的,可眼下的情况已经到了万不得已的时候了,她眼里似飘过一丝无可奈何的悲楚。

"这个季节哪有啥野果?"对于华蓥山的生态,黄湖也并不是不了解。

有人说靠山吃山,靠水吃水。可是华蓥山虽然山连着山,峰连着峰,洞连着洞,沟壑纵横,是一个保存实力,养精蓄锐的好地方,但这里大多数地方属于喀斯特地貌,山是石山,不是土山。石山就意味着草木稀少,山上也长不出什么大树,以灌木为主,所以锁不住水分,即使雨下到山里,因为没有树根的盘踞,地表的水分转了一个圈就朝着山下流走了。没有地下水的积累,草木很难生长,如此循环,喜水的庄稼,根本无法在上面生存。

因此,华蓥山山上几乎没有居住的人家。

这下,黄湖感到了问题的严重性。三个支队会师才不到一个月,就到了缺粮的地步,长此以往,部队就算不被国民党的军队消灭也会被饥饿击倒。所以一定要赶紧想办法,脱离当前的困境,越快越好。

三个游击支队会师以后,只有谭刚剑支队参加完纵队起义的誓师大会后就回下川东地区领导武装斗争去了。其他两个支队,还有1000多人留在山上。每天每人吃两斤粮食,积少成多,一天几千斤,十天下来就是几万斤,虽然游击队上山前李静玲对粮食作了比较充分的准备,但也经不住几万几万斤的长期消耗呀。这种事情对于新成立的华蓥山游击纵队来说,实在是一个迫在眉睫的大问题,这样下去消耗不起啊!

事不宜迟,黄湖立即召集纵队领导开会。

会上,黄湖首先给大家分析了形势,他说:"同志们,我们华蓥山游击纵队三个支队的胜利会师,让国民党重庆行辕惊慌失措,从心理上受到沉重的打击,同时也打乱了国民党在前线的部署,收到了很好的效果。国民党从前线拉回新编第79师对游击队进行'围剿',这说明,我们成功地牵制了敌人的有生力量,已经达到了减轻人民解放军正面战场压力的目的。

"下一步的工作主要就是要扩大战果,从以下几个方面进行。一是造成更大的社会影响,让更多的老百姓知道在重庆地区有一支共产党领导的华蓥山游击队在敌人心脏活动,有了这个主心骨,老百姓会自发地来反对国民党的苛捐杂税,抗粮抗丁就更有力量了。二是紧紧拖住敌人,让国民党新编79师的上万兵力,陷在上川东地区不能自拔。我们队员里面大多是本地人,熟悉本地的人情地貌,游击队要创造更多的牵着敌新编79师5个团鼻子转山林的机会。要实现上述两点,首先要解决我们自己的生存问题。目前我们面对的形势十分严峻。首先是这么多人的吃饭问题,关于这点,大家都谈谈自己的想法吧。"黄湖召开这次会议的主要目的也就是要解决这个问题。

渝大金首先发言,他说:"目前,我们是上千人的队伍集中在一起,人多了消耗大,吃饭的问题的确不好解决。游击队派出了好几批征粮队伍出去征粮,可是因为人多量大,我们在一个地方动辄就要求征粮上万斤。老百姓虽然支持游击队,愿意给粮食,但处于青黄不接,他们自己都难以果腹,的确拿不出那么多粮食。另一方面,国民党正规军像'天女散花'一样地驻防,也不会容忍我们大量运输粮食的队伍上山。我认为,如果游击队化整为零,小股出击,各自为政,自找出路也不失为一种方式。"

对于渝大金的提议,也有同志提出疑问:"要是各自为政,队伍变小了容易被敌人吃掉怎么办?"

黄湖点点头,似乎对大家的看法都赞同:"同志们,现在的上川东地区到处都像一堆干柴,只要遇到烈火就会熊熊燃烧。老百姓对国民党已经失去信心,早就想换一个政府了,他们就是抱着这样的心情,在等待、在盼望着解放大军的到来,只要我们游击队巧妙地利用群众的心理,宣传、鼓动百姓,即便是化整为零,小股出击,各自为政,也一定能得到群众的保护,站得稳脚跟的。"

为了保证能找到最安全的解决方法,会议还对华蓥山周边地区的情况进行了认真分析,大家认为上川东的20多个县,早在第一次国共合作时期就普遍建立了党的正式组织,大革命时期,这些组织活动非常活跃,成立读书会、农民协会、妇女会,组织学生唱革命歌曲,主办工人、农民夜校,农民运动讲习所等等,在人民群众中,造成过很大的影响。特别是在抗日战争中,中共四川省委公开在重庆红岩村挂牌办公,对上川东人民群众的革命给予很大的鼓舞。共产党的所作所为,让人民群众更加明白共产党为穷人翻身解放、为民族自强、为国家振兴的政治主张。同时,这一带还是朱德、陈毅、聂荣臻、罗瑞卿、杨尚昆的故乡,有着很好的群众基础,共产党的政治主张在上川东人民心中埋下了比较深的根。因此,只要游击队严格遵守群众纪律,维护群众利益,树立人民子弟兵的形象,就一定能够得到人民群众的理解和支持,就一定能开辟新的根据地。

最后,会议决定,为了减轻总部的压力,除原来的三个支队外,新成立一个留守支队,这个支队的人数控制在250人以内,由黄湖兼任政委,李静玲兼任司令员,主要任务就是保卫大本营,保卫兵工厂,负责留守任务。除了新成立的这支留守支队,其他支队都到外线去作战,去动员农民群众,宣传农民群众创建分散小块的武装斗争形式,在敌占区四面开花,让敌人无暇顾及。

留守支队要在山上开荒种地,把山上能够种植的土地都开垦出来,哪怕是小块零星的土地也要开垦,积少成多,积水成渊,种上农作物,广种薄收也行,至少要力争蔬菜自给,只有这样我们才能掌握粮食的主动权。

对其他两个支队也作了安排。

渝大金率领二支队杨其声的队伍,主要在荣昌、大足、永川、铜梁、合川等县活动。

刘泽渊带领第一支队到广安、邻水、大竹、南充、蓬安等县活动。

刘建雄出任一支队政委。

黄湖嘱咐刘泽渊、刘建雄:"必要时可联络牛头山罗璋,这个人前一段曾经提出要与我们联合抗蒋,由于太忙还没抽出时间与他联络。你们这次过去要利用他在当地人熟地熟,长期占山为王,队伍能征善战的优势,做他的工作,争取把他作为统战对象。"

第三十九章

　　一大早,路孔镇驻军军政部官员郎少校带着两个随从来到文镇长办公室,说受王副师长派遣,前往岔路口一带侦察共产党游击队的活动。

　　文镇长胸有成竹,让人把镇警队陈队长叫来为郎少校带路。一个镇警队队长放着那么多正事不干,专门为一个行动小组带路,算得上文镇长对郎少校高看一眼,对侦察共产党游击队活动的这件事十分重视了。

　　陈队长是地下党员,是中共重庆荣昌地下党县委派来保护文兴福的。

　　昨天傍晚王副师长离开后,文镇长及时找到陈队长,交代了为下去侦察的军统特务带路的事,叮嘱他万事从宽广处着想,多长几个心眼,小心为上,如果特务们一定要在下面吃饭或住宿,千万要找可靠人家,防止出现差错。文镇长与陈队长还认真分析了可能发生的情况,研究了应对措施,还给了几个大洋,以便吃饭或住宿用。

　　陈队长欣然接受了任务,将文镇长嘱咐的那些话牢牢记在心中。

　　文镇长一向以工作热情,办差细致而闻名,他不仅为郎少校派了得力的向导,还以镇长名义亲自写了手令,内容大致是:"派镇警队陈队长协同驻军军政部官员郎少校一行四人,前来你保侦察匪情,望大力协助,违者严究!"

　　郎少校拿起墨迹未干的镇长手令看了看,非常满意,他很敬佩文镇长在戡乱时期办差仍然一丝不苟,对党国一片忠心和对军统工作的大力支持。想想过去遇见的那些乡镇长,见到军统的人就像躲避瘟神一样,勉强而为也是不冷不热,阳奉阴违,哪像人家文镇长,这么用心,这么仔细。要是所有的乡镇长都能像文镇长这样,党国还能剿匪不尽,刁民犯上吗?他转身把手令交给陈队长。

陈队长收起手令,带着郎少校一行出了门。心想,文镇长考虑得真是周全,一纸手令就解决了给地下党游击队传递信息的问题,对方见了这个,很自然地就明白官府或军统来了几人,要干什么事,可以思考采取什么样的应对策略。

为了不引起别人注意,郎少校一行全着便装,不骑马,也不坐轿或乘滑竿,一律徒步前行。

那时候交通不发达,一般场镇没有公路车道,只有山间小路供人穿行。从重庆下来的特务哪吃过这样的苦?他们走一阵歇一会儿,开始还觉得农村空气新鲜,山水优美,东张西望地观赏风景,甚至走一段路,还要假设一些意境,或指着山包说这个像什么,那个像什么,评价一番。

离镇子越来越远,体力透支越来越大。渴了,只能从小溪、水塘中或路旁人家,弄点水喝,渐渐地就疲惫不堪,到后来尽管一路上凉风习习,鸟语花香,也没有人再愿意去欣赏。

这几天早晨还有点凉风,到了上午天上烈日直照,地下热气上升,路途的劳累让他们失去了观山望景的兴致。这样走走停停,停停走走,好不容易才到了岔路口,已是正午时分,一行人还得找地方吃饭呢。

单是解决吃饭的问题并不难,岔路口不是驻着汪队长的镇保安队和一个连的国民党正规军吗?算起来那里的正规军和郎少校还是一个部队呢。

可是郎少校不同意去那里,他说要那样还不如舒舒服服待在路孔镇,何必爬山涉水千辛万苦到岔路口这个鬼地方来。既然是侦察共产党和游击队的情况,那就应该深入到最基层的民众中去,拿到最原始的第一手资料。只有基层的人才可能了解共产党游击队的行踪。

"那好吧,"陈队长说:"那就上我姐夫黎白云家去,吃住方便,说话也没顾忌。"

郎少校一听很高兴:"既然陈队长有亲戚住在这附近不远,还不赶紧带路!"

黎家是个自耕农,家有瓦屋三间,薄田山地几亩,虽无长工、短工,却比那些佃人土地或替大户打工的农民强,生活不富裕也算过得去。

一行人又走了一会儿就到了黎家,女主人见是亲弟弟带来的客人,非常高兴。搬来凉椅子,自家不够,又去邻居家借了几把。一字儿排在堂屋正中。凉椅子是用实木做成框架,竹片连成靠背,可收可张可升可降的椅子,用起来方便，躺下去舒服，只是占地有点儿宽，早年重庆的茶馆里都时兴用这个。

郎少校一行路途疲劳，一屁股坐下就起不来了，一个个跟死猪一样直挺挺躺着。

女主人端来洗脸水，也没人愿动。显然，家里的男人不在，女主人忙里忙外，张罗着服务客人。

还是陈队长耐疲劳，看上去一点儿也不觉累。他从姐姐手里接过脸盆，放在地上，给姐姐两个大洋："去整点好吃的待客。"然后将洗脸帕在水里搅了搅，拧干，双手递给郎少校。

郎少校躺在那儿顺势擦了擦脸和手，又把洗脸帕扔给陈队长，连身子都不欠一下。

陈队长将帕子抹了一些肥皂，就着那盆水搓了搓，换上一盆水，侍候郎少校的每一个随从，最后才轮到自己洗脸。他是替姐姐做事，这一带的人家总是这样，有客人进门，首先用一盆热腾腾的洗脸水相迎。

女主人是个动作麻利的角色，客人刚洗过脸，点心就上来了。所谓点心，就是每人两个糯米汤圆，用红糖做馅儿，面上漂着无数爆米花，这是待贵客的。对一般客人，就是一碗爆米花，放上一小块红糖，再用鲜开水朝上面一冲，给客人一根竹筷，让其边搅边喝，虽然里面没多少内容，但总可以混混嘴，止止渴。从表面看，贵客和一般客人的点心是一样的，都是碗面上漂着无数爆米花，碗底的内容，很难看到。可是当地人，看一眼递给他的竹筷，就什么都知道了。一般客人是一根竹筷，贵客却是一双，因为碗里有糯米汤圆，一根竹筷夹不住。

这碗点心对郎少校这样的军统特务来说，虽然不是什么好东西，但经过几小时的奔波劳累，出过一身大汗之后，是十分需要的。这东西既可填补肠道空虚，又可生津解渴。郎少校很快将那碗点心一扫而光。肚子里有了货，人的精神也渐渐好起来。

男主人回来了，裤管卷得高高，满腿是泥，看得出刚去过田里。他站在门口，呼唤女主人拿水来为他洗去腿上的泥。家里用水很方便，用一根根连接的竹筒将高处水田里的水接到厨房的水缸里。

陈队长舀了一桶水，提到屋前的小土坝边沿交给姐夫，告诉他家里来了贵客。

黎白云洗了腿上脚上的稀泥，放下裤管，赤着脚进了堂屋，腼腆地向客人打招呼："稀客来了！家里来这么多贵客，我也没抽时间来陪，真不好意思。"说完这些乡下人惯用的几句话后,顺手拿了个小凳坐在一旁,再也无话可说。看样子他宁可在田里顶着烈日劳作,也不愿坐在凉爽的堂屋陪客,这活计让人受罪。

"今年的收成怎么样?"郎少校车过身子笑容可掬地和他拉家常。

"不算好。"他说。

郎少校和男主人聊起了天气、牲畜、小孩、当地逢几日赶场等等。只字没提政治倾向、贪官污吏横行、苛捐杂税多如牛毛一类的话题。这些都是民国政府的丑行,民众无不怨声载道,又何必惹火烧身自行揭短呢。

聊了一会儿,郎少校觉得男主人少言寡语,老实憨厚,是个可以套出话来的人,便问,"听说这一带共产党、游击队多,他们经常上门骚扰吗?"

黎白云摇摇头。

"见过他们没有?"黎白云又摇摇头。

郎少校有些失望。停了停,又问:"你有没有听人说过,这一带谁跟共产党游击队有往来?"

这一次黎白云不再摇头了,他想了想,说:"罗世文和他侄子罗远志,罗远志联合华蓥山游击队攻打过路孔镇。"

罗世文是个老共产党,在土地革命时期先后任过中共四川临时省委宣传部长、省委军委书记、省委书记,参与领导了江津、荣昌、威远、广汉、梁山、德阳等地的农民暴动和兵变,并在荣昌一带公开活动,后来去了延安。抗日战争时期被中共中央派回四川,先后公开担任中共四川省临时工作委员会书记、川康特委书记。1939年底至1940年春,国民党顽固派发动了第一次反共高潮。1940年3月18日,罗世文被国民党特务逮捕,先后关押在重庆歌乐山白公馆看守所、贵州息烽监狱和重庆渣滓洞监狱。

"怎么知道的?"郎少校惊奇地问。罗世文这个公开的大共产党,从二几年到四零年就曾两度在这一带领头闹事,附和他的人很多,发展了许多共产党员。1940年3月18日,康泽在成都策划了"抢米事件",罗世文被国民党逮捕关进监狱的事,郎少校是知道的。他感兴趣的是从未听说的罗世文的侄子罗远志近期还在活动。

"听别人说的。"黎白云说。

郎少校不再问了,这是个重要情报,他要去向保长核实。

第四十章

饭,很快做好了。女主人宰了一只家养的大公鸡,又从屋后小水塘捞了一条二斤多的鲤鱼,凭这两样材料做了些乡土菜。乡下人就这样,产什么吃什么。一盘麻辣鸡,一道脆皮鱼,一钵天麻炖鸡加粉丝,一盘红苕粉烙成的饼粑炒腊肉,再加几样新鲜蔬菜,在当时可真正算得上上等的佳肴,整整齐齐摆放在堂屋中央那张八仙桌上。

桌子是按规矩摆放的,桌面木板镶嵌有缝的两边为侧席,没缝而对屋檐的一方为下席,靠墙的一方为上席。乡下人规矩大,有贵客来,总得请人作陪。一是出于对客人的尊重,二则也显示自己有面子能请动陪客。

黎白云所在的岔路口属十五保,女主人早就打发邻居将马保长请来,郎上校和马保长被推到了上席;陈队长和男主人坐了下席;郎少校的随从坐侧席。这样的场面女主人是不能入席的。

乡下人买不起好酒,主人用自家的陶壶在本保作坊大大方方地赊了十斤高粱酒。马保长拿起壶,为席上的每位斟满酒。按规矩,席上坐在他那个位置的人,自然得负责斟酒。他把酒杯高高举过头,代主人客套了一番,一饮而尽。接下来男主人举起手中的筷子,指了指那钵天麻炖鸡,说:"好客无好菜,有请各位了,多捞点儿粉丝吃,别客气。"

郎少校搞不懂了,他问主人啥意思,明明大鱼大肉摆满桌子,怎么偏叫客人吃粉丝呢?

陈队长解释说,这是当地人的习惯,或者说是一种客套。他们劝你吃菜,从来是只说配菜不说主菜。比如,明明劝你多吃鸡肉和天麻,却偏劝你多吃粉丝。又如苕粉粑炒腊肉,分明是劝你多吃腊肉,喊出来的偏是劝你吃苕粉粑。即便是脆皮鱼里没放素菜,他们在劝你吃鱼时还不能说鱼,说的是里面的调料,如葱、蒜、芹菜等等。以显示他们的谦虚朴实。

马保长赶紧插话:"说得对,说得对,我们乡下人就是这个习惯。"

这么一解释,郎少校们乐了,一仰脖子喝下了杯中的酒。他们从来没有这样喝过乡下的酒,尽管口感不是很好,还是感到畅快过瘾。

男主人也乐了。他拿起汤勺,不停地打捞钵里的天麻和鸡,挨个地奉菜,嘴里依旧谦虚地说:"多吃点儿粉丝,多吃点儿粉丝。"引得席上一阵又一阵的欢笑。

郎少校是个聪明人,在席上只字不谈公事,还不时地站起来,挽着衣袖不停地和主人一样劝酒劝菜,或是就庄稼、牲口之类的话题胡吹,弄得气氛格外热烈。

吃过饭,陈队长依旧端来热水,依次递给郎少校们和马保长湿毛巾,让大家洗过脸。

男主人说了声"失陪",挽起裤管又去了田里。女主人把一桌子碗筷和剩下的饭菜收进厨房,迅速打扫了桌子。

郎少校让陈队长拿出文镇长的手令交给马保长说:"我们到贵保来的目的,文镇长在手令中都讲清楚了。你好歹也算政府的一个官员,我也不回避,有话就直说了。"

马保长赶紧插话:"长官抬举了。既然长官信得过,有话就问吧。"这个保长是当地一位私塾教师兼职的,有文化有思想,是个"白皮红心"的人物,表面上为国民党办事,实际上却是共产党的人。他看过文镇长的手令,心里全明白了。他知道自己该怎么做。该讲什么,不该讲什么。

"听说这一带共产党游击队闹得很凶?"郎少校开门见山。

"有这么回事。"马保长一点儿也不隐瞒:"前不久这儿的据点被攻破了,听说就是那些人干的。"

"你见过共产党游击队吗?"郎少校顺势往下问。

"没见过,就是见了也不认识。听说他们的穿着打扮都和我们乡下人差不多,很难分辨。"

郎少校想了想,觉得马保长回答得合情合理,接着问:"你们保有谁是共产党游击队,或者说你知道谁是共产党游击队?"

回答依旧是否定的。郎少校便问起了罗远志联合华蓥山游击队攻打路孔镇的问题。

这一问把陈队长惊得几乎合不拢嘴。他想,郎少校怎么知道这个人呢。谁告诉他的,记得在来岔路口的路上,郎少校还在一路嘀咕,说是就这样像一群绿头苍蝇似的乱撞什么线索也找不到,弄不好会空手而归。怎么一下又说出了个罗远志,甚至还跟打路孔镇挂上边。

他知道这事不靠谱,完全是打胡乱说。可是姓郎的军统特务才不管这些呢,他可以根据这些捕风捉影的话去抓人,只要将罗远志送进监狱,用上刑具,路孔镇甚至更广的范围就要出大事了,陈队长的许多朋友都是罗远志的青帮弟子呢。

罗远志,原是路孔镇岔路口人,与陈队长是同乡,早年毕业于武汉黄埔军校第六期。

由于是罗世文的侄子,成都事件后民国政府确实整过他。后来他拜师入了青帮,在路孔一带大量收徒,成了这一带青帮的头目。不过,他的不少徒子徒孙与共产党游击队有过往来。这一点陈队长虽然不十分清楚,但他担心把自己扯出来。

如果不是因为这个原因,陈队长还巴不得将那姓罗的当共产党抓起来丢进牢里呢。在岔路口,谁都知道罗陈两个大姓家族有世代冤仇水火不容。自从罗远志成了青帮头子便不可一世,罗家人总是要压住陈家人一头。罗家人曾经放话要杀陈队长,还说文镇长纵容包庇陈队长,还纠集众人上告文兴福,被县党部书记长任宝田压了下来。

想到这里,陈队长明白了,一定是姐夫黎白云向郎少校告的状,这个平时老实巴交的庄稼人,关键时刻也懂得借刀杀人。

在陈队长思绪万千理不出头绪的时刻,马保长给出的结论让人更加惊讶,他说郎少校问的事他也听说过,岔路口一带的人都这么说。

马保长附和黎白云那些瞎编乱造的话,是有原因的。他知道罗陈两姓冤仇已到了不可调和的地步,也知道罗远志曾放话要杀陈队长。马保长猜想陈队长一定想除掉罗远志,他在郎少校面前这么说实际是帮陈队长出口气,拿人的手短,吃人的嘴软嘛。

郎少校这次下村旗开得胜颇有收获,心中十分畅快,硬拉马保长去屋外登上一个高处看了一个时辰的风景,还叉着腰指指戳戳,一副大获全胜准备收兵的样子。然后回到黎白云家吃过晚饭早早歇息。

第二天一大早,郎少校提出往回走。跟随的人再也走不动了,还是陈队长出钱,为每人请了一乘滑竿,优哉游哉地回到了路孔镇。

陈队长不敢怠慢,安顿下几个军统特务,第一时间找到文镇长汇报了关于罗远志的事。这下真急坏了文镇长,无论如何也不能让姓罗的入狱。如果入了狱,也要尽快想法救出来。陈队长知道文镇长救罗远志的真实原因,是害怕牵扯出党的秘密。文镇长打算以"青帮势力大,牵一发动全身"的理由说服郎少校。

于是,以拜望王副师长为由去向郎少校递话。刚到门口,就听郎少校正在向王副师长汇报这事,还说罗远志已经抓到,请王副师长派兵押往重庆。

人已抓了,要拦下来就不那么容易。文镇长想如果求王副师长他会往郎少校身上推,因为人不在他手上无可奈何,既不得罪文镇长,还不违背公差原则。郎少校是军统的人,他要是一口咬定重庆方面不同意放人,任你怎样努力也白搭。

文镇长见此情形到了嘴边的话又咽了回去,只是和王副师长天南地北地闲聊了一通,就离开了,那样子好像就是为聊天而来。

文镇长找到郑世蓉,让她迅速与游击队取得联系,拿些银元交给青帮弟子托镇公所去保罗远志。

郑世蓉办事迅速,不到两三个时辰就有人带着二百大洋来了。

文镇长欣然接受。他以镇长的名义向郎少校交了一份保释罗远志的呈文。说罗某是罗世文的侄子,1940 年成都抢米事件后确实被政府通缉,但事出有因。罗远志是共产党的说法现在还查无实据。况且罗远志是黄埔军校毕业的国民党别动队成员,是党国的栋梁之才。与共产党游击队绝无干联。文某作为政府的一镇之长愿为其担保。他一面向郎少校递交呈文,一面又让青帮弟子将二百大洋尽数送到郎少校手里。

郎少校凭空发了一笔横财,他心知肚明罗远志通共一说只是听人说而没有实证是不靠谱的,又有文镇长的呈文作台阶,可以就坡下驴。他还是借机装模作样地讲了一通大道理,但很快就放了人。还逢人便说:"没想到文镇长心胸这么宽广,罗远志纠集众人要扳倒他,他却以德报怨,将罗远志保了出去。"似乎抓罗远志是他郎少校为给文镇长出气似的。

郎少校得钱手软，自有一套办法去应付王副师长和重庆方面。

文镇长大大地舒了口气，一场惊险总算过去。至于如何收拾罗远志，他觉得时机还不成熟。

这天夜里，文镇长遇到一件不寻常的事。

第四十章

第四十一章

形势的发展出人意料。人民解放军在前方的仗越打越顺,越打越漂亮,胜利的消息一个接着一个,使国民党反动派惊恐万分。一方面他们准备派出代表团去与共产党谈判要求和解划江而治,另一方面他们加紧了对国统区更加残酷的统治,加强了镇乡一级的地方武装,还给每个县配备了1个团的野战军部队。

到敌人后方去!从这个角度讲,共产党的游击队确实牵制了国民党的有生力量。敌后战场的开辟,钳制住了敌人大量的有生力量,束缚了敌人的手脚,遏制住他们战略进攻的势头。正面战场、敌后战场,两个战场的同时存在,互相支持,分散了敌人的力量,他们顾此失彼,大大减轻了人民解放军正面战场的压力,对共产党掌握谈判的主动权又增加了一个砝码。

引火烧身对于游击队来说,他们生存的环境更加险恶了,开展活动也更加艰难了。敌人丧心病狂报复性的反扑,让恐怖的阴霾越来越浓地笼罩着整个国统区。

敌情有了新变化,游击队的战略部署必须马上跟着应变。

黄湖下达了命令:为了保存实力,我们要防止部队过于分散而被国民党军队吃掉的可能。蒋介石集团已经到了山穷水尽、垂死挣扎的地步,这时候的斗争是最激烈,也是最危险的。游击队从现在起改变化整为零的方式,重新整编,一切都要集体行动。

渝大金本来一直推崇分成几路队伍,各自为政钳制敌人的战术,但现在也只好把在上川东一带活动的两个支队收拢,重新组成一支近1000人的大队伍。

原本游击队是打游击战,游击战,游击战,特点就是人少、分散、出其不意、攻其不备,小股骚扰,大股来了就逃跑。这样灵活机动游刃有余,才是游击战的精髓。所以集体行动几天以后,发现部队规模过大,集体行动的确不太方便。目标太大,易暴露,后勤保障难度大,所以又只好分散为能聚能分的组团。

1948年9月至1949年1月,中国人民解放军同国民革命军进行了战略决战,发起人民解放战争的辽沈、淮海、平津三个战略性战役。

辽沈战役是中国人民解放军东北野战军在辽宁西部和沈阳、长春地区对国民党军进行的战略性决战。随后,被长期围困在长春的国民党第六十军起义,新编第七军也放下武器投诚,长春宣告和平解放。然后东北野战军主力在新立屯、黑山地区全歼廖耀湘兵团10万人,直下沈阳、营口,东北全境宣告解放。在辽沈战役中,人民解放军歼灭国民党精锐部队47.2万余人。

淮海战役是中国人民解放军华东、中原野战军在以徐州为中心,东起海州、西至商丘,北起临城(今薛城)、南达淮河的广大地区进行的。华东野战军发起对杜聿明部的总攻,全歼邱清泉、李弥两个兵团10个军约20万人。淮海战役中,人民解放军经过66天紧张艰苦的战斗,以伤亡11万余人的代价,歼灭国民党军55.5万人,使长江以北的华东、中原地区基本上获得解放。

平津战役是人民解放军按照中共中央军委先打两头、后取中间的原则,首先攻克西线的新保安、张家口,在东线,全歼天津国民党守军13万余人,解放天津。经过解放军和中共北平地下党的耐心工作,傅作义率部接受改编,北平和平解放。平津战役人民解放军伤亡3.9万人,国民党军队52万余人被歼灭和改编,使华北地区除太原、大同、新乡等少数据点及绥远西部一隅之地外,全部获得解放。

辽沈、淮海、平津三大战役,共争取起义、投诚、接受和平改编与歼灭国民党正规军144个师,非正规军29个师,合计共154万余人。国民党赖以维持其反动统治的主要军事力量基本上被消灭。三大战役的胜利,奠定了人民解放战争在全国胜利的基础。

这个消息对国统区的人民是一个极大的鼓舞。

黄湖沉不住气了,要求华蓥山游击纵队采取公开向国民党宣战的武装斗争方式,每打一次胜仗,游击队员都要大造声势,让更多的老百姓知道国民党又吃了败仗,大力宣扬共产党队伍的节节胜利。因此,国民党反动派对这支游击纵队恨之入骨,发誓要想尽一切办法坚决消灭而后快。

郑忠良叛变后,重庆绥靖公署委任他做了少校专员,还专门成立了便衣队,让郑忠良当上便衣队队长。

有的时候,人的信仰、价值观是一个人内心坚强的来源,一旦没了信仰的支撑,是非判断、精气活力也都没了,剩下的一副皮囊便也会渐渐腐掉。

郑忠良就是一个例子。当他还是党的战士的时候,面对敌人的酷刑,咬烂嘴唇都能坚持下来。当他动摇了信念,不愿意再当党的战士的时候,就抗不住昔日故交的糖衣炮弹变节了。而一旦变节,就把自律他律道德抛在了一边,破罐子破摔,自甘堕落了。

自从当上便衣队队长,这小子就带着便衣队的四五十人,昼夜不分,无恶不作,到处搜捕地下党员、进步人士和游击队员,倒是非常卖力。

他进攻的第一个目标就是带队到荣昌县清升乡去抓捕"白皮红心"的乡长缪玉阶。

缪玉阶得到组织的通知,化装成劁猪匠转移了。

郑忠良带的便衣队在清升乡公所扑了个空,颇有不爽,一顿乱骂。想到时近晌午,人乏马累。干脆就到清升场去吃中午饭。

其实缪玉阶并没走远,他突然想起还有一份文件忘了带走,便悄悄溜回乡公所附近,藏在草丛之中小心张望。

郑忠良骂够了,就带着便衣队出了乡公所。

缪玉阶是亲眼看着郑忠良的队伍向着场镇方向走的。而且还继续观察了半个时辰,直到乡公所内完全没了动静。他想,现在去取文件应该是安全的吧,便起身闪进乡公所。

哪知郑忠良这小子狡猾得很,毕竟也是带过兵的人,兵不厌诈,这是他之前对付敌人的招数,现在拿来对付自己曾经的革命同志,却灵验了。

他留了一个小组埋伏在乡公所内。

缪玉阶这一回来等于自投罗网,活生生让便衣队逮了个正着。

但是缪玉阶不愧为真正的共产党员,他知道活着逃出来的机会怕是没有了,敌人的酷刑他也听说过,他怕自己在拷打中坚持不了而变节。于是决定以死捍卫心中的理想。

在敌人押送他回荣昌的途中,恰遇小河涨水,缪玉阶趁押解人员大意,投河自尽了。

刘泽渊、刘建雄带领第一支队与渝大金分开后,主要在广安、邻水、南充、蓬安等县活动。

这天,国民党南充专署专员于富强的办公电话猛然刺耳地尖叫起来。

这一段时间"共匪"骚扰频繁,于富强像个灭火队员,手忙脚乱应付局势,心力交瘁,多夜不眠。此时正在打瞌睡,跷着双腿搭在桌子上,歪歪地披着外衣,刺耳的电话声也不能让他打起精神。他右手懒洋洋地抓起电话:"喂——!"

但对方一亮嗓子,于富强不觉一惊坐不住了,慌忙把脚放下,摆正身子,迅速把电话从右耳换到左耳,双手握着话筒,小心翼翼地说:"是郑队长吗?有什么事需要我支援!"

国民党重庆行辕曾经作过要求,各地各单位要全力支持郑忠良破获共产党的地下组织,要人给人,要物给物,要钱给钱,如有怠慢,将一查到底,后果责任自负,严重者还将受到最严厉的制裁,直至送交军事法庭。所以,国民党铁杆官员们都有些畏惧郑忠良,丝毫不敢懈怠。

于富强知道,郑忠良虽然官不大,却像一条丧心病狂的疯狗,到处乱咬,如果稍有不慎把他得罪,被他咬上一口,可就是吃不了兜着走,这数十年的努力还不就功亏一篑了。所以,表面上他绝对对郑忠良客客气气。

郑忠良在电话里告诉他,游击队露头了,还抢了一个商队的物资,希望于专员派兵围剿。

于富强语气严肃,满口答应下来,但希望郑忠良能提供更加准确翔实的情报。

郑忠良在电话那头听出于富强还有点不太相信,便加重了语气说:"于专员,这可是千真万确的事,我的人已经和游击队交上火了,你的支援要是来不了,吃了败仗,损失了兄弟,你我可都不好交代!"

于富强不敢再说什么,只得讨好地说:"马上办,马上办,绝不耽误!"

此时的郑忠良还并不知道游击队有多少人,带队主官是谁。他也是为了邀功请赏,或者是怕发现情况自己漏报,万一别人先报自己会受到上司的训斥,所以一有风吹草动,就立马往当地政府身上推。

他说的游击队是谁呢？其实,是刘泽渊、刘建雄支队的一个侦察小队。队员们在侦察一个镇布防的途中,遇到一个商队,运有油盐酱醋、针头麻线,还有布匹百货,这些东西都是游击队急需的物资。于是有的队员便起了劫财之心,带队的小队长掌握不准政策竟然同意采取收缴行动。

被劫的商贩大呼小叫惊动了乡丁,乡丁立马报告了在当地活动的便衣队。

听到消息的郑忠良马上组织了100多人的地方武装,加上他的便衣队,对游击小队迅速包围。

结果游击小队根本没办法弄走物资,只好边打边撤,在郑忠良的包围尚未扎口之前,侥幸逃了出来。

物资被郑忠良带来的人抢劫一空。

刘泽渊、刘建雄知道此事后,对小队长进行了严厉的批评,虽然游击小队没与便衣队正面交战,没有造成伤亡,也没有完全暴露游击队的实力,但游击队这次行动在老百姓中造成的极坏影响,已经无法弥补了。

于富强立马操起电话,一面将这个情况直接报告重庆绥靖公署,一面亲自调集南充、邻水两县的保安队,加上驻军的一部分来配合郑忠良的便衣队,共有七八千人,一起"围剿"刘泽渊、刘建雄游击支队。

重庆绥靖公署还要求南充专署派人到牛头山拉拢绿林土匪队伍头目罗璋,命令他里应外合,将刘泽渊、刘建雄的华蓥山游击队第一支队一举歼灭。

那个国军上校一方面大谈罗璋的队伍如果就范,国民党将给予军饷、装备、武器、社会地位等方面的好处,不外乎封官许愿那一套;另一方面又威胁罗璋说:"如果不执行绥靖公署的命令,国军将把你们与游击队一起消灭,斩草除根。"

罗璋对那个国军上校表现出极大的热情,对他开出的优厚条件唯唯诺诺。

第四十二章

游击队侦察员得到罗璋可能哗变的消息,马上报告了一支队的领导。

面对于富强拉拢罗璋的阴谋,刘建雄决定亲自到牛头山走一趟,对"山霸王"罗璋陈述利害。

这天,罗璋收到一封信,信中说华蓥山游击纵队第一支队政委刘建雄将要上山拜会他。

罗璋是只狡猾的狐狸。

尽管人民解放军势如破竹,横扫蒋匪如风卷残云,国民政府已经在风雨飘摇之中,随时都有倒塌的可能,但藏身大山深处的罗璋信息闭塞,不知大事,还没有认清形势,对国民党反对派仍然抱有幻想。

他要脚踏两只船。

他一方面怕刘建雄上山给他今后在国民政府的出路带来不便,但另一方面又怕得罪共产党,他想,万一共产党成功了,他岂不是失掉另一条出路?于是,经过反复思考权衡利弊,他还是回信约刘建雄在牛头山下的一座破庙见面。

刘建雄带着警卫员如约与罗璋见面。

见面之前,罗璋就在离破庙几里远的地方放出了警戒,他怕这次会面走漏风声,日后在国民政府面前不好交代,所以特别谨慎。其实他之所以同意这次赴约,也想借此摸摸共产党游击队的虚实。

罗璋的手下搬来两个石头,让双方领导人在庙里大堂面对面坐下。

罗璋假惺惺地说:"我一向对贵党是非常钦佩的,特别是贵党领导下的人民解放军,纪律严明,秋毫无犯,走到哪里都能得到老百姓的支持。没想到贵党会专门派出大官来和我商谈,承蒙贵党器重我罗某,有什么需要我做的尽管盼咐。"他先入为主,把自己放得很低,把刘建雄吹捧一番。

刘建雄微微笑道:"我党一直以为你在抗日救亡战争中的表现和所做的劫富济贫的事是有益于人民的,我们虽然信仰不同,但在目标上有一致的地方,这个一致就是驱赶外敌,维护国家的独立完整与统一。还有一个一致之处就是近年来你的队伍一般不伤害老百姓。"刘建雄充分肯定了他有益的一面。

罗璋一副推心置腹的样子:"是啊,我也是穷苦出身,被迫上山找饭吃,我棚子里的兄弟们绝大多数都是苦出身,都是没有办法逼上梁山的,只要过得了日子,我们是想到了百姓利益的。"他倒是讲了实话。

刘建雄接过话说:"所以嘛,我们有相同的地方,有共同的语言,谈起来应该是没什么障碍的。"刘建雄从统战的角度出发,尽量不去接触罗璋在早年曾经带人对老百姓打、杀、抢、烧的事情。

"我相信你说的话,但是不知贵党到底需要我做些什么?"罗璋有些迫不及待,他明明知道,却故意打破沙锅问到底,要让刘建雄明白无误地说出来。这也是他的狡猾之处,他要摸一摸刘建雄的底气到底有多大。

刘建雄呵呵一笑,说:"我们党从1921年成立以来就是为了给老百姓争取利益,让中国的老百姓都过上美好的生活,最终实现全人类的解放。但是,国民党反动派出于他们的阶级目的,一直阻挠我们实现这个目标,所以我们就只有拿起枪来跟国民党斗争。当年打日本鬼子是这样,今天打蒋介石反动派也是这样。我们的行动得到了全国老百姓的支持,人民解放军的胜利想必罗头领也听说过不少。我们也希望得到罗头领的支持,与我们团结一致共同对付国民党反动派,迎接解放大军进入四川。"刘建雄认真地看着罗璋,把话引入了正题。

罗璋有点心虚:"我一向与贵党没有过节,在进入绿林早期有时要点老百姓的东西也是出于生存的无奈,我的弟兄们也要吃饭穿衣,但我内心也觉得老百姓很苦。"一谈到老百姓,罗璋自知理亏,表现出一副无可奈何的样子。其实这个问题他只回答了一半,他有意在避重就轻,揣着明白装糊涂,装疯卖傻。

刘建雄并不计较,顺着他的话继续启发说:"这就对了,我们都有为老百姓办事的愿望,所以我们能够走到一起。"

罗璋忙说："那是那是。"

刘建雄又说："当前我人民解放军已经解放了大半个中国,国民党政府的日子已经不长了,因此更加疯狂地加紧了对我们游击队的打击,这是他们在作垂死的挣扎,表面强大,实质弱小,是稻草老虎,经不起折腾。我们希望罗头领与我们联合起来,共同对付国民党反动派。"刘建雄再一次把话挑明,直奔主题。

罗璋开始闪烁其词："哦,这样啊,这个事情我得和弟兄们认真商量以后再回话。"他待价而沽,故作姿态。

罗璋的小伎俩瞒不过刘建雄的眼睛,不过他还是给了罗璋一个台阶,说："我相信罗头领的弟兄们也会和罗头领一样是明白事理的,愿意做人民解放事业的功臣,愿意在全国解放以后与我们一起共同建设社会主义。"

"从我本人的意愿出发,我是非常愿意,但是这个棚子是弟兄们很不容易才挣来的,我需要听取他们的意见。"罗璋不愿领情,推诿道。

刘建雄进一步申明了立场,说："即使我们不能联合起来,我们也希望罗头领能够保持中立,千万不要与国民党反动派搅在一起,与人民为敌。这样做会误入歧途,堵死回头的路,只要我们相安无事,井水不犯河水,全国解放以后我们仍然会感谢你的。"刘建雄的态度十分诚恳。

罗璋一副假仁义样子："那是那是。不过你相信,只要有我罗璋能帮助贵党的地方,我一定帮忙。"

此时,当地的国民党势力要比共产党强大数百倍,罗璋从这次谈话中感觉到共产党在当地目前处于绝对劣势。于是在刘建雄的劝说中,他巧言令色,态度暧昧。

话都说到了这个份上,再往下说已经没有什么意义了,刘建雄只有见好就收。

起身与罗璋道别。

双方各自散去。

看着游击队的刘政委渐渐远去,罗璋却心生懊恼。他与游击队示好,是想借反蒋武装斗争之机壮大自己的力量,获得更大的利益,却没有想到,试图与游击队联合却可能招来面临国民政府围剿的危险,这个赔本生意不能做。但另一方面,从全国的势头来看共产党很难说就进不了四川,万一到那时,唉——!

第四十三章

吃过晚饭,文镇长和往常一样,又去王副师长那里聊天。他们依旧闲扯书法、文学一类主题,也聊起了当前时事中的敏感话题。

王副师长拿出一首自己写的新诗,题目叫"问津"。

> 箕子朝鲜去,
> 责齐饿首阳?
> 比干谏而死,
> 待与天磋商!

文镇长看罢,哀声长叹:"将军手握军中大权,尚有如此感慨,兴福一个小镇长,又能如何。时局一变,将军既能去台湾,也可率军起义,兴福就只能坐地等死了。"他这么说,是想试探姓王的。

王副师长却说,张群对部下那么好,谁都不愿背叛他。最后还长叹一声:"只有听天安命。"

隔了一会儿,王副师长突然问文镇长与夏布公署是什么嫌怨。

文镇长不假思索地回答:"我和夏布公署不仅有嫌怨,而且很深。"接着便将1946年夏布公署如何打死当时的路孔镇长,激起全镇上下愤怒,包围了夏布公署断水断粮,让夏布无法正常生产和运输,国民政府为了平息民愤,将夏布公署长官弄去坐了牢才算了结。从此镇上就和特税警结下深仇大恨。又将自己接任路孔镇镇长后与夏布公署的一次次纠纷说了出来。还说，镇上与夏布公署的矛盾是日积月累，谁都理不清楚，只要上街一问，谁都能说得出几条几点。

王副师长听了，说了句"难怪"！这二字勾起了文镇长的好奇心，忙问："将军，是怎么回事？"

王副师长告诉文兴福，军统原来一直怀疑他，结果下去一调查，这里的穷人富人都称赞他是个好人。他王某人察言观色，也觉得文兴福不是坏人。还说，他一到路孔镇，夏布公署薛义宾就硬说文镇长和华蓥山游击队有关系，应当迅速抓起来。他看不下去，还站出来为文兴福讲了几句公道话："打夏布公署明明是华蓥山游击队干的，打死特税警的也不是当地人。现在游击队跑了，你们抓不到什么出气的，就来捏文兴福，这不是冤枉好人嘛！"

"将军对人太好了，是党国中少有的正直人。"文镇长感激地说了一大堆恭维话。接着就大骂夏布公署那些狗官，大骂这容不下好人的世道。

王副师长和颜悦色地安慰了他一番，两人又扯到别的话题，天南地北开开心心地聊了一会儿才散去。

文镇长回到房间，洗漱后刚刚睡下，就听到有指骨轻轻叩动门环的声音。他下了床，迅速穿好衣服，打开门，一个黑影窜进屋。

文镇长打开手电筒照了照，立即认出那是王副师长手下的一个比较熟悉的参谋。他一时弄不清这人要干什么。在他猜疑不定的时候，那人不等问话自己说出一件事来。

重庆绥靖公署有个很了不起的军统特务叫芹天怀，据说眼睛很毒，凡是他到一个地方走一遭，就能判断出那里的好人坏人。至于他判断有多准，谁也说不清楚，反正上司很信任他。这个芹天怀最近要到路孔镇，目的还是确认共产党游击队在这一带的活动情况。

最后那人告诉文兴福："我看你是个好人，怕你吃亏提前把这事告诉你，等芹天怀来了，最好花点儿钱请他大吃一顿，再使点钱联络联络感情，好汉不吃眼前亏，路孔镇情况复杂，你文镇长有问题无问题还不就凭他一句话。"

这人是看文兴福太迂腐了，来点拨他。

文镇长好一阵感激，当即表示一定请芹天怀吃酒，同时请那人作陪。

那人不高兴地说："你这人就是不懂应酬，王副师长来路孔镇这么久了，我没见你请过他，最好也请请他，至于我嘛，就别客气了，我们做个君子之交吧。"说完,消失在黑夜之中。

文镇长躺在床上,翻来覆去睡不着。这人到底是为什么?是同志?为啥没按组织规定接头。是敌人试探?双方并未说出格的话或做出格的事。

至于请那个芹天怀和王副师长吃一顿饭,没有什么大不了。请就请吧,反正全社会都是这个风气。他认认真真梳理了一遍思路,觉得没有出现什么破绽,这才重新睡觉,此时天都快亮了。

这天中午,文镇长在去厨房的路上又遇见昨夜闯进他卧室的那个参谋,那参谋好像是故意在那个很少有人来往的地方等他似的。见面便说:"我昨夜说的那个芹天怀来了。他问了关于你的情况,所有的人都说文镇长这人很好,不会有问题。他还给了张名片托我转给你,说是有空一定要来拜望,你就招待他一下吧!"

"那好,我今晚在'肉根香'请他和王副师长,你也来作陪吧!"文镇长快人快语。

"不了。"那个参谋说:"如果我来了,岂不显得太没出息,为了一顿饭才来给你报信?君子之交淡如水。"

两个人相视而笑。

那天晚上,文镇长确实在路孔镇最好的酒楼"肉根香"要了个包房,专请王副师长和芹天怀吃卤鹅和土鳝鱼,当然还有任参谋长等军中要人。

文镇长让王师爷找人把郑世蓉也叫来作陪。请客的理由是文兴福要向王副师长等人介绍自己的女友郑世蓉。

席上气氛十分热烈,无非是些"酒好菜好"、"男才女貌"之类的助酒之词,只字不提共产党游击队之类的事情。

那天夜里,又有黑影到文镇长的住处敲门。这次不同,敲得很有规律。上面敲三响,下面敲两响。

敲门的动作很轻,见不回应,又重新"上三下二"地敲。文镇长明白,这是接头暗号,只有自己人才知道这么敲。他开了门,一个黑影窜进屋来,抓住他的手,叫了声"同志"。告诉他,党内出了叛徒,要他立马转移。

文镇长愕然了。他甩开那人的手,生气地说:"你是什么人?玩笑开得太大了吧。"

那人着急地说:"同志,赶快转移吧,要不就完了。"

"你是差钱花呢还是想陷害我?"文镇长更加生气:"你要是不走,我就叫彭队副送你去见芹长官!"所谓芹长官,就是新来的那个芹天怀。

来人还想纠缠,见文镇长就要出门叫人了,只好溜走。

到了门外,来人走到不远处悄悄对埋伏在那里的几个人说:"我明明是按组织的规矩去和文镇长接头,他好像什么也不懂,这下子怎么向芹长官交差?"

"该怎么交差就怎么交差!"埋伏中的一个人气急败坏地说。

来人走后,文镇长躺在床上睡不着了,翻来覆去地认真思索刚才发生的事,是特务在试探呢还是党内真的出了叛徒? 他宁可相信这是一次试探,也不愿相信党内出了叛徒,想通了也就释然了。或许以后还有张天怀、李天怀会干出这样的事来。但他也不敢否认党内出了叛徒,凭那敲门的方式一般人是想不出来的,是巧合吗? 其实,党内还真出了郑忠良这样的叛徒,只是他们之间没有发生过关系,双方不认识罢了,否则他文镇长怎么能坚持到今天。

他很快否定了自己的想法,理出了头绪,不可能也不会是一种简单的巧合。他判断这个叛徒一定是个新党员,这人缺乏党的工作经验,对党内纵向单线接头横向不联系的原则还没牢牢掌握。如果是老党员,即便是在最特殊最紧急的情况下可以超越常规,也懂得仅仅用这种方式敲开了门仍然接不上头,还得对上暗语才行。

接头暗语是因人而异、因事而异,随时都有可能变动。具体接头暗号或暗语是由上级提前决定,是非常隐秘的,第三方不会知道,只有接头的一方和被接头的一方知道。并且谁会出现在接头现场,也是一般人事先无法知道的。因为地下党实行单线联系,一般人只知道自己的直接上级和下级,要是出了问题,只要掐断他两头的关系,党的其他同志就会安然无事。

想到这里,文镇长起身穿上衣服,找到勤杂工老刘,让他立即联系上各支部,清理最近发展的新党员,找出可疑分子,确保组织安全。

第四十四章

由于李二狗一向比较积极，为地下党做过许多的事情，经住了多次考验，加之对党有强烈的向往，自己提出了入党要求。在六保保民重返家园以后，路孔镇地下党组织根据他的表现，发展他加入了中国共产党。

文镇长布置工作的第二天下午，清理的眉目就出来了，是七保李二狗新发展的党员，名叫罗有财，就是那个印冥币的人出了问题。

问题就出在制造假"金圆券"上。

李二狗为了帮助六保重建家园，找过造冥币的亲戚罗有财，让他试制了一张五百万元的"金圆券"，在请示文镇长时被立即制止了。

文镇长还十分严肃地告诫过李二狗："特务的鼻子是很灵的，闻到气味就会紧跟不放，制造假金圆券是很容易被查出的，不要将自己弄进监狱。"

李二狗认识到问题的严重性，又回去教育了罗有财。

罗有财原来也是穷人出身，本质不坏，为革命做过一些外围工作，早有参加地下党的意愿。为了拴住罗有财，不把造假金圆券的事说出去，入党不久的李二狗发展了罗有财入党。造假事件终止后为防万一，李二狗停止了罗有财的活动，罗有财只是李二狗一人的下线，跟党组织的其他任何人都没有往来过。

芹天怀到达路孔镇的前两天，文镇长担心的事情发生了。

罗有财不知出于什么目的不听李二狗劝告，私自制造了几张"金圆券"拿到市场上去买东西，很快就被特务抓获。

芹天怀来后一审问,罗有财经不住恐吓,还没用刑就竹筒倒豆子——毫无保留地全部吐了。把知道的一切统统讲了出来,连参加组织的事也供认了。当然他除了知道自己是李二狗发展入党的,别的什么也不知道。

芹天怀一面派人24小时监视李二狗,看他与哪些人联系,另一面又让罗有财夜里去与文兴福搞假接头,妄图将路孔镇的党组织一网打尽。

文兴福请示组织启动了非常时期党内应急程序,从潜伏在特务里的同志那里得到准确情报后,立即布置李二狗秘密转移,同时还安排对罗有财进行除奸,避免党组织遭受更大的损失。

李二狗接到转移指令后,心里很不平静。他觉得,自己原本是一个穷苦农民,靠种大户人家的田地过日子,祖祖辈辈都是"脸朝黄土背朝天,晴天一身灰,雨天一身泥"的农民,一年忙到头,交完东家的租子所剩无几,一家人靠挖野菜度日。是共产党的帮助,让自己明白了只有跟国民党斗争,推翻黑暗的旧社会才会过上好日子。如今自己也入了党,为党办事自己从各个方面都得到了锻炼和提高,心里也觉得很爽,身体也感到了无比的轻松。本想尽力为党多做些事,为早日解放全中国多出些力,没想到自己好心办了一件不可饶恕的事,盲目发展罗有财入党,结果罗有财经受不住敌人的恐吓,出卖了组织,给党的事业造成损失,自己有责任主动解决好罗有财的事。

他向组织提出申请要亲自处理罗有财。

组织上当然不会同意。

他却说既然特务跟上了我李二狗,那么,由我李二狗去处理他比谁都更安全。组织上再三权衡利弊之后,才勉强同意了他的请求,并要求他事成以后,要尽快撤离到安全的地方去。

当天下午,李二狗约罗有财去湖广会馆喝茶。

这种事过去的确少见。

李二狗穷得连饭都吃不上,哪有闲钱去那样的地方?

罗有财猜想是有事要谈,没准是组织上的什么人物要在那儿和他见面,便欣然答应了。

路孔镇湖广会馆的茶馆有些特别,长方形的大厅,上首搭个小台,比大厅的地面约高一二尺。台上摆张桌子和一把藤椅,椅子上坐着个说书人,手里拿个醒木,不时拍得桌子啪啪响,这一回说的是《三国演义》里的"赵子龙大战长坂坡"。

台下一溜一溜地摆着"凉椅子",每个凉椅前面放着一只小凳。

凉椅子供听书人坐,小凳供听书人放茶碗,整个大厅可容纳百来人。

李二狗和罗有财一路走来,早有特务远远地跟着。他们刚进湖广会馆,在会馆前方角落里找了两个空位坐下,要了两碗盖碗茶,特务也跟了进来,在靠后一点的地方坐下了。

听完第一个评书,李二狗站起身来拉着罗有财往厕所走。

厕所在后院,偏僻而简陋。

厕所进门的对面有道窗,那窗也很简陋,就是在墙上的一个方洞均匀地竖了些木棒,窗齐肩高。

李二狗将罗有财拉进厕所,迅速除去窗上他事先撬动了的木棒,让罗有财跳出去。

罗有财不知李二狗葫芦里卖的什么药,事已至此只好随他安排,在李二狗的推力下身不由己地跳了下去。

李二狗自己也跳了出去,然后转身将窗上的木棒恢复原状才离开。

窗外不远就是一条通往濑溪河的大道,他们沿着那条道去了河的上游。

河边有一片茂密的树林,李二狗从林子里拿出事先藏好的锄头和撮箕去河床上的沙滩开始挖土。

罗有财感到奇怪,问:"这是要干什么?"

"挖坑。"李二狗不惊不诧地回答。

"挖坑干啥?"

"埋人。"

"埋谁?"罗有财问完这句话,心想管他埋谁,我们是亲戚,他总不会把我罗有财埋进去吧。

"当然是坏人。"李二狗平静地说:"这是组织交给我们的任务,说明组织对我们很信任,我们一定得把这件事情干好。"

罗有财没再问。他想的就是要见组织上的人,他同时也知道,组织上的事不能多问。

他猜想一定是要埋夏布公署哪个狗日的,或者是党组织的哪个仇人。为了取得组织的信任,他一定要好好表现,尽力干好这件事。芹天怀答应过他,等抓住路孔镇地下党的大人物,就给他罗有财一个官儿当,还有赏金。

"等着吧,享福的日子还在后头呢。"他这么想着,似乎赏金就要到手了,于是拿了工具卖力地干起来。

那是一个比较偏僻的河湾,平时很少有人过往,前面那片茂密的麻柳林,挡住了行人的视线。即便是河心那些漂流船只上的人,也很难注意到河湾里的动静。

他们要挖一个长七尺,宽三尺的土坑。

李二狗和罗有财分工明确,李二狗在下面挖,罗有财用撮箕将松土往上提。两人配合默契效果显著,过了一个多时辰,深度就达到了六七尺。都有些累了,李二狗叫罗有财停下,把他拉上来,两人坐在坑沿的土堆上歇息。

李二狗从兜里掏出个事先准备的瓶子,里面装满了液体,是一瓶高粱酒,前几天李二狗给东家干活,东家没给钱赏了一瓶老白干儿,他没舍得喝,拿来今天派点用场。他又从身上掏出一些生花生,两个人就这么吃着花生,你一口我一口地饮酒。

李二狗说:"干地下党很危险,如果有一天我出了事,你会照看我的家人吗?"

罗有财一惊,平白无故地怎么想到了这样的事?

没等他回答,李二狗接着说:"如果你有什么意外,我会照看好你的家里人的!"

罗有财感到好笑,心想:"我已经靠了芹天怀,赏金就要到手,好日子立马就来了,哪还会有什么危险呢?"

两人一阵沉默,酒很快喝光了,花生也没了。

李二狗说:"好了,再干一会儿也就完工了,你下去让我看看,到底有多深,说不定已经差不多了。"

罗有财真的跳了下去。

李二狗盯着他说:"有财,别怪我狠心,是你做事太出格。你应当晓得共产党的纪律,单是带着特务去和文镇长接头这一项,我就饶不了你!"没等罗有财回过神来,他便一锄砸了下去,继续说道:"你放心,你家里人我会照顾的,我说话一定算数。"

一连砸了几下,罗有财弓身趴在坑壁,不再动弹了。

李二狗迅速将刚刚挖上来的那些新土填了回去,一直填得平平整整。这才找了些落叶将新土盖上,看上去跟没动过一样。

李二狗悄悄回了家,他怀疑有人跟踪,就没按组织给他的指令转移。理由是甩不掉特务的尾随，走不出七保的地界，如果硬要转移，可能有的同志会因此暴露。那样，党组织的损失会更大。

当然，组织对他作出的决定还得执行。他挖空心思想出一条妙计，挖开自家的后墙钻出去，躲过特务的视线，藏匿到后山那道悬崖上的一个山洞里。

他想，如果万一特务找到那里，他就跳崖殉职。免得经受酷刑，他怕万一自己的肉体经不起酷刑的考验而说了对不起组织的事情，那将成为千古罪人。

我李二狗绝对不要成为那种人。

再说那天跟踪李二狗和罗有财的特务在湖广会馆的茶馆掉了线，急得团团转。那人在茶馆附近找来找去，都没个线索。于是赶紧回去向芹天怀作了汇报。

芹天怀一顿臭骂之后，又派出几批人寻找，都没结果。就在他们制定出一套套方案，准备对路孔镇地下党采取更严密更凶狠的措施时，王副师长接到了重庆绥靖公署长官张群的命令，要他去总部任职，随行的军队和芹天怀等军统特务一律跟随而回。

路孔镇由一个姓文的团长从重庆带兵下来接防。

姓文的与王副师长是不同类型的两种人，文镇长没有新招是对付不了他的。

第四十五章

　　昨晚下了一场大雨,刘建雄从牛头山回来的时候已经很晚了。连夜的风餐露宿,急火攻心,疲惫不堪,加上被浇了雨,内热受了外寒,刘建雄患了重感冒,浑身乍冷乍热,终于坚持不住倒床了。

　　刘泽渊昨晚带人下山筹集粮食去了,今天早上才回来,一到驻地忙问站岗的战士:"政委在什么地方?"

　　"政委病了,睡在窝棚里呢。"哨兵指指刘建雄的住处。

　　那时游击队处境非常艰苦,为了不让敌人发现,不让老百姓受到连累,部队只能晚上派人进村,找老百姓筹集一点粮食,白天就只能在大山里猫着,保存实力。

　　刘泽渊带着警卫员快步走了进去:"政委辛苦了!"

　　一看刘泽渊来了,刘建雄坚持要支撑着坐起来:"唉,对不住了,身子不争气。"

　　刘泽渊一把将他按住:"躺下,躺下,就别起来了,有什么话睡着说。真难为你,操劳过度,又累又饿,好好休息几天,恢复了体力再说吧。"

　　刘建雄兀自摇了摇头:"唉,部队正是需要我们鼓劲打气的时候,身体却不争气。"

　　刘泽渊替他宽着心:"你就是太累。别操心了,身体才是革命的本钱,身体不行怎么能带兵呢?一定要好好休息休息。这几天的事有我顶着呢,你就放心休养吧。"

缓了一会儿，刘建雄喘息着简单地向刘泽渊介绍了在牛头山与罗璋谈判的情况，然后说："我看罗璋这个人有点悬，心事重重，巧言令色，敷衍塞责，谈的效果不怎么好，我们可能要以防范为主。"

刘泽渊倒是更直接："他就是鼠目寸光，被国民党的白色恐怖给吓破胆了，又被国民党的甜言蜜语所蛊惑所利诱，这种只想占便宜，不想担责任，风吹两边倒的墙头草我们绝对不能依赖他，我也同意还是多提防点为好。"

"嗯，"刘建雄表示赞同，"不过目前全国的大趋势他应该是有所耳闻的，他也应该为自己想想后路，我想他与我们至少可以保持井水不犯河水吧。"刘建雄总是希望人都会有善良的底线。

可这次他的想法恰恰错了。

派去的侦察兵回来报告说，罗璋到南充专署"自新"了，还接受了南充专署专员于富强的印封。

侦察员向支队长和政委讲了他侦察到的情况。

原来前天，侦察员接受任务到了拔庙镇，巧遇一个原先同在一家绅粮打短工的老乡，那人叫王二哥，背着背篼在集镇上买东西。

他径直走到王二哥面前："巧了，怎么在这儿碰上你老兄了？"

"真是巧了，你怎么也在这儿？"王二哥问，几年不见分外亲热。

王二哥说："自打你走以后，我也不干了。这年头还是出来混，自由一些，你现在在哪儿发财呀？"这是农村的一句习惯性问候。

侦察员说："我哪能发财哟，孤人一个四海为家，还不是打打短工，只要谁能让我吃饱肚子，我就到谁家去干，你呢，现在在什么地方发财呀？"

一问到这个，王二哥有些得意了："不瞒你说，我从绅粮家出来就上了牛头山跟我罗大哥干。"

侦察员说："哟，你小子混得还真不错！"

王二哥更加得意地说："算你说对咯，我现在是山寨的给养员，就是司务长，主要负责打油买盐之类的活儿，算是吃得饱穿得暖了。"

侦察员打趣道："哟，你们的罗头领还很正规嘛，学会东西过买了？"

"嗨——，"王二哥一副旧貌换新颜的语气，"近些年，罗大哥没有过去那么野蛮了，有了一些积蓄，拿东西也要给钱，对老百姓的骚扰少多了。"

他把侦察员拖到一个僻静之处，神秘地说："我们山寨已经被政府招安了，罗大哥被南充专员公署专员于富强委任为南充、广安、邻水三县联防剿共特别联络处主任。我们棚子被编为南充警察保安总队的独立中队,罗大哥说,主要是棚子里人太少,原先想人少汤稠,人少好吃饭,没想到这次收编人少就吃亏了。要是我们人多,就是独立总队啦。"

"哦,真的吗?"侦察员似乎很感兴趣。

"骗你不是人。"王二哥一本正经地说,"我们过两天就去换国民党警察的正式服装了,穿上军服,我就不是啥鸡子给养员,而是正儿八经的军需官了。"

"二哥,你真有出息。"侦察员假装十分羡慕的样子。

"你能不能拉人嘛,拉到10个当班长,拉到20个,让你小子当排长。"王二哥凑近他耳根神秘地说。

"我试试。"侦察员装作高兴地答应下来。

谈了一会儿,两人便各自散去。

原来,刘建雄前脚一走,罗璋紧跟着就到南充专署找于富强"自首革面"去了。

于富强给他一番鼓励,一番训导,说得罗璋像鸡公啄米式地直点头,于富强见这小子表面上还有洗心革面的表现,立即兑现了承诺,委任他为"南充、广安、邻水三县联防剿共特别联络处主任"。

游击队通过其他渠道确认了罗璋将在1949年1月13日,也就是刘建雄走后的第七天,将带着牛头山的土匪到最近的一个县城邻水去举行"自新"接印受封仪式,换穿国民政府警察的服装,接受南充行署专员于富强的点验。

于富强将亲自把"中国国民党重庆绥靖公署南广邻三县联防剿共特别联络处"的大印授给罗璋。

刘泽渊与刘建雄商量,认为罗璋一贯耍两面手法,骗取我党的同情和信任,他有可能已经了解到游击队目前的一些处境情况,如果点验完毕,必然成为今后南充、邻水、广安三县交界的一大祸害,与其让他将来尾大难收,成为影响游击队活动的最大威胁,不如干脆趁他这次倾巢出动去邻水换服装之机把他除掉,以绝后患。

刘建雄完全赞同,他说:"咱们打一个伏击,把罗璋干掉!"

1月12日晚上,刘泽渊、刘建雄带着游击队埋伏在牛头山至邻水县的必经之路——簸箕沟。

顾名思义，这个地方的地势很像一个簸箕，中间是簸箕的底部，比较平坦，一条大路从中间对开。

四周是簸箕沿，长满了茂密的松树，沿之外又是光秃秃的石山，是一处打游击的绝佳之地。

遗憾的是，游击队的人少了些，只有200多人，只够埋伏在簸箕沿上的松树林子里，要是人多，还可以在沿后光秃秃的岩缝处埋伏些人，那样的话，居高临下，罗璋就是有千军万马也休想过关。

游击队员申时就进了自己的阵地。

第二天天蒙蒙亮，就一直紧盯着大路，生怕放过去一条狗。

等到13日巳时，光秃秃的岩壁后面突然传来一阵声音："共产党游击队，你们被包围了，出不去了，快投降吧，国军优待俘虏，过来以后有吃有穿，还有赏钱！"

刘泽渊和刘建雄大惊，没等来罗璋的土匪队伍，国民党"围剿"的大部队却先到了，还是正规军新编79师的人马。

刘泽渊、刘建雄马上把第一中队队长刘飞、第二中队队长豹子和第三中队的队长找来商量，决定趁敌人还不一定摸清我方虚实的时候，迅速突围。

刘泽渊带着刘飞中队和豹子中队从左侧突围，刘建雄带着第三中队从右侧突围。

他们迅速确定了突围以后的集结地点。

刘泽渊的小队首先和敌人交上了火，他一边打一边喊，把敌人引了过去。

双方交战十分激烈。

刘飞带第一中队队员沿着左侧的槽沟往外跑，一股敌人追了上去。

第二中队队长豹子带着队员也冲了出去，眼看就要冲出沟外了，突然，左侧山上铺天盖地的敌人向两个中队追去。幸好有松林作掩护，游击队员拼命地奔跑，敌人在后面激烈地开枪。

左侧的枪声慢慢由近及远……

刘泽渊见左侧的敌人全部去追击一、二中队去了，迅速地跳到了右侧。

"你怎么没跟一、二中队突围，"刘建雄回头一看是刘泽渊，生气地问。

"我看你还没有完全康复，过来帮你一把。"刘泽渊不顾刘建雄的责问主动上前去保护他。

"好吧，我们一起走。"没时间做过多的交流，刘建雄带着队伍向右侧的山梁冲去。

"啪啪啪啪"，"哒哒哒哒"。步枪、机枪、手枪声像爆米花似地响起来，敌人居高临下，游击队处于非常的劣势，根本无法向上突围。

此时，三中队已经离开了埋伏地，被迫挤在光秃秃半山的一处乱石丛中，好在这里怪石林立，比较好掩护。

这时敌方的枪声停了，响起一个声音："刘建雄，我知道你在里面，你逃不了啦，投降吧。"这是郑忠良的声音。

"你这个叛徒，还有脸来见我，你要是被我抓住，一枪崩了你。"刘建雄怒从心起。

"不要唱高调，还是立足眼前，你已经被我们包围了，不是你崩我，而是要思考我崩你的事情，念你我相识一场，你投降吧，我们优待你。"

"你这个无耻的叛徒，不齿于人类的狗屎堆，臭不可闻，你根本没有资格跟我说话。"

"什么资格不资格，你马上就是我的阶下囚了。"

"鹿死谁手还不一定呢，你不要得意得太早。"

"不要嘴硬了，大家都知道你很会打仗，你过来，国民政府至少给你一个上校。我们再次联手，吃香的喝辣的有啥不能？"

"你无耻至极，人民不会饶恕你的。"

"别说得那么冠冕堂皇，你们现在连吃饭都成了问题，还有什么羞耻可言，还是立足现实吧。"郑忠良好像苦口婆心似的。

刘建雄与郑忠良打嘴仗，是在为刘泽渊赢得时间。

刘泽渊详细查看了地形，然后悄悄告诉第三小队的队员："我们先向上打枪，然后往下跑，从对面山上突围。"

"啪啪啪啪"，刘泽渊的手枪响了。

"哒哒哒哒，啪啪啪"，游击队员和郑忠良的便衣队、于富强的保安警察进行着激烈的对射。

游击队员一阵猛烈射击以后，突然转身向下冲，还没等敌人反应过来就冲到了对面。便衣队、保安警察停顿了片刻才从山上冲下来。

由于林子较大，有一部分游击队员已经在对面占领了制高点。

但是，由于身患严重感冒，发高烧，刘建雄的身体十分虚弱，突围中慢慢

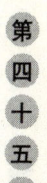

就落在了队伍后面。敌兵蜂拥而来,猖狂地叫嚣:"抓活的!"

  危险时刻,刘泽渊带领几名游击队员返身回来营救,瞄准敌兵,一枪一个,接连打倒了好几个,其余的敌人被刘泽渊们的神枪震住了,不但不敢继续向前,反而转身向着相反的方向抱头鼠窜,硬是从敌人的包围圈中救出了刘建雄。

  刘泽渊不容商量地让几个队员保护着刘建雄先往山上撤,自己断后。

  突然,"轰"的一声,一颗手榴弹在刘泽渊脚下爆炸,刘泽渊重重地倒了下去。

第四十六章

　　王副师长走了,调离了驻路孔镇防区,但关于他的事,还得说几句,他是文人,是个有文化的军人。虽然他和别的国民党军官一样,都是在操纵军人杀人。但他的方法不同,更多的是用智慧。他时时处处都要表现出文人的清高和派头,无论说话、做事或交友都是。正因为这样,他的不少下级军官都是文化人,其中也有地下党员。在这些地下党员的策动下,他的副官打算率领驻路孔镇的全体官兵投奔华蓥山游击纵队。后来因为联络方面出了差错,才未敢贸然行动。

　　新来接防的文团长就不同了,他是参谋长出身,本应该心细如丝,心眼儿如筛,可还是让人看得出他是个没心眼的人物。一到路孔镇,就召集那一带的十几个乡镇长开剿共大会。在会上大放厥词,要杀要打,火药味十足。弄得乡镇长们一个个胆战心惊。会议结束了,乡镇长们一个也不能离开,文团长还要一个一个地个别谈话。谈什么,到会的人心里都明白,他却要故弄玄虚让全副武装的军人将这些谈过话的乡镇长隔离起来,不准他们与未谈过的相互通气。尽管如此,还是有胆儿大的几个乡镇长冒着杀头的危险,借上厕所的机会向文镇长泄了密。谈话的内容无非是要与"共匪"划清界限,如果通共,为"共匪"办事,或身在曹营心在汉,就要受到党国严厉的制裁;如果对党国忠心耿耿坚贞不移,主动报告"共匪"活动情况,坚决打击"共匪"的,就会受到党国的重赏和提拔。并且那姓文的还无一例外地问到了"文兴福是否通共?"

文镇长是个厚道人，平时与别的乡镇长见面主动打招呼，办事讲友谊，为人很友善，加上到路孔镇时间不长没有什么过节，所以才有那么多人帮他。路孔镇被特务称之为共产党活动的"重灾区"，文镇长自然就被安排成最后一个谈话的人。

文团长这么做有一个重要目的，就是想多掌握些关于文镇长与共产党游击队关系的情况。同时也想从心理上给文镇长施加压力。

事情恰恰相反，文镇长则充分利用了最先谈话与最后谈话这个时间差，认认真真地整理了一下思路。对于游击队打岔路口、饥民向国家谷仓借粮、薛老爷被绑票、游击队打镇公所等等事件，甚至薛义宾等人怎样坏他的菜、上他的汤都一一做好了答案，作好准备让文团长一问到底。反正王副师长说文某人阳刚不足，书生气太重，他就干脆做个十足的书生。他决定以不大会说话，不懂世故"木讷"的书生样子出现在文团长面前。

果然，所有的乡镇长都谈完了才轮到有人把文镇长请进文团长的办公室。

文团长一副马脸，问话时虽然尽力装出漫不经心的样子，语态自然语音低缓，实质上句句都跟审问似的，根本不给铺垫过渡，一上来就单刀直入击中要害："听说文镇长过去曾经被捕过，你是怎么走脱的？"此话看似关心实则暗藏杀机。试想，许多年前被抓进监狱能脱离险境，现在有事你姓文的会不狡猾得跟狐狸似的吗？

文镇长不慌不忙："那，当然是冤枉。如果我真是共产党，团长您想想，我还出得来吗？"

"你说说，当时是怎么回事？"文团长根本不会相信文镇长的简单说词，他要打破沙锅问到底，把事情的来龙去脉弄清楚。

"事情是这样的，我教书的学校学生不满校长打人和乱收费去找校长要说法，要求学生的脸面得到尊重，不许体罚学生，考虑多数学生家庭的实际承受能力，减少学校费用。结果因为官官相护，硬说学生反映意见维护自己的权益是共产党的有组织活动，派兵弹压，又是驱赶，又要抓人，把事情搞大了。"文镇长不慌不忙，把向军统特务马组长讲的那些关于在巴中女子中学反对校长胡晓兰而被捕的情况，前前后后真真假假慨然自若地叙述了一遍。

文团长不再追问，想了想，又提出一个新的问题："你认识渝大金吗？"这个渝大金，是华蓥山游击纵队的司令，他料定文镇长不敢承认。要是不承认,就算抓着把柄了。因为不少人都说他们两人是认识的,当年渝大金在荣昌四川省立高级农业职业学院教书的时候,许多人都认识他。

"不仅认识,还有一定交情。"文镇长毫不掩饰地回答了文团长提出的问题,远比预期的来得容易,这让那姓文的暗自吃惊不小,一点儿也没想到。

"你们是什么样的交情?"文团长故作镇静地问。

"读大学时,渝大金给我们讲过话,那是抗日时期,讲的是国共合作。"

"你们常见面吗?"文团长问完这句话,嘴角很自然地向下一拉,自得地轻笑了一下。他认为鱼儿已经咬钩,他的阴谋就要实现了。

"大概有七八个年头没见面了,我大学毕业后在下江待了一段,就去了达县。据说他一直在重庆,后来在荣昌四川省立高级农业职业学院教了几年书。"

文团长对文镇长的回答,有些失望,接下来又提了新问题:"你知道渝大金是共产党吗?"这个问题看似简单,其实是不能简单地用"是"或"不是"来回答的。文团长觉得这个问题一定会难住姓文的,心里又生出一丝快意。

文镇长没有迟疑,果断地说:"抗战的时候渝大金到我们学校来演讲时是讲国共合作,句句都是团结起来打败小日本,看不出他的政治倾向。现在看来渝大金这个共产党虽说是挂了牌的,带着游击队满山遍野乱跑。可谁都知道,共产党的组织机构非常严密,我文兴福又不是共产党,也就没有充分的依据去肯定渝大金到底是不是共产党。"他看了文团长一眼:"团长您想想,我这人本来就胆小怕事,加上在巴中被捕吃过亏,既然别人都说渝大金是共产党,我还敢去沾惹他们吗?"

"照你这么说,渝大金还可能不是共产党!"文团长气得直咬牙,愤愤地说:"打路孔镇兴许还不一定是他的华蓥山游击队干的?"

"团长,我可不是这个意思。"文镇长抬高声音说:"人人都说是他们干的,我能说不是吗?况且出事以后,我派出了便衣人员下去调查,下面的老百姓都说是渝大金的手下人干的。这个也不容我有什么怀疑。"

文团长平静了些,淡淡地问:"共匪打路孔镇时为什么不打你的镇公所,你们之间有什么默契?"

文镇长微微笑了笑:"您这话言重了,这完全是属于共匪内部的问题。我对他们不打镇公所也感到奇怪。也许是渝大金念了点儿师生之情,也许是因为镇公所的城墙太坚固攻不破,或者是他们的反间计? 我也实在搞不明白。不过……"文镇长停了下来。

文团长耐不住了,连问几次"不过什么?"文镇长吞吞吐吐地说:"我真的觉得奇怪。前不久汪组长来时,共匪却不打夏布公署,专打镇公所,滑稽……"

文团长张口结舌,好一阵才回过神来往下问:"那么,打夏布公署时,你们镇公所为什么一枪不放?"

"他们不打我们,我们又何必打他们呢?"文镇长一句幼稚可笑的回答,弄得文团长脸红脖子粗,青筋暴胀一连问了好几个"什么?"眼看就要大发雷霆,文镇长连忙哀婉地叹息道:"唉!文团长,有什么办法呢?当时镇警中队都在各保催粮认捐,镇公所只有六七个人几十发子弹,如果放阵空炮,惹火烧身把共匪招来又如何对付?我的镇公所还不成了灰烬,我今天还有机会向您文团长汇报工作吗?唉!"他又叹了口气,说:"前不久是汪组长亲身经历的,共匪攻镇公所好一阵子,我们怕伤了汪组长,软下身子向特税警队求援,您猜怎么样?"

"怎么样?"文团长急切地问。

"特税警按兵不动。共匪攻打非常激烈,我们只有集中所有兵力向外打枪,共匪摸不清虚实,未敢贸然推进,僵持了一阵,看样子进攻镇公所没了指望,撤了。过了好久,特税警队薛义宾才带了百多人来,还气势汹汹地指斥一通。家丑不可外扬,汪组长在场我就忍了。我不明白这到底是怎么回事,不但见死不救,还要伤口撒盐。团长,假若您遇上这种情况,将怎么处理?"

"嗯,这个……"文团长低垂着头,不正面回答。很快,他又提出了新问题:"按一般情况,远强必有近脚。共匪来打路孔镇,你们必定比我们更清楚详细情况,你告诉我,路孔镇哪些人通共或者可能通共?"

这样的问题,文镇长是不能闪烁其词的。他必须正面回答:"那,这个,当然啰!我们肯定比你们更了解当地的情况。"想了想果断地说:"据我们的调查,路孔镇有两个人通共,一个是刘飞,一个是李老二。听说他们是专门回来报仇的。"

"你说说,他们都是什么来历,何以见得要回来报仇?"说到这里,文团长停住了。

文镇长将刘飞曾在路孔镇一些大户人家,包括薛家做长工,不愿忍受主人虐待,投奔华蓥山游击队的事说了一遍。又将李老二如何跟着别人走私、贩卖吗啡，被抓坐牢。放出来发现儿子被人拐走、妻子被人霸占，以至痛恨政府而投奔了土匪棚子，后来又随土匪被共产党收编当了游击队等情况说了个透彻。

文团长对这次回答很满意，大概这和他从其他人那儿听来的一个样，便不再往下问了。接着他又换了个非常敏感的问题："陈双白是你放跑的吗？"

这哪是一般的了解情况，这个问题敏感尖锐，简直就是审查。文镇长内心早有了准备，并不在乎文团长的刻薄，表面却装出一副既委屈又按捺不住的样子道："我说团长，我还是头一回听到您这么稀奇古怪的话呢。您可不能跟我开这样的玩笑，这种玩笑是开不得的，我老家还有七十岁老娘，我怎敢去做杀头之罪的事？陈双白明明是王总队副在押解回县城的路上放走的，这事有案可查，怎么能说是我呢？我不会背这个黑锅，我也背不起这个黑锅。"于是便将王总队副接到拘捕陈双白的命令后，未解除武装，还让其送信，后在途中逃跑的事叙述了一遍。

文团长再也无话可说，站起身，在屋里踱来踱去说："我们是奉命来剿灭共匪的，你说说，怎样才能消灭渝大金这股为害多日的共匪？"

文镇长平静地回答："你们有人有枪有特工，都拿他没办法，甚至蒋委员长也奈何不了，我这指头大一个小镇长又能将他们怎样？"

"你不能这么说，你是一方诸侯，党国把你放在这儿，你有责任！"文团长有些激动了，"共匪频繁活动在你们路孔镇一带，我们来剿匪，你总得交个匪出来让我们剿吧，我晓得你知道渝大金的踪迹。"

文镇长没想到文团长居然是个这样的货色，简直就是个无赖！自己拿渝大金没办法，向上峰交不了差，却来拿一个小镇长当出气筒。他想了想，决定不再和那姓文的纠缠，这样缠来缠去不是个办法，总得给那姓文的一个台阶下才能收场。于是放缓了口气说："文团长，您拿我当外人看待了。如果我知道渝大金的下落也就等于您知道了。您想想看，要是我了解到了什么情况，哪能不向您报告呢？一旦消灭了游击队，我多轻快呀！何苦……"

文团长愣了："那么你总该说个办法吧。难道就这样算了吗？"

文镇长心里暗自好笑，这个姓文的团长看上去气势汹汹，其实内心虚弱到了极点。他是因为找不到共产党游击队，害怕向上司交不了差，吃不消压力，才像疯狗一样乱叫乱咬，恨不能从啥地方咬出个缺口来。一旦咬得精疲力竭，缺口也没找到，就像死猪一样躺了下来，真让人可怜。

其实要拿出个什么消灭共产党游击队的办法,文镇长胸有成竹,他爽快地对文团长说:"办法是有的。要消灭共产党游击队,就要调动国民党去干。这一带几个县那么多国民党党员,难道光得好处不做事?现在正是党国大量用人的时候,他们不忠心报效更待何时?文团长来得正好,可以用您的威望发动他们。当然……"文镇长停了片刻,接着说:"我们这些乡镇长也是责无旁贷,必须严密保甲,加强哨岗。几种力量配合,就能产生很好的效果!"

文镇长的这番话,平实朴素,没有半点装腔作势,也没有半点破绽和不妥。他是比照蒋介石的老办法说出来的。事实上这个办法早就失灵了,哪里会产生多大的效果呢?可是那姓文的团长也不能因此而责怪文镇长没有好主意。于是忍气吞声不再审查了。为了缓和气氛两人又闲扯了一阵别的事情,方才作罢。

文团长与文兴福谈话后没几天,就调到荣大永三县联防指挥部作代理总指挥了,路孔镇只留下龙营长的一个正规营的兵力驻防。

文镇长刚回到镇公所,勤杂工老刘叫他赶紧去一趟夏布子弟校,说是郑世蓉有事找他。

第四十七章

"郑世蓉有事叫去一趟,她为什么不自己来?"文兴福这么想。

自从到路孔镇任上,与郑世蓉接上关系以来,这还是头一回。过去有事,郑世蓉总是自己到镇公所来,或文镇长借工作为由头到夏布子弟校去,或是通过勤杂工老刘传信,两人在约定的地点秘密见面。总之,从来都不会叫勤杂工老刘传信叫他去夏布子弟校。"是她出事了?"文镇长很快否定了这个想法。如果出事,老刘就不会叫他去了,要叫也是让他迅速转移。"哦!"他明白了,一定是有什么人物要通过郑世蓉与他见面。

文镇长怀着这样的心情到了夏布子弟校的教师宿舍,郑世蓉房前铁将军把门。

"镇长是找郑老师吧?她在教师俱乐部呢!"一位面熟的老师笑盈盈地与文镇长打招呼。

文镇长径直走进教师俱乐部,那情形让他愣住了。男男女女的教师都在打麻将,围了好几桌。

许多人招呼他:"文镇长来了!"

"镇长大人来看我们郑老师呀!"

"……"

几个平时和郑世蓉关系近的老师还来拉文兴福,不由分说将他按上了牌桌。

郑世蓉却在一旁笑而不语。

文兴福明白了,这一定是郑世蓉布的局。目的是要避开别人的视线,让他安全地去和外来的同志见面,于是他坚决不打牌,理由是没带钱。

拉他的人却说钱由郑世蓉出,他还是不答应,理由是男人不能要女人的钱。

拉他的人说借钱给他。

这下子没办法,赖不掉了。

文兴福提出个条件:"我不扳圈,头四圈我做尾梦。"

她们同意了。

文兴福这才答应与她们玩几把。

趁着当"闲家"的空当,文兴福独自再次来到郑世蓉的宿舍门口。他要去看看到底是怎么回事,郑世蓉过去是从来不锁门的,今天怎么会让铁将军把门?

原来,那门的确关着,锁却只是挂在门上。刚才是因为自己"忙人无计"看走了眼。他为自己的慌张而感到羞愧。

他轻轻推开门。

果然,房内坐着个30多岁的妇女,正在看报,一见有人进来,警觉地抬起头说:"世蓉不在,我是她姨妈,你有什么事我可以转告。"说完,她笑了,她认出了文兴福。

文兴福也认出了她。这不是别人,正是自己日思夜盼的李静玲大姐。他从重庆到路孔镇来当镇长就是李静玲谈的话,由李静玲代表地下党组织向他宣布的指示。

李静玲站起来,两人紧紧地握了握手,接着就拖了个凳子让他坐在身边。

不用接头,因为目前依旧是直接的上下级关系。

文兴福开门见山地抓紧时间将自己前段的工作作了汇报,最后请求李静玲指示并给予新的任务。

李静玲说:"我是为同志们的安全而来的。"接着,把全国即将解放,国民党反动派作垂死挣扎,疯狂屠杀革命同志,白色恐怖到了极致,组织上为了保存革命力量,迎接解放,决定将"盘红了"的同志抓紧转移的指示说了一遍。还说:"你也早就盘红了,能支撑到今天已经十分不易,无论如何得立马转移。"

听到这里,一股暖流涌进文兴福全身,革命就要胜利了,党要保存力量建设新中国,未来一定美好。他无限地憧憬着。但他很快把思绪拉回来,果断地说:"李大姐,我不能走。"

"为什么?"李静玲十分惊讶。

"我们党不可能将所有的同志都接走,那样,解放军在敌占区就没了耳目,还得留些人去斗争,去流血!"文兴福有些激动:"他们能留,我为什么就不能留下来和他们一道同甘共苦,共渡难关?"

"你已经盘红了。"李静玲平静地说:"你凭什么还能留下来和敌人斗争?"

所谓盘红,就是已经被敌人盯上了。

文兴福却不以为然地说:"国民党的军队,特务都服我指挥,我有办法对付他们。"接着便将自己在路孔镇如何与敌特斗争,与特税警斗争的那一套办法向李静玲作了汇报。他还告诉李静玲,老百姓受害太深,吃苦太多,他们真心希望共产党早一天建立新中国,他们对共产党感情最深,即便是特务抓捕他们,给他们上刑,也不会说共产党的坏话。有些有钱人或国民党的下层官员,见此时大势已去,也想卖点人情,做好好先生,将来图个方便。就是顽固派中也有一部分人已经心灰意冷,知道好景不长了,他们也会想方设法为自己的今后找出路……

李静玲犹豫了一会儿,再次与文兴福分析了形势和眼下的处境,觉得还有继续维持的条件,才答应文兴福暂时留下来,但一再嘱咐他千万小心,不可大意,还说了紧急状态下转移的方法和联系方式。

文兴福回到牌桌上,陪老师们痛痛快快地垒起了"长城",也不知道是谁输谁赢,他的心思早已不在牌上了,盘算着下一步的工作。幸好勤杂工老刘来了,说是镇上有公务,让他尽快回去。他才和牌友及郑世蓉告辞,顺水推舟离开了夏布子弟校。

刚出门,老刘就将文兴福拉到一个僻静处,悄悄告诉他,李二狗出事了。

文兴福十分诧异地问老刘:"这个李二狗,上次罗有财出事的时候,不是安排他转移了吗?"

老刘说:"他没走。"

"他到底在干什么?为啥不听招呼,怎么搞的嘛!"文兴福很不高兴。

第四十八章

郑忠良叛变了革命,当了无耻的叛徒,虽然被授予国民党少校军衔,任便衣队队长,但他自己清楚,国民党西南长官公署的人对他并不放心。

余鹏举曾经说过:"这样的人在共产党方面能反水,到了国民党就不会反水吗?"

看来叛徒在人们心目中是不可能有什么地位的。所以他虽然在华蓥山周边地区"剿匪",他的妻室儿女却在重庆国民党保密局西南特区区长兼西南长官公署二处处长余鹏举手中作为人质。

同时,共产党也最恨叛徒。过去在城市地下工作中成立有专门的除奸组织"中共特科"。中共川东临委虽然没有专门的"中共特科",但对叛徒是绝对不能容忍的,总是要想方设法除掉的。一方面除掉叛徒,可以保护自己的同志。另一方面,除掉叛徒杀鸡儆猴,以儆效尤,可以让一般的软骨头知道叛变的下场而不敢轻易叛变。

郑忠良十分清楚,他现在两头不是人,只要稍有不慎,便会被共产党的除奸队干掉,或者被重庆绥靖公署的人除掉。所以,别看他成天咋咋呼呼,其实内心十分忐忑,十分发虚,十分空虚,心情糟糕透顶。每日"清剿"回到营地就以喝酒麻醉自己。

与华蓥山游击纵队的战斗,于富强虽然没有吃到什么香饽饽,但总算看到了游击队的存在,并且还真枪实弹地与他们干了一场。重庆国民政府对他进行了通报表彰。

不过,这个功劳本应归功于郑忠良,是他发现并报告给南充专署于富强的。所以于富强决定要犒劳犒劳郑忠良。他让郑忠良的便衣队到邻水县城去住两天,这可是久违了的好事情。

自打便衣队成立以来,郑忠良就按照重庆绥靖公署的要求,到农村去寻找华蓥山游击队的踪迹,并且配合当地政府武装,全力消灭。所以,这些天便衣队晓行夜宿,奔波劳顿,穿梭于乡镇之间,还从没在县城里逍遥过呢。

听说于专员安排便衣队进城住两天,便衣队这群流氓早就按捺不住了。

进城的第一天一个个就喝得酩酊大醉,像死猪般地睡了个日上三竿,白白放过了一个繁花锦绣的夜生活。

第二天下午不到申时,这群流氓又下饭馆开始喝酒。

席间,一个小头目不知出于什么目的借着醉意说:"郑队,县城春花楼来了个华蓥幺姑,很有姿色哦!"

"这等美人应该让我们郑队长享受享受嘛!"其他小头目你一言我一语地纵容着说。

"此事当真?"郑忠良瞪着血红的双眼盯着那小头目。

"当真,兄弟我专门为郑队长打听过。"小头目说。

"你怎么知道是在春花楼?"郑忠良问。

"进城前在双十镇就听说了,今天上午,小的为郑队专门去踩了点,春花楼的门房老头确认了这事。"小头目得意地说。

郑忠良想,出来这么些天了,也没尝过女人味,既然有这等好事,千万不可放过,如果今晚再来个酩酊大醉,岂不失去了机会,要是等到下次还不知又是猴年马月呢? 于是,他便不再大口喝酒了。

"据说这华蓥幺姑可有能耐了。"小头目眉飞色舞侃侃而谈。

"怎么个能耐法?"其他人的兴致已被那小头目勾引起来,跟着起哄,个个两眼放光。

"据说,见过她的人都魂飞魄散。"小头目神秘兮兮地说。

郑忠良叫过一个便衣队员,对他耳语了一会儿,然后拿出名片,交给那个队员,那队员下楼而去。

"要是跟她上了床呢?"有人问。

"据说舒服得都被融化了。"小头目陶醉地往后一仰,由于自己没有拿捏得住,结果靠翻了椅子,跌了个四仰八叉,碗筷跌落一地,美酒洒落一地,引得大家笑破肚皮。

郑忠良也开心得笑得泪眼朦胧。

这个开心果,提高了喝酒的雅兴,大家铆着劲,又喝了一阵烧酒,一个个都醉得差不多了。

郑忠良没醉,他是个有心有计的人,他要去会会这华鋆幺姑。

离开了饭桌,他带了几个便衣队员,离席向春花楼走去。

"老总,难得您来光临,让小楼蓬荜生辉,热闹非凡哪。"郑忠良刚在春花楼门前露面,春楼妈子就热情地迎了上来,旁边还跟着那个从酒楼取走名片,点头哈腰的便衣队员。

原来这郑忠良真有心计,早就安排这小子到春花楼报大名打招呼排队来了。

那妈子对郑忠良挤眉弄眼讨好地说:"我已安排幺姑在房内等着老总呢!"

此时的郑忠良觉得很有一种高人一头的成就感。

妈子带着郑忠良上得楼来,推开门。那华鋆幺姑迎上前来:"老总光临寒舍,小女子无上荣光。"随即关上房门。

郑忠良抬眼打量这位女子:全裸的身子罩着一层薄如蝉翼的睡袍,雪白的身子在玻璃灯的影映下,若隐若现,小胖而不累赘,凹凸有度。

幺姑倒过茶水抬起头来,额前的刘海儿细密而柔软,一双水汪汪的大眼含情脉脉,鼻梁轮廓分明,樱桃厚唇小嘴,白皙的脸上印着一对不深不浅的酒窝。这模样,这身段真让人魂飞魄散,撩拨得郑忠良心花怒放,顾不得礼节和铺垫,上前一把将幺姑揽进怀里,双手拦腰一搂,把幺姑长长地抱在手上,急步扔到床上。

幺姑也不说话,顺从地褪掉睡袍,深情地望着郑忠良,做出一副真心迎接的样子。

郑忠良三下两下抓掉自己的衣裤,裸身压了上去。

不知是喝酒太多,还是别的什么原因锁住了阳气,他在上边使劲了半天也没有什么成果。

这时,幺姑看着满头大汗的郑忠良,来了温存,建议她睡上面,又倒腾了半天,郑忠良还是没有得到满足。

折腾了一个时辰,郑忠良的一股液体终于从腰部滑了下来。郑忠良心酥了,腿部四肢酥了,连筋骨皮都酥了,被这个华銎幺姑彻彻底底融化了。

郑忠良为了长期占有华銎幺姑,便向她吹嘘自己过去是一位大学教师,诗词歌赋,琴棋书画,吹拉弹唱,无所不会,无所不精。

"真的吗?"这小女子来了精神,一下子翻身用手衬着下颌,含情脉脉地望着郑忠良。

"骗你不是人。"郑忠良赤裸地躺着,眼睛望着床罩顶,故意不看她。

幺姑把他的脸扳弄了一下:"你给我讲讲。"

每个少女都曾经有过自己的憧憬,虽然卖身为妓,那是出于无奈,对于美好的追求和向往却都是相同的。

"好,你听说过《西厢记》吗?"郑忠良卖了个关子。

"没听说过。"幺姑坦然地说。

"那我就给你讲一讲。"郑忠良从头到尾地讲了起来:

唐朝的时候,在皇宫里做相国的崔老爷死了,他的夫人郑氏带着女儿崔莺莺,送丈夫的灵柩回到老家河北安平县安葬,灵柩行到中途因为前方大雨流石走不了,一行人暂时住在普救寺。

这年崔莺莺十九岁,针织女红,诗词书画,无所不能。父亲在世时,已将她许配给母亲郑氏的侄儿郑尚书的大儿子郑恒。

这天,小姐与红娘到普救寺大殿外玩耍,碰巧遇到书生张生。张生本是西路人,礼部尚书的儿子,但父母双双早亡,家境贫寒。他只身一人到京城赶考,路过河中府,忽然想起他的拜把兄弟杜确就在蒲关,于是住了下来。听说,这里有座普救寺,是则天皇后的香火院,景致很美,三教九流,过往者无不瞻仰。

张生巧与小姐、红娘相遇,见到莺莺容貌俊俏,赞叹道:"十年不识君王面,始信婵娟解误人。"为能多见上几面,便找寺中方丈借宿,住进了西厢房。

张生从和尚那里知道莺莺小姐每夜都到花园烧香。

夜深人静,月朗风清,僧众都睡着了,张生来到后花园内,偷看小姐烧香。随即吟诗一首:"月色溶溶夜,花阴寂寂春;如何临皓魄,不见月中人?"莺莺也随即和了一首:"兰闺久寂寞,无事度芳春;料得行吟者,应怜长叹人。"

张生夜夜秉烛，苦读经书，感动了崔莺莺，她对张生产生了爱慕之情。

土匪孙飞虎听说崔莺莺有"倾国倾城之容，西子太真之颜"。便率领五千人马，将普救寺层层围住，限老夫人三日之内交出莺莺做"压寨夫人"，弄得大家束手无策。

崔莺莺倒是刚烈，宁可死了，也不愿被贼人抢去。

危急之中夫人说："不管什么人，只要能杀退贼军，扫荡妖氛，就将小姐许配给他。"

张生的拜把兄弟杜确，是当今武状元，任征西大元帅，统领十万大军，镇守蒲关。张生用缓兵之计，稳住孙飞虎，然后写了一封书信给杜确，三日后，杜确的救兵打退孙飞虎。

崔老夫人在酬谢席上以莺莺已许配郑恒为由，让张生与莺莺结拜为兄妹，并厚赠金帛，让张生另择佳偶，这使张生和莺莺都很痛苦。

丫鬟红娘安排他们相会。

夜晚张生弹琴向莺莺表白自己的相思之苦，莺莺也向张生倾吐爱慕之情。

自那日听琴之后，多日不见莺莺，张生害了相思病，趁红娘探病之机，托她捎信给莺莺，莺莺回信约张生月下相会。

夜晚，莺莺在后花园弹琴。

张生听到琴声，便翻墙而入。

莺莺反怪他行为下流，发誓再不见他，致使张生病情愈发严重。

莺莺借探病为名，到张生房中与他幽会。

老夫人看莺莺神情恍惚，言语不清，行为古怪，便怀疑他与张生有越轨行为。

于是叫来红娘逼问，红娘向老夫人替小姐和张生求情，并说这不是张生、小姐和红娘的罪过，老夫人不该言而无信，让张生与小姐兄妹相称。

老夫人无奈，告诉张生如果想娶莺莺小姐，必须进京赶考取得功名。

莺莺在十里长亭摆下筵席为张生送行,她再三叮嘱张生休要"停妻再娶妻",休要"一春鱼雁无消息"。

张生果真考得状元,写信向莺莺报喜。

这时郑恒来到普救寺,捏造谎言说张生已被卫尚书招为女婿。

崔夫人再次将小姐许给郑恒,并决定择吉日完婚。

成亲之日,张生以河中省省长的身份归来,征西大元帅杜确也来祝贺。

真相大白,郑恒羞愧难言,含恨自尽。

张生与莺莺终成眷属。

华蓥幺姑听得如痴如醉,被故事中的张生与崔莺莺的爱情感动得差点掉泪。

"太好了,太好了!"幺姑称赞道。

郑忠良讲这个故事的目的幺姑是听明白了的。她想这么温文尔雅的大学教师,这么渊博的知识,又是便衣队的头目,这样的靠山真是打着灯笼也难找。

郑忠良彻底征服了这位女子。

从此,她一心一意地只等着郑忠良来发泄,宁愿少挣钱也坚持不接其他客人。

第四十九章

　　对于文镇长一连串的提问,老刘只回答:"我也不清楚。"接着,他说出了消息的来源,是永川方面传来的,说是李二狗是被三县边境联防指挥部抓走的。指挥部传出话,说李二狗已经供出八十多个地下党员的名字。对李二狗被捕前的一些情况,老刘也作了简要的汇报,他是从七保的同志那里得来的消息。

　　李二狗由于被特务跟得紧,担心在转移时暴露,牵扯出其他同志。就在自家后山崖上的一个山庙里藏了起来,与外界断绝了一切往来,跟踪的特务掉了链子,一时半会儿也没找到他。

　　谁知天有不测风云,人有旦夕祸福。

　　李二狗的奶奶突然暴病而死。

　　李二狗是奶奶带大的,与奶奶有着特别深的感情。当他得知这个消息后悲痛万分,趁着夜深天黑溜回家,想看奶奶最后一眼,谁知国民党反动派曾发出布告,如果李二狗回家,知情不报者将受到连坐的处罚,胆小的邻居发现了李二狗就告了密,被特务抓了个正着。李二狗真是后悔不已,当即挣扎想跳进门前的水塘一了百了。谁知好几个特务对付他一个人,哪有他挣脱的机会,这才被送到了永川。

　　文镇长当即判断,李二狗供出八十多个地下党员的消息是假的。理由一,李二狗是个苦大仇深的贫苦农民,对党有一份特别的感情,他疾恶如仇,还曾经亲手处理过叛党分子,是一个坚定的共产党员,绝不会出卖同志;理由二,即便他受不住酷刑,招了供,也不可能供出那么多人来,他毕竟是个基层党员,只有纵向的上下级关系,平时与其他党员没有多少横向联系,知道的人并不多,更何况整个濑溪河支部都没有八十多个党员。综上所述,李二狗叛变一说,是特务们的离间计,是他们造出谣言来试探地下党的动静的。

为了弄清李二狗的真实情况,设法将他营救出来,文镇长决定亲自出马,到关押李二狗的地方去活动活动。他把镇上的事暂时交给师爷打点几天,过去这样的事是比较多的,镇长出门办事很正常。但有一点他是很清楚的,从路孔镇到永川,沿途关卡不断,一个接一个。要通过这许多关卡,对谁都不是一件易事,特别是对身为一镇之长的他,更是难上加难。一批又一批的特务和军警来过路孔镇,有几个不认识他呢?因此,要想顺利到达目的地,必须事先备好过关卡的路条,同时还得将自己化装成一个熟人认不出来的人。

文镇长未雨绸缪,制定了一套又一套的预案,也准备好了路条和化装用的必需品,反复检查没有发现什么不妥才准备动身。

刚刚出门,有人拦住了他,是驻军的龙营长。

"文镇长要出门吗?"

"哦!"文镇长说:"下乡去给贵部弄点粮油。"龙营长前几天就提出所部没粮没油了,请文镇长补充。文镇长当时也答应过。

龙营长拦住他:"你不必去,我们不要油了,我们马上要转驻永川,到那边再说,就不用你费神了。"

"哦,是这样?但我还得去。"文镇长赶紧说:"贵部不要油了,别的部队来了还得要油哇。况且,我下乡还有些别的事呢。"

龙营长伸手抓住文镇长说:"你千万不能走,我是特地来找你的。"边说,边从口袋里掏出个东西递给文镇长。"这是荣大永边境联防指挥部的通知,让你立马去开会。"文镇长一看是文团长签署的通知。

"我快卸任了,还是让新镇长去吧。"文镇长故意这么说。本来他一听说去指挥部开会就动了心,心想,"那不是正好吗,省得化装过关卡呢。"嘴里却装着不愿去的样子。

"不行,"龙营长斩钉截铁地说:"你非去不可,这次是点名通知的。"

文镇长继续假装推辞:"我就要卸任了,去也无用,我坚决不去。"

"文镇长,我看你这人太好了,才对你说实话。"龙营长见他不动心,开始来软的了:"行辕张群长官手下的团长,第一能干就数我们文团长。他召集的会你不参加,今后的事就很难说了,我还是劝你去的好。"

文镇长也装着软了下来:"龙营长,您想想看,像我这种情况,去了又能干啥?"

"不去也得去,不去不行!"龙营长连连摆手:"你不去开会,连我都交不了差。你赶紧准备一下,我们一道出发。"

话说到这个份上,谁也没有再说什么的必要了。

回到屋里,陈队长过来提出了一个严肃的问题:"龙营长为啥生拉活扯让你去,会不会又是一次鸿门宴?"

文镇长一心只想着能顺利过关卡去营救李二狗,还真没想过是否是一次鸿门宴的事。于是暗暗派出勤杂工老刘,送出消息,请组织上派人打探荣大永边境联防指挥部是否真的要召开几县边境乡镇长会议。

指挥部设在永川窄口子,等探明情况后由老刘赶到岔路口向文镇长报告,如果情况严重,文镇长就在中途借机溜走。

当然这是一着险棋,这一招很难办。但目前是箭在弦上,没有回旋的余地,难办也得办,只好楚河汉界动棋子——走一步看一步,到时再见机行事。他预计龙营长一行夜宿岔路口。

事情算是基本安排妥当。但陈队长仍然不放心,他说他是组织上特意安排来保护文兴福的,在情况不明的状态下,无论如何也不能让文兴福冒险去窄口子,他这样做是对组织负责。如果文镇长非去不可的话,那就两人一起去,他必须尽到保护的责任。

文兴福坚决不同意,但陈队长却十分坚定地说:"要死,我们死在一起!"

文兴福严肃起来,批评他太糊涂,你以为这么莽撞从事就是对党负责了?这恰恰是敌人想要的结果,恰恰是敌人巴心不得的事情。对敌人来说多杀个人少杀个人无所谓,反正都是个杀。可是对我们的组织来说多牺牲一个人就多了份损失,我们党组织培养一个人容易吗?这几年损失已经很大了,我们再不能这么赔本了。

他生气地说:"既然你是组织上安排来保护我的,那你就必须听从我的命令,我现在命令你,不许去!"

陈队长没办法了,文兴福是他的上级,下级服从上级的纪律他是知道的,他必须执行命令。他想了想又提出了新的意见,建议文镇长花点钱,为龙营长所部排以上军官和文兴福本人分别请个滑竿,这样既可以拉近和军官们的关系,又可以缓解自己的疲劳以便养足精力,到窄口子派用场。

文镇长欣然同意。

镇公所的同事们都来为他送行,不知他们都听到了些什么,有的含着热泪。

文兴福想:"人的情感这东西真是无法用语言来表述。不就参加一次小小的会议嘛,怎么就像生离死别似的!"

一行人出了镇公所,军队走在前面,文兴福在后面。

文镇长坐在滑竿上,眼睛半睁半闭,看似在养神,其实他是一面观察那些军人的动静,一面在思考如何应付可能发生的事情。

一路走去,到了岔路口,已是半夜时分。从路上的情况看,他的行动还没有受到明显限制,看不出有被那些军人押解的情况。

老刘回来了,等在岔路口的一个联络点向文兴福作了汇报。

那边召集的剿共会议是真实的。没有探听到要抓捕人或摆鸿门宴一类的风声。

文镇长当机立断继续和那些军人一道去窄口子。

一行人紧赶慢赶走到窄口子已是第二天下午了。

文镇长并未随龙营长一行去指挥部,而是独自一人去了街上,这很自然,地方长官嘛,有自己的势力范围和朋友圈子,办点私事为啥不可?

龙营长也没过分强调要统一行动,老实说他也不想文镇长跟着看他的隐私,所以只是装模作样地说了声"别耽误了会议",就什么也不管了。

文镇长抓紧时间去永川城找人弄些有用的情报,没走多久就遇上了老朋友廖均,这人和文团长很有交情。他见到文镇长,一把将他拖进屋。

廖均是永川北乡联防办事处主任,知道的情况一定不少。

文镇长问:"廖均兄,指挥部究竟是召开乡镇会还是摆鸿门宴?"他想尽快知道详细情况,如果情况真的不妙,他就及时设法脱身。

"是要开会。"廖均说:"不过,你这家伙做的事情,我都知道了不少,他们还会不对你产生怀疑吗?你一定得多几个心眼,加倍小心才是。"

文镇长高兴地说:"只要是开会就好,别的什么我都不怕。"

"兴福老弟,还是小心为好,唉!"廖均说:"你知道为啥这阵子还没开会?因为江口乡湛乡长生病了,文团长硬是要派人将他押来才开会。"接着,廖均便大倒起了苦水,他当了十三年乡长,尽管过去工作艰苦,但都比现在强。自从来了这个姓文的团长,仗着自己有军队有学识有靠山,总是高高在上。颐指气使,架子很大,口无遮拦,随心所欲,随时指鹿为马,说这个或那个私通渝大金,叫喊着要砍人的头。窄口子一带人人自危,提心吊胆。

廖均生气地说:"可恨这渝大金今天攻打夏布公署,明天又去拿下那个碉楼,痒不痒痛不痛,弄得国民党惊慌失措,像疯狗一样拿我们这些乡镇长出气。要换了我,干脆一仗把国民党的甑子端了,省去许多事!"

文镇长暗自好笑,共产党游击队要的就是国民党惊慌失措,敲掉小厨房让他后院起火,顾头不顾尾,仗不这么打还能怎么打?不过他还是很能理解廖均难于忍受敌人乱施淫威的心情,只好拿些好言语劝慰一番。

当晚,指挥部为移防的军官和文镇长洗尘,廖均也被请来作陪。

饭后回到住处,廖均神秘地对文镇长说:"你这家伙名堂真不少,人际关系还整得蛮不错哟。"把个文镇长说得云山雾罩,不知所云。

在文兴福一再追问下,廖均才说起了原委。

廖均一到指挥部,文团长就问路孔镇的文镇长来了没?廖均回答来了。文团长说还真的来了哇,这么重要的剿匪会议怎么能让他这个有重大嫌疑的人参加呢,开会时一定不能让他进会场。廖均便说,既然召集人家来开会,人家按要求痛痛快快来了,这说明人家是服从领导听从招呼的。况且人家不久就要卸任了还能来开会,更说明很有责任心。如果不让他进会场,好像有点说不过去。

于是文团长就去问那几个从路孔镇换防来的营、连、排长,他调走以后文镇长的表现,是否有反常的行为。

龙营长说他在路孔镇穷人和富人中作过调查,都说文镇长是个好人,事实上他本人也觉得文镇长不坏。几个连排长也跟着附和。

文团长松了口说,既然如此,那就允许文兴福参会。

廖均讲到这里,冲文镇长神秘一笑:"我看你这个家伙真的有些鬼板眼。"

文镇长也冲对方一笑。心想:你哪里知道,这都是来窄口子时给排以上军官请了滑竿,吃人嘴软拿人的手短嘛,这是坐滑竿起了作用呢。

接着廖均告诉文镇长,明日的荣大永边境联合剿共会议在东岳庙召开。

两人便早早休息,养足精神去面对明天的那场噩梦。

第五十章

郑忠良疯狂了,或许是报复、或许是已经扭曲的心态,让他像一条丧心病狂的疯狗,带着狗腿子到处去咬华蓥山的游击队。

这段时间,国民党反动派更加疯狂地"清乡"、"剿匪",游击队的处境非常困难,队员们的情绪越来越低落。

为了策应一、二支队在山下的行动,黄湖觉得当务之急就是提高士气,打击郑忠良这个叛徒的嚣张气焰。

游击队必须马上除奸。

他决定连夜带着李静玲和山上留守支队的400多名游击队员下山,去袭击郑忠良在山下的大本营——木桥乡。

队伍乘着夜色快步行军到离木桥乡还有30多公里的地方时,侦察员气喘吁吁地跑来报告,说郑忠良带着便衣队的人到邻水县受奖去了。

急行的队伍停了下来。

黄湖决定召集几个中队长开会。

夜色中,大家迅速对眼前的局面做了分析判断:如果现在临时改变作战计划,去邻水县追击郑忠良,那么游击队便会失去主动权,被郑忠良牵着鼻子走。因为去邻水那边情况不明,到底是坦途还是水坑未可料知,如果盲目追击,万一在途中遇上强敌,或者郑忠良得到消息,调集大批部队回过身来反包围,游击队必然吃大亏,无疑得不偿失。

面对这种情况,大家认为,有两条路可走,一是继续执行原先计划,直奔木桥乡,捣毁郑忠良的老巢,虽然不能直接消灭郑忠良但也可以敲山震虎,杀杀他郑忠良的锐气。另一条就是返回华蓥山,另找机会再行出击。

黄湖想了想,说:"同志们,既然我们都已经下了山,大家的战斗热情又比较高涨,如果这时回去,必然会影响士气,都说要一鼓作气嘛。这会儿箭在弦上了,既然弓已经拉开,用尽了力气,不得不发,那就让它发出去,这就叫做开弓没有回头箭。"

他采纳了第一条意见,带着队伍继续向木桥乡进发。

急行没有多远,就听见迎面而来发出窸窸窣窣的声音,这声音越来越近,越来越大。

黄湖心中一紧,立刻命令:"队伍散开,注意观察。"

夜色中只能听见不断加强的声音,看不到动静。

突然对方高声喝问:"前面是什么人?干什么的!"

游击队尖刀组的队员马上答道:"我们是新场的队伍来清乡的,你们是什么人?"

对方回答:"我们是到簸箕沟打共匪的!"

黄湖一听,大叫一声:"卧倒!"与此同时,手中的枪响了,吐出一梭子弹。

游击队员手里的家伙也纷纷咆哮起来。

子弹噼噼啪啪射向前方,响彻夜空。

对方立足未稳,天黑路阴,还没有弄清楚怎么回事,就被游击队一阵猛打猛冲,不一会儿就没了动静,应该是被打得如鸟兽散,四处逃窜了。

游击队不敢恋战,也不管去簸箕沟打匪的是什么队伍,便一鼓作气乘胜向前。

后来打听清楚,与游击队交火的是一个中队的乡丁,大约有30多人。

第二天天大亮的时候,黄湖带领的游击队赶到了木桥乡。

冲锋的手势一出,游击队员便如下山猛虎,高喊着从四面八方一起冲入乡公所,不费一枪一弹,就把正在吃早饭的20几个乡丁全部缴了械。

这些乡丁一点没防范,他们万万没有想到游击队会在这个时候冲进乡公所。一方面他们认为这是郑忠良的大本营。重庆绥靖公署有非常严厉的指令,要求各地方都要全力配合郑忠良剿灭共匪。许多国民党地方武装都是讨好地围着郑忠良转。既然这样,谁吃了豹子胆还敢来碰郑忠良的老巢?

另一方面,当地的地下党组织已经多次跟乡丁们做思想工作,动之以情,晓以利弊,宣传人民解放战争的意义和取得的重大胜利,奉劝他们不要与人民为敌,要为自己留后路。

这些乡丁绝大多数都是本地人,拖儿带女,他们并不是郑忠良的铁杆炮灰,郑忠良的便衣队当初也是强占他们的乡公所为营的,并且便衣队的人总觉得他们是重庆下来的城里人,高人一等,而乡丁都是"乡疙瘩",他们乡长都瞧不起,当然更不把乡丁放在眼里,平时对乡丁多有指使,即便是有的乡丁想去讨好便衣队,常常是热脸去贴冷屁股,人家多半不买账。再一方面,很多人当乡丁是迫不得已,他们并不想打仗,只希望平平安安混口饭吃,所以当游击队冲进乡公所的时候,他们也不还击,乖乖举起双手投降。

非常顺利,非常圆满。游击队没有损失一人一枪,对木桥乡的战斗就取得了胜利,大家欢欣鼓舞,扬眉吐气。

队员们砸烂了"重庆绥靖公署便衣队"的挂牌,有的队员爬到乡公所的房顶上扯下国民党的旗帜,连同从各桌柜中清理出来的文书档案扔在院坝,一把火烧得干干净净。

游击队还打开粮仓,接济贫困群众。因为之前已经有了地下党对群众的教育工作,看到共产党的队伍来了,百姓们兴高采烈,涌上街头高呼"拥护游击队!""支持暴动!"

口号声响彻天空。

不少群众还自发杀猪宰羊,送菜送柴,抬着吃食跑到乡公所去慰问游击队的战士们。

队员们在木桥乡吃了一餐油水丰厚的大餐。

黄湖抓住木桥乡打了胜仗的机会,召开了一个留守支队小队长以上的干部大会,统一思想,鼓舞士气。

他说:"人民解放战争的战略性反攻早已经全面展开了,解放军在各个战场取得令人鼓舞的巨大胜利,解放军的一部分很快就要入川。我们华蓥山游击队就是为了配合解放军入川,才举行武装起义的。大家已经见识了我们的战斗力,只要我们坚持战斗就能取得胜利。但是,我们也要做好多手准备。正因为我们的胜利,必然会震动重庆的国民党政府,敌人一定会派出部队来进攻我们。所以我们要以顽强的战斗精神,粉碎敌人的进攻,拖住敌人的兵力,支援正面战场。大家要有信心,我们的目标是能够实现的,因为我们有地下党做工作,有老百姓支持,有人民解放军大军压境。只要我们坚持下去,就一定能与人民解放大军会合。"

黄湖的话使大家备受鼓舞,也让大家明确了当前的处境,有了危机意识。参会人员自发地站起来,热烈地鼓掌,既为这一战的胜利,更为今后更大的辉煌。

把这一段时间以来压在大家头上的阴霾一扫而空,队伍恢复了起义初期的精气神。

这时,侦察员一个急报:敌人新编79师的部队,已经从簸箕沟方向向木桥乡开来,其他几个方向也压来大批的警察中队,游击队有可能被敌人形成合围之势。

黄湖命令各位队长立刻回到自己的队伍中去,组织部队撤退。

在接下来的战斗中,游击队牵着敌人的鼻子转了四五天。几乎天天都有战斗,伤亡惨重,尚存的兵力已经不足100人了。

队员们虽然极度疲劳,但每当战斗打响时,一个个仍然英勇顽强。

这一天,迎面又来了一支敌人的队伍,当得知正前方是一队乡丁在冲锋时,黄湖立即命令李静玲组织政工人员和俘虏高声喊话:

"前面的弟兄听着,游击队和我们是本乡本土人,本地人不要打本地人!"

"79师是外地人,外地人打烂了与他们无关,他们打了就走了!"

"本地人今后还要见面!"

乡丁们停止了打枪,停止了前进,静听喊话。

黄湖立即命令释放俘虏。

这些被俘的乡丁一经释放,便反复放开嗓子高声大叫:"我们是××乡的乡丁,游击队优待俘虏,不杀本地人!"

终于瓦解了敌军的士气,迎面的乡丁主动退到一边,让开路,游击队又一次冲出重围,他们离华蓥山又近了一步。

到了第六天下午,游击队遭遇了于富强带领的南充警察总队和乡保武装1000多人的围攻。

一阵枪林弹雨之后,游击队被逼进一个寨子。

情况紧急,黄湖立马召集李静玲和各个中队长,研究应敌对策。

万万没有想到一个不该发生的意外发生了。

黄湖的警卫员由于过分紧张不慎手枪走火,一枪击穿了黄湖的腹部,黄湖受了重伤,当即昏迷过去。

由于缺乏医疗条件,李静玲只能用点白药为黄湖敷住伤口。

黄湖昏迷不醒,游击队失去了主心骨,在场的人无不心急如焚。

外面依然枪声不断。

直到天黑,黄湖才慢慢从昏迷中苏醒过来,他脸色发青,嘴唇发白,费力地蠕动着嘴唇,跟大家交代:"由李静玲同志接任川东临委书记,华蓥山游击队政委一职。"

他艰难地向李静玲交代:"一定要把队伍带回华蓥山,迎接解放军……"随后大气直喘,不能再言语了。

游击队员们群情激奋了。

"李政委下命令吧,我们冲出去!为黄书记报仇!!"大家纷纷请战。

李静玲突然感到了肩上担子的千钧压力,她擦了一把眼泪,镇定了一下,对一个小队长说:"你去侦察地形,看看敌人哪里防守最薄弱,最有利于突围!"

小队长领命而去。

李静玲将游击队分为六个小组,五个小组为冲锋组,一个为担架组,担架组的责任是保护黄湖。

小队长回来报告说:"敌军前寨有重兵把守,后寨连着嘉陵江,那里的敌人相对要弱一些。"因为前寨通往华蓥山是游击队回山的必经之路。

李静玲坚定地说:"救黄政委要紧,我们暂不回山。大家要想办法把黄政委送到嘉陵江边,再由水路运至重庆进行抢救。我带第一组打第一轮冲锋,我死了大家继续冲,谁冲出去谁负责把队伍交给渝大金司令员!"说着紧了紧腰巾。

大家说什么也不赞同这样的安排,都争着要冲第一轮,要把李静玲放在最后。

李静玲一下子意识到一个指挥员在关键时刻如果不冷静将对部队造成的影响。她平静下来,同意了大家的意见,重新布置了突围的先后顺序。

在李静玲的组织下,游击队员抬着黄湖从后寨门往外冲,反复冲了两次均被敌人火力压了回来。

敌人看游击队改变了策略,把兵力转向了后寨。

黄湖终因流血过多而壮烈牺牲。

两次冲锋，死伤了几位游击队员，剩下的也消耗了大量体力。

李静玲让大家稳住阵脚，不要再盲目冲锋，观察动静，保持体力，等待时机。

半夜，游击队终于从前寨门突围成功。

他们将黄湖的遗体藏在一个山岩里。

第二天敌人发现了黄湖的遗体，凶残的敌人割下黄湖的头颅，悬挂在就近乡场上的一棵槐树上"示众"了几天。

第五十一章

东岳庙建造在一个群山环抱的小山坡上。四周古树参天,鸟语花香,是个难得的休闲之地。

文镇长对这地方并不陌生,记得第一次和游击队司令渝大金见面,就是在庙后那片林子里。渝大金个儿高大,手使两把枪。他的枪不是插在腰间,而是挎在肩下。左右两肩分别挂一个枪套。中间连一根绳,以免枪套下滑,枪套里分别插一把子弹上了膛的连发手枪,吊在腋下。身上经常套一件宽大的衣服,走起路来十分大方,旁人根本看不出他带了枪。

一旦发现情况,闪电般将左手伸向右腋,右手伸向左腋,从无盖的枪套里拔出枪来,眼明手快,指哪打哪。

由于国民党一直在追捕他,为确保万无一失,尽管他自己是个百发百中的神枪手,组织上还是给他配了四个弹无虚发的警卫员。他待人和气,说话幽默,常常神出鬼没地出现在某个场合,老百姓都把他称为神人。甚至有的遇上三灾八难,还点着香火呼唤他的名字以求得保佑。

文镇长正沉浸在回忆之中,有人来叫他入场开会了。

如今的东岳庙,已成了文团长驻军的地方,荣大永边境联合剿共指挥部就设在这里。

会议开始了,文团长一上台,就讲了老半天条条皆杀的剿共条例。当讲到"党国垂危,马革裹尸"时,还掉了几滴眼泪。他在台上点了好多乡镇长的名,说是部队剿匪不力就是因为他们中的人有通共嫌疑。奇怪的是他没有点文镇长的名。

文兴福想,也许是因为曾在路孔镇驻防,念了同事之情,或者是另有原因。

接下来的情况就大变样了。

三县联防剿共指挥部副总指挥长冯健一上台就开始骂人,首先骂文镇长。他将一个指头指向文兴福:"文兴福,唉,你这个文镇长,娘的个×,你这个混账东西!路孔镇出那么多的事情,你装傻不知道!"接着列举了文镇长大量的罪证。还说:"要找共匪,去哪里找?你就是共匪!要杀,就要从你头上开刀。你要跑,老子把你一家人,包括你的三亲六戚都杀光!"一边骂,一边拿拳头往桌子上重重地捶打,发出一阵阵沉闷的响声,给人以十分恐怖的气氛。

文镇长却没事儿一样地坐在那里,心想:"骂吧,看你还能骂多久,今天大不了你把我拉出去砍头!"颇有"泰山崩前色不变"的气概。

奇怪的是,凶神恶煞的文团长却一声不吭地死死盯着文镇长。

等到冯健骂累了,骂完了,文团长站起来说:"文镇长,刚才冯指挥长骂你的话不要往心里去。你这个人我是了解的也作过调查,你的事情清清楚楚,就是个白面书生。像你这样的人,叫你去当共匪,去通共匪,去窝藏共匪,你都没那个胆。"他看了一眼冯健,又看了一眼文兴福,接着说:"不过,路孔镇那地方环境恶劣,你被恶势力包围着,我说你有点儿怕共匪。这个'怕'字你能接受吧?"

文镇长笑着点了点头,向文团长投去感激的目光。不过他心里明白,文团长为他解围,一定有什么原因。

会议开了一天,讲话的人不少,骂人的和被骂的也不少,但内容都差不多,千篇一律,集中起来不外乎是要大家加强合作,为党国效力,不要上了共匪的当之类。

当天夜里,文镇长翻来覆去睡不着,将白天发生的事在脑子里过了一遍。觉得文团长的行为不符合常理,决定设法弄个明白,同时,还要尽快找到李二狗的下落弄清他现在的情况以便设法营救。

天一亮,文镇长就起了床。吃过早饭,赶紧掏出一张"民报记者"的名片,简要地写上几句漂亮话,出了旅社来到指挥部门前,恭恭敬敬地交给门前站岗的军人,说是有要事求见文团长。

名片递了进去，文团长很快出来了，一直走到大门外迎接。

文团长说，"我驻防路孔镇的时候就知道文镇长不一般，后来又听说你是记者出身，当了镇长也没忘了老本行，佩服佩服。"略显亲热地把文兴福带进了指挥部。

进了文团长的办公室，双方又客套了一番。

文镇长坐下来便以"民报"记者的身份对文团长进行采访。

当然，少不了问些与时局、剿共有关的问题。接下来便是套近乎，再后来就是文镇长说自己的看法。他对文团长说，昨天团长那些讲话可算得上是痛切陈词，声泪俱下。国家到了今天，还能见到像文团长这样有良心的人，实在不容易。他对文团长说，要说哭，他也哭过好几场，就是死了儿子也没那样哭过。可是光哭有什么用呢？文镇长沉痛地列举了大量人人皆知的国民党"前方吃紧，后方紧吃"贪污腐败，剿匪不力，残害百姓得力的事例，无非是要说明老百姓同情共产党游击队，都是国民党当权者逼出来的，这样下去政府越来越得不到民心等等。

"不过，这次从路孔镇来到窄口子，"文镇长话锋一转："沿途看到不少标语，条条都是杀。昨天听团长您讲的剿共条例也是条条皆杀。"

文团长听了这话，感到愕然，心想，杀又怎么了，这不是蒋委员长提出来的吗，他还说"宁可错杀三千，绝不放走一个"呢。

文镇长接着说："杀，到底能不能解决中国的问题？团长是读过圣贤书的人，应当明白常理。孟子说：'天下要不嗜杀人者才能一之。'从历代来看，秦始皇那样刑民坑儒，以斧锯鼎镬待天下之士，杀人无数，想以此来震慑民众保住他的万年江山。但好景不长，到了二世就亡了。从秦朝往下数，公元前209年，陈胜、吴广的起义。公元184年，东汉末年，张角喊出'苍天已死，黄天当立，岁在甲子，天下大吉'的口号，这就是著名的黄巾起义。公元874年，王仙之发起的唐末农民大起义，黄巢高唱'待到秋来九月八，我花开来百花杀，冲天香阵透长安，满城尽带黄金甲'。公元1629年，农民李自成（闯王）高喊着'男女平等'的政治口号，率众冲进北京城，结束明朝，自己做起了皇帝。公元1851年，洪秀全率领乡民发动金田起义，缔造太平天国军，打出的旗号是天朝田亩。中国哪一次农民起义不是因为皇帝残暴，哪一朝更替不是因为杀人太多，足见杀是没有什么用的。"文镇长信手拈来，侃侃而谈，听得文团长聚精会神接不上言。

这时,文团长站起身来,握住文镇长的手说,"你说得太好了,太有学问了,你要不嫌弃的话,咱们认个自家吧。"

文镇长为了能解救李二狗,早就等着他这句话了。欣然应允。一问年龄,才知道团长是少年得志,比文镇长还小一岁,于是就只好做了弟弟。兄长为了显示对弟弟的亲昵,只有以名相称,文团长名叫文远近。

文镇长就亲热地称他"远近"。

文团长顺从地应了一声。

文镇长认过兄弟,接住话题继续说。他说国军现在拿的是杀人的武器,练的是杀人的技术。口口声声喊杀人,而且动不动就要把别人一家杀光。他说:"远近,你是不是也愿意把别人一家杀光?我认为你是个有良心很正直的人,你老实回答我。"

文团长摇了摇头。

文镇长又说:"今天你们可以把别人全家杀光,你有没有想过,将来别人得志以后会不会把你全家杀光?远近,现在前方的情况你肯定知道不少,国民党军节节败退,已经抵不住共军的攻势,你就没想过为自己留条后路吗?"

文团长十分惊讶,不知如何回答。

文镇长缓和着说:"说到杀,杀谁呢?杀共产党,公开的共产党,国民党杀不过人家。隐蔽的共产党组织严密,就那么容易能抓到、杀到吗?杀土匪,土匪也知道往深山里跑。杀来杀去,无非就是冤杀些老百姓。老百姓也不是完全没有办法,他反抗不了你,可以不惹你,对你敬而远之。无论什么党,什么政府,什么军队,离开了老百姓都无法生存。"

说到这里,文镇长亲昵地叫了声"远近",他说:"民为贵,社稷次之,君为轻。'民为帮本'的道理老弟应该是懂得的。我们吃的、穿的、用的没有哪样不是老百姓做出来的,老百姓才是我们真正的衣食父母。那么,我们尽忠尽孝,应该是忠于老百姓,孝敬老百姓;忠于国家,孝敬国家;而不是忠于国家哪一个人。"

文团长连忙称赞:"兴福兄说得极是。"

文镇长随和地问:"远近,今后有些啥打算?"

文团长说,"今天听老兄一席话,醍醐灌顶,让我茅塞顿开,真是胜读十年书,今后一定要学乖点,按兴福兄说的去做。"

文镇长问:"你不杀人了,违背了命令,如果上司要你杀,你会怎么办?"

"哈哈哈哈，我就不知道阳奉阴违说一套做一套？枪杆子掌握在我手里，我还是想按兴福兄说的积点阴德。唉!"文团长叹了口气说："时局动荡不安，将来我们这种人会是个怎么样的下场!"

"我就不考虑这些。"文镇长说："远近，我想一个人做事只要对得起老百姓，老百姓是不会亏待你的。"

两人说了一会儿时局，又无边无际地扯了一通本家的家谱发展过程什么的。

这时，一件突如其来的事情发生了。

第五十二章

茶山竹海。

在指挥部的窝棚里。

渝大金与杨其声正商量着二支队今后的生存出路问题。

他们觉得现在的大形势是好的,我党在人民解放战争中已经掌握着绝对的主动权。

人民解放军在外部战场的节节胜利,给国民党军队以沉重打击,动摇了国民党的军心;而在敌后,在国统区的地下党组织游击队扰乱正常秩序获得成功,弄得他们首尾不顾,内外交困。国民党上层捡起了过去李鸿章的那一套政策——攘外必先安内。他们清楚地认识到,只有把国统区的共产党收拾干净了,才有可能腾出手来集中精力对付外部各战场的人民解放军。

为了尽快剿灭在国民党占领区的共产党游击队,国民党采取了一系列非常措施。他们一方面加大了正规部队的投入,又从前线抽回一个师负责重庆西部地区的"剿共"。并且把过去的一个师变为机动队,原来的方法是在哪里发现共产党游击队就集中力量向哪里出击,现在的战略变成了"天女散花"——就是把两个师的兵力,以连为单位,分散在交通要道或乡与乡、镇与镇之间的三角交叉地带,一旦哪个乡或镇发现游击队,正规部队就可以快速地赶到那里先与游击队交火,然后周边合围,这样就提高了快速反应的能力。与此同时,他们还实行了步步紧逼的"赶鸭子"战略。也就是说,当某一个地区发现了游击队,首先利用外围的正规部队和周边地区的保安警察部队把那个地区包围起来,再一步一步缩小包围圈,以被包围核心地区的乡镇警察作为进攻队伍,自里向外搜剿,外面的队伍向里打,里应外合,歼灭游击队。

敌人的打法越残酷,游击队的处境越艰难。

在这种情况下,杨其声主张"化整为零",二支队先解散,分散隐蔽,等待时机东山再起。他说:"我们不能以卵击石,在强敌面前硬拼是不划算的。"

杨其声之所以有这样的主张,是因为昨晚发生的一件事情。

昨天晚上杨其声带领二小队的队员按约定时间去村子里搬运粮食时,找不到地下党的联系人谭大嫂了。

杨其声他们按照过去的惯例,来到村口那个独门独户的人家,发现情况有些异样。往天这里有灯光,今天这里一团漆黑,要不是天上有几颗星星的话,简直就没法弄清那茅草屋的方位。

杨其声"咕嘟"、"咕嘟"、"咕嘟"反复叫了几遍,然后静静地等着,对方却始终没有回声,是怎么回事呢?这是接头的暗号哇,往天不但会传来谭大嫂"喔——!喔——!"的回答,而且谭大嫂还会随着声音而出,小心而热情地招呼同志们,把同志们接进小屋问这问那。

杨其声命令大家不要发出响声,又静静地听了一会儿,大地上除了那些夜游的昆虫叽喳叽喳的吵闹之外,确实没有听出别的什么声音。他叫上一个游击队员:"你去看看,其他人加强警戒。"说完带头把枪上了膛。

其他队员也拉了枪栓,迅速散开,作好战斗准备。

那位队员猫着腰,悄悄地接近了目标。

不一会儿,他返回到杨其声面前,悄悄地说:"谭大嫂的门上是铁将军把门,里面没有任何动静。"

正在游击队员们纳闷的时候,突然从谭大嫂房屋的旁边走出一个人来,这个情况着实把杨其声他们吓了一跳,一个个握紧了枪,随时准备射击。

又仔细观察了一会儿,发现那人后面并没有其他人跟来。

杨其声告诉队员们:"千万别开枪。"

那黑影渐渐离杨其声不远了,沙哑着声音说:"同志们,不要开枪,我是胡大爷,我有要事向杨队长报告!"

这个沙哑的声音是杨其声非常熟悉的,过去都是这个声音与谭大嫂一起张罗着把乡亲们捐赠的粮食油盐送给游击队。

杨其声激动地站了出来："胡大爷,我在这——里!"

胡大爷走到杨其声身边,喘息着说："谭大嫂被敌人抓走了。她之前告诉过我给游击队的粮食和油盐藏在房后的地窖里。"

原来敌人为了割断游击队与老百姓的联系,决定把老百姓与游击队割裂开来,实行了移民政策。

胡大爷说："敌人在离这里比较近的来滩镇征集了大量民工,还征集了大量木材、竹子、石料、石灰,正在搭建简易木棚,据说过几天就要把我们这里的老百姓全部赶到来滩镇去集中居住。我们这一带将成为无人区。"

杨其声激动地握住胡大爷的手说："你这个情报太重要了!感谢乡亲们对我们的支持!"

胡大爷说："快去搬运粮食吧。"说完带着游击队员消失在小屋的后面。

此刻,渝大金正坐在杨其声对面,他分析说："分散容易集中难。"面对争议,他建议先请示政委黄湖后再定。他立即拿出纸笔,让警卫员去伙房弄点米汤,准备用密信的方式把目前二支队的情况给黄湖作全面详细的汇报。他这时还不知道,政委已经壮烈牺牲了。

二支队所在的这个地区,有一定的优势,这个地方在大革命时期和抗日战斗时期地下党的组织就比较活跃。受杨尚昆走上革命道路的影响,当地老百姓十分同情和拥护共产党。

目前宿营的地方有东西两条山脉,山上林木和竹子茂密,千军万马藏在里面,从外部是看不出什么痕迹的,非常便于隐蔽活动。游击队虽然不能在村里驻营或白天在村里活动,但可以晚上摸进村,接受当地地下党组织群众支持的油盐和粮食,打听一些情报。

有群众的支持,伤员病号等问题也就比较好解决一些。

警卫员出窝棚不久又转身回来了,还带着两个人来："司令员,豹子和刘飞中队长回来了。"

渝大金一听,很是吃惊。他预感到情况不妙。豹子、刘飞原来是二支队的骨干,为了加强一支队的作战能力从二支队调整到的一支队的,现在双双从一支队回来,有可能那边的情况比他这边更糟。一丝不祥的预感从他脸上爬过："快请他们进来!"

第五十三章

文镇长和文团长越谈越起劲,越谈越亲密。

正当他们谈兴正浓的时候,冯健突然闯了进来,似有啥急事。

没让他开口,文团长开腔了:"我们最近抓到了一个叫李二狗的共匪,兴福兄,你认识吗?"

文镇长到窄口子的第一目的就是救李二狗,他怎么会不认识呢?不过他还是故意问了一声:"是哪个李二狗?"

文团长肯定地回答:"就是你们路孔镇七保的那个李二狗。"

"是七保那个李二狗呀,当然认识。他租种绅粮刘有康的田还负责看管游家粮仓,上次春荒被饥民借走了他看管的稻谷,还来找过我呢,我认识他。"

"这样就好,"文团长说:"兴福兄,我把李二狗交给你审问,好吗?"

几天来文兴福一直想着要救李二狗,可他从来也没料到敌人会来这一手,当面锣对面鼓地检验他。不答应吧,敌人会产生怀疑,答应吧,面对众多敌人的眼睛,上级又如何审问自己的下级同志呢?但是他知道,在这关键时刻,他不能犹豫,必须果断决定。于是当机立断,说了个"好"字。

根据刚才与文团长周旋的情况,他作出了准确的判断,"敌人说李二狗供出了八十几个地下党员的事,纯属谣言。"

文兴福随三县联防的两位头目走进审讯室,李二狗早已瘫坐在木椅上,衣服被撕成碎片,人像死了一样。脸上、手上,甚至全身都发紫发绿浮肿,看来是用过了大刑。文镇长走上前去,紧挨在李二狗旁边坐下,试探着问:"李二狗,你认识我吗?"

李二狗摇了摇头:"我不认识你。"

文镇长的心顿然放下了,从这一问一答判断,李二狗目前没有变节。他说不认识,是要保护文兴福。

"怎么,你连我都不认识?"文镇长故作惊讶地说:"我是路孔镇的文镇长,是专门来保你的。"他这样说是给他递话,既然有人要保他,他就应该知道怎么做。

李二狗很激动,故意揉揉双眼朝文镇长看了一会儿,两行热泪涌了出来。

"莫哭,莫哭,我看你是吓呆了,连我都差点认不出来了。"文镇长劝慰地说:"你放心,文团长不会杀你,有我来保你,你不用慌。不过你得多休息一会儿,等头脑清醒了,我有好多话要问你呢。"文镇长这么说,目的是多给些时间,让李二狗认真思考,怎样回答他提出的问题。他本人也要利用这个时间来理清思路,提什么问题,如何提问最有利。

李二狗明白了文镇长的意思,点了点头。由于受了严刑,大量失水,嘴唇起了泡,他提出要喝水,但双手被铐着,行动不便。

文镇长就捧茶给他喝。

喝过茶,李二狗要抽烟,一连抽了两支,没再要了,看样子是已经思考成熟。

接下来开始审问。

文镇长给自己定了三条原则:一是提出的问题要便于对方回答。二是提的问题要让对方回答出来看似有些重要,却于党组织无损。三是说的话要能瞒过敌人。

"既然你已经承认是共产党,我就把你当共产党对待,你是在打路孔镇之前参加的,还是在之后参加的?"文镇长提的这问题,共产党员都明白,谁的党龄越长,敌人就越恨。如果打路孔镇以前参加的,罪过更大。

"是以后参加的,其实就是最近才参加的。"李二狗回答得非常果断。"渝大金夜里路过七保,到我家来做饭吃,怕我走漏了风声,硬要我参加他的组织,他们那么多人,又有枪,我敢不参加吗?"

文镇长对他的回答很满意,而且也很好笑,因为他最清楚李二狗是在什么时候由谁介绍入的党,这个人肯定不是渝大金。

"你什么时候认识渝大金的?"

"老早就听人说起过他,不过见了面谁也不认识谁。"

"你入党后发展过别人吗?"

"发展了一人,就是罗有财。"李二狗这么说是因为罗有财供出了他,而且罗已被他处死,不会危及组织。

"你是什么时候发展罗有财参加共产党的?"

"就在渝大金发展我的第二天。渝大金给我说,我已经是共产党员了,要我发展更多的人入党,这样共产党员的力量才大。我和罗有财是亲戚,就把渝大金的事告诉了他,他说很好玩,闹着一定也要参加,我怕做不了主,没有答应,这下就麻烦了,他天天纠缠我。后来我又后悔了,怕他告密,干脆一不做二不休就发展了他。"

李二狗回答的这些问题令文镇长十分满意,上线渝大金,是个来无影去无踪的人物,国民党那么多军队和特务都没抓到他。下线是罗有财,一个变节的人物,已经入了黄土,死无对证,敌人找不到他,找到他也没用。

一连问了几个问题,李二狗都回答得很好。为了防止他不小心说错话,文镇长故意将地下党"只有纵的关系,没有横的关系"套出来。

审问了一会儿,文镇长越来越显得凶神恶煞。

李二狗越显得钢筋铁骨,一副死猪不怕开水烫的样子,问什么回答什么,似乎什么都说了,其实又什么都没说。

就这样,长达几个小时的审问结束了。

在场的文团长、冯健和几个军统特务都非常满意,并叫人立即抄供。

"慢!"文镇长说:"为了防止李二狗日后翻供,我审问的这个笔录先得念给他听听,看看有没有记得不对的地方。"

在场的都同意。

他所以这么做,其真实目的是怕以后出问题。于是让记录将审问笔录念给李二狗听。

念了一遍,李二狗说有些地方没听清楚,只好由文镇长拿过来一字一句地重新念。

这个李二狗是个明白人,他知道文镇长担心今后口供被国民党特务乱编一气牛头不对马嘴,于是就认真地背诵。

文镇长念一次他就默默背一次,直到内容全部记住,这才说听清楚了。

接下来特务们便让人抄供,最后由李二狗盖了指印,事情总算告一段落。

当天夜里,文团长对文镇长说:"兴福兄,有件事我必须得向你说明白,那个李二狗非杀不可!"

文镇长当即一惊,他原以为过了审问关,再来设法救人,不料事情会急转直下,坏消息来得这么快。他故意平静地问:"你不是接受我的意见,不再杀人了吗?李二狗不是已经招了嘛,你要是把他杀了别人会怎么看?"

文团长回答得也很平静:"杀了李二狗我就封刀。"

"你明明知道李二狗是个大孝子,并且决定不杀他,现在却又要杀,"文镇长生气地说:"你的信义何在?"

"兴福兄,我要向你讲实话,"文团长尴尬地说:"与李二狗同时抓到的共五个人,那四个是土匪,我将他们当游击队杀了。只有李二狗是共产党,原本第一个该杀的就是他。可他死不认账,我们只好从法场上将他拉回来让你套供,没想到套出来的东西没有啥实际用处,只是一些向上头交差的佐料。"

"哎,要杀就杀吧,"文镇长十分生气地说:"反正你们干的就是杀人的勾当!"

"兴福兄,不是我要杀他,我拿一样东西给你看。"文团长边说,从文卷袋里找出份密件来,是荣大永剿共指挥部向重庆绥靖公署的呈文,后面有五个人的情况表,李二狗排在第一。每个人名头上都有个"杀"字。文团长指着那几个红笔的"杀"字说:"这些杀字是张群长官亲笔批的,你看我有啥办法?"他将手一摊,作出一副无可奈何的样子。

文镇长并不示弱,他指着呈文的下方,生气地问:"第三团团长文远近总是你吧?你能说杀李二狗的是别人?你就是始作俑者!"

"这……这个……"文团长一时没了词儿。

"这个,那个,"文镇长趁热打铁,"文远近,你是个军人,连忠臣孝子都杀呀!"他好像气得不轻,停了停,又说:"一个连忠臣孝子都杀的人,还配做我兄弟?对不起,我不干了,我怕遭毒手!"

"……"

"远近,没什么了不起的。"过了一会儿文镇长口气缓了下来说:"我与李二狗并无关系。不过,我最敬佩的就是忠诚孝子,也不爱交杀人的朋友,今天所以这样,只是想试探一下你是不是个重情义的人。"

"兴福兄,我是想认你这个兄弟的,我也相信你一定有办法让这事两全其美。"文团长得理不饶人的样子,他把皮球推给了文兴福。

"只要你诚心不杀李二狗,你就有办法解决。"文兴福不接招,用了个激将法又把皮球推了回去。

"那好,"文团长拍着胸脯说,"只要你能想出办法来,又让我能交差,我一定不杀李二狗。"

文镇长脑袋瓜子一灵光,很快想出办法来。他让文团长给驻防永川的文师长写封信,说明李二狗是被迫加入共产党的,并说这个李二狗是个连后娘都孝敬的大孝子,请求文师长将他放了。

文师长是文团长的直接上司,也是他的同姓兄长。三县联防指挥部是一个副师级单位,当初就是文师长提名让文团长过来的,文师长很器重文团长。只要将李二狗本人和供词连同那封信一并送到文师长手里,事情就算解决了。如果姓文的师长要杀李二狗,文团长不带过失,姓文的师长要是放了李二狗,文团长也没有什么责任。

文镇长出这个主意,是一个缓兵之计,为了拖延杀李二狗的时间。只要人送出去了,希望就在前头。

谁知这主意还很对文团长的胃口,他连连称赞:"兴福兄,你真有学问,这个办法太妙了,很周全。"答应立即照办。当即叫人另抄了一份供词,自己亲自着手给驻扎在永川的文师长写信。

事情总算是有了个好的开头。至少可以算实现了缓兵之计。不过缓兵是不能缓得太久的。人送到了文师长那里,保不准一样要掉脑袋。对于一个国民党的高级军官来说,他不会白白为一个共产党担风险,不管你是不是个孝子意义都一样。因此还必须尽快设法早日实施营救措施。

对于文镇长来说,营救李二狗是当务之急。让他头痛的是营救的方法,他曾想让游击队员在从三县联防去永川的途中拦路劫人,那样不仅简单省事,而且容易得手,因为李二狗只是一个最基层的普通共产党员,驻军不可能兴师动众派很强的兵力护送。可这办法偏偏还不能用,是文镇长让文团长将人押往永川的,如果未送到目的地半途丢了人,那不是"此地无银三百两"吗?文兴福就是跳进黄河也洗不干净。于是他匆匆向文团长告辞,另想办法营救李二狗。

第五十四章

刘飞和豹子一进到渝大金的窝棚,豹子就失魂落魄地说:"完了,一切都完了。"然后嚎啕大哭。

七尺小伙五大三粗的男儿,那样伤心动魄地大哭,真有些惊天动地。

刘飞也是非常悲戚的样子。

原来簸箕沟突围战打得异常艰苦壮烈。

游击队与国民党正规军交火,力量的悬殊是可以想象的。

那些训练有素的国军在正面战场上不是人民解放军的对手,一败涂地,但是到国统区来对付这些刚刚放下锄头的农民,却是绰绰有余。他们人多势众,还实施了"包饺子"战术。

那天豹子、刘飞两个中队加上刘建雄带出来的三中队到达集结地点时只剩下30人左右。一支200多人的队伍,不到一天工夫,说没了就没了。三中队的队长也在作战中牺牲了,平时在一起活蹦乱跳的战友却不知了去处,这个打击太大了。

刘建雄不得不面对现实,坐下来和大家一起商量出路问题。

刘建雄说:"目前,国民党的正规军回撤到国统区的数量越来越多,我们弱小的游击队面对的是数十倍于我们的训练有素的正规军。我们为人民解放军正面战场减轻了压力,这是一件值得鼓舞的事情,但也正因为这样,我们华蓥山游击队自起义以来,到了最为艰难的时期。敌人太强大,我们太弱小。当然最困难的时期,可能就是最有希望的时期。"

他看了看身边的战友，接着说："国民党反动派越是张牙舞爪、穷凶极恶的时候，就越说明他们就快要完蛋了，这是在作垂死挣扎。去年胡宗南进攻延安，毛主席作出英明决策——放弃延安，给敌人一座空城。想想延安对我党是多么重要，那是中共中央和毛主席居住的地方。有些同志想不过来，要誓死保卫延安，保卫毛主席，流尽鲜血，耗尽生命也不让国民党反动派占领延安。毛主席却不让大家耗尽生命，他说中国共产党人耗尽了生命，岂不正是蒋介石所希望的吗？他要消灭我们就是为了耗尽共产党人的生命。我们才不上他的当呢！留得青山在，不怕没柴烧。我们今天放弃延安是为了明天得到一个全中国，国民党反动派得到延安，并不是捡了一个金元宝，而是背上了一个沉重的包袱。"

他停了停，接着说："果然延安吸引了大量的国民党队伍，我党就借这个时机实现了在全国的兵力部署。自从国民党得到延安之后，解放战争的战略状况来了一个翻天覆地的变化。国民党由全面进攻转入'重点进攻'，我们党由战略防御转入全面反攻！这对我们大局有利，对于我们游击队具体的一支队伍来讲，是黎明前的黑暗。所以我们现在应该避开国民党残酷的锋芒，有效地保存自己，等待东山再起。我们一定要为革命保存实力。要让四川解放时真正有人迎接解放大军的到来。"

刘飞和豹子完全赞同。接下来，他们研究了具体的战略思路。

刘飞说："据我掌握的情报，国民党对游击队的处理有了些改变。"

豹子点点头："我在经过的一些地方也看见了布告，对游击队员不是过去的斩尽杀绝了。说是首恶者必办，胁从者只要回家就不过问了。"

刘建雄想了想，说："这是敌人的怀柔政策，我们可以利用他这一政策，只留下中队长以上的骨干去与渝大金领导的第二支队会合，其他人员疏散隐蔽，自找出路。"

他接着说："根据我在陕北抗战时的经验，在敌人还没有完全合围时，我们所在地区属于敌我胶着区，我们的队员化整为零跳出去是很有把握的。一旦敌人包围圈缩小，完全实现合围了，这里的胶着区就完全变成了敌占区，再往外走就不可能了，所以我们必须尽快作出决定。"

大家都同意刘建雄提出的"隐蔽疏散，保存实力，东山再起"的方针。迅速把游击队员都召集起来。

刘建雄认真地环顾了一下所有的队员，深情地说："同志们，我们都是有信仰的人。这些天来,大家为了这个信仰努力战斗,不怕牺牲,你们都是中国人民最优秀的儿子,都是中国人民的功臣!但是目前的情况非常严峻,我们不能流尽最后一滴血,我们不再与敌人硬拼了,我们要对革命负责,为革命保存种子。全国解放以后建设社会主义,要有我们今天的骨干,保命就是保种。经支队领导研究,决定就地解散,分散行动。"

队伍群情激奋,表示决不离开支队,要回华蓥山。

豹子说:"眼下是敌人不让我们回华蓥山,即便回到华蓥山,生存也有问题。我们只有分散行动才能保存实力,大家在一起目标太大,只能引来国民党的'围剿',我知道大家不怕牺牲,但我们不能去作无谓的牺牲。"

游击队员们仍然坚持不愿离开。

刘飞说:"我知道大家都是坚定的战士,坚定的战士更应该服从纪律。留得青山在,不怕没柴烧。时机成熟,形势好转一些后,我们会回来找大家的。"

大家只有恋恋不舍地同意离队。

刘建雄从腰间解下一个长条布袋,倒出里面装的银元,让刘飞给每个队员发四个银元,作为回家的盘缠。

原来刘建雄连睡觉都不离身的布袋却是个最关键的东西,在最关键的时刻起到了关键的作用。他生病发烧,身体那么虚弱,却一直把这么沉重的东西绑在身上,这需要多么大的毅力啊。

大家含着眼泪,每人领了四个银元,恋恋不舍地挥泪而去。

由于刘建雄病未痊愈,警卫员小段坚决不愿离开他。刘建雄只好同意,他把剩下的四个人分成两组,他与警卫员一组,豹子和刘飞一组,分头去寻找渝大金司令员带领的二支队。

刘飞与豹子不敢走大路,专拣那荒僻小径而行。

这天,来到一个绕不过去的关口。

他俩悄悄地靠近路边,藏在灌木丛中观察关口的盘查情况。

这个关口盘查得并不很严,但关口周围的国民党正规军和保安警察不少。

要过关口的人比较多,保安警察让他们排成长长的队伍一个一个地过,有的搜了身,有的又没有搜身。

"豹子你看。"刘飞向前指了指。

豹子顺着刘飞手指的方向看去。

过关口的人群中有一老一少两个熟悉的身影。

那老者看似是一个病人,那年轻人搀扶着老者,已到了关口即将接受检查。

那年轻的与保安警察说着什么,老者依附在年轻人的右侧,好像离开了依附就不能站稳似的。年轻人与保安警察说了一会儿,腾出左手从包袱里摸出几个银元向前来搜身的保安警察手心各送了几个。

那离得比较近的警察用一只手在自己鼻子前扇了扇,那样子像是老者出的气十分恶心一样,随后很不耐烦地招了招手让这一老一少过去。

"刘建雄,你休想过关!"突然传来一声大吼,郑忠良不知什么时候出现在关口。他是昨天晚上领着便衣队到这个关口来的,今天上午正在这周围闲逛。尽管刘建雄化了装,但郑忠良与他共事那么长时间,仍然从体型上认出了他。

老者竟然就是刘建雄。

说时迟那时快,只见刘建雄变戏法似的拔出身上的两支枪,左右开弓,撂倒了近前的两个保安警察。

人群顿时大乱,周围枪声大作。关口的一个国民党正规兵端枪朝着老者一枪射来,只见那年轻人一个箭步上前用身体挡住了刘建雄,而自己却倒在了血泊之中。

"我要去救支队长,"豹子看不下去了。

"你冷静点,再看看!"刘飞一把按住豹子。

过关的老百姓无意识地把刘建雄围挤在核心。

"不许开枪,不许开枪,一定要抓活的,谁开枪军法制裁!"郑忠良气急败坏地大吼。

枪声骤然而止。

大批军警拥了上去。

刘建雄因为被过关的人围在中间,也没法向外射击了。

"刘建雄,你投降吧,这次跑不掉了!"郑忠良大声喊。

"郑忠良,你这个叛变革命,叛变人民的小人。要我投降,痴心妄想!"刘建雄坚定地大喊。

"刘建雄,你睁开眼睛看一看,你能跑得了吗?"郑忠良得意地吼。

敌人的兵力约有100多人,把刘建雄和过关的百姓围得死死的。

刘建雄大声地对包围在四周的敌人说:"我刘建雄是一个外地人,为什么要远离家乡来到这里?是为了革命,是为了千百万劳苦大众翻身解放。国民党快要完蛋了!士兵兄弟们,赶快觉醒,不要再为蒋介石卖命了!"

郑忠良大吼:"刘建雄,我的忍耐是有限度的,再不投降,我就指挥进攻了。"

刘建雄大声地说:"郑忠良,只要你是亲娘养的,就不要伤害老百姓,你如果跟老百姓过不去,老子到阴曹地府也不会放过你!"说完高呼:"中国共产党万岁!革命胜利万岁!人民解放军万岁!"接着举起手枪对准自己的太阳穴,扣动扳机,一颗子弹射向头部,结束了自己的生命。

人群一阵骚动。

这时一个奇特的现象发生了,准备过关的老百姓齐刷刷地全部跪下,把刘建雄的尸体围在中间,一个个泪雨滂沱,嚎啕大哭,哭声震动寰宇。

豹子热血上涌,实在忍不住了,昂首就要往前冲。

刘飞慌忙拉住他,顺势把他往森林深处拖。

终于找到了渝大金。刘飞向渝大金和杨其声讲完第一支队的遭遇,还没来得及悲伤,就见侦察员走进来,交给渝大金一个信封。

那是李静玲捎来的,信中讲了黄湖牺牲的事。也讲了另外一件事。

渝大金命令杨其声:"马上集合队伍,全部回华蓥山!"然后向刘飞和豹子说:"还得辛苦你们二人,到一个地方去接一个人,把他带到华蓥山。"然后把他俩拉到一边布置了具体任务。

刘飞和豹子只得把悲痛暂时藏在心里,领命去执行新的任务。

第五十五章

　　文师长的兵驻扎在永川城。县城的东面有条由北向南的永川河,南面有条由西向东的南河,西面还有一条由北向南流入南河的西河。南河与东河在城东南交汇后形成永川河,县城就被一个凹形的水系围住,这里不管怎么遭受旱灾,都不可能全部干涸,总有一条河里有水,所以这里叫做永远的川,简称"永川",北面是一座兀立的小山。这一来,整个县城处在山水环抱之中,四面都有屏障。只要在北面的山上设置重武器,整个县城就能确保万无一失,是个驻军的好地方。因此,重庆绥靖公署决定将一个师的兵力驻扎在这里。当然,这里的物产也很丰富,素有"金永川"之誉。不愁军队没有给养。

　　文师长的师部设在县城大南街"黄公馆"。这"黄公馆"原来是清朝道光年间的建筑,为台湾知府黄开基所造。

　　黄开基,重庆永川人。清乾隆五十二年(1787年)生,卒于咸丰四年(1854年),享年67岁。后人尊他为"台湾公"。

　　道光二十年(1840年),黄开基补任台湾彰化知县,后升用同知直隶州。此时,林则徐禁烟不久,中英和议破裂。英国乘机炮击广东,强占港口,很快将战火蔓延到我国沿海各商埠。同时,派出军舰和兵船,在台湾海域骚扰窥伺。

　　国难当前,黄开基不畏强敌,大义凛然。他抓紧建筑炮墩,制备器械、旗帜、号衣,自雇乡勇三百名,巡查策应,督率各庄团练义勇三千名,听候调拨。

同时，与淡水同知曹谨的军队形成犄角之势，互相策应支援。

道光二十二年（1842年）正月二十四日，英国侵略军派出3艘军舰，从梧栖港出发向台湾北面驶来，公然挑衅。

黄开基按照台湾总兵达洪阿、兵备道姚莹的急令，与淡水同知曹谨连夜商议，定下对策，各自依计行事。

过了六天，英舰驶抵台湾。当天早晨，英"阿恩"号等3艘三桅军舰带领众多舢板船，从淡水和彰化交界处的大安港强行进攻。由于港口戒备森严，兵勇众多，旌旗猎猎，吼声如雷，英军几番试探都无法入港。只好调转船头，退回外洋。途经"猫雾矶"时，遇上当地渔船。英军派舰上的汉奸用土语向渔人问路，欲另寻港口进入。渔船上周梓等人早被黄开基招募，同意带其进入土地公港。

"阿恩"号军舰带领4条舢板船，尾随周梓渔船，小心翼翼地向土地公港口进发。沿岸均未发现有兵勇把守，英军高兴异常。进港不久，敌舰触上暗礁，立即搁浅，一侧发生斜翻，海水顿时涌入船舱。舰上英军，乱成一团。这时，预先埋伏在岸上的清军，配合周梓渔船，发炮痛击。"阿恩"号遭受重创，英军纷纷落水，死伤众多。黄开基趁此派出几十名精兵，手持短械，跳上贼船拼杀。其他勇士则乘坐船只，全力围击敌舢板船，获得全胜。

游弋在外洋的另2艘英舰见势不对，吓得鼠窜而逃，几年后都不敢来犯。

道光十六年（1836年），黄开基初到福建漳州平和县代理知县。平和县正处乱世，灾害连年，抢劫掠夺事件经常发生，百姓过得很不安宁，民怨极大。黄开基到任之后不动声色，悄悄摸清情况，设计诱捕了主要闹事者。细加审问后，得知为首闹事者本系普通百姓，因受灾不能果腹而起事。黄开基力排众议，对他们未施任何刑法，而是遣去守卫边防。几个首目非但没被砍头，反而因参加驻防解除了衣食之忧。于是，率领众乡邻，一心一意守家卫国，多次阻击海盗袭击，剿杀匪徒。

道光十八年（1838年），黄开基到台湾彰化县代理知县。到任伊始，发现当地军民关系异常紧张，随时可能爆发军民械斗。黄开基马不停蹄，立即赶去调解劝导。对冥顽不化者，果断拘捕，防止了械斗事件的发生。之后，黄开基会同有关人等，在水沙连之触口地方，成功歼灭了县内陈勇、黄马于等两股土匪。彰化的社会治安，一下就好转了。

道光二十三年(1843年),黄开基升任"代理鹿港同知"。走后不久,彰化县发生了械斗,事态越来越严重,波及范围也越来越大,已毁村庄多达500余处。台湾总兵和道台紧急商议,认为"非黄丞莫救之厄"。于是,又命黄开基兼任彰化知县。5天过后,械斗事件全部处置妥当。黄开基在台湾彰化县的威信、声望之高,可见一斑。

道光二十五年(1845年),因"剿办逆匪"有功,朝廷赐黄开基花翎,特补台防同知,调署淡水。

道光十六年(1836年),黄开基代理福建平和县知县,刚平定内乱不久,又迎来了洪涝的考验。当年,台海地区突发洪灾,来势凶猛,为数十年所罕见。眼看平和县百姓将遭灭顶之灾,黄开基心急如焚,身先士卒,带领当地群众筑堤防洪。当初平和县的闹事者,已被黄开基派去驻守边防,因多次击退海盗,暂无外侵之忧。于是,主动带领防卫人员一起返回县城,恳请官府批准他们参加抗洪抢险,自救家园。黄开基颇为感动,欣然应允。"人心齐,泰山移"。在黄开基的带领下,平和县内很快就新筑了一条防洪堤,成功抵抗住了洪水吞噬。据载,"当年,周边县城皆遭洪灾,民众流离失所,唯平和县及时修堤,安然无恙"。平和县的百姓为感谢黄开基的大恩大德,把这道防洪堤取名为"黄公堤",以示纪念。

公馆建得十分讲究。坐西朝东,一溜直通,前后共有四个天井,天井之间是大厅,采光极好。房屋顺南北而建,由东向西,排在天井和大厅的两边,木柱、木墙红红绿绿,房顶是青瓦,看上去十分和谐,大厅和天井里摆满了香花绿叶,使人心旷神怡。

文师长坐在大厅正中,边喝茶边和旁边的张副官商量军中事宜。

这时,门卫进来说是有富商求见,走上前来递上一张名片。

文师长连名片都没看一眼,就叫请客人进来。那年月,什么都不缺,缺的就是财神爷,谁不想多弄几个钱防后路,富商兴许比蒋委员长还管用呢。

不多时,客人进来了,一席长衫马褂,文质彬彬,气宇轩昂。他是坐轿来的。在门口下了轿,将轿夫和随从留在外面,只带了一个跟班进来。来人八字胡,大高个儿,戴一副浅黑色水晶架眼镜,西装革履,手拄文明棍,看上去派头十足。跟班却个子瘦小,但十分机灵。

副官忙喊:"请坐奉茶。"

客人坐下和文师长寒暄了几句,就让跟班掏出两根黄灿灿的金条放在桌上,说是初来乍到,生意上的事还望师长关照。

文师长见来人如此大方,两眼笑成一条缝,不住声地说:"好说,好说。"

闲聊了一会儿,客人切入正题,说是有一笔生意,有上千银元的赚头,要经过文师长的防区,只要生意顺利,文师长便可得到利润六成,他本人只要四成。

姓文的一听,心花怒放,这么好的事情上哪儿去找,就是贩卖人口、黄金,在那兵荒马乱的时节也弄不了那么多的钱。不过他要探听个虚实,先问是什么生意。

客人说是黑货。

姓文的自然明白,黑货就是鸦片。他故意要起价钱来,说他文某分不到七成,打死也不干。通过讨价还价,客人终于答应了这个条件。不过,要求文师长向他提供一个亡命徒。贩鸦片是违背民国刑法的,就是历朝历代也都是把脑袋别在裤腰上的生意,最好能弄个死刑犯给他。

这下文师长犯难了,要杀几个人对他来说算不上是什么难事,可是要弄个有罪名的死刑犯一时半会儿还真不那么好找。

还是张副官灵光。他把手轻轻地一拍,嘴伸到文师长耳边说了几句悄悄话,又从皮夹里拿出个信封交给师长。

文师长扯出里面的内容看了看,嘴角咧开,微微笑了笑:"好,就这么办!"

事情总算解决了。

这事算得上皆大欢喜。

文师长收了金条,客人跟着张副官去领了人。

出了黄家公馆,客人见轿夫和随从早已没了踪影,也不去理睬,带着那个死刑犯和跟班一直朝南走,直到大南街走出头。下了南河坝,上了一条停靠在那儿的小渔船,顺着东南方漂去。一直漂过五里之外,那西装革履的客人才摘掉水晶墨镜和用胶水贴在嘴上的八字胡,那死刑犯吃了一惊:"你是谁?"

那人说:"你看他是谁?"说着指了指他那瘦小的跟班。

"文镇长!"

"李二狗。"

两人紧紧地抱在一起。

文镇长把那大个儿介绍给李二狗，原来那是华蓥山游击队中队长豹子。

他们顺着滔滔的永川河继续向东南漂去，一直漂到一个神秘的地方，才上了岸。

李二狗随豹子走了。

文镇长要尽快赶回路孔镇，去执行他策划已久的计划。

第五十六章

文镇长化装成富商的跟班,深入文师长驻地救走了李二狗,让李二狗上山加入了渝大金领导的游击队伍,独自连夜赶回了路孔镇。

按照荣大永边境剿共指挥部召开的会议精神和文团长的口头指示,文镇长必须立即召开一次镇上的防共剿共会。临走时文团长给他一道指令,凡违抗命令者,"杀"。这是为了解决镇上与夏布公署的纠葛,文团长给他的特权,路孔镇驻军协助执行。

文镇长按照精神,让王师爷拟了会议通知,后面还附上了文团长指令的原文,一并下发。本来镇上的单位都可以用电话通知。为了慎重,他要求一律书面送达。会议时间定在第二天。地点在灵隐寺。参会人员有各保的保长,镇上机关法团的负责人,包括医院和学校,夏布公署负责人,特税警排以上干部。

这是一次时间紧任务重的会议,文镇长事先已和渝大金有过秘密的联系。游击队收到信息,就开始行动。

文镇长让勤杂工老刘连夜送一份通知给渝大金。又让郑世蓉陪他一起到灵隐寺看地形,名义上是游览。

他们在几个点上考虑了游击队的人员布置。

文镇长以剿匪的名义作了如下安排。

岔路口的武装人员继续留在那里。

一个连的正规军开进镇公所,保证镇上平安,镇警队开进灵隐寺维持渝大金要求,目前的主要任务是防守,隐藏好自己瞅准机会消灭敌人。千万不要主动出击去进攻敌人,千万不要向敌人发起冲锋。他说这种战术叫做"守株待兔","以逸待劳"。

由于华蓥山山高路险,是一个难攻易守的好地方,加之敌人进攻的正面方向,正好有许多绝壁或万丈悬崖作为天然屏障,因此两三百人的游击队伍就能防守十几公里的战线。

李静玲带着娟秀的女队,早就摸清了离每个隘口最近的水源,然后集中山上所有的木桶、锅、盆、钵等容器,统一分配到每一个隘口,装满饮用水,把凡是能吃的东西都搬上隘口。她说:"打防御战一定要粮草充足。"还派人把山上的石头滚木集中起来搬到隘口。"石头滚木多多益善,准备工作越充分,胜算越大,谁也不知道要守多少天。"

游击队严阵以待。

第二天下午,国民党新编79师王副师长、文团长、于富强带着人马来到华蓥山下,他们拉起帐篷,埋锅造饭,就地宿营。

他们并没有一到山下就急于进攻,一副好事不在慌忙上,稳操胜券的样子。看来他们是准备采取当年在江西围剿红军的战术:处处为营,步步推进。

第三天上午,太阳出来老高了。

热辣的阳光刺得皮肤生痛。

文团长耐不住了,指挥一个营从正面上山的大路向隘口发起了猛烈的冲锋。

渝大金立马赶到这个隘口亲自指挥,他让队员们保持平静,不要着急,一定要等敌人进入隘口的狭窄地带,靠近了再打,要节约子弹。

这个方法果然管用,由于这个隘口的扇面很窄,越接近山上坡越陡,路更窄,国民党部队的兵力施展不开,不说用枪打,就是从上往下砸石头就够那些士兵喝几杯了。

那些正规部队的士兵,虽说也是在枪林弹雨中出生入死的,但被游击队员用石头滚木砸还是第一次,冲在前面的被砸死了无数,没砸死的也多数头破血流,一个个鬼哭狼嚎,抱头鼠窜。

连续冲锋了3次,都失败了。

虽然文团长用督战队押着往上冲,部队打了许多枪炮,但游击队只用石

第五十七章

重庆绥靖公署指派新编 79 师王副师长,亲自带领文团长的 1000 多正规军,同时让于富强集结了几个县的保安警察队伍 1000 多人,共计 2000 多人,直扑向华蓥山。

李静玲迅速集合起山上的游击队员。

她神情严肃地告诉大家:"同志们,我们当前面临的形势非常严峻。敌人集结了数倍于我们的兵力,大军压境,一场激战不可避免。一方面我们要重视敌情,在战斗中注重每个细节;另一方面我们也不要被敌人汹汹的气势吓倒。华蓥山方圆数百公里就是我们的英雄用武之地,是我们开展游击战,打击敌人的好战场。下面请渝司令员给我们作具体布置。"

渝大金给大家打气说:"我们就来个据险扼守,沉住气,不主动出击,敌人拿我们也没有什么办法。他们并不熟悉华蓥山的地形,来了就等于自投罗网。我们就不一样啦。我们的许多同志已经熟悉了这里的地形,这里的每一个山凹,每一块岩石我们都是心中有数的。敌人在明处,我们在暗处,只要做好防守,我们就能打胜仗。"

接下来,渝大金把杨其声、豹子、刘飞的队伍分散布置在正面迎敌的八个主要隘口。每个隘口又把人员分散在从东到西的延伸地带。在一些重点危险地段的岩石后面安排两个人一个小组,如果敌人进攻,利用这些有利地形,采用闪电迂回战术,打一枪换一个地方。以少数人来回交换位置,虚张声势,造成到处都是游击队的山头阵地坚不可摧的假象,麻痹敌人。

常见到从阴河里冒出尸体,可是从没见到过活人。文镇长是福大命大。"说完,他和大家告辞说:"我把文镇长送回来了,天也快亮了,还得到大龙庙装煤。"

文兴福说:"大恩不言谢,让我尽尽心,把你送到船上。"两人手挽手穿街过巷,朝着码头那一排排木船走去。

二牛一个箭步跳上自己的船,挥挥手:"文镇长,后会有期。"拿起竹篙一撑船就朝向江心。

"别忙!"文兴福叫住二牛:"从今天起,别再叫我镇长了。"

"怎么称呼?"二牛不解地问。

"叫同志。"

"同志?这官儿比镇长大吗?"

"大多了,是新中国最大的官儿。"

"那,"二牛惊异不已,"你都做了那么大的官儿,我以后还能见到你吗?"

"当然能,以后见了面,我也能叫你同志。"

"叫我同志?"二牛摸不着头脑了。

"新中国人人平等,革命队伍里的人互相都称同志。"

二牛似懂非懂:同志,想不到我这来自秦淮河边朱家镇张老爷家的长工,如今也要当上新中国最大的官儿"同志"了,那一年和张老爷家的丫头私奔,要是没有刘建雄相救,恐怕这条命早就没了。二牛这么想着,说了声:"文同志,后会有期!"他挥动着竹篙,用力一撑,船箭一般驶向下游。

文兴福站在濑溪河边。

天快亮了,阵阵凉风从河面吹过,使人心旷神怡。月亮还残留在天边,借着余晖可以看到,清澈的河水在微风吹拂下荡起一道道涟漪。一个个光洁而美丽的石头排列在水底,活像列阵的战士,让流动的河水形成一个个大小不同的旋涡,游鱼在急流中穿行,一会儿游在水面,一会儿又消失在石缝之中。

他舍不得这个地方,但这里已经不能容留他了,所有"盘红"的同志都得撤回华蓥山。

会升天,去当神仙。她们还坚持说刚才还看见他熟悉的身影,在张兴旺屋旁那片竹林里晃动,那是文镇长舍不得大家,回来看看然后才无影无踪的,这是升天的有力证据。

路孔镇夏布子弟校的大礼堂灯火辉煌,主席台靠墙处有一排竖写的黑色大字:"文兴福同志永垂不朽。"没有挽联,没有画像,只是在那排竖写大字的两边摆放着鲜花和松柏的枝丫。台下站满了游击队员和地下党的同志。他们经历了一个下午和整个上半夜的激战,消灭了敌人。

刚刚结束战斗的勇士们,聚集在这里缅怀遇难的文兴福同志,心情无比沉痛。

悼念活动格外庄重,场内鸦雀无声。

首先由渝司令员致悼词,第一句是文兴福同志生于某年某月,他沉痛地念到"文兴福同志……"

这时,大厅外传来一声清脆的"到!"

接着走进一个熟悉的身影,拄着根树枝,大步朝渝司令员走去。

会场的人惊呆了。

有人突然冲了过去紧紧地抱住了他,放声大哭。

那是郑世蓉。

接着是勤杂工老刘、李二狗……还有好多好多人,都围了上去,把他围在中间,有的抓住他的手,有的则抓住他的脚,一次次把他抛向空中。

会场顿时大乱,念悼词的渝司令员笑了,笑得很开心。

"文兴福","文兴福"……一个响亮的名字在大厅回荡。

大家终于闪开一条路来。

"你是怎么回事?"渝司令员走上前去抓住文兴福的手。

这一问,让文兴福想起一个人,便大声呼喊:"二牛,二牛!"他是和那个叫"二牛"的人一道进来的,没想到只顾自己高兴,将这个二牛忘在一边。

"二牛?"刘飞一个箭步走上前去,一把抓住他:"没想到真的是你。"

这个二牛就是上次送刘飞、豹子来袭击镇公所的船老大。他在濑溪河走船,长期给镇上的夏布染房运煤,那次夜袭镇公所,多亏他用船掩护接送。两人再次见面,心里有说不出的高兴。

"是你救了文镇长?"刘飞开门见山地问。

"哪里哪里,是文镇长命大。"二牛腼腆地笑着说:"我在这条河走船,经秩序。

特税警队自行安排守护自己驻守的卡子。

第二天是个敬香的日子，灵隐寺来了许多客人，有的敬香，有的游庙。为了不和客人发生冲突，镇警没有阻止他们进庙，只是事先在庙门口贴了一张告示："进庙者不得逗留，正午封庙，下午庙内另有安排。"

刚到正午，文镇长就带着镇警队的兄弟们进庙搜查。平时没人敢往庙子的后山去，搜查也就停留在进门大厅附近一带。

搜查还没结束，王师爷已让人搭了台子摆了凳子。

镇警队提前吃过午饭进庙，搜查结束就各就各位了。

陈队长负责文镇长的警卫。

彭队副带着几个兄弟守在门口，负责暂时保管到会人员的枪支。

镇警队从来没像今天这样神气过，因为文镇长得到了三县联防代总指挥的手令，特税警队就不敢在他们面前耀武扬威，作威作福。他们可以按照进门墙上贴的告示，收缴每一位参会人员携带的枪支，并造册登记。特别是看到那些恨得咬牙切齿的特税警队军官，极不情愿地取下身上的佩枪时，心中有一种莫名的快感。

按照预定时间，会议开始了。

文镇长看了一眼王师爷送来的参会人员签到册，发现薛义宾和几个排级特税警还没到会，决定准时开会。并让王师爷电话通知那几个尚未到的人，半小时内若再不到会，就带上代总指挥的手令让驻军抓人。同时又告诉王师爷，那几个人一进庙就通报。

会议开得很认真，文镇长将文团长那些条条皆杀的演说一一复述。

台下的人一个个听得脸色大变，大家觉得非常奇怪，文镇长从来都温文尔雅，不瘟不火，今天怎么这么严厉，必定是大势所趋。

突然，郑世蓉从外面进来，把文镇长叫到台下悄悄说："岔路口的驻军及保安队已和游击队交上火，驻军及保安队顶不住了，镇上的驻军已全部开往岔路口增援。"

文镇长脸上掠过一丝惊异和焦急，增援岔路口的敌军比预计时间提前离开路孔镇！薛义宾和几个排级特税警尚未到达，总体行动发生变故。他心急如焚，抬起头来向庙门口张望。

台下的听众发出小声议论。

这时，王师爷进来了，紧跟着薛义宾也进来了。

文镇长已经无暇再管那几个排级特税警是否到来了，时间也不允许他再等下去。他拿起桌上的茶杯，"哗"狠狠地摔在地上。

台下顿时鸦雀无声。

按照约定，负责他警卫工作的陈队长此时应当掏出枪来控制局面。而陈队长却一反常态，将冷冰冰的枪管对准了文镇长的脑袋。

台下的人惊呆了，弄不清这是在唱哪一出。

文镇长也懵了，不知道自己错在哪儿。他很快明白了，陈队长是军统安插在他身边的一颗炸弹。

现在到了炸弹非爆不可的时候了。

他很快冷静下来，侥幸的是他只告诉了陈队长应该做的事，别的情况陈队长一概不知。否则，他打了个冷颤，不敢往下想了。

文镇长对陈队长说："开枪吧！我早就注意你了。"边说边向后退。心想："枪一响，你也活不成。"庙里隐藏着好多游击队员。按约定，只要文兴福一声枪响，他们就冲出来。谁承想文兴福的枪还没掏出来，就被那姓陈的用枪管顶住了。

"啪！"一声清脆的枪声，陈队长身子一软，直挺挺地倒在了地上。

原来，守在大门的彭队副见陈队长用枪顶着文镇长，心中十分气愤。他觉得姓陈的太不是东西，平时文镇长对手下关怀备至，兄弟般的情谊，你小子怎么能干这种事呢。于是甩手一枪就把他干掉了。

文兴福知道，彭队副是个国民党的死硬分子，一旦知道了真相，他下手一定比陈队长还要狠。文兴福借着枪响之际，向身后一倒。原本想倒在地上掏出手枪再和彭队副较量，谁知这一倒不要紧，整个身子掉进了无底的阴河。

"文镇长！""老文！""兴福"……"从庙里冲出的游击队员，从庙门涌进来的镇警队员，还有会场的保长们，以及文镇长平时要好的同僚，一齐惊呼。

那声音由近到远，由远又近地在庙中回旋，那样凄凉，那样悲伤。

阴河到底有多深，水能流多远，有没有出口或是出口在何方，没人说得清楚。据说，凡是掉进那河里的人，从没听说过有生还的，活不见人，死不见尸。

游击队员在中队长豹子的带领下趁着慌乱,快速控制住局面。

游击队首先解决了企图顽固抵抗的彭队副,缴了镇警队的枪,留少数队员守住庙里的参会者。大部分队员迅速冲向特税警队,缴了在场的特税警队员的枪。

豹子让特税警的一个参谋打电话召回各个关卡的特税警队员。

渝大金手下的几个中队埋伏在半路上打了一个又一个伏击战,解除了整个特税警队一二百武装人员的各种武器。

游击队很快冲进路孔镇,通往外界的各个关卡也换上了游击队的人。他们一面死守镇子,防止敌人回援,一面派人到岔路口,向正在那儿指挥战斗的司令员渝大金报告路孔镇的情况。

岔路口的战斗进行得非常激烈,直到深夜才结束。游击队迅速开进了路孔镇。

路孔镇被游击队占领的消息传到县里,马县长异常震惊。对文镇长的遇难,他得到了完全相反的消息。一种说法是文镇长正在召集联合剿共大会,遭遇游击队的袭击不幸殉难。另一种说法则是文镇长企图策反全镇机关法团,被镇警队陈队长一枪打死了。

上述两种说法,马县长都不敢肯定。他不知道如何将文镇长的事情向上面报告。他只好召集县参议长,国民党县党部书记长等要员一起商讨。

书记长任宝田举起拳头狠狠地砸在桌子上,气急败坏地说:"这还有什么商讨的,说文镇长企图策反,这不是有意往蒋委员长脸上抹黑吗?作为党国的一名优秀镇长殉了职,应当组织悼念才对。"

任宝田的举动,惊呆了在场的人。可是他的话,却提醒了马县长。他想:"管他姓文的如何遇难,反正是混战造成的。如果说是因为策反而遇难,那他的直接上司和平时有点关联的人很可能都要被牵连进去,如果上面按策反追究下来,不知有多少人倒霉。作为县长本人,第一个罪责难逃!"

于是,马县长立即改口:"书记长说的极是,我也是这个意思,我根本不信文兴福会造反。"

县里的要人们立即搞了一个小型的悼念会,罗列了文镇长的大量丰功伟绩和对党国的耿耿忠心。说到伤心之时还有人掉下了眼泪。至于那些眼泪到底是怎么掉下来的,谁也搞不清楚。

会上,还具体安排了第二天的《民报》报道,头版头条,大幅通栏发表题为《党国的忠臣——文兴福镇长为国捐躯》的文章。

对于这件事,心情最为沉重的要数任宝田。文镇长殉难的真正原因,其实他比谁都明白。文镇长就是共产党,每当回忆起路孔镇发生的事情,他就更加坚定了这种想法,他的确不愿意相信那是真的。一旦上面追究下来要他说出个所以然,他吃罪不起。他越想越紧张,昏昏沉沉中,好像看到了文兴福,满脸血污,手里提着锋利的尖刀,向他的胸膛刺去。他尖叫一声,就什么也不知道了。

在路孔镇六保,天近黄昏时唐保长带领保民聚集在张兴旺家门前,正在治丧。当地人称为"坐夜"。院坝周围摆满了桌凳,保民不分男女老幼,齐刷刷坐在凳子上,形成一个圈。院坝的上方有一根高高的竹竿靠在屋檐旁,上面飘着祭祀死人的"阴魂幡"。紧靠竹竿的下方是一副漆黑发亮的棺材,不过那里面没人,装了一根比棺材短不了多少的木头。这是当地人的习俗,如果人死了找不到尸体,就用一截木头代替,张兴旺的孙子身披白色孝布,孝布里还夹了一束白麻,端端地跪在棺材前。

一群和尚围着棺材转圈圈,嘴里"嘛咪嘛咪"念个不停,他们在为死者超度,十分虔诚。

和尚们刚刚停下,道士又上了场,他们手里摇动着司刀,还不时挥舞着令牌,嘴里念叨着,隔一阵又响起喧天的锣鼓,锣鼓停止又开始念叨,就这样来回折腾,听说这是在为死者做"道场"。

趁着和尚道士歇息的时候,那些会哭丧的女人们走进内场,她们有老有少,哭得真真切切万分悲痛,她们诉说着死者生前的好处,表达她们不舍的心情。

上面那些程序弄完了之后,还有舞狮和杂耍,节目安排了一整夜,到了拂晓,在场的人们还要扶着灵柩上山。

这不是张兴旺或者他的家人亡故,他们都没有这么好的福气,这是乡下对亡人的最高礼遇。六保的保民聚集在这里是在为他们遇难的文兴福镇长治丧。没有文镇长就没有他们六保保民的今天,他们不是忘恩负义的人。

虽然在文镇长活着时他们无法感谢,生前他们偶尔给文镇长提箩蛋送只鸡什么的,文镇长总是反复推辞,坚持不受。

他们希望遇难后的文镇长能在天堂过得美好,有几个老太太死活也不让别人将那个"死"字用在文镇长身上,她们说这么好的镇长是不会死的,只头滚木就把他们牢牢地堵在隘口之外,休想前进一步。

到了中午,王副师长改变了战术,正规军、保安警察一起向通往华蓥山的八个隘口同时发起进攻,山下射向山上的子弹、炮弹像飞蝗一样。

国民党兵打枪打炮非常热闹的时候,山上却没有一点动静,国民党兵以为万事大吉,便一窝蜂地向上拥。

接近隘口时,山上的枪弹石头滚木铺天盖地而来,又是一阵呼爹叫娘,抱头鼠窜。

国民党兵哪里知道,正面防线几公里的地方到处都是守卫者。

王副师长与文团长、于富强商量,认为这种被动挨打的进攻战术肯定不行,要改变策略。他们决定采用集中优势兵力,全力突破,先撕开一个口子,长驱直入,站住阵脚后,再回过头来用人海战术把战线分散扩大到十多公里的正面,直抵两边的绝壁,直到再没有可扩大的地方,这叫"釜底抽薪","水中捞月"。

按照这种战术又进行了几次冲锋。但不管冲向哪里,只要接近山顶都会受到山上最强有力的还击。似乎华蓥山上埋伏有千军万马,处处都是铜墙铁壁一样。

黄昏时分,王副师长气急败坏,2000多人攻了一天死伤严重,却毫无进展,只好请求援兵。他要通了重庆绥靖公署的军用电话,向上峰报告说他已经围困了华蓥山游击队1000多人马,希望再给他调一个正规团速来合力"围剿"。

同时,于富强又从另外几个县调集了1000多保安警察和乡镇武装协助正规军攻击。

天渐渐黑了下来。

渝大金、李静玲召集杨其声、豹子、刘飞等骨干了解一天的战况,布置新的任务,补充弹药木石,给大家鼓劲打气。他们要求每个中队长必须把自己坚守的隘口及其延伸战场走一遍,每个隘口必须安排有战斗经验的队员轮流值班放哨,防止国民党兵偷袭。

这一夜,国民党兵并没偷袭。

他们也累了,也需要体力的补充和恢复,再加上黑灯瞎火,摸不着虚实,道路不熟,根本不敢盲目进攻。

王副师长说:"如果盲目冒险进去偷袭,山高路险坑深,自然减员比真刀真枪干还要多。"

文团长、于富强也认为兵力不足,他们要就地等待援兵。

1948年10月以后,国民党对国统区的一些乡与乡、镇与镇和交通要道的三角地带都布置了以连为编制的正规军,所以调集起来也非常容易。

重庆绥靖公署认为,好不容易咬住了游击队的主力,岂能放过这个能够把游击队全部消灭的机会,绥靖公署连夜向各有关部队下发命令,要求火速执行。

第二天一早,敌军的增援部队就到了。

王副师长亲自上阵,指挥两个正规团和保安警察部队进攻。

潮水般的冲锋被连续不断地打退,国民党兵死伤无数,依旧寸步难行。

华蓥山游击队坚持打了五天漂亮的阻击战。

第六天上午,敌人又发起了新一轮进攻。

这一次,他们又改变了战术,不是像以前那样,进攻时风起云涌一窝蜂。而是扯了一些草和树枝绕成环戴在头上作伪装,隐蔽地摸索着进攻。这次以每三个人形成一个小组,带上绳索、铁钩,绕开有路的隘口,专拣那些无路的岩壁,用铁钩钩上上一个级次的树枝,再沿着绳索向上攀爬。紧跟着以班排为单位的后续援兵,像下雨一样持续不断。在表面上看不到进攻的部队,只有树枝在晃动,还以为是风吹草木摇曳呢。

还别说,这次的进攻战术还真管用,部队的尖兵已经上到山腰了。

游击队那边居然一点动静都没有。

"真不愧是儒将战略,办法就是多,并且很管用。"文团长和于富强不失时机地向王副师长拍马屁。

王副师长十分得意地说:"打仗是打脑力,既斗智也斗勇。不能蛮干,要靠知识。知识产生技巧,做任何事情都不能一条路上走到黑,在一棵树上吊死,此路不通就要另辟蹊径。这就叫东方不亮,西方亮,黑了北方,有南方。"

"副师长说得极是,我算是亲眼看见文化的威力了,今后我要多学文化,还要叫我的儿子们都好好学习,争取成为儒雅将军。"于富强讨好地说。

"你们就等着吧,我这种战术保准大功告成,捷报频传。我就不信,今天还攻不下来。"王副师长非常自信地说。

文团长拿着望远镜看了半天,突然说:"副师长,奇了怪了,怎么我们的尖兵都接近山顶了,游击队还不还击?"

王副师长和于富强同时举起望远镜向山顶望去。

果然在几公里的扇面上,尖兵几乎都接近山顶了,游击队就是没有动静。

于富强想:这游击队真沉得住气,就是国民党军校出来的人都不见得每一个都能做到。共产党的确厉害,在这么短的时间内就把一群农民训练得心理素质如此之好,不佩服是真不行。难怪,国军会在全国战场由全面进攻转入重点进攻,又从重点进攻转入战略防御,其实就是节节败退嘛。

"不好,这里面有诈,游击队跑了!"王副师长突然觉察到了异样。

"真的吗?"于富强惊奇地问。然后把望远镜紧紧地贴住眼睛。

"等等吧,情况马上就清楚了。"文团长悻悻地说。

三个人的望远镜,始终没有放下来。

不一会儿,前线指挥官差人来到三人面前:"报告,部队顺利攻上山顶,但山上没有一个人影。"

"知道啦!"文团长说。

"也算拿下了山顶。小文,通知各部上山。"王副师长下达了命令。

文团长骑着马,带着警卫班向山上跑去。

原来,昨天晚上各中队向渝大金和李静玲报告,弹药已经不多了,大家认为这几天的阻击战取得了很大的胜利,已经刹住了敌人的嚣张气焰,给予敌人以重创。战士们虽然很累很疲惫,但基本没有多少伤亡,士气得到很大的鼓舞,阻击的目的已经达到。

李静玲说:"我们这些游击队员十分不易,是革命的种子,一定要把他们保存下来。我们要有长远打算,不能与敌人拼消耗。"

渝大金也说:"敌人即便上山,也会寸步难行,他们在明处,我们在暗处。漫山遍野的青纱帐,有利于我们躲藏保存实力,我们如果向华蓥山深处转移,敌人一时半会儿还没有胆量冒险来追。"

于是布置一边撤退一边埋地雷。

"这几个月兵工厂虽然没有生产多少枪支,但是地雷整了不少,现在正是派用场的时候,把它们统统都埋上,好钢就要用在刀锋上。"李静玲说。

上山的路非常崎岖。

王副师长一行只能下马,让卫兵牵着马在后面跟着,三个人兴致高昂,从山顶隘口钻出来,眼前豁然开朗。

"轰、轰、轰"突然发生了连续数声爆炸。

文团长眼疾手快,一把将王副师长扑倒在地:"危险,卧倒!"

于富强跃身趴在地上。

爆炸声响过之后半天都没了响声。

三人站起身来拍拍身上的泥土,抬眼前望。一个参谋模样的军人过来:"报告副师长,前面发现地雷。"

"伤亡情况?"王副师长惊慌地问。

"伤了五人,死了三人。"参谋回答。

"具体是什么情况?"王副师长恢复了常态。

"上了隘口,向纵深推进都很困难,到处都是地雷,多得工兵都无法下手。"参谋说。

原来游击队撤出阵地时,在通往华蓥山深处几里地的地方呈"S"形埋下了地雷,除游击队员知道一些出路外,一般人员硬闯是很难闯出地雷阵的。

"既然闯不进地雷阵,就不要闯了。我们已经取得了决定性胜利!只要游击队不来惊扰国军,就让他们去吧。"王副师长一副故作轻松,豁达宽容的样子。

于富强说:"华蓥山深山老林,即使不把游击队困死,也会把他们饿死,我们可给重庆行辕写报告:华蓥山游击队已被我们彻底消灭。"

"命令部队停止推进。"文团长下了命令。

"是!"参谋长应声而去。

三人沿着隘口的边缘查看胜利果实。满目的坛坛罐罐,遍地的屎尿,臭不可闻,破草鞋、烂布袜子一片狼藉。

突然,王副师长眼前一亮,他把站在他面前的一个少校军官用马鞭向旁边拨了拨:"你往旁边站一站。"

那少校转身行了个军礼,莫名其妙地挪了挪身子:"是,长官!"

王副师长往前走了几步,只见前面的石头上写了一些标语,如:"打倒蒋家王朝!""国民党就要完蛋了!""人民解放战争必然胜利!""中国共产党万岁!""向人民解放军学习!"等等。

王副师长在那儿默默看了一会儿,好像觉得那字迹十分的熟悉,可是一时又想不起曾经在哪儿见过。这分明就是贵人多忘事,连文兴福的字都认后来丈夫跟随刘伯承、邓小平去了大别山。孩子大些以后,延安没有多少其他方面的文艺生活,好在每到周六的晚上,王家坪都要举行舞会。李静玲经常把孩子架在肩上去看热闹,有时走着走着孩子突然大声哭叫。原来是自己只顾急走,没顾及路边的树枝挂住了孩子的脸,使孩子疼痛难忍,小脸上常常留下一条条伤痕。

真对不住孩子。

后来组织上让她到了重庆,孩子被留在延安保育院,现在已经3岁多了,据说已经随保育院转移到了山东解放区。

冬天过去,春天才会来临。

李静玲觉得这个冬天为啥特别漫长!

2011年1月13日至2011年5月23日第一稿
2011年5月24日至2011年6月25日第二稿
2011年6月26日至2011年7月1日修订

不出来。说:"恐怕在我们的部队里这样好的书法家实在是太少了!"他抬眼向前看那无边无际的森林。他感觉到这森林里还不知有多少的险恶,光想想有多少地雷就够让人胆战心惊。他对文团长和于富强说:"算了,算了,不往前走了,我们下山!"

文团长马上命令:"下山,回撤。"

这时,王副师长想到了一个人,那就是郑中良,他要让郑中良带上便衣队员闯雷区,至于能不能闯得过,他并不在乎。当然,这是后话。

游击队一直退到了远离上山隘口的华蓥山腹地。

这里有好些天然石洞,洞中有水。

后勤部专门为女队员分配了一个石洞。

这个石洞外有一块比较平坦的地,地上竟有软软的泥土。娟秀带着女队员把它开垦出来,撒上了白菜籽,没过几天便冒出了绿芽,一片葱绿的样子。

华蓥山的冬天是漫长的。

农历的腊月也是每年山上最冷的时节。

李静玲站在洞口,望着漫天的大雪,大地已是白茫茫的一片,但鹅毛雪花仍然一团一团地从天空中洒下来,没有丝毫消停的意思。这让她联想到陕甘宁边区的大雪,想起了自己在延安的情景。

李静玲在延安有一个温馨的家。丈夫是1943年从重庆《新华日报》撤回延安的,他们俩都在中央军委办公厅秘书局工作。

丈夫从事俄文翻译。

李静玲作机要秘书。

1944年他俩结婚时,正遇周恩来副主席回延安述职,周副主席还是他们的证婚人呢。周副主席和邓大姐在他俩的婚礼上祝新人"互敬互爱,互谦互让"。

这让他俩着实激动了一阵子,风光了好些天。

第二年她生了一个可爱的女儿。

那时工作任务十分繁重,每天非常疲惫,人又年轻没有带孩子的经验,加之生活艰苦体力不支,有时晚上起夜给孩子把尿,把孩子放在两腿之上自己就睡着了。好几次孩子从两腿之间掉到地上自己都不知道,要不是孩子哇哇大哭,她还不能从睡梦中惊醒呢。